ANNE LÜCK

SILVER & POISON

Das Elixier der Lügen

ANNE LÜCK

SILVER & POISON

Das Elixier der Lügen

Band 1

Ravensburger

MIX
Papier | Fördert gute Waldnutzung
FSC® C111262

1 3 5 4 2

Originalausgabe

Lektorat: Tamara Reisinger
Umschlaggestaltung: Zero, München
Verwendete Bilder von © Annartlab und © m2art, alle von Shutterstock

Printed in Germany

ISBN 978-3-473-58647-9

ravensburger.de

Für meine Mama –
weil sie seit meiner ersten Fantasy-Geschichte
wusste, dass sie dieses Buch irgendwann
in den Händen halten würde.
Danke,
dass du die großartigste Person der Welt bist.

KAPITEL 1

Das eisige Kribbeln einer dunklen Vorahnung stieg an meinem Nacken empor, noch bevor ich um die Straßenecke trat und das gelbe Absperrband des NYPD sah.

Ein Schauer ging durch mich hindurch. Trotz meines langen Lieblingsmantels, in den ich mich gekuschelt hatte, war ich vollkommen durchgefroren. Der Oktober in New York war normalerweise recht mild, aber in den letzten Tagen war es ziemlich abgekühlt. An sich machte mir kaltes Wetter nichts aus, allerdings hatte ich heute den letzten Bus verpasst. Und nun war ich schon seit über einer Stunde in den kalten, nassen Straßen New Yorks unterwegs und hatte mich durch dunkle Gassen geschlagen, in die sich Frauen meines Alters und meiner schmalen Statur wahrscheinlich nicht einmal mit einer geladenen Waffe in der Hand getraut hätten. Aber obwohl ich so eilig gegangen war, dass das schlammige Wasser der Pfützen fast bis zum Rand meiner abgewetzten Stiefel hochgespritzt war, war ich trotzdem viel zu spät dran. Und jetzt, als ich in die 3rd Avenue einbog, gerade mal drei

Blocks von meinem Ziel entfernt, und das gelbe Absperrband in der Ferne sah, wusste ich, dass ich es im Leben nicht mehr rechtzeitig schaffen würde.

Beinahe automatisch wurden meine Schritte langsamer, mein Atem ging schneller und irgendwo in meiner Brust machte mein Herz einen unangenehmen Hüpfer. Das hier war New York, und es war nicht das erste Mal, dass ich in dieser Gegend eine Polizeiabsperrung sah. Unfälle, Prügeleien, das waren alles alltägliche Dinge, die hier ständig passierten. Obwohl Melrose nicht die allerschlimmste Gegend war, war es doch immer noch die Bronx.

Aber irgendetwas sagte mir, dass das hier etwas anderes war. Vielleicht das eisige Kribbeln in meinem Nacken, das mich schon seit ein paar Straßen begleitete und das jetzt ein Stückchen tiefer wanderte und sich wie eine kalte Hand um mein Herz legte.

Ich hätte wahrscheinlich einfach direkt einen Bogen schlagen und noch ein Stück weiter um den benachbarten Block gehen sollen. Das wusste ich, aber aus irgendeinem Grund bewegten sich meine Füße trotzdem auf die abgesperrte Gasse zu, die ich normalerweise als Abkürzung zum *Rhapsody* nahm. Das Blaulicht des Polizeiwagens hinter dem gelben Band warf unheimliche Schatten auf die umstehenden Häuser. Sie erinnerten an dunkle Dämonen, und das Engegefühl in meiner Brust wurde noch stärker. Drängender. Irgendetwas hier fühlte sich seltsam an. Vertraut, aber unheimlich, wie eine Gruselgeschichte, die man als Kind tausendmal gehört hatte und die einem immer noch einen Schauer über den Rücken jagte.

Natürlich war ich nicht die einzige Schaulustige. Trotz der späten Stunde hatten sich eine Handvoll Fußgänger an dem gelben Absperrband versammelt, tuschelten miteinander und schüttelten mit entsetzten Blicken ihre Köpfe. *Wie schrecklich,* konnte ich in dem Gemurmel hören, als ich die Arme um mich schlang und noch etwas näher trat. Ich versuchte, über die im Weg stehenden Polizisten und ihre blinkenden Autos etwas zu sehen, etwas, das mir erklärte, was hier passiert war. Warum die ganze, verdammte Gasse komplett abgesperrt war.

Und dann sah ich ihn.

Zwischen den Police Officern, die in der Gasse standen, fiel er auf, obwohl er eine ähnliche Uniform trug. Pechschwarze Haare, an den Seiten abrasiert und darüber gerade lang genug, um sich ein wenig zu kräuseln – das einzig unordentliche an seiner gesamten Ausstrahlung. Ein Paar stechend dunkler Augen, die jedes Mal bis in mein Innerstes zu blicken schienen – und von denen ich wusste, dass sie bei näherer Betrachtung ein tiefes Waldgrün waren. Der gerade Rücken eines ehemaligen Soldaten. Und die Detective-Jacke, die auf der linken Brust und auf den Oberarmen das Zeichen des 42. New York Police Departements trug, mit einem kleinen, leicht zu übersehenden Zusatz, der ihn als etwas Besonderes auswies. Ein goldenes Emblem in Form eines Schilds.

Hayes.

Mein Herz stolperte, und beinahe automatisch schob ich mich hinter zwei Frauen, die sich direkt an die Absperrung drängten und miteinander tuschelten. Zwischen ihren zusammengesteckten Köpfen hindurch sah ich wieder zu dem Detective, der in einiger Entfernung an einem der Polizeiwagen stand.

Er hatte die Ärmel seiner Jacke trotz der Kälte hochgekrempelt und lauschte offenbar dem Bericht eines Kollegen. Seine Stirn war in tiefe Falten gelegt. Das an sich war nicht ungewöhnlich: Hayes wirkte immer ernst. Aber ich konnte mich nicht daran erinnern, wann ich ihn das letzte Mal so angespannt gesehen hatte. Und allein die Tatsache, dass er hier war, dass er mit diesem Fall betraut war, verhieß nichts Gutes. Ganz und gar nichts Gutes.

Ich spürte, wie meine Eingeweide sich zusammenzogen. Mein Körper reagierte ganz automatisch auf die Gefahr, die von ihm ausging. Die Gefahr, die er für mich bedeutete. Aber unter die aufsteigende Panik, dass er mich womöglich sehen könnte, mischte sich noch ein anderes Gefühl.

Neugier. Diese Art von ängstlicher Neugier, die sich wie ein Eisfilm auf der Haut anfühlte.

Ich machte einen Schritt zur Seite, sodass die Frauen mich zwar weiterhin vor Hayes abschirmten, ich aber einen besseren Blick auf die Szene vor mir hatte. Vergessen war die Tatsache, dass ich jetzt definitiv viel zu spät kommen und mir wahrscheinlich eine Predigt von meinem Bruder Ellis würde anhören müssen. Mit den Augen suchte ich die Umgebung ab, scannte alles ganz genau. Bevor ich jedoch etwas entdecken konnte, drang ein Geruch an meine Nase. Erst nur leicht, verwässert von dem Duft nach Regen und dem Gestank der Straßen. Aber ich roch es trotzdem. Zwischen dem plötzlichen Geruch von Verbranntem lag noch etwas anderes, etwas Bekanntes, was ich im ersten Moment nicht zuordnen konnte. Als ich mich ein wenig nach vorn beugte und meine Hand das vom Regen nasse Absperrband streifte, blitzte etwas unter einem der Polizeiautos hervor. Eine Abdeckung. Sie war schwarz, weswegen sie fast mit der dunklen Straße verschmolz, aber kaum hatte ich den dicken Plastikstoff ins Auge gefasst, wusste ich, was es war.

Eine Leichenabdeckung.

Das war auch der Moment, in dem ich begriff, woher ich den

Geruch kannte. Es war der nach alten Bibliotheksbüchern, der Duft nach staubigen Seiten, nach dunklen Geheimnissen, den nur wenige Menschen wahrnahmen. Es war der Geruch eines Narratives. Eines Magiers.

Mit einem leichtem Aufkeuchen wich ich einen Schritt zurück, und sofort drehten sich die beiden Frauen zu mir um.

Die eine wirkte pikiert, sie zog die Augenbrauen nach oben und musterte mich. Vielleicht war es der lange Mantel, den meine Freundin Veda mir geschenkt hatte. Er war wunderschön, der dunkelblaue, dicke Stoff mit dem goldenen Flickenmuster, aber er war auch unheimlich auffällig. Besonders in einer Gegend wie Melrose, denn hier trug selten jemand alte Designerstücke zur Schau.

Die andere Frau blickte mir etwas weniger abweisend ins Gesicht, in ihren wasserblauen Augen konnte ich so etwas wie Mitgefühl erkennen. »Schrecklich, wirklich«, sagte sie. Ihre Stimme krächzte, vielleicht von einer leichten Erkältung, und ich erkannte in ihr die Frau, die vorhin schon gesprochen hatte. »Dieser arme Mensch.«

»Das war Mord«, sagte die andere. Sie spuckte das Wort aus wie einen Fluch, und ich spürte, wie das kühle Prickeln in meinem Nacken sich in einen Wasserfall aus Eis verwandelte, der an meiner Wirbelsäule hinabstürzte. *Mord. Hier.*

Dass Hayes hier war, dass dieser unverkennbare Geruch von Magie in der Luft lag, gab der Sache einen noch fahleren Beigeschmack. Denn es bedeutete, dass jemand von *uns* involviert war. Nur – war er der Mörder oder das Opfer?

Mein Blick zuckte wieder zu dem Stück Plane, das ich von meiner Position aus unter dem Polizeiwagen durchschimmern sehen konnte. Es war, als würde ich durch einen dunklen Tunnel nur noch dieses schwarze Stück Plastik sehen. Die Abdeckung, unter der ein Mensch lag, der sein Leben verloren hatte. So nah an meinem Zuhause, so nah an meinem Alltag.

Mord.

Plötzlich schoben sich zwei beinahe poliert wirkende Schuhe in mein Blickfeld, vor die Plane, und dann erhob jemand die Stimme und holte mich aus meinem Tunnel. »Es gibt hier nichts zu sehen, wenn die Damen also bitte weitergehen würden.«

Ich sah auf, direkt in das Gesicht eines Mannes, der für sein Aussehen eine viel zu sanfte Stimme hatte. Seine Augen waren dunkel, und fast sein gesamtes, restliches Gesicht wurde von einem dichten schwarzen Bart verdeckt. Er hatte den Körper eines Kleiderschrankes, und die vor der Brust verschränkten, muskulösen Arme schienen seine Polizeijacke beinahe zu sprengen.

Die Frauen, die schräg vor mir standen, begannen eine hitzige Diskussion mit dem Officer, der mit ruhiger Stimme erklärte, dass sie so Polizeiarbeit behinderten.

Ich sah noch einmal zu seinen Füßen, die die Abdeckplane jetzt vollständig von mir abschirmten, und zog den Mantel enger.

Allmählich kehrten die alltäglichen Gedanken wieder in meinen Kopf zurück, die Tatsache, dass ich viel zu spät dran war. Sie versuchten, diese Szene zu verdrängen, von der ich jetzt schon wusste, dass sie mich wahrscheinlich bis in meine Albträume verfolgen würde. *Ich muss weiter,* dachte ich. Und dann wieder: *Jemand von uns. Mord.*

Gerade als ich mich abwenden wollte, hob ich noch ein letztes Mal den Kopf – und mein Blick traf direkt den von Detective Hayes. Er hatte sich wohl umgedreht, um zu sehen, warum sein

Kollege so lange mit den Schaulustigen diskutierte. Ganz kurz weiteten sich seine Augen vor Überraschung, als er mich erkannte. Dann verengte er sie wieder zu Schlitzen, und sein gesamtes Gesicht wurde hart wie eine Steinmauer. Da war er, der Blitz, der mich jedes Mal durchzuckte, wenn er mich so ansah. Mit dieser eigenartigen Mischung aus Verärgerung, Verachtung und absolutem Misstrauen. Als würde er in mir, in meinem Gesicht, etwas suchen und war wütend darüber, dass er es nicht fand. Dass ich es nicht hatte. Schlagartig war die Schicht aus Eis zurück, und sie zog sich von meinem Haaransatz an über jeden Zentimeter meiner Haut. *Angst.*

Dabei konnte er gar nicht wissen, wie richtig er mit seinem Misstrauen lag. Denn wenn er gewusst hätte, dass ich Mitglied einer der gefährlichsten Gangs New Yorks war, würde ich ihn wahrscheinlich schon längst durch ein Stahlgitter anstarren. Aber bei *dem* Detective Hayes, dem legendären Schrecken der New Yorker Unterwelt, reichte manchmal schon eine Ahnung, um einem ein Ende zu setzen. Da half mir auch nicht, dass wir eine gemeinsame Vergangenheit hatten und fast so etwas wie Freunde hätten sein können.

Einen Moment, in dem ich wie eingefroren an dem Absperrband stand, dachte ich, er würde rüberkommen. Mit diesem forschen Schritt, den nur Soldaten hatten. Dass er mich fragen würde, was zum Teufel ich hier tat, und dass ich gefälligst verschwinden sollte. Sein Blick schien mich zu durchbohren wie ein scharfes Messer, butterweich und tödlich. Aber nach ein paar Sekunden wandte er sich einfach nur abrupt ab und sah wieder zu seinem Kollegen. Es war, als hätte er mich in diesem Moment aus einem eiskalten Griff befreit, und ich konnte mich endlich wieder bewegen. Also stürzte ich los, die Arme um mich geschlungen, und hastete die Straße entlang, bis ich endlich bei dem kleinen asiatischen Imbiss an der Ecke abbiegen konnte und außer Sichtweite war.

Lächerlicherweise bildete ich mir ein, dass Hayes' Blick immer noch auf meinem Rücken brannte, als ich im Stechschritt zwischen den nach fettigem Essen stinkenden Gebäuden hindurchging. Ich konnte beinahe schon Vedas Stimme in meinem Kopf hören, die mich mahnte, mich so weit wie möglich von Cops – und vor allem von Hayes – fernzuhalten. *»Du bist eine grauenvolle Lügnerin«*, hatte sie immer gesagt. *»Die sperren dich schneller weg, als du bis drei zählen kannst.«* Dabei hatte mich Hayes nur eine Sekunde lang angesehen. Er war mir nicht einmal zu nahe gekommen, und ich spürte ein wenig Wut in mir aufschäumen, dass mich allein seine Anwesenheit so verängstigt hatte. Normalerweise war ich niemand, der sich leicht einschüchtern ließ. Vor allem die letzten Jahre hatten dafür gesorgt, dass meine Haut aus Granit war. Aber dieser verdammte Detective hatte etwas an sich, eine unheimliche Aura, die bis direkt in meine Seele vorzudringen schien. Und wenn ich etwas nicht mochte, dann, wenn Leute versuchten, in mich hineinzusehen. Ich selbst hatte viel zu viel Angst davor, einen Blick in mein Innerstes zu werfen. Davor, dass sich darin in den letzten Jahren alles so verdunkelt hatte, dass ich mich selbst nicht mehr erkannte.

Ich versuchte, mich wieder auf den Weg zu konzentrieren. Ein Blick auf mein Handy, das ich aus der tiefen Manteltasche zog, zeigte mir, dass ich bereits jetzt zwanzig Minuten zu spät war. Ellis würde mich definitiv umbringen. Besonders, wenn er erfuhr, warum ich zu spät war.

Hastig blickte ich an der Straße nach links und rechts und hetzte dann bei Rot drüber, um wenigstens ein paar Sekunden wiedergutzumachen. Der Flickenteppich aus Teer und halbherzigen Ausbesserungen, der für Melrose typisch war, platschte leise von der Nässe des letzten Regenfalls, als ich darüber rannte. Im Gegensatz zu meinen letzten Jobs, die ich immer wieder nach ein paar Wochen verloren hatte, hatte ich in meinem älteren Bruder Ellis einen einigermaßen gnädigen Boss gefunden. Aber ich war sicher, dass irgendwann in der nächsten Zeit auch ihm der Kragen platzen würde, wenn ich mich nicht zusammenriss.

Beinahe hätte ich eine ältere Frau umgerannt, als ich um die Ecke bog. Ich entschuldigte mich hastig über ihr Schimpfen hinweg und bog dann in die nächste, schmale Gasse ab. Die hohen Gebäude verschluckten mich in ihrer Dunkelheit, und sofort sah ich wieder die Abdeckplane vor mir. Ich dachte an die Person, die darunter auf dem nassen Boden der Gasse lag, die ihre Familie nie wiedersehen würde, und spürte eine so heftige, pochende Schuld in mir, dass sie mir beinahe den Atem raubte. Schuld? Ja, das war es wohl, was so heftig an meinen Eingeweiden zog. Dabei war ich sicher, dass das keiner von den Menschen war, deren Untergang ich herbeigeführt hatte. Dorian Mars, der berüchtigste Gangsterboss der Unterwelt, war niemand, der Beweise zurückließ. Niemals.

Als ich durch die Dunkelheit der Gasse brach und wieder im Licht der Leuchtreklamen und Straßenschilder stand, durchflutete mich Erleichterung. Darüber, dass ich diese unheimliche Situation, die Leiche und Detective Hayes, hinter mir gelassen hatte. Und nach ein paar langen Schritte die Melrose Avenue entlang hatte sich auch mein Herz langsam beruhigt. Diese Leiche, dieser

Mord, sie hatten nichts mit mir zu tun. Ich musste sie aus meinen Gedanken verbannen und einen klaren Kopf fassen. Ich hatte keine Zeit für so etwas. Und ganz sicher keine Gehirnkapazität, um mich mit Problemen auseinanderzusetzen, die mich nicht betrafen. Ich hatte genug eigene.

Als vor mir die hohen Mauern des *Rhapsody* auftauchten, erreichte mein Puls wieder sein normales Niveau. Kurz schaute ich an der schwarzen Fassade hoch, die trotz der aufwendigen Renovierung immer noch an einen Pub erinnerte. Nur die neonfarbene Leuchtreklame, die den Namen des Clubs verkündete, und die Schlange auf dem Gehweg sprachen eine andere Sprache. Mein Blick glitt zur Eingangstür, vor der Carlos die Ausweise der Anstehenden kontrollierte. Er war ein riesiger Hüne, breiter noch als der Detective am Tatort eben, und sein grimmiges Lächeln hätte wahrscheinlich alle, die Ärger machen wollten, in die Flucht geschlagen, noch bevor sie ihr Vorhaben in die Tat umsetzen konnten. Nicht mich jedoch. Ich wusste, dass hinter dem gefährlichen Lächeln, das er mir jetzt zuwarf, ein netter Kerl steckte, der alles für seine Töchter tat. Ich erwiderte sein Lächeln, ehe ich mich an den vielen Menschen vorbeidrängte, die den Bordstein verstopften.

Seit Ellis vor einem halben Jahr den alten Pub unseres Großvaters als kleinen Club neu eröffnet hatte, war unser Kundenstamm von Monat zu Monat gewachsen. Jeder wollte plötzlich in diesen exklusiven Laden, jeder wollte ihn einmal von innen sehen und die legendären Cocktails probieren – die, von denen man auf der Straße flüsterte, dass sie eigenartige Dinge mit den Gefühlen der Menschen anstellten. Das *Rhapsody* war innerhalb kürzester Zeit von einem Geheimtipp zu einem »Du kannst mir nicht ernsthaft erzählen, dass du da noch nie gewesen bist«-Ort geworden, und ich wusste wirklich nicht, ob mir das gefiel. Früher war der Pub meines Großvaters ein gemütlicher Ort gewesen, ein ruhiges Plätzchen, an dem man auf seinen Feierabend anstoßen konnte. Es war schwer, sich an das neue Bild zu gewöhnen, das deutlich moderner und angesagter war.

Auf der linken Seite des Gebäudes befand sich eine schmale Lücke, und als ich mich hineinschob, versuchte ich, nicht an die Leiche in der Gasse und den Detective zu denken, der mir eventuell auf der Spur war. Die Tür für die Mitarbeiter lag am Ende einer Treppe mit nur drei Stufen. Sie stand offen, und ich konnte die Musik sogar hier draußen hören. Auf der obersten Stufe saß unser Barkeeper Michael. Er hatte ein Bein von sich gestreckt und hielt eine Zigarette locker in der linken Hand. Er zog die Augenbrauen hoch, als er mich heranhasten sah, und ich knurrte ihm sofort ein: »Ich weiß, dass ich zu spät bin. So spät sogar, dass ich überhaupt keine Zeit für eine Gardinenpredigt habe, tut mir leid.«

Michaels Mundwinkel zuckten, als er einen Zug von seiner Zigarette nahm. Ganz langsam stieß er den Qualm aus, und ich war schon an der Treppe, als er schulterzuckend sagte: »Ellis hat schon nach dir gefragt.«

Shit. Ich stoppte auf der zweiten Stufe und blickte mit zusammengekniffenen Lippen auf ihn herab. Der Barkeeper erinnerte mich eigentlich immer ein wenig an einen Seemann mit dem dichten Bart, den gestreiften Shirts und der kleinen Mütze, die er dauernd trug. Jetzt aber hatte er eher etwas von einem Schakal, der mich mit blitzenden Augen musterte, weil er meine Nervosität ganz genau in der Luft roch.

Natürlich hatte ich gehofft, dass mein Bruder meine Abwesenheit nicht bemerken würde, so viel wie in der Bar aktuell los war. Meistens war er, wenn die Türen geöffnet wurden, noch gar nicht im Laden, weil er im Lager noch Befehle brüllen oder die Security-Leute kontrollieren musste. Aber dass er ausgerechnet heute schon hier war und nach mir gesucht hatte, hatte ich wahrscheinlich mir selbst zuzuschreiben. Mir und der Tatsache, dass ich es einfach nicht schaffte, Verabredungen einzuhalten und pünktlich zu sein.

»Was hast du zu ihm gesagt?«, fragte ich atemlos.

Michael ließ sich quälend lange Zeit. Er zog noch einmal an seiner Zigarette und blickte mit vergnügt funkelnden Augen zu mir auf. Dann sagte er: »Dass ich dich ins Lager geschickt habe, um Soda zu holen. Keine Ahnung, ob er mir geglaubt hat. Vielleicht hängst du noch einen Toilettengang dran, wenn er dich aufgreift.«

Erleichtert wandte ich mich der mit Graffiti besprühten Metalltür zu. »Danke.«

Er zuckte wieder mit den Schultern und blickte mir nach, als ich elegant über seine ausgestreckten Beine hüpfte und mich ins Innere des Clubs schob. Hitze und Musik strömten auf mich ein, aber ich hörte trotzdem noch die Worte, die Michael hinter mir murmelte: »Warst du wieder allein bei Gage? Das wird Ellis nicht gern hören.«

Wut wallte in mir auf. Dass er den Namen meines Großvaters in den Mund nahm, als würde er die Geschichte kennen, als würde er meine Gefühle kennen, machte mich rasend. Dabei wusste Michael nur, dass mein Großvater seit einem halben Jahr im Altenheim war und dass mein Bruder nicht wollte, dass ich ihn allein besuchte. Aber er hatte keine Ahnung, wie es ihm ging. Wie ich mich mit dieser zerreißenden Situation fühlte. Oder warum mein

Bruder mich von dem Mann fernhalten wollte, der einen großen Teil meines Lebens beinahe ein Vaterersatz für mich gewesen war.

Ich riss den Kopf zu ihm herum und stellte mit Genugtuung fest, dass er zusammenzuckte. Veda hatte schon mehr als einmal gesagt, dass mein wütender Blick wirklich Furcht einflößend war für eine so zierliche Person wie mich, und das, obwohl mein normaler Gesichtsausdruck schon einigermaßen abschreckend wirkte. *Resting Bitch Face* hatte sie es damals genannt.

Ich konnte mir nur vorstellen, wie sehr meine blassblauen Augen gerade funkelten, als ich eine Hand in die Hüfte stemmte und die Zähne zusammenpresste. »Das geht dich einen Scheiß an, Michael.«

»Klar«, gab er sofort zurück und schien selbst in seiner sitzenden Position in sich zusammenzusinken. »Sorry«, schob er noch hinterher.

Ich schnaubte und drehte mich um, wieder zurück zum Inneren des Clubs. Ohne ihn noch eines Wortes zu würdigen, stapfte ich den schmalen, dunklen Gang entlang, der nicht in Richtung Tanzbereich führte, sondern zu der kleinen Umkleide für Mitarbeiter. Die Wut in mir wollte sich nur langsam entladen, aber sie war auch immer noch gemischt mit Schuld und Frust. Eine gefährliche Mischung.

Der kleine Raum, in dem sich die Mitarbeiter umzogen, erinnerte mich jedes Mal wieder an die Umkleiden, die wir damals für den Sportunterricht in der Schule gehabt hatten. Holzbänke und dunkelrote Spinde, die auf der anderen Seite aufgereiht waren. Ein kleiner Spiegel über einem Waschbecken. Neonröhren, von denen immer mindestens eine flackerte. Und ein Boden aus Linoleum, der quietschte, egal mit welchen Schuhen man darüber ging. Ich beeilte mich, zu meinem Spind zu kommen, und hängte vorsichtig meinen heißgeliebten Mantel hinein. Die schwarze Sportleggins ließ ich an und tauschte nur den Hoodie gegen das Shirt, auf dessen linker Brust das Logo des *Rhapsody* prangte: Ein Cocktailglas, aus dem giftiger Dampf aufzusteigen schien.

Ich war gerade dabei, meine langen blonden Haare aus dem engen Kragen des Shirts zu befreien, als mein Handy einen Ton von sich gab. Mein Nacken wurde wieder kalt – als hätte ich für einen Abend nicht schon genug erlebt. Einen Moment dachte ich darüber nach, den Ton einfach nicht zu beachten. Aber ich wusste natürlich, von wem die Nachricht war und was es bedeuten würde, wenn ich sie ignorierte. Es gab nur eine Nummer, deren Benachrichtigungen ich nicht stumm geschalten hatte – weil er es mir ausdrücklich verboten hatte.

Achtlos warf ich meinen Rucksack in den Spind, den Blick schon auf mein Handydisplay gerichtet. Neben einer Nachricht von meiner Freundin Veda, die mich nach einem Kaffeedate fragte, war da noch eine andere. Die, die gerade erst hereingekommen war. *DM*, war dort zu lesen. *Dorian Mars*. Mein Puls beschleunigte sich, als ich die Nachricht öffnete. Es war nur ein Bild, das irgendwie nach einem Polizeifoto aussah, und darunter ein Name. Jack Lawson.

Ich konzentrierte mich darauf, tief durchzuatmen. Früher hatte ich Dorian ab und zu nach den Menschen gefragt, die er mir schickte. Was sie getan hatten, dass sie es verdienten, bei mir zu landen. Was sie verbrochen hatten. Aber in den wenigen Fällen, in denen Dorian mir tatsächlich darauf geantwortet hatte, hatte ich meine Nachfrage sofort bereut. Seine Gründe waren nie gut genug. Nicht, dass irgendein Grund gut genug gewesen wäre, aber seine waren oft so kaltblütig, dass ich mir irgendwann abgewöhnt hatte, bei ihm nach Rechtfertigungen zu suchen, und zu etwas anderem übergegangen war.

Etwas zu schwungvoll warf ich die Spindtür zu und tippte auf dem Weg zur Tür den Namen, den Dorian mir geschickt hatte, in eine Suchmaschine ein. Schon nach wenigen Sekunden hatte ich das gleiche Bild gefunden, auf der Seite des NYPD. Die Worte, die ich dort las, beruhigten mein rasendes Herz ein wenig. Bewaffneter Raubüberfall. Mehrfache schwere Körperverletzung. Versuchter Totschlag seines eigenen Kindes. Dieser Jack Lawson war einer von den wirklich bösen Jungs hier in New York. Vielleicht nicht so böse und skrupellos wie Dorian Mars, aber die Informationen reichten mir für den Moment. Um mein Gewissen zu beruhigen. Um mich selbst zu rechtfertigen, und um zu verdrängen, was jemand wie Detective Hayes vielleicht wirklich in meiner dunklen Seele sehen würde.

Ich steckte das Handy in meine linke Hosentasche und trat auf den Gang.

KAPITEL 2

Bereits auf der breiten Treppe, die den hinteren Gang mit der Tanzfläche verband, wurde blaues und pinkes Neonlicht an die Wände geworfen. Ellis hatte rechts und links neben den Stufen deckenhohe Spiegel anbringen lassen, die das Licht reflektierten, und jedes Mal, wenn ich hier langlief, fühlte ich mich wie im Zentrum eines Kaleidoskops. Der Bass der Musik ließ die Luft vibrieren, und seltsamerweise führte diese etwas düstere, etwas verruchte Atmosphäre dazu, dass ich wieder an die Szene in der Gasse denken musste. An die Abdeckung. An Hayes' Blick.

Ich rieb mir über den kribbelnden Nacken, während ich die Stufen emporging, und versuchte, die Bilder mental vor mir wegzuschieben. Es gelang mir überraschend schnell, aber das war auch immerhin etwas, das ich die ganzen letzten Jahre trainiert hatte. *Weitermachen, egal was passiert ist. Vergessen, egal was man gesehen oder getan hat. Verdrängen, egal wie sehr die Schuld einen aufzufressen droht.*

Der Hauptraum des Clubs war bereits gut mit Gästen gefüllt,

die sich auf der Tanzfläche und an der Bar tummelten. Als ich am oberen Treppenabsatz ankam und den Blick schweifen ließ, musste ich zugeben, dass ich zwar den Trubel noch nicht ganz akzeptiert hatte, der mittlerweile hier herrschte – wohl aber, was Ellis aus dem ehemaligen Pub gemacht hatte. Als Kind hatte ich die urige Bar meines Großvaters geliebt, weil ich mich in ihr wie in einer spannenden, unheimlichen Höhle gefühlt hatte, in der es allerhand Abenteuer zu erleben gab. Das, was es damals zu diesem magischen Ort gemacht hatte – die dunklen Backsteinwände, die bis zur Decke ragten –, hatte Ellis bei der Renovierung zum Glück erhalten. Sie machten den Charme des *Rhapsody* aus. Zusammen mit den Neonlichtern, den alt aussehenden Stehtischen, der modernen Bar, den durchgesessenen Sofas und dem glitzernden Tanzbereich samt Bühne. Dieses immer wieder abwechselnde Spiel aus neu und alt war einzigartig. Und auch wenn ich das nur ungern zu den Vorteilen des Clubs zählte: Es sah auch absolut großartig aus auf Instagram-Bildern. Tatsächlich hatte der Hype auf das *Rhapsody* vor ein paar Monaten mit einem Instagram-Post und einer mysteriösen Caption angefangen, die auf unsere Cocktails anspielte.

Hinter der Bar entdeckte ich Marla, deren rotes Haar im Neonlicht schimmerte, und in einiger Entfernung konnte ich auch Michael sehen, der gerade einen Kunden abkassierte. Anscheinend hatte er seine Rauchpause beendet. Ich quetschte mich an einem an einer Säule wild knutschenden Pärchen vorbei auf die Bar zu. Marla sah mich schon von Weitem und machte mir die kleine Tür an der Seite auf.

»Wo warst du?«, wollte sie mit ihrer immer ein wenig emotionslosen Stimme wissen.

Ich zuckte mit den Schultern. »Wurde aufgehalten.«

Sie zog eine Augenbraue hoch, während sie zwei Gläser mit Whiskey Cola füllte. »Klar doch.« Ihr Ton machte deutlich, dass sie mir nicht glaubte. Dazu hatte ich wahrscheinlich schon zu viele Ausreden in zu kurzer Zeit benutzt. »Vielleicht kannst du in Zukunft nicht immer an den besonders geschäftigen Tagen aufgehalten werden?«

Ich winkte ab und wandte mich den Gästen zu, die an der Bar standen, um ihr wenigstens jetzt unter die Arme zu greifen. Ich nahm die erste Bestellung auf und ließ den Blick über die Menge schweifen, ehe ich Marla über die Musik hinweg zubrüllte: »Die Gasse zwischen der Melrose und der 3rd Avenue war abgesperrt.« Und um es noch ein wenig dringlicher klingen zu lassen, fügte ich nach ein paar Sekunden hinzu: »Anscheinend ist da irgendwas Unnatürliches passiert.«

Marla wirkte, als hätte sie mir gar nicht zugehört, weil sie bereits mit der nächsten Bestellung beschäftigt war. Aber daran, wie sie sich eine der roten Lockensträhnen hinters Ohr klemmte, erkannte ich, dass sie durchaus aufmerksam war. Und wie vermutet hakte sie nach ein paar Sekunden nach: »Was ist passiert?«

Ich schob erst den Drink über den Tresen, den ich gerade fertig gemacht hatte, bevor ich mich ein wenig zu Marla beugte und antwortete: »Ein Mord anscheinend. In den ein Magier involviert war.«

Sie riss sofort den Kopf herum und starrte mich mit großen Augen an. »Du lügst.«

»Nein, das ist mein Ernst. Es hat nach Papier gerochen, und ich habe die Abdeckung gesehen.« Ich wandte mich wieder den Gästen zu – mit einem Lächeln auf den Lippen. Auch wenn es in meinem Inneren rumorte. Denn dieser Satz, diese Erklärung, hatte augenblicklich die Bilder zurück in meinen Kopf geholt. Dieses unheimliche Gefühl, das kalte Kribbeln. Der Geruch nach alten Büchern und Magie. Als würde mich das, was da in der Gasse passiert war, doch irgendwie betreffen. Als wäre es bedeutend für mich.

Dabei war das absolut unmöglich.

»Krass«, kam es noch von Marla, dann arbeiteten wir beide schweigend weiter, abgesehen von kurzen Gesprächen mit den Kunden.

Schon nach wenigen Minuten merkte ich, wie die angenehme Stille sich in mir ausbreitete, die ich hier immer verspürte. Das war es, was ich an der Arbeit im *Rhapsody* mochte. Meine Gedanken waren so damit beschäftigt, die Kunden über laute Musik hinweg zu verstehen und Drinks zu mixen, dass überhaupt kein Platz für andere Dinge war. Es war unheimlich wohltuend. Und da ich mittlerweile ein gutes halbes Jahr in der Bar meines Bruders arbeitete, kannte ich die meisten Cocktailrezepte inzwischen auswendig und musste nicht mehr überlegen. Stattdessen konnte ich mich auf die Gesichter der Kunden konzentrieren. Darauf, wie ihre Augen aufgeregt funkelten, wenn sie das erste Mal einen unserer Spezialdrinks bestellten. Wie sie die ersten, erwartungsvollen Schlucke eines unserer grün leuchtenden *Dancing Joys* probierten. Wie sie sich fragten, ob alles, was man über uns erzählte, wirklich stimmte oder ob es nur seltsame Gerüchte waren. Und wie die Drinks schlussendlich langsam ihre Wirkung entfalteten, in ihre Blutbahnen und in ihr Gehirn drangen. Bis die Realisation auf ihren Gesichtern deutlich erkennbar war: das Gefühl, das sie sich von der Karte gewünscht hatten und das sich nun auf für sie unerklärliche Weise von ihrem Bauch aus bis in ihre Fingerspitzen ausbreitete. Jedes Mal wieder sah ich, wie sie auf der Tanzfläche den Kopf drehten, zu mir blickten und versuchten, etwas in meinem Gesicht zu lesen. Wie sie versuchten, zu verstehen, ob sie es sich nur einbildeten – oder ob es tatsächlich die Wirkung unserer Drinks war. Irgendwann zuckten die Menschen auf der Tanzfläche jedoch alle mit den Schultern, schüttelten den Gedanken ab, weil es einfach zu weit hergeholt war. Zu unrealistisch, dass es so etwas wirklich gab – magische Drinks, die die Gefühle verändern konnten.

Ich konnte mich noch gut an die Polizeikontrollen erinnern, die es in der Anfangszeit des *Rhapsody* – und auch jetzt noch regelmäßig – zur Genüge gab. An die Cops, die immer wieder auftauchten und unsere Drinks in Labore schickten, aber nie etwas fanden. Weil es keine Drogen darin gab. Keine Erklärung für die Wirkung, die sie entfalteten. Zumindest keine, die ihnen logisch vorkam. Denn für die meisten Menschen existierte Magie nicht.

Unwillkürlich wanderten meine Gedanken zu meiner zweiten oder dritten Kontrolle hier, als plötzlich Hayes vor mir an der Bar gestanden hatte. Zu diesem Zeitpunkt hatte ich ihn jahrelang nicht mehr gesehen – nur von seinen Ambitionen gehört, Dorian Mars hinter Gitter zu bringen. Das war auch der Grund gewesen, warum ich ihm nach seiner Rückkehr nach New York konsequent aus dem Weg gegangen war, obwohl alles in mir danach geschrien hatte, ihn wiederzusehen. Nach so langer Zeit nur einen Blick auf den jungen Mann zu werfen, zu dem er in der Zwischenzeit geworden war. Tatsächlich hatte ein einziger Blick in seine eisigen Augen an diesem Abend im *Rhapsody* die Erinnerungen an früher sofort wieder zurückgeholt. Die wenigen und doch irgendwie bedeutsamen Momente, die wir teilten. Als wären sie nicht Jahre, sondern nur Stunden her gewesen. Doch wenn es mit ihm irgendetwas gemacht hatte, mich wiederzusehen, dann hatte er es gut hinter seiner professionellen Detective-Maske versteckt.

Während ich ihn und seine Kollegen hinter die Bar und ins Lager gebracht hatte, damit sie alles kontrollieren konnten, hatte ich es ihm gleichgetan und mir nicht anmerken lassen, wie sehr mich sein Auftauchen aufwühlte. Aber in meinem Inneren war ein Sturm ausgebrochen. Ich hatte jede kleinste seiner Bewegungen beobachtet, jedes Zucken seiner Augen, jedes Krümmen seiner schlanken Finger. Vielleicht, weil ich irgendwo in diesem beeindruckenden Mann den Jungen gesucht hatte, der damals mein Herz berührt hatte und dann verschwunden war. Und offensichtlich war er das auch jetzt noch. Ich zumindest hatte nichts mehr von diesem Jungen an ihm erkannt. Und als er und seine Kollegen den Club wieder verlassen hatten, war ich mit einem seltsam leeren Gefühl im Magen zurückgeblieben. Als hätte ich diesen Jungen zum zweiten Mal verloren.

Entschlossen schüttelte ich den Kopf und konzentrierte mich wieder auf meine Arbeit, mixte Drinks und beobachtete die Gäste. Irgendwann fiel mein Blick auf eine junge Frau, die das Gefühl, das Glück, das sich in ihr ausbreitete, ganz offensichtlich genoss. Es würde ein paar Stunden bleiben, lange genug, dass sie einen großartigen Abend hatte, bevor es sich langsam ausschlich.

Die Magie in den *Dancing-Joy*-Cocktails – oder generell in allen unseren Cocktails – wirkte nicht wie die Drogen, die in New York zur Genüge grassierten. Niemand verlor seinen Willen, niemand konnte damit zu etwas gezwungen werden, weil er oder sie schon zu sehr weggetreten war, und niemand wachte am nächsten Tag mit einem Filmriss und brutalen Kopfschmerzen auf. Der *Dancing Joy* machte nur glücklicher. Für einen Moment, einen Abend. Ließ die Probleme in den Hintergrund rücken, ohne das Bewusstsein zu trüben. Ohne abhängig zu machen. Deshalb waren das *Rhapsody* und seine Drinks auch so beliebt.

Meine Mundwinkel zuckten, und wieder einmal wünschte ich mir, dass es auch für mich so einfach sein könnte. Dass ich nur einen unserer Drinks runterstürzen musste, um alles zu vergessen und glücklich zu sein. Aber damit der Cocktail auch bei mir wirkte, brauchte ich eine viel stärkere Dosis der Magie als unsere Gäste. Und Ellis hatte mich erst vor ein paar Monaten gebeten, die Dosis zu reduzieren, da er sich Sorgen machte, dass irgendwann doch noch jemand glaubhaft behaupten konnte, dass in unseren Drinks Drogen waren. Oder dass die anderen Magier der New Yorker Gesellschaft uns vielleicht die Bude hochnehmen würden.

Aber selbst mit der richtigen Dosis hätten die Drinks meine Probleme nur für einen kurzen Moment betäubt.

»Avery.« Marla drückte mir sanft den Ellenbogen in die Rippen und holte mich damit aus meinen fast schon hypnotisierten Beobachtungen der jungen Frau heraus. Ich sah sie fragend an, und sie nickte zur Ecke der Bar.

Mein Herz sank ein wenig, als ich ihrem Blick folgte. Am Ende der Bar stand Ellis, die Arme vor der Brust verschränkt und mit einem wirklich stürmischen Gesichtsausdruck. Seine Augenbrauen berührten beinahe seine blauen Augen, und ich presste die Lippen zusammen. Er sah wütend aus. Allerdings nur so wütend, dass die Kunden um uns herum keinen Schreck bekamen. Das hieß, dass er noch um einiges wütender war, und das war alles andere als gut. Ich warf einen schnellen Blick über die Schulter zu Michael, um die Situation abzuschätzen. Hatte er mich nach meiner ruppigen Antwort vielleicht doch bei Ellis verpfiffen? Aber der Barkeeper stand mit dem Rücken zu mir und bediente gerade einen Kunden, deshalb konnte ich in seinem Blick nichts lesen.

»Geh lieber«, brummte Marla neben mir. »Bevor er dich noch hinter der Bar hervorzerrt.«

Das würde in der Tat peinlich werden. Also stieß ich innerlich ein sehr tiefes Seufzen aus und trottete die Bar entlang zu der Stelle, an der Ellis stand. Sobald er sicher war, dass ich seiner stillen Aufforderung folgte, drehte er um und schlenderte zur Treppe, als wäre er vollkommen locker drauf. Nur ich konnte sehen, wie angespannt seine Schultern unter dem ordentlichen schwarzen Hemd und wie steif seine Bewegungen waren. Die blonden Haare, die wir beide von meiner Mutter geerbt hatten, hatte er an den Seiten nach hinten gekämmt. Wahrscheinlich hatte er das auch oben versucht, aber unsere Naturwellen waren absolut nicht zu bändigen. Sie hatten nicht einmal den Anstand, richtige Locken zu sein, stattdessen standen sie, selbst wenn sie kurz waren, in alle Richtungen ab.

Als ich den Platz hinter der Bar verließ und auf meinen Bruder zuging, kam mir kurz der Gedanke, ihm die Haarlänge nahezulegen, die ich gerade trug, weil sich die Wellen bei mir langsam immer mehr aushingen. Aber als ich seinen grimmigen Blick auffing, verkniff ich mir den Kommentar und lehnte mich einfach wortlos neben ihm mit dem Rücken an die Wand.

Ellis war eine Stufe der Treppe nach unten gegangen und trotzdem noch ein paar Zentimeter größer als ich. Er nutzte den Größenunterschied, um mich von oben herab böse anzufunkeln. »Wo warst du?«

»Was meinst du?« Unschuldig strich ich eine Haarsträhne aus meinem Gesicht und lächelte ihn gewinnend an. Es brachte natürlich nichts.

Ellis machte eine unwirsche Handbewegung, als würde er meine Worte aus der Luft wischen wollen. »Avery, lass den Quatsch. Ich weiß, dass du nicht da warst.«

Tja, er hatte Michaels Lüge also nicht geschluckt. Eigentlich überraschte es mich nicht, Ellis war zu schlau für solche Ausflüchte. »Ich wurde aufgehalten«, versuchte ich es deshalb. »Die Polizei hat meine übliche Gasse komplett abgesperrt, und ich musste einen Umweg nehmen. Ich glaube, dass da jemand umgebr…«

»Ein Umweg, der dich wie lange gekostet hat? Zwanzig Minuten? Eine halbe Stunde?«, unterbrach Ellis mich knurrend. Er nickte hart in Richtung Bar, wo sich mittlerweile wieder mehr Menschen tummelten. »Heute ist ein voller Tag. Deine Kollegen brauchen dich, also erweis dich als zuverlässig, bevor ich dich auch noch vor die Tür setze.«

Ich wusste, dass er das nicht tun würde. Wir waren immer noch Familie, hier in New York mittlerweile fast die letzten Teile davon, und er würde mich nie im Leben rauswerfen. Weder aus dem Haus, in dem wir lebten, noch bei diesem Job. Trotzdem setzte ich ein geknicktes Gesicht auf. Mir war bewusst, dass er nur auf mich aufpassen wollte. Und obwohl es mich nervte, dass er den Ersatzpapa spielte, war ich ihm doch dankbar, dass ich hierbleiben konnte. Dass er mir die Möglichkeit gab, in seiner Bar zu arbeiten.

»Sorry, Ellis«, sagte ich.

Doch auch das wischte er aus der Luft.

Ich unterdrückte ein Stöhnen, weil ich die Gardinenpredigt

schon kommen sah. Hastig wandte ich den Blick ab, damit er meine Gereiztheit nicht bemerkte.

»Ich will keine Entschuldigungen hören, Ave. Ich will, dass du Verantwortung übernimmst. Für dich, deine Kollegen und den Club, den ich hier aufgebaut habe. Für deinen Job. Hörst du mir überhaupt zu?«

»Klar hör ich zu.«

»Wieso siehst du mich dann nicht mal an, wenn ich mit dir rede?«

Ich zwang mich, den Kopf zu heben und ihn anzusehen, aber es fiel mir unheimlich schwer. Nicht, weil er mittlerweile wie meine Mutter klang, sondern weil genau in diesem Moment Jack Lawson den Club betreten hatte. Obwohl er etwas längere Haare hatte als auf dem Polizeifoto und einen ungepflegten Dreitagebart, erkannte ich ihn sofort. Das war der Mann, den Dorian Mars geschickt hatte. Das war der Mann, um den ich mich kümmern sollte.

»Du wirst morgen arbeiten. Sonntag«, sagte Ellis gerade. Er hatte die Hände in die Hüften gestemmt und einen Ausdruck auf dem Gesicht, der keine Widerrede duldete.

»In Ordnung«, brummte ich deshalb und ließ den Blick wieder zum Eingang schweifen. Lawson schob sich durch die Menge zur Bar, also musste ich mich langsam beeilen. Er durfte seinen Drink auf keinen Fall bei einem der anderen bestellen.

»… erwarte ich von dir, besonders weil es um die Kennedys geht.«

Mein Herz machte einen Sprung, bevor ich den Kopf wieder ruckartig zu Ellis herumschnellen ließ. »Die Kennedys?«

Mein Bruder sah genervt aus. »Schön, dass du so gut zuhörst«, brummte er, bevor er noch mal sagte: »Isla Kennedy hat morgen den Club für ihren Junggesellinnenabschied gemietet. Deshalb will ich, dass du da pünktlich und verantwortungsbewusst bist, hast du verstanden?«

Isla Kennedy. Ich erinnerte mich kurz daran, etwas auf Instagram gelesen zu haben, dass sie verlobt war und bald heiraten würde. Dass sie ihren Junggesellenabschied aber gerade bei uns feiern wollte, in unserem *Rhapsody*, war der absolute Wahnsinn. Für einen Moment ließ mich das sogar fast meinen Auftrag von Dorian Mars vergessen.

Ich würde Isla Kennedy kennenlernen!

»Reiß dich zusammen«, meinte Ellis, aber es klang schon wieder ein wenig versöhnlicher als noch eine Sekunde zuvor. Wahrscheinlich hatte er mich nicht als Strafe an einem Sonntag eingeteilt, sondern um mir einen Gefallen zu tun. Er wusste, dass ich Isla auf allen möglichen Social-Media-Seiten folgte. Das High-Society-Mädchen, die magische Überfrau, die man nur bewundern oder neidvoll hassen konnte. Aber er musste trotzdem den strengen Chef raushängen lassen.

Also presste ich die Lippen zusammen und nickte brav.

»Gut.« Ellis winkte in Richtung Bar, wie um mich wegzuschicken, und ging dann die Treppe nach unten. Einen Augenblick sah ich ihm nach und fragte mich, ob seine angespannten Schultern etwas damit zu tun hatten, dass ein Mitglied der Kennedy-Familie zu uns kam. Die Kennedys waren selbst für die New Yorker High Society eine einflussreiche Familie – aber das war noch nichts im Vergleich zu dem, was sie für uns bedeuteten. Für unsere Leute. Für uns Magier.

Meine Haut begann schon zu kribbeln, wenn ich nur darüber

nachdachte, aber ich musste in die Gegenwart zurückkehren. Besonders, weil genau in diesem Moment Jack Lawson an die Bar trat. Mit gehetztem Blick suchte er nach einem Barkeeper, seine Schultern hingen traurig herab. Glücklicherweise waren Michael und Marla gerade beschäftigt, also drängte ich mich schnell hinter den Tresen und lehnte mich vor ihm auf die Bar. »Hey, was darf's sein?«

Die Nervosität war sofort wieder zurück und schlug Wellen in meinem Magen. Ich spürte, dass meine Stimme zitterte, aber glücklicherweise war das über den brummenden Bass nicht zu hören. Lawson drehte sich zu mir, und ich war überrascht, wie leer sein Blick tatsächlich war. Wie hoffnungslos. Ich war mir sicher, dass er sein Schicksal kannte, dass er genau wusste, was ihm blühte. Und wieder stellte ich mir die Frage, womit er Dorian Mars wohl so sehr verärgert hatte. Nicht, dass ich wirklich eine Antwort darauf wollte.

Neben dem Geruch von Alkohol, der von ihm ausging, lag jetzt noch etwas anderes in der Luft. Es war Magie, die ich wahrnahm, aber nicht die von alten Büchern und Geheimnissen, wie die Narratives sie verströmten. Und auch nicht die von mit Blut vermischtem Wein, süß und gefährlich und betörend, die an den Poisonern haftete. Wie an Ellis. Wie an mir. Es roch eher, als hätte Lawson gerade erst ein riesiges Gemälde beendet und wäre danach direkt von seiner Galerie in den Club gestürzt. Der Duft von frischer Farbe, Öl und Freiheit begleitete den Mann. Er war unverkennbar ein Artist, auch wenn sein Geruch und damit wohl auch seine Magie schwach waren.

Als er sich über die Bar lehnte, konnte ich auch das sanfte Prickeln spüren, das immer in der Luft lag, wenn zwei Magier aufeinandertrafen. Nur leicht, wie zwei schwache, elektrisch geladene Atome, die einander zu nah kamen. Wenn Lawson es auch spürte, dann ließ er sich nichts anmerken.

»Einen *Dancing Joy*«, bestellte er mit kratziger Stimme unseren beliebtesten Cocktail.

So wie er aussah, hatte er ein paar Glücksgefühle dringend nötig. Sein Blick zuckte schon wieder im Raum umher, als würde er etwas suchen. Er beachtete mich kaum, weil er viel zu sehr mit seinen Ängsten beschäftigt war. Wahrscheinlich hatte irgendwer von Dorians Leuten erzählt, dass er hier etwas Ruhe finden könnte. Etwas Ablenkung von allem, was ihn belastete. Erleichterung.

Stattdessen würde er hier sein unvermeidliches Ende einläuten.

»Kommt sofort«, sagte ich mit einem Lächeln, obwohl mein Herz raste und die Schuldgefühle wieder überhandnahmen. Ich versuchte, mir in Erinnerung zu rufen, was ich über ihn gelesen hatte, während ich nach einer dunklen Flasche unter der Theke griff, die ich dort für meine Aufträge deponiert hatte. Sie war hinter anderen Getränken versteckt, in einer kleinen Nische, die nur ich kannte, damit Michael und Marla sie nicht aus Versehen benutzten. Ich versuchte, an seine Taten zu denken, als ich den Cocktail mischte, und an die Menschen, die er verletzt hatte, auch wenn ich ihre Gesichter nicht kannte. *Heute wirst du hier kein Glück finden,* dachte ich, und meine Finger zitterten leicht.

Jack Lawson sah mich nicht an, als ich das Glas mit der dunklen Lilafärbung über den Tresen schob. Ich wollte mich abwenden, als er danach griff. Als er den Drink an seine Lippen hob und die ersten Schlucke nahm. Aber ich konnte nicht. Es war, wie einem Unfall beizuwohnen. Einen, bei dem man ganz genau wusste, was passieren würde, ohne dass man es verhindern konnte.

Ich zwang mich, mich von ihm loszureißen, den nächsten Kunden zu bedienen. Doch immer wieder zuckte mein Blick zu ihm, während er zusammengesunken an der Bar saß und den Drink hinunterkippte. Ich beobachtete seine blassen Gesichtszüge, die so verzweifelt, so frustriert aussahen.

Deshalb sah ich auch genau in der Sekunde zu ihm, in der der *Dancing Joy*, der keiner war, seine Wirkung entfaltete. Zuerst war da nur ein nervöses Zucken der Schulter, dann folgte ein unruhiges Tippen seiner Finger. Er drehte den Kopf zur Tür. Zur Tanzfläche. Wieder zu seinem Drink und dann erneut über seine Schulter. Ich wusste, was er fühlte, nicht nur, weil es ihm ins Gesicht geschrieben stand. Ich wusste, welch unschöne Mischung ich ihm da ins Glas gekippt hatte. Es begann mit Nervosität, die sich langsam steigerte, bis sie zu Angst wurde. Blanke Panik, die sich in jede seiner Nerven ausbreitete. Die jede Faser seines Körpers einnahm.

Und dann kamen die Schuldgefühle.

Ich erkannte es daran, wie sein Gesicht beinahe in sich zusammenzufallen schien. Welche Schuld ihn quälte, wusste ich nicht. Vielleicht gegenüber seinen Opfern. Oder seiner Familie. Oder womit auch immer er Dorian Mars so sehr verärgert hatte, dass er ihn zu mir geschickt hatte. Wie man es riskieren konnte, es sich mit dem gefährlichen Gangsterboss zu verscherzen, war mir sowieso schleierhaft.

Das »was« war auch vollkommen egal. Wichtig waren die Emotionen, die sich in seinem Inneren gerade überstürzten, Wellen schlugen, von ihm Besitz nahmen, bis nichts anderes mehr zu spüren war. Bis er nur noch aus diesen Gefühlen bestand.

Ich wusste, dass ich ihm eine starke Mischung gemacht hatte.

Das tat ich immer, wenn Dorian jemanden zu mir schickte, um ganz sicher zu sein, dass der Auftrag erfüllt war. Aber der Horror, der nun auf Lawsons Gesicht trat, war doch etwas mehr, als ich beabsichtigt hatte. Einen Moment glaubte ich, dass er noch an der Bar zusammenbrechen würde. Er war kalkweiß, das war sogar unter dem Neonlicht zu erkennen, und er griff sich an die Brust.

Ich streckte die Hand nach ihm aus, wollte ihn an der Schulter berühren und fragen, ob alles in Ordnung war. Das war es natürlich nicht, und es war meine Schuld, das wusste ich. Der Impuls, dem ich folgte, war vollkommen irrsinnig, aber ich konnte ihn trotzdem nicht unterdrücken.

Doch noch bevor mein Finger seinen Ärmel berührte, sprang Lawson plötzlich auf. Mit totenbleichem Gesicht und zitternden Händen. Er sah sich so gehetzt um, dass es schon beinahe an eine psychotische Episode erinnerte, bevor er sich mit solcher Gewalt einen Weg durch die Menge zum Ausgang bahnte, dass er einige Gäste heftig von sich stieß und ein paar wütende Blicke kassierte. Was er vermutlich gar nicht mitbekam. In seiner blinden Angst, seiner überwältigenden Panik und voller Schuldgefühle, die in ihm aufquollen, konnte er nichts anderes mehr wahrnehmen. Und genau das würde sein Ende bedeuten. Diese Gefühle, die ich in ihm ausgelöst hatte, würden ihn in die Arme von Dorian Mars treiben und damit seinem Leben ein Ende setzen.

In dem Moment, in dem er aus der Tür nach draußen in die Nacht stürzte, war mir, als würde alles in und an mir zusammensacken. Ich spürte so etwas wie Erleichterung, dass es geklappt hatte, aber auch diese unendliche, quälende Schuld. Diese Verzweiflung, die an mir nagte und mich daran erinnerte, dass ich keine Wahl hatte. Ich spürte sie so sehr, dass ich nach einer Whiskyflasche griff und mir einen Shot einschenkte.

Der Alkohol brannte in meiner Kehle und lenkte mich davon ab, was ich gerade getan hatte. Wenn auch nur für ein paar Sekunden. Es lenkte mich von der Verzweiflung ab, von der Angst, dem Frust über Dorian Mars und seinen beschissenen Aufträgen.

Und es lenkte mich davon ab, dass ich eine verdammte Mörderin war.

KAPITEL 3

Es war bereits nach vier Uhr, als ich das *Rhapsody* durch die gleiche, schwere Metalltür verließ, durch die ich gekommen war. Mein Kopf fühlte sich ein wenig an, als wäre er in Watte gepackt, und meine Beine schmerzten von dem langen Stehen. Als ich den Mantel enger um mich schlang und aufblickte, in den bereits aufklärenden Himmel, erinnerte ich mich an meine ersten Nächte im Club. Wie ich jeden Morgen durch die Tür gehumpelt war und auf meinen großen Bruder geflucht hatte, der keinen leichteren Job für mich hatte erübrigen können. Ich hatte jeden Morgen geschworen, dass ich nicht wiederkommen würde. Dass mich keine zehn Pferde mehr hinter diese Bar bringen würden. Aber trotzdem war ich jeden Abend wieder aufgetaucht, bis ich mich schließlich an das lange Stehen, die unfreundlichen Gäste und das Putzen der Toiletten gewöhnt hatte. Und das lag nicht nur daran, dass ich mich meinem Bruder oder dem Erbe meines Großvaters verpflichtet fühlte. Es fehlte mir auch einfach an Alternativen. Und wenn man mit jemandem wie Dorian Mars zu tun hatte, aber eigentlich von ihm wegwollte, dann durfte man auf keinen Fall perspektivenlos sein. Man musste einen Ausweg für sich finden. Mit allen Mitteln, die dazu nötig waren. So zumindest versuchte ich immer wieder und wieder, diese ganze Sache vor mir selbst zu rechtfertigen. Die Dinge, die ich für ihn tat.

Ich entschied mich, über die 3rd Avenue zu gehen, obwohl der Weg nach Hause von hier eigentlich weitaus kürzer gewesen wäre. Ellis würde noch eine ganze Weile im Club bleiben, um klar Schiff zu machen, und da es noch dunkel war und die Erinnerungen an Lawson noch frisch, wollte ich nicht zu lange allein in der Wohnung sein. Auch wenn es bei allem, was ich tat, wahrscheinlich kindisch war.

Aber vielleicht war es nicht nur das, was mich die Straße hinabtrieb, in einem leichten Bogen um den Block, bis wieder die Gasse in mein Blickfeld kam, an der ich am Vorabend einen unfreiwilligen Halt eingelegt hatte. Sie war inzwischen nicht mehr abgesperrt, und von den Polizisten war auch nichts mehr zu sehen. Trotzdem blieb ich für einen Moment an der Straße stehen und starrte in die dunkle Lücke zwischen den beiden Wohnhäusern. Obwohl am Horizont die Sonne bereits langsam aufging, drang kaum ein Lichtstrahl zwischen die Gebäude, und ich konnte nur den leichten Schimmer der Pfützen und die Umrisse einiger großer Müllcontainer erkennen.

Kurz dachte ich darüber nach, die Gasse zu meiden und außen herumzugehen, aber diesmal rief ich mich selbst zur Ordnung. Hier war nichts, wovor ich mich fürchten musste. Ich hatte weiß Gott schlimmere Dinge erlebt und durfte mich nicht von so einer lächerlichen Erinnerung einschränken lassen, völlig egal, was ich dort gesehen oder eigentlich nicht gesehen hatte. Das hier war der

Weg, den ich immer ging. Er war vertraut. Und das würde ich mir nicht nehmen lassen.

Aber da war auch noch etwas anderes, das zeitgleich mit der grimmigen Entschlossenheit in mir aufstieg. Ein seltsames Prickeln, das in meinen Magen nach oben wanderte und beinahe danach verlangte, dass ich durch die dunkle Gasse ging. Vielleicht ein plötzlicher Anflug von Adrenalinsucht. Bevor sich mein Kopf jedoch aktiv dazu entschließen konnte, dem Impuls nachzugeben, hatten meine Füße sich schon in Bewegung gesetzt.

Meine Schritte hallten von den hohen Wänden um mich herum wider. Statt nach oben zu blicken, in den sich auftuenden Himmel, klebte mein Blick auf dem Boden. Erst auf den Spitzen meiner Stiefel. Dann wanderte er weiter, Meter für Meter, bis zu der Stelle, an der die Leiche gelegen haben musste. Ich erkannte sie an der beinahe sternförmigen, großen Pfütze, über der das Leichentuch ausgebreitet gewesen war.

Natürlich war von dem Opfer nichts mehr zu sehen. Kein Blut, keine anderen Hinterlassenschaften. Nicht dass ich das erwartet hatte, aber es ging mir auch nicht um das, was man sehen konnte. Vielmehr war es das, was ich am Vorabend gespürt hatte, was meine Füße langsam weiterbewegte.

Das sanfte, kühle Prickeln kehrte in meinen Nacken zurück, als ich über die Pfütze hinwegstieg. Es war ein seltsames Gefühl, beinahe wie ein Ziehen. Eine Art Sehnsucht, die in meinem Magen rumorte. Nur noch sanft, wie ein Echo des eigentlichen Gefühls, aber es war da. Und als ich, fast am anderen Ende der Gasse, den Kopf hob, roch ich es plötzlich.

Kein Blut. Kein Reinigungsbenzin. Es war Asche. In der Gasse stank es, als wäre etwas – oder jemand – verbrannt worden. Ich reckte die Nase, schnupperte in der Luft, und auf einmal nahm ich den Geruch so deutlich wahr, als hätte jemand direkt neben mir ein Feuer gelegt. Was zum Teufel war hier nur passiert?

Die Frage pochte in meiner Brust, als ich die Gasse kurz darauf verließ. Ich schob die Hände in die Manteltaschen und blickte noch einmal zurück in die dunkle Leere zwischen den Häusern. Der Geruch hatte sich inzwischen wieder verflüchtigt, aber das Gefühl war geblieben. Es war, als würde jemand nach mir rufen. Nach Hilfe schreien. Auf meinem Nacken breitete sich eine Gänsehaut aus, und ich drehte mich schnell weg, um die Gedanken abzuschütteln.

Das war doch Blödsinn. Ich war einfach übermüdet, und der Anblick von vor ein paar Stunden hing mir wahrscheinlich noch in den Knochen. Meine Sinne spielten mir nur einen seltsamen Streich, und ich musste bloß ins Bett, dann würde ich das Ganze schnell vergessen.

Doch mein Vorhaben, das alles einfach ruhen zu lassen und nicht weiter darüber nachzudenken, löste sich jäh in Luft auf, als ich die 3rd Avenue runterlief und sich auf der linken Seite das 42. Police Department auftat. Ich ließ nur kurz den Blick über das weiß-orange Gebäude schweifen, über die weißen Autos davor, die mit dem Logo des NYPD gekennzeichnet waren. Es war kaum etwas los um diese Uhrzeit. Aber dann sah ich aus irgendeinem Grund auf die andere Straßenseite und blieb abrupt am Bordstein stehen.

Gegenüber des Police Departments befand sich ein kleiner Laden, wohl ein Coffeeshop mit Bäckerei, den ich noch nie groß beachtet hatte. Die kleinen Schaufenster, über denen Baldachine thronten, waren winzig und beinahe unauffällig in einer Straße wie dieser. Doch das war nicht das, was mir den Atem stocken ließ. Obwohl es noch sehr früh war, waren die Fenster bereits beleuchtet, und hinter einem von ihnen konnte ich einen Mann am Tresen stehen sehen. Und nicht irgendeinen Mann – durchgedrückter Rücken, auf dem das NYPD-Logo prangte, und pechschwarze Haare, die sich oben etwas kringelten. *Hayes.*

Der Detective war allein. Zumindest konnte ich keinen seiner Kollegen in dem kleinen Vorraum oder in der Nähe des Coffeeshops sehen. Mein Blick huschte zurück zu Hayes, und ich beobachtete ihn ein paar Sekunden von der anderen Straßenseite aus. Er stand mit dem Profil zu dem großen, schwach beleuchteten Fenster und starrte mit düsterer Miene auf sein Handy. Wie immer war seine Stirn in Falten gelegt, was ihn älter wirken ließ, obwohl er erst Anfang zwanzig war. Vielleicht ließ es einen aber auch altern, wenn man einen Job hatte, der einen mitten in der Nacht aus dem Bett jagte und zu einem Tatort rief. Oder wenn man bereits mit achtzehn in der Army gedient hatte.

Eine seltsame Unruhe breitete sich in mir aus. Es war eine Mischung aus der Angst, die er immer in mir auslöste, und der brennenden Neugierde über den Fall, den er heute untersucht hatte. Ich wusste, dass er etwas mit uns Magiern zu tun hatte – nicht nur wegen des Prickelns, das ich in der Gasse gespürt hatte, sondern auch, weil es Hayes war, der den Fall betreute.

Und wieder bewegten sich meine Füße, bevor mein Kopf sich dazu entschieden hatte. Vielleicht war es nur meine Müdigkeit, die mich meinen Respekt vor dem Detective einen Moment vergessen ließ, und wie sehr mich sein zorniger Blick manchmal immer noch einschüchterte, auch wenn ich es mittlerweile mit viel unheimlicheren Typen zu tun hatte.

Das Glöckchen über der Glastür bimmelte aufgeregt, als ich sie nach innen aufdrückte, und sofort kam mir die angenehme Wärme und der Geruch von frisch gebackenen Brötchen entgegen. Ich sog ihn ein, bevor ich mich zu Hayes umdrehte, der immer noch mit durchgedrücktem Rücken am Tresen stand und auf sein Handy starrte. Er blickte noch nicht einmal auf, als ich direkt hinter ihn trat.

»Guten Morgen, Detective Hayes«, sagte ich mit einer fröhlichen Stimme, nach der ich mich überhaupt nicht fühlte.

Ein Ruck ging durch seinen Körper, und er riss den Kopf herum, um mich ungläubig anzustarren. Waldgrün. Ich konnte beinahe die Tannen riechen, als ich in seine Augen blickte. Sie verdunkelten sich innerhalb eines Wimpernschlages, als wäre ein Gewitter über ihnen zusammengezogen.

»Avery.« Seine Stimme war eine immer wieder irritierende Mischung aus rauchigem Gangsterboss und Erotik-Hörbuchsprecher, und ich versteifte mich, damit man mir mein Schaudern nicht anmerkte. Gegen das Grinsen, zu dem sich meine Lippen verzogen, konnte ich mich allerdings nicht wehren.

»Harte Nacht?«, wollte ich wissen und war selbst ein wenig genervt von der Fröhlichkeit in meiner Stimme. Aber ich wusste auch, dass es ihn auf die Palme brachte, wenn ich ihm so locker begegnete, und ein wenig freute ich mich über die Gefühlsregung in seinem Gesicht.

Seine Augenbrauen zuckten, bevor er sich wortlos wieder seinem Handy zuwandte. Er ließ mich einfach abblitzen, wie so oft.

Und wie so oft machte ich genau das, was ihn jedes Mal wieder zu einer Reaktion trieb: Ich ignorierte es. »Ja, meine auch.« Mit federndem Schritt ging ich um ihn herum, sodass ich nun vor ihm an der Theke stand, und tat so, als würde ich sehr eindringlich die auf eine Tafel geschriebene Getränkekarte studieren. »Ich brauche dringend einen Kaffee«, kommentierte ich dabei. »Kannst du was empfehlen?«

»Einen anderen Bäcker.«

»Ist der Kaffee hier so schlecht?«

Hayes knurrte sein Handy an, und als ich über meine Schulter blickte, zuckte ein Nerv an seiner Stirn. Es war faszinierend, ihn mal anders zu sehen als konzentriert und unterkühlt. Er war immer noch ein wenig einschüchternd, und ein Teil von mir hatte immer noch Angst, dass Hayes herausfand, was ich für Dorian Mars tat, aber jetzt hatte ich mich etwas besser unter Kontrolle als gestern Abend.

Er musste bemerkt haben, dass ich ihn anstarrte, denn er hob den Kopf und sah mich an. Nach einer gefühlten Ewigkeit ließ er sich doch zu einer Antwort herab: »Der Kaffee hier ist großartig. Deshalb komme ich hierher.«

Ich war also das Problem. Dabei hatte ich ihm eigentlich nichts getan.

Gespielt unbekümmert zuckte ich mit den Schultern und wandte mich wieder nach vorn. Die Bedienung war offenbar in der Küche beschäftigt, und nachdem ich mich noch einmal im Gästeraum umgesehen hatte, um sicherzustellen, dass niemand hier war, sagte ich: »Hab den Tatort heute Nacht gesehen.«

»Ich weiß.«

Klar, er hatte mich dort bemerkt. Wieder blickte ich über meine Schulter, während ich auf meiner Lippe kaute. Sein Gesicht war unmöglich zu lesen. Vor allem, wenn er mich nicht direkt ansah. »Ein Mord, hm?«

Jetzt passierte doch etwas. Ein harter Zug erschien um seinen Mund. Nur für eine Sekunde, aber ich sah es trotzdem. Mein Nacken begann wieder zu kribbeln.

»War der Magier der Mörder oder das Opfer?«

Hayes' Ausdruck wechselte schlagartig von genervt zu todernst. Diesmal war der Blick, den er mir zuwarf, auch nicht unbedingt brennend und wütend, sondern eindringlich. »Avery, die Sache geht dich wirklich überhaupt nichts an. Halt deine Nase da raus.«

Er stritt es nicht ab, dass ein Magier involviert war, aber das hätte auch keinen Sinn gehabt. Hayes war seit über einem Jahr Leiter einer Taskforce des NYPD, die sich mit magischen Fällen beschäftigte, und er wusste, dass ich das wusste. Obwohl unsere Existenz gewissermaßen streng geheim war, wussten einige Leute, in denen kein magisches Blut floss, Bescheid – besonders in den höheren Rängen der Polizei. Immerhin hatte jemand von oben die Taskforce genehmigen müssen. Andere vermuteten wahrscheinlich etwas, auch wenn der Gedanke, dass es Magie gab, ihnen absurd vorkam.

Während ich Hayes' Gesicht musterte, fragte ich mich, wie viel seine Kollegen tatsächlich über ihn wussten. Ob sie wussten, dass er gegen Magier ermittelte. Dass er selbst magisches Blut hatte, auch wenn die Fähigkeiten seiner Familie bei ihm aufhörten – weil er der sogenannte Shield war: das Ende einer langen Linie von Magiern, das immun gegen Magie war, sie selbst aber nicht mehr nutzen konnte. Und ich fragte mich, ob sie wussten, dass das der Grund war, warum er sich in seiner Teenagerzeit als das schwarze Schaf der Familie gefühlt hatte, dass er immer das Gefühl hatte, sich behaupten zu müssen, und dass er deshalb zum Militär gegangen war. Ich fragte mich, ob sie so viel wussten wie ich.

Ich spürte so etwas wie Scham in mir aufsteigen und wandte mich wieder nach vorn. Es fühlte sich nicht richtig an, dass ich diese Dinge über ihn wusste. Nicht mehr. Es war nicht einmal so, dass ich ihn besonders gut gekannt hatte, bevor er New York verlassen und zur Army gegangen war. Er war in der Schule ein paar Klassen über mir gewesen und hatte auch hier in Melrose gelebt, nicht weit vom Haus meiner Großeltern entfernt. Er war einer dieser coolen Jungs gewesen, die von allen gemocht wurden. Die gut in der Schule und im Sport waren. Und die sich bestimmt nicht mit Losern wie mir abgaben.

Aber obwohl wir nur ein einziges Gespräch geführt hatten, als unser Bus ausgefallen und wir notgedrungen zusammen nach Hause gelaufen waren, hatte es sich in meinem Gedächtnis festgesetzt. Wie er gelacht hatte, wie er schließlich von den Erwartungen seiner Familie erzählt hatte. Ich hatte das Gefühl gehabt, dass wir vielleicht Freunde hätten werden können. Doch nur eine Woche später war plötzlich seine Schwester gestorben. Ertrunken, soweit ich wusste. Und Hayes hatte die Schule gewechselt. Er hatte seinen Abschluss gemacht und war zur Army gegangen, wie ich später erfahren hatte.

Als er Jahre später zurückgekehrt war, hatte er völlig anders ausgesehen. Härter. Düsterer. Und er hatte als Detective beim NYPD angefangen und war kurz darauf zum Leiter der Magier-Taskforce ernannt worden. Seitdem war er wild entschlossen, die Gang hochzunehmen, die in der Bronx alles kontrollierte. Die Gang unter Dorian Mars, der die unteren Schichten der Magiergesellschaft um sich scharte und eine kleine, düstere Armee um sich aufbaute, mit der er übermächtig war. Die Gang, für die ich mittlerweile arbeitete.

Wie viel sich in ein paar Jahren doch verändern konnte.

Wir standen auf völlig gegensätzlichen Seiten: Hayes, der gute Detective, der im letzten Jahr unzählige Gangmitglieder festgenommen hatte, und ich, eine von Dorians Leuten, die mit ihrer Magie Menschen in den Tod trieb. Allein der Gedanke, dass er mir irgendwann auf die Schliche kommen könnte, trieb mir erneut den Angstschweiß auf die Stirn. Aber ich musste wissen, was es mit diesem Toten auf sich hatte. Die Bilder ließen mich einfach nicht mehr los, und das würden sie auch nicht, wenn ich ihnen nicht auf den Grund ging. Wenn ich nicht herausfand, ob *ich* etwas damit zu tun hatte.

»Na ja«, antwortete ich etwas verspätet auf seine Worte und stützte die Hände auf die Theke. »Wenn der Magier das Opfer war, geht es mich vielleicht doch etwas an. Kenne ich ihn oder sie? Ist es jemand, der zufällig ausgewählt wurde? Oder macht jemand neuerdings Jagd auf Magier?« Die Worte fühlten sich in meinem Mund falsch und widerlich an wie Zigarettenasche. Es war nicht meine Art, so versucht unbeteiligt und gut gelaunt über einen Mord zu sprechen. Aber ich hatte Angst, dass er, wenn ich zu interessiert wirkte, vielleicht Schlüsse daraus zog. Ich war keine gute Lügnerin. Schon gar nicht vor Hayes. Dabei wollte ich so unbedingt wissen, ob Dorians Gang etwas mit dem Mord zu tun hatte. Ob ich, indirekt, darin verwickelt war.

Doch Hayes tat mir nicht den Gefallen, mein Gewissen zu erleichtern. Er sagte nur: »Wenn du jemanden vermisst, lass gern hören, Avery. Sobald du relevante Infos für den Fall hast, bin ich mehr als gewillt, mit dir zu sprechen.«

Ich wollte schon genervt stöhnen, als plötzlich die Erkenntnis wie ein eisiger Schauer über meinen Rücken lief. *Wenn du je-*

manden vermisst. Das hieß, der Magier war das Opfer. War Hayes das aus Versehen rausgerutscht? Als ich ihn forschend musterte, sein kontrolliertes, kühles Gesicht, seine stechend grünen Augen, wusste ich, dass es nicht so war. Er hatte mir diese kleine Info absichtlich überlassen. Bevor ich darauf reagieren konnte, trat die Bedienung mit einem großen Becher Kaffee aus der Küche.

»Entschuldigen Sie, dass es so lange gedauert hat, Detective«, sagte der ältere Mann und reichte Hayes den Kaffee. »Unser Aufschäumer ist kaputtgegangen, und ich musste erst das Problem finden.«

Hayes nahm sofort den Becher entgegen, und tatsächlich trat beinahe so etwas wie ein Lächeln auf seine Lippen. »Kein Problem. Bis morgen, Joe.«

Der Mann nickte und wandte sich mir zu. »Und Sie, Miss?«

Ich blickte zu Hayes, der aber wieder dazu übergegangen war, mich zu ignorieren. Er drehte sich einfach auf dem Absatz um und marschierte aus dem Café, als würde er mich gar nicht kennen. Als hätte dieses wahnsinnig kurze und dennoch so bedeutende Gespräch gerade überhaupt nicht stattgefunden.

Jemand hatte einen Magier ermordet.

»Danke, ich brauche nichts«, sagte ich schnell und ließ den Mann stehen, um nach draußen zu eilen. Aber Hayes war natürlich längst weg.

Auf dem restlichen Heimweg spürte ich, wie sich langsam ein fieser Schmerz in meinem Kopf einnistete. Meine Gedanken fuhren Achterbahn. Eine verdammt unheimliche Achterbahn.

Die Leichenplane in der dunklen Gasse, unter der ein ermordeter Magier gelegen hatte, hatte darin immer wieder einen Gastauftritt. Genau wie der entsetzte Blick von Jack Lawson, dem ich meinen Spezialdrink gemixt hatte. Wie er, gepeinigt von Schuld und Angst, aus dem Club gestolpert war. Und, seltsamerweise, Erinnerungen an einen jüngeren Hayes, der mit einem breiten Lächeln neben mir her lief – so dicht, dass sich ständig wie zufällig unsere Hände berührten.

Die Elton Street, in der ich mit Ellis wohnte, war nicht mehr weit vom Police Department entfernt. Das Haus war alt, es gehörte schon seit Generationen meiner Familie, und es wirkte merkwürdig eingequetscht zwischen den angrenzenden Gebäuden. Als hätte es sich nachträglich in eine viel zu enge Lücke gedrängelt. Trotz seiner offensichtlichen Schwächen, dem abgeplatzten Putz und dem seltsam schiefen Dach zum Beispiel, liebte ich das Haus. Ich liebte es, obwohl es in der Straße das wahrscheinlich am baufälligsten aussehende Haus war und die Menschen meistens an der Straße daran vorbeiliefen und es entweder nicht bemerkten oder die Nase darüber rümpften. Beinahe wie eine Entschuldigung an das Haus, weil es nicht so gewürdigt wurde, wie es sollte, hatte ich mir angewöhnt, im Vorbeigehen immer gegen seine alten Mauern zu klopfen. Genau das tat ich auch, als ich im Morgengrauen todmüde und mit hängenden Schultern auf die dunkelbraun gestrichene Eingangstür zuging. Ich strich sanft über den Putz, dann klopfte ich dreimal mit dem Fingerknöchel dagegen. *Du wirst auch immer falsch eingeschätzt,* sagte ich dabei in Gedanken. *Genau wie ich.*

Im Eingangsbereich roch es noch nach dem Abendessen von gestern – viel zu scharfe chinesische Nudeln von *Black Dragon* –, weil ich mal wieder vergessen hatte, zu lüften. Mit ein paar großen Schritten durchquerte ich den schmalen Gang, ließ meinen

Mantel an der Garderobe zurück und riss in der schmalen Küche das Fenster auf. Hoffentlich zog es richtig durch, bis Ellis zurück war.

Erst danach hatte ich das Gefühl, dass mein Körper sich entspannte. Als würde die gesamte Anspannung der Nacht auf einmal von mir abfallen, weil ich endlich zu Hause war. Ich lehnte mich an den Küchenschrank, während die kühle Luft von draußen durch die Küche strömte. Sie war eigentlich immer viel zu klein für unseren Haushalt gewesen – aber dann waren vor ein paar Jahren meine Eltern nach Greenport gezogen, einem Vorort in der Nähe von New York, um fernab von der Magiergesellschaft zur Ruhe zu kommen und sich ihren Traum zu erfüllen. Spießiges weißes Haus mit Vorgarten, eine kleine Pension mitten im Grünen und letztes Jahr hatten sie sich sogar einen Hund angeschafft. Einen Dalmatiner namens Karlo. Und sosehr ich die Ruhe auch genoss, wenn wir meine Eltern besuchten, ich war dennoch froh, dass unser Großvater damals zugestimmt hatte, dass wir weiter bei ihm wohnen durften und unsere Eltern sich darauf eingelassen hatten.

Und jetzt, wo unser Großvater auch nicht mehr hier war, kam mir die Küche fast lächerlich groß vor.

Ich ignorierte den heißen Stich, der durch meine Brust schoss, und füllte den Wasserkocher. Danach verließ ich die Küche und erklomm mit federndem Schritt die kleine Treppe im Gang. Im Erdgeschoss waren eigentlich nur das kleine Wohnzimmer, ein Gäste-WC und die Küche. Oben befanden sich die Schlafzimmer – das von meinem Großvater, das seit vier Monaten abgeschlossen war, das von Ellis und schließlich meins. Meine Eltern hatten ebenfalls auf dieser Ebene geschlafen, aber nachdem sie weggezogen waren, hatten wir ein Arbeitszimmer draus gemacht, das nun Ellis nutzte.

Der richtige Zauber fand aber noch ein wenig weiter oben statt. Ich musste ein paarmal unter der Luke zum Dachboden hochspringen, bis ich die Stange zu fassen bekam, die an der Decke hing. Ich zog kräftig daran, und die Luke öffnete sich – und mit ihr glitt eine schmale Leiter nach unten. Erst als sie eingerastet war, beugte ich mich nach vorn und kletterte nach oben.

Die Schönheit, die mich hier erwartete, raubte mir auch heute noch manchmal den Atem. Wohin man sah, überall war Grün. Große Blätter, kleine Pflanzen, dunkel oder giftig hell. Sie standen in Töpfen links und rechts auf Regalen, hingen von der Decke oder, wenn sie richtig groß waren, erstreckten sie sich aus hohen Keramiken bis zum Dach hinauf und zu den großen Fenstern, durch die das Sonnenlicht schien. An der linken Seite wuchs sogar Efeu an der Holzwand hoch, und ich wusste wirklich nicht, wie mein Großvater das hinbekommen hatte. Vielleicht hatte er es auch gar nicht geplant, und es war einfach passiert. Auf der anderen Seite des Raumes, in der Mitte, befand sich noch eine Glastür zur Terrasse des Kräutergartens, durch die man noch mehr üppige Pflanzen sehen konnte.

Als ich mich nach oben hievte, auf den Dachboden, den mein Großvater zu einer so wunderbaren Pflanzenoase ausgebaut hatte, stiegen Erinnerungen in mir hoch. Wie er in meiner Kindheit immer mit mir hier oben gesessen hatte und mir geduldig die Bedeutung und Wirkung der Pflanzen erklärt hatte. Wie man aus ihnen Tee mischte oder Tinkturen, die bei Bauchschmerzen oder anderen Wehwehchen halfen. Er selbst hatte mir jeden Abend eine Tasse Tee aus dunkelgrünen Kräutern ans Bett gebracht. Ich wusste, wie man ihn braute, aber seit er weg war, konnte ich es einfach nicht mehr. Es war nicht das Gleiche, wenn er ihn nicht an mein Bett brachte.

Ich schob die Gedanken weg, als ich mich im Schneidersitz vor den linken Schrank setzte und eins der schweren Gläser darunter hervorzog. Früher hatte ich noch das Buch meines Großvaters gebraucht, in dem er jede Tinktur haargenau beschrieben hatte, wie man sie herstellte und welche Wirkung sie hatte. Heute war das anders. Zielsicher griff ich nach den Blättern von Pflanzen, knipste mir die größten und saftigsten ab, warf da eine duftende Blüte in das Glas, hier eins der Gräser, bis es bis zum Rand gefüllt war. Mein müdes Gesicht spiegelte sich darin, als ich den Deckel draufschraubte, und ich fragte mich, was mein Großvater wohl zu mir sagen würde, wenn er es wüsste – dass ich sein Erbe mit solch schlimmen Taten besudelte.

Ich presste die Lippen zusammen und strich mit dem Daumen über das Glas. Wärme flutete meinen Körper, als würde mich ein plötzliches Fieber überfallen, und dann sammelte sie sich ganz langsam. Erst irgendwo in meiner Brust, bevor sie sich ausdehnte: über meine Schulter, meinen Arm, in meine Finger, wo sie kribbelte und prickelte wie Brausepulver. Ich ließ die Hitze in das Glas steigen, spürte, wie es sich in meiner Hand erwärmte.

Tut mir leid, Gramps, dachte ich schwermütig, als ich das Glas schüttelte. Einmal, zweimal, dann hielt ich es mir vors Gesicht. Aus den wunderschönen grünen Kräutern war eine dunkle Masse geworden. Schwarz wie Tinte, etwas dickflüssiger als Milch. Als die Wärme zurück in meinen Körper wanderte, spürte ich kurz das Echo des Gefühls, das ich erzeugt hatte. Ein ängstliches Zittern erfüllte mich, doch schon nach einer Sekunde versiegte es wieder.

Ich schüttelte mich, als tatsächlich Großvaters Gesicht vor meinem inneren Auge auftauchte. Wie er mich ansah, enttäuscht den Kopf schüttelte und sagte: »Das ist nicht, was ein Poisoner tun sollte. Das ist nicht unsere Gabe.«

Man nennt uns Poisoner. Impliziert das nicht, dass es uns im Blut liegt, andere zu vergiften?

»Nein, Avery, und das weißt du genau. Früher war es so, ja, aber wir Poisoner sind nicht mehr wie früher.«

Nun. Ich bin schon so.

Beinahe wütend stellte ich das Glas auf den Schrank, als ich plötzlich etwas darin sah. Einen sanften Silberschleier, der sich durch das Schwarz zu ziehen schien. Aber das war unmöglich. Angst, Panik – die magische Tinktur für diese Gefühle war immer schwarz. Tintenschwarz. Ich hob das Glas wieder hoch, konnte von dem silbernen Schleier aber nichts mehr erkennen.

Also schüttelte ich nur über mich selbst den Kopf und schob es zurück unter die Abdeckung, damit Ellis es nicht fand. Ich würde es heute Nacht ins *Rhapsody* schmuggeln, damit ich es für meine nächsten Aufträge nutzen konnte.

Ruckartig stand ich auf, rupfte mir ein paar Kräuter für meinen Tee und verließ den Kräutergarten meines Großvaters. Müde und mit schlechtem Gewissen.

KAPITEL 4

Ich schlief nicht besonders gut. Zuerst dauerte es ewig, bis ich überhaupt in den Schlaf sank, und dann wurde ich von schlimmen Albträumen gequält, die immer wieder zu Jack Lawson wanderten, dem Mann, dem ich meine Spezialmischung gegeben hatte. Irgendwann gegen Mittag schreckte ich, wieder einmal mit seinem Gesicht vor dem inneren Auge, aus dem Schlaf. Ich blinzelte in die Sonne, die durch den Vorhang vor meinen Fenstern schien, und setzte mich im Bett auf. Ich fühlte mich wie gerädert. Stöhnend rieb ich mir die Augen, bevor ich mich wieder in das Kissen sinken ließ und an die Decke starrte.

Normalerweise versuchte ich, die Gedanken an die Opfer von Dorian Mars zu verdrängen, weil sie mich sonst wochenlang quälen würden. Aber da ich sie sowieso nicht aus dem Kopf bekam, ließ ich sie für den Moment zu. Den Blick, der voller Horror gewesen war. Die aufgerissenen Augen, die Panik darin. Ich fragte mich, was ich falsch gemacht hatte – abgesehen von dem Offensichtlichen. Immerhin hatte ich ihm flüssige Angst eingeflößt.

Aber da war noch etwas anderes. Wieder ging ich in Gedanken die Dosis durch, die ich ihm mit dem Drink verabreicht hatte. Es war die gleiche wie immer gewesen. Sie sollte in ihm nur genug Angst verursachen, dass er freiwillig Dorian Mars aufsuchte. Dass er sich freiwillig in die Höhle des Löwen begab, um sein Schicksal abzuwenden. Ich hatte lange an einer perfekten Mischung gefeilt, die die bereits vorhandenen Schuldgefühle und die Angst, die jeder vor Dorian hatte, der ihn kannte, an die Oberfläche treiben ließ und verstärkte. Manche, die diesen Drink bekamen, gingen danach zur Polizei und stellten sich. Aber das war eher die Seltenheit. Die meisten hatten Dorian Mars in der Vergangenheit verraten und suchten ihn nach meinem Gemisch auf, um ihn um Gnade zu bitten, weil die Angst sie sonst verrückt machte. Natürlich hatte jemand wie Dorian Mars keine Gnade. Niemals. So etwas würde sich rumsprechen und ihn schwach wirken lassen, das hatte er mir schon mehrfach gesagt. Allerdings glaubte ich von Anfang an nicht daran, dass das der einzige Grund war. Dorian Mars hatte einfach Spaß daran, Leute zu quälen. Zu erniedrigen. Seine Macht zu demonstrieren. Das wusste ich, weil er es auch mit mir tat. Weil er mich so in seinen Fängen hatte, dass mir nichts anderes übrig blieb, als diese schreckliche Tat für ihn zu begehen.

Ich unterdrückte ein Stöhnen und warf mich auf die Seite, starrte in mein kleines Schlafzimmer, ohne etwas von den alten Möbeln wahrzunehmen. Vor meinen Augen sah ich wieder den Mann und sein panikverzerrtes Gesicht – seine Angst war viel stärker gewesen als sonst. Aber es war unmöglich, dass meine Mischung bei ihm so stark gewirkt hatte. Andererseits war ich eine schreckliche Poisonerin – und das von klein auf. Am Anfang hatte meine Familie sogar gedacht, dass ich wie Hayes ein

Shield war – das Ende unserer magischen Linie –, so gering waren meine magischen Fähigkeiten gewesen. Und das, obwohl wir Poisoner über Generationen hinweg immer mächtige Magier gewesen waren. Ich erinnerte mich noch gut an die Geschichten, mit denen ich aufgewachsen war. Die über die Narratives, die Artists und die Poisoner. Über die ehrenwerten Magier, von denen wir abstammten. Ihrem Blut hatten wir es zu verdanken, dass unser Körper – im Gegensatz zu dem von nicht magischen Menschen – die Urmagie, die eine mächtige Quelle hier in New York produzierte, aus der Atmosphäre aufnehmen konnten. Dass wir diese Urmagie – je nachdem, welcher Blutlinie wir angehörten – über ein Medium freisetzen konnten. Poisoner wie ich konnten die Gefühle der Menschen verändern, allerdings nur über Dinge, die die Menschen zu sich nahmen. Früher wurden wir oft von Königen und Herrschern eingesetzt, um Getränke von Feinden zu vergiften – woher wir auch unseren Namen hatten.

Dabei war das eigentlich nicht richtig, wir produzierten kein Gift. Wir konnten die Beschaffenheit der Getränke und Tinkturen mit unserer Magie so ändern, dass sie furchtbare Angst hervorriefen, die sogar zu einem Herzstillstand führen konnte – oder auch ein unbändiges Gefühl des Glücks. Oder ganz andere Emotionen. Es gab eigentlich kaum Grenzen. Wir waren wie Produzenten von Drogen, die im Körper nicht nachweisbar waren. Gefährlich, wenn wir mächtig waren.

Aber das war ich nicht. Ich war eine schwache Magierin. Und wahrscheinlich hatte ich gestern Nacht einfach nicht richtig aufgepasst und mich bei der Dosis vertan, und das durfte mir auf keinen Fall noch mal passieren. Ich trieb die Opfer in Dorians Arme, weil ich es musste. Weil er mir keine andere Wahl ließ. Aber ich würde sie nicht unnötig quälen. Ihnen nicht noch mehr Leid zufügen, auch wenn sie üble Menschen waren. Verbrecher, im schlimmsten Sinne. Aber das war ich nicht, und das wollte ich auch nicht sein. Meine Seele war durch das, was ich tat, ohnehin schwarz genug.

Da ich sowieso nicht mehr würde schlafen können, schwang ich die Beine aus dem Bett und blieb für eine Sekunde auf der Kante sitzen, um einigermaßen in der Realität anzukommen. Früher hatte ich das Zimmer geliebt, das mein Großvater mir eingerichtet hatte. Er hatte die meisten der Möbel selbst gebaut – das Bücherregal in der Ecke, das aussah wie ein Baum, den hohen, dunklen Kleiderschrank und auch den Schreibtisch mit der wunderschönen, fast marmorähnlichen Maserung. Und er hatte auch die meisten Bücher gekauft, die ich als Kind verschlungen hatte, die flauschigen Sitzkissen, in die ich so gern versank, und die Lichterketten, die den Raum wie einen Feengarten leuchten ließen, wenn sie alle an waren. Aber jetzt löste dieser Anblick fast nur noch Schmerz, nur noch Sehnsucht und Trauer in mir aus, weil sie mich daran erinnerten, dass er jetzt im Altenheim lebte und mich kaum noch erkannte. Also stand ich schnell auf, wickelte mich in eine Strickjacke und huschte in die Küche.

Ellis schlief zum Glück noch. Ich hatte gehört, wie er gegen sechs Uhr nach Hause gekommen war, und in der Regel stand er pünktlich um dreizehn Uhr wieder auf, um sich in die Arbeit zu stürzen. Das war noch eine halbe Stunde, und ich wollte unbedingt vor ihm aus dem Haus kommen. Er stellte immer viel zu viele Fragen, wo ich hinwollte und was ich vorhatte. Und weil ich nicht lügen konnte, musste ich dem zumindest heute entgehen. Er durfte nichts davon erfahren. Denn heute würde ich diejenige sein, die in die Höhle des Löwen marschierte. Ich wollte zu Dorian Mars.

Als ich mir zwei Toast aus dem Brotkorb fischte, dachte ich darüber nach, dass das wahrscheinlich eine blöde Idee war. Ich hatte mir vorgenommen, ihn so gut es ging zu meiden – und weil er mir seine Aufträge in der Regel als Nachricht schrieb, klappte das ganz hervorragend. Aber mir ging der Mordfall von gestern Nacht nicht aus dem Kopf. Hayes' ernstes Gesicht, als er neben der abgedeckten Leiche gestanden hatte. Wahrscheinlich dachten wir das Gleiche: Irgendwas hatte der Mord mit der Gang zu tun. Irgendwas hatte das mit Dorian Mars zu tun.

Ich schluckte hart und bekam den Toast trotzdem kaum runter. Auch mit einem Glas Wasser schien mein Hals viel zu eng, also gab ich es auf. Nach einer kurzen Dusche schlüpfte ich an der Garderobe in einen alten Mantel von Ellis, den er eigentlich kaum noch trug und der mir viel zu groß war. Sosehr ich den wunderschönen Mantel auch liebte, den Veda mir geschenkt hatte, ich würde ihn sicher nicht mit nach Hunts Point nehmen, wo man bei jedem Schritt Gefahr lief, ein Messer am Hals zu spüren.

Das Viertel war nicht weit von Melrose entfernt. Es war selbst unter den eingefleischten New Yorkern als ein Ort bekannt, den man nach bestem Wissen und Gewissen mied. Es war gefährlich dort. Gangs, Drogendealer, Prostituierte, man fand in Hunts Point alles, was man nie zu suchen wagte. Als Kind hatten meine Eltern mir mehr Horrorgeschichten darüber erzählt als Märchen aus Büchern. Sie hatten mich schützen wollen, mittlerweile wusste ich das. Stattdessen hatten sie in meinem rebellischen Teenagerkopf eine Faszination mit diesem gefährlichen Ort erzeugt. Eine, die mir mittlerweile mehr als nur eine Waffe an den Kopf hielt.

Hunts Point war wie eine Stadt, die der Apokalypse zum Opfer gefallen war, und man sah ihr die Gefahr in jedem Winkel an. Die Straßen waren aufgerissen und dreckig, meistens saß an einem Baum oder einer Straßenlaterne mindestens ein Obdachloser oder jemand, der seinen Drogenrausch ausschlief. Ich war in meiner Jugend oft hier gewesen, aber der Anblick jagte mir immer noch einen Schauer über den Rücken. Die Mauern der umstehenden Gebäude, an denen ich vorbei lief, waren fast alle mit Graffiti beschmiert, egal ob sie überhaupt noch Putz besaßen oder ob das nackte Gestein durchblickte. Und es waren keine schönen Graffiti, wie man sie manchmal in großen Kaufhäusern sah. Die meisten waren hässliche Schriften, in der Nacht schnell hingeschmiert, bevor die Polizei kam.

Die Häuser, die nicht beschmiert waren, waren in der Regel hässliche braune Kästen, mit vielen winzigen Fenstern. Die Leute, die darin wohnten, beäugten jeden Vorbeilaufenden, der nicht hierher gehörte, mit skeptischen Blicken. Seit ich nicht mehr täglich in Hunts Point abhing, stieg auch das Misstrauen mir gegenüber wieder.

Als ich an der Tiffany Street aus dem fast leeren Bus sprang, wurde mir wieder allzu bewusst, dass ich eigentlich nichts mehr mit dieser Gegend und diesen Leuten zu tun haben wollte. Mit schweißnassen Händen wartete ich darauf, dass der Bus davontuckerte, ehe ich mich nach Wochen das erste Mal dem Stützpunkt gegenüber sah.

Das Gebäude war früher ein Industriegebäude gewesen und danach eine Autowerkstadt. Mittlerweile wirkte es, als hätte vor vielen Jahren eine Bombe eingeschlagen, und niemand hatte sich die Mühe gemacht, es wieder aufzubauen. Fast eine komplette

Hälfte des Hauses fehlte, der Rest sah aus wie eine alte Ruine. Zackige Mauerreste, hohle Löcher, in denen früher Fenster gesessen hatten. Gänsehaut breitete sich auf meinen Armen und Nervosität in meinem Magen aus, aber ich setzte trotzdem weiter einen Schritt vor den anderen und ging auf das Gebäude zu. Durch das nur noch zur Hälfte vorhandene Tor und über den dahinterliegenden, dreckbedeckten Platz vor dem Haus.

»Avery?!«, hörte ich auf einmal über mir eine helle Stimme.

Ich hob den Kopf und sah über einem der abgebröckelten Mauerstücke ein Gesicht, über dem sich blonde Haare wie meine zu einem wilden Dutt auftürmten. Das Mädchen stützte sich gegen die Mauer und grinste so breit, dass sich meine Gänsehaut etwas zurückzog.

Ich blieb auf dem staubigen Weg vor dem Haus stehen und lächelte ihr entgegen. »Hailey.«

Zu meinem großen Schreck stemmte sie sich an der Mauer über mir hoch und ließ sich einfach darüber fallen. Sie fing ihren Sturz geschickt ab und richtete sich neben mir auf. Mittlerweile war Hailey fast so groß wie ich, obwohl sie gut vier Jahre jünger war. Gerade einmal fünfzehn. In diesem Alter hatte ich auch schon so tief in der Gang gesteckt, dass ich keinen Weg mehr heraus gesehen hatte.

Aber genau wie sie hatte ich damals gar nicht weggewollt – wir beide hatten es bis Hunts Point nicht gekannt, von Gleichaltrigen anerkannt und akzeptiert zu werden. In der Schule hatten meine Mitschüler mich geschnitten, weil ich im jungen Alter einmal damit geprahlt hatte, Magierin zu sein. Natürlich hatte mir niemand geglaubt, doch seitdem war ich allein gewesen. Die anderen Magier wollten sowieso nichts mit mir zu tun haben, weil meine

Familie kaum Geld hatte und weil ich wegen meiner schwachen Poisoner-Kräfte kein fester Teil der Gesellschaft war. Ich war eine Ausgestoßene in beiden Welten gewesen, hatte mich nie irgendwo zugehörig gefühlt und keinen Anschluss gefunden. Bis ich mit fünfzehn in der Schule einem Jungen begegnet war, James, der ein Mitglied in Dorians Gang gewesen war.

James war nett zu mir gewesen und hatte mich mit nach Hunts Point genommen. Dort hatte ich auch andere Jugendliche getroffen, die so waren wie ich, unter anderem Veda. Wir hatten uns unter der Schirmherrschaft eines Magiers zusammengefunden, der uns damals nicht wie ein gefährlicher Mafiaboss, sondern wie ein Retter vorgekommen war. Er hatte uns verstanden, uns einen Platz gegeben, an dem wir so akzeptiert wurden, wie wir waren, und nicht mehr allein sein mussten. Und wir waren ihm gefolgt, wie blinde Schafe. Auch, als wir die ersten Verbrechen für ihn begehen mussten. Auch, als James bei einer Schießerei ums Leben gekommen war, als wir gerade einmal sechzehn gewesen waren. Es hatte uns nur noch enger zusammengeschweißt. Nur noch enger an Dorian Mars gebunden, bis es schließlich zu spät gewesen war, ihm zu entkommen. Weil wir alle zu tief drinsteckten. Zu viel Mist gebaut hatten, um noch irgendwo anders reinzupassen.

Es tat mir im Herzen weh, jemanden wie Hailey hier zu sehen, und ich wünschte, ich könnte ihr irgendwie helfen. Doch dazu besaß ich einfach nicht die Mittel. Ich konnte mich schließlich selbst nicht von Dorian befreien.

»Du hast dich ja ewig nicht blicken lassen«, sagte Hailey strahlend und boxte mir freundschaftlich gegen die Schulter. Das leichte Prickeln unserer Magie wanderte über die Haut an meinem Arm. »Wir dachten schon, du hast uns einfach vergessen.«

»Niemals im Leben. Glaub mir, ich habe es versucht«, gab ich grinsend zurück.

Sie beantwortete es mit einem empörten »Hey!«, bevor sie sich zur Hausruine drehte und laut rief: »Orla, Penn, schaut mal, wer da ist!«

Ich wandte den Kopf und sah aus dem eingerissenen Eingang die zwei Jugendlichen kommen, die – schon seit ich sie kannte – an Hailey hingen. Orla, das schüchterne Mädchen mit den dunklen Augen, bei dem ich sicher war, dass hinter der Fassade noch eine ganze Menge steckte – und Penn, der große, schlaksige Junge, der mehr als offensichtlich ziemlich verknallt in die quirlige Hailey war. Ich hatte seine bewundernden Blicke schon bemerkt, als ich noch öfter hier war, und auch jetzt schaute er erst zu ihr, bevor er mich beäugte.

Die beiden sahen aus wie ein fleischgewordenes Yin- und Yang-Zeichen, wenn sie nebeneinander standen. Hailey klein und blass wie eine Kalkwand, frech und die geborene Anführerin. Und daneben der riesige Penn, der sogar mich noch überragte, dunkel, still, aber immer mit einem höflichen Lächeln auf dem Gesicht. Der schwache Duft von Büchern und Geheimnissen, der Magie der Narratives, ging von ihm aus. Nicht stark genug, um von großer Macht zu zeugen, aber wahrnehmbar. Ähnlich war es bei den Mädchen – nur bei Hailey roch ich die Süße heraus, die uns verband. Dass sie eine Poisonerin war wie ich, machte ihr Schicksal irgendwie noch trauriger. Noch persönlicher für mich.

Ich war froh, dass die drei einander hatten, so wie ich damals Veda gehabt hatte. Und immer noch hatte. Vielleicht konnten sie so doch irgendwann den Absprung zu schaffen. Auch wenn die Chancen nicht gut standen, denn weder Veda noch ich hatten es bisher geschafft, uns vollständig von Dorian zu lösen. Veda war eine fähige Artistin, und sie arbeitete ebenfalls immer noch ab und zu für Dorian Mars. Aber nicht, weil sie wie ich Schulden bei ihm hatte – sondern weil sie es wollte. Weil sie den Menschen helfen wollte, die unter seinen Fittichen standen. Also nutzte sie die Magie der Artisten, die über ein Stück Ton das Aussehen der Menschen ändern konnten, und richtete in Hunts Point bei Prügeleien gebrochene Nasen und entstellte Gesichter, ohne Geld dafür zu nehmen.

»Wie läuft der Club?«, wollte Penn mit seiner brummenden, ruhigen Stimme wissen. Er hatte wie immer die Hände tief in die Taschen seiner löchrigen Jeans geschoben.

»Sehr gut, danke. Wir können uns vor Andrang kaum noch retten«, gab ich lächelnd zurück, während ich die Jugendlichen musterte. Sie unauffällig und etwas besorgt nach blauen Flecken und Stichwunden absuchte. Aber es schien ihnen gut zu gehen. Zumindest äußerlich.

»Wenn du den Club irgendwann übernimmst, dann stellst du uns alle ein und bezahlst uns richtig gut, oder?«, fragte Hailey mit leuchtenden Augen.

Ich gab ein schnaubendes Lachen von mir. »Natürlich. Dann verlasst ihr Hunts Point und lebt wie die Könige in Manhattan.«

Sie lachten, doch es klang nicht so unbeschwert, wie sie es wahrscheinlich hatten klingen lassen wollen. Wir wussten alle, dass ich den Club nicht bekommen würde – und dass ich ihnen auch nicht helfen konnte, aus Hunts Point wegzukommen.

»Ist Dorian hier? Ich muss mit ihm sprechen«, sagte ich so beiläufig wie möglich. Natürlich waren die Blicke, die sie sich zuwarfen, trotzdem besorgt.

»Ist er«, antwortete Penn schließlich. »Aber er ist echt angepisst im Moment. Wenn du also irgendwas von ihm willst, würde ich damit warten.«

Ich spürte, wie sich meine Stirn kräuselte. »Warum ist er angepisst?«

»Weil in letzter Zeit richtig viele hier die Biege gemacht haben.« Hailey verschränkte die Arme vor der Brust und nickte in Richtung Hausruine. »Sind einfach verschwunden. Und nicht mal die normalen Menschen, sondern vor allem die Magier. Die guten, die Dorian gar nicht mal so übel behandelt.«

Ich konnte die Verwunderung in ihrer Stimme verstehen. Niemand verschwand einfach von Dorians Radar. Das war so gut wie unmöglich. Er hatte überall seine Leute, und von denen, die ihm wichtig für seine Gang waren, ließ er jeden Schritt überwachen. Wahrscheinlich auch von mir, aber daran wollte ich lieber nicht denken.

Mit zusammengezogenen Augenbrauen schüttelte ich den Kopf. »Ich werde ihn nicht länger belästigen als nötig.«

Hailey zuckte mit den Schultern. »Hey, musst du wissen.« Sie bedeutete mir, ihr zu folgen, und zusammen mit den Jugendlichen betrat ich das baufällige Gebäude.

Von oben schien die Sonne rein, weil das Dach natürlich nur noch halb vorhanden war. Doch je weiter wir ins Innere der vermeintlichen Ruine liefen, desto dunkler wurde es um uns herum. Und als wir dann die Treppe in den Keller hinabstiegen, wurde es für einen Moment so finster, dass ich kaum noch das hässliche Graffiti sehen konnte, das hier jeden Zentimeter der Wände zierte. Erst am unteren Treppenabsatz konnte man wieder richtig sehen, weil Dorian Mars die unterkellerte Etage mit Lampen ausgestattet hatte. Damals war ich begeistert gewesen, wie viel er für die Mitglieder seiner Gang tat: Es gab Wasseranschlüsse, es war warm und trocken, er hatte mehrere Sofas herangeschafft, ebenso einen Billard-Tisch, der Boden und die Wände waren ordentlich, und tatsächlich hatte er hier unten vor ein paar Jahren auch für Internet gesorgt. In einer Ecke gab es sogar einen kleinen Fitnessbereich, und plötzlich fluteten mich Erinnerungen an Walt Graham, einen ehemaligen MMA-Kämpfer und den Mann, der mir genau in dieser Ecke beigebracht hatte, mich selbst zu verteidigen und Feinde in die Flucht zu schlagen. Bevor ihm ein Police Officer bei der Flucht nach einem Raubüberfall eine Kugel in den Kopf gejagt hatte.

Ich schüttelte mich und ließ den Blick weiterwandern. Alles hier wirkte ein wenig wie ein Clubhaus, eine Anlaufstelle für Jugendliche. Mittlerweile wusste ich, dass er damit auf Jungfang ging. Dass er ihnen ein Zuhause bot oder etwas, das dem zumindest sehr nahe kommt, um sie an sich zu binden. Um ihnen Schuldgefühle zu geben, wenn sie wegwollten, und sie gnadenlos auszunutzen. Es machte mich fast krank, die ganzen Menschen zu sehen, die sich lachend auf den Sofas unterhielten, die in Gruppen Billard spielten und in einer Ecke zusammen aßen. Vergnügt, fröhlich, bevor sie wieder aufbrachen und die Verbrechen begingen, die Dorian Mars ihnen befohlen hatte.

Erneut baute sich Wut in mir auf. Sie mischte sich in meinem Inneren mit dem Frust, den ich jedes Mal spürte, wenn ich einen Schritt über die Schwelle dieses Gebäudes tat. Ich verfluchte mich und meine Charakterschwäche. Meine unbändige Lust auf Rebellion, die mich während meiner Teenagerzeit hierhergetrieben hatte – in die Arme einer gefährlichen Gang. In die Arme von Dorian Mars, aus dessen Schraubgriff ich mich jetzt nicht mehr befreien konnte, zumindest nicht, ohne diese verdammten Aufträge für ihn erledigen zu müssen. Das war meine einzige Möglichkeit, mich freizukaufen.

»Er ist hinten«, sagte Hailey und ließ sich auf das rote Sofa fallen, das der Treppe am nächsten stand. Sie platzierte die Beine, die in ähnlichen Stiefeln steckten wie meine, auf der Lehne, und ihre Freunde setzten sich links und rechts neben sie, wie ein schützender Rahmen. Wie eine eigene, kleine Gang. Es sah beinahe gemütlich aus, aber das war das Gefährliche hier. Ich durfte definitiv nicht zu lang bleiben.

»Danke«, sagte ich und wandte mich schon ab, um im hinteren Bereich des Kellers zu verschwinden.

Penn rief mir noch ein »Komm noch mal zu uns, bevor du gehst« zu, und als ich ihn über die Schulter anlächelte, nickte auch Orla heftig. Sie sagte nie besonders viel, aber das machte sie nicht weniger sympathisch. Diese Kinder. Ich wünschte wirklich, ich könnte ihnen helfen.

Die Tür, die zu Dorian Mars' kleinem Reich führte, war wie immer von zwei Männern bewacht. Natürlich wohnte der Gangsterboss nicht hier, er hatte ein großes Apartment in einem viel besseren Viertel von New York. Seine Verbrechen hatten ihm gutes Geld eingebracht. Geld, mit dem er das Gebäude hier locker renovieren und zu einem richtigen Zuhause für die bedürftigen Menschen machen könnte. Aber das wollte er nicht. Und er war tagsüber auch nur stundenweise hier, um vor seiner Gang Präsenz zu zeigen. Um zu zeigen, dass er zu ihnen gehörte, ihnen ebenbürtig war, ihnen helfen würde, auch wenn das absolut nicht stimmte. Es war nur ein Teil der Maske, die seine hässliche, bösartige Fratze versteckte.

Die Männer vor seiner Tür richteten sich auf, als ich vor ihnen hielt.

»Ich will zu Dorian Mars«, sagte ich mit fester Stimme, auch wenn mein Herz raste. »Sagt ihm, dass Avery da ist.«

Sie blickten sich an, dann nickte der linke, und der rechte verschwand hinter der Tür. Ich blieb ganz ruhig stehen, die Arme hinter dem Rücken verschränkt, und wartete auf seine Rückkehr, auch wenn in meinem Inneren ein Sturm tobte. Es gab nicht mehr viele Dinge, vor denen ich Angst hatte, aber Dorian Mars gehörte dazu.

Als sich die Tür wieder öffnete und ich einen Blick auf das ausgebaute Zimmer mit den Ledersesseln, den Shishas aus Glas und der feinen Dekoration erhaschte, die an ein Apartment in Manhattan erinnerten, wusste ich auch wieder, warum.

Dorian Mars saß mit übereinandergeschlagenen Beinen in einem schwarzen Ledersessel und hielt eine Zigarette in der Hand. Er lächelte, als er mich sah, und wie immer erinnerte mich sein Gesicht an einen Luchs oder einen Löwen, der seine Zähne bleckte. Wenn er nicht so eine unglaublich Furcht einflößende Aura gehabt hätte, hätte man ihn wahrscheinlich für gut aussehend halten können. Er hatte blaue Augen, die wach und intelligent wirkten, und einen sicher attraktiven, perfekt gestutzten Dreitagebart. Seine Haare waren dunkel und nach hinten gegelt. Auf den ersten Blick war es schwer, sein Alter einzuschätzen, aber ich wusste, dass er Anfang vierzig war. Er passte nicht in eine solche Gegend. Mit seinem maßgeschneiderten Anzug passte er eher in eine korrupte Anwaltskanzlei.

»Avery, wie schön, dich zu sehen.« Dorian hob die Hand mit der Zigarette und deutete auf den Sessel neben sich. »Bitte, nimm doch Platz.«

Ich musterte kurz die anderen Leute, die noch im Raum waren. Es waren nur eine Handvoll, Dorians engster Kreis. Die meisten von ihnen kannte ich nicht, aber ich bemerkte sehr wohl, dass eine fehlte. Teagan. Dorians rechte Hand. Sie war in meinem Alter, und wir waren etwa zeitgleich nach Hunts Point gekommen. Allerdings war sie nicht aus Verzweiflung hier – sondern weil sie die Gefahr liebte. Das Adrenalin eines Verbrechens. Sie war geboren für das hier. Aber obwohl wir so unterschiedlich waren, mochte sie mich offenbar. Und das war sicher auch der Grund, warum Dorian mir so viele Freiheiten gab. Ich hätte mich wahrscheinlich besser gefühlt, wenn sie hier gewesen wäre.

Die Gespräche gingen ganz normal weiter, aber ich hatte trotzdem das Gefühl, dass mich alle im Raum beobachteten, dass sie jeden meiner Schritte misstrauisch verfolgten, als ich mich setzte.

»Was verschafft mir die Ehre eines Besuches meines besten Außenpostens?«, fragte Dorian und nahm einen langen Zug von seiner Zigarette. Sein Blick war stechend, aber anders als der von Hayes. Er war wie ein Messer, das sich an meinen Hals legte und bei jeder falschen Bewegung meinen Tod bedeuten konnte.

Ich mochte es nicht, wie er mich ansah. Und ich mochte es nicht, dass er mich als seinen Außenposten bezeichnete, als würde ich ihm gehören. Als würde ich das alles freiwillig machen und nicht, um meine Schulden bei ihm zu begleichen. Um das Geld ranzuschaffen, auf das er seiner Meinung nach Anspruch hatte. Es sollte ihn für die ganze Arbeit entschädigen, für die Zeit, die ich an seiner Seite hatte verbringen dürfen. Geld oder für immer an Dorian Mars gebunden sein. Geld oder für immer von ihm verfolgt werden. Mir wurde regelrecht schlecht bei diesem Gedanken, aber ich blieb still und zuckte mit den Schultern.

»Ich wollte mich nur nach dem Auftrag von gestern erkundigen«, sagte ich und zog die Beine in einen Schneidersitz. Der Sessel war wirklich weich, man konnte beinahe darin versinken. »Als der Typ aus dem Club gestolpert ist, sah er aus, als würde er zusammenbrechen, bevor er den Weg zu dir findet.«

Dorian lachte brummend, dann winkte er einen der Männer heran. Ein Typ, der sicher kaum durch die Tür passte, so groß war er, brachte ein Glas mit einer bernsteinfarbenen Flüssigkeit und reichte es mir. Ich nahm es und tat, als würde ich daran nippen, ließ das Getränk aber an meinen Lippen abperlen, bevor ich es auf den Glastisch vor mir stellte. Soweit ich wusste, vertraute Dorian Mars außer mir keinem der Poisoner, die er beschäftigte, aber sicher war ich mir nicht. Und ich würde hier kein Risiko eingehen.

»Er kam an, da musst du dir keine Sorge machen«, sagte Dorian verschlagen. »Aber wie er bei mir ankam, hat mich doch überrascht. Er war nur noch ein heulender Lappen, der vor meinen Füßen zusammengebrochen ist. Ein durchaus erfreulicher Anblick. Es ist schön, dass du keine Skrupel mehr hast, so weit zu gehen.«

Ich schluckte hart und versuchte, daran zu denken, was ich über Jack Lawson gelesen hatte. An seine Verbrechen, an alles, was er getan hatte, und nicht an sein ängstliches Gesicht. Beinahe hätte ich doch nach dem Whiskey gegriffen, aber ich konnte mich noch davon abhalten. Stattdessen zuckte ich mit den Schultern. »Dann ist ja gut.«

Dorian Mars beobachtete mich mit diesem furchtbaren, wissenden Lächeln. Er atmete den Zigarettenrauch durch seine Nase aus, bevor er beinahe sanft fragte: »Ist das wirklich alles, weswegen du hier bist?«

Weil ich seinen stechenden Blick nicht mehr aushielt, starrte ich auf das Getränk vor mir. »Nicht ganz«, gab ich zu. »Ich bin gestern an einem abgesperrten Tatort vorbeigelaufen, ganz in der Nähe des Clubs. Anscheinend Mord.«

»Hat dir das dein kleiner Vogel bei der Polizei geflüstert?«, wollte Dorian amüsiert wissen, und an seiner Stimme war nicht zu erkennen, was er darüber dachte.

»Er ist nicht mein kleiner Vogel. Ich habe nichts mit ihm zu tun«, gab ich knurrend zurück und hob den Blick wieder. »Ich hab selbst meinen Kopf benutzt. Und ich habe mich gefragt, ob das vielleicht irgendwas mit der Gang zu tun hatte. Der Mord.«

Seine Augenbrauen hoben sich. Er drückte seine Zigarette aus und nahm dann den von mir verschmähten Whiskey, um ihn in einem Zug zu leeren. Erst nach ein paar Sekunden wandte er sich wieder an mich. »Und warum sollte ich dir das sagen?«

Da war wieder etwas Gefährliches in seinem Blick, obwohl er noch schmunzelte. Dorian Mars war niemand, der sich gern in die Karten sehen ließ, auch nicht von seinem liebsten Außenposten. Ich musste vorsichtig sein mit dem, was ich sagte.

»Ich habe mir nur Sorgen gemacht, weil es so nah am *Rhapsody* war.« Ich erwiderte seinen Blick nur kurz, weil zu viel Blickkontakt mit Dorian meinen Puls nur noch höher trieb. »Ich habe keine Lust, dass die Polizei irgendwann in den Club kommt und mir auf die Finger schaut. Das wäre nicht gut für meine Arbeit. Ganz besonders, weil wir immer wichtigere Kundschaft bekommen. Isla Kennedy feiert heute im *Rhapsody.* Wir können uns nicht leisten, dass sich rumspricht, dass es in unserer Gegend nicht sicher ist.« Auf einmal hatte ich das Gefühl, dass die Blicke um mich herum etwas intensiver wurden, aber ich ignorierte es.

Dorian schnaubte belustigt, aber er schien mich zu verstehen. »Ich werde meinen Männern sagen, dass sie darauf achten sollen.« Er lächelte, und wieder konnte ich es nicht deuten. Konnte nicht erkennen, ob der Mörder einer seiner Männer war. Oder vielleicht sogar das Opfer. Dorian blieb ein verschlossenes Buch.

»Willst du noch etwas trinken, Avery?«, fragte er rauchig.

»Nein danke.«

»Dann bist du entlassen.« Er lehnte sich in seinem Sessel zurück und machte eine wegwerfende Handbewegung. Als hätte er mich zu sich gerufen und wäre jetzt enttäuscht, dass ich ihn langweilte.

Es war diese kleine Bewegung, die mich daran erinnerte, wie viel Macht ihm aus jeder Pore strömte. Wie wenig von ihm nötig wäre, damit seine Leute sich auf mich stürzten und mir schneller ein Messer in die Brust stießen, als ich ausatmen konnte. Jetzt in diesem Moment starrten sie mich schon wieder an, begierig darauf, dass ich einen Fehler machte, der einen Mord rechtfertigen würde. Dazu war bei Dorians Leuten in der Regel nicht viel nötig.

Unwillkürlich versteifte ich mich. Am liebsten würde ich noch weiter nachfragen, ich wollte mehr wissen. Aber statt den Mund aufzumachen, stand ich auf und ging zur Tür. Jeder einzelne meiner Muskeln war angespannt, wartete schon beinahe darauf, sich zu verteidigen.

Aber wenn Dorian Mars sagte, dass man nicht mehr gebraucht wurde, dann gab es keine Widerrede. Ich musste mich wohl darauf verlassen, dass Hayes mir irgendwann die wichtigen Informationen gab.

Als ich schon die Klinke in der Hand hatte, hörte ich noch einmal Dorian hinter mir: »Und vergiss nicht das Geld, das du mir schuldest. Du weißt, was passiert, wenn du mich enttäuschst.« Er sagte es leise, mit einem gefährlichen Lachen in der Stimme, die scharf wie ein Rasiermesser klang.

Mein Herz überschlug sich, und ich stürzte so schnell aus dem Raum, wie ich konnte.

KAPITEL 5

Es war seltsam, den Club schon so früh am Nachmittag voll mit Menschen zu sehen. Ellis hatte mir, als ich von meinem Ausflug nach Hunts Point wieder nach Hause gekommen war, zwar gesagt, dass die Vorbereitungen für Isla Kennedys Junggesellinnenabschied bereits liefen, dennoch war es ein ungewohnter Anblick.

Ich verstärkte den Griff um meinen Rucksack und blieb am Rand der Bühne stehen, um mich umzusehen. Ein Mann in einem fliederfarbenen Anzug huschte an mir vorbei und brüllte ein paar Anweisungen zu den Menschen, die gerade weiße Blumengirlanden über der Bühne aufhingen. Die ganze Deko, die mittlerweile von der Decke baumelte, sah mehr als hochwertig aus. Es war eine elegante Mischung aus Gold und Weiß, die an eine königliche Hochzeit erinnerte. Was ja auch gewissermaßen stimmte. Es verlieh dem Club eine atemberaubende Atmosphäre.

»Und wer sind Sie, bitte?«

Ich schreckte aus meinen Beobachtungen und starrte den Mann im fliederfarbenen Anzug an, der sich mit in die Hüfte gestemmten Fäusten neben mich gestellt hatte. Durch seine schwarze Brille blickte er skeptisch auf mich herab.

»Avery Bishop«, gab ich zurück und runzelte die Stirn. »Meinem Bruder gehört der Club, und ich arbeite hier. Und wer sind SIE?«

»Der Hochzeitsausstatter. Heute auch der Ausstatter für den Junggesellinnenabschied.« Er wedelte mit der Hand vor mir herum. »Wenn Sie etwas aus dem Weg gehen könnten? Wir müssen hier gleich die Löwenstatuen aufstellen.«

Löwenstatuen? Heilige Scheiße.

Ich brummte. »Bin schon weg.«

Als ich den Mann stehen ließ, konnte ich ihn noch murmeln hören, dass er nicht fassen konnte, dass Isla sich so einen heruntergekommenen Club ausgesucht hatte. Ich spürte Verärgerung in mir aufwallen, die sich aber nach ein paar Sekunden schon wieder auflöste. Eigentlich hatte er recht. Ich verstand auch nicht, warum sie ausgerechnet hier feierte. Das *Rhapsody* war nicht heruntergekommen, dafür hatte Ellis gesorgt. Aber es war auch keiner dieser Schickimickiclubs, in denen ich Isla Kennedy eher vermutet hätte. Ellis hatte mir am Nachmittag bei meiner Rückkehr aus Hunts Point zwar erklärt, dass es in der ursprünglichen Location gebrannt hatte und sie deshalb schnell etwas Neues brauchten. Aber gerade das *Rhapsody?*

Wenn man allerdings darüber nachdachte, ergab es wahrscheinlich schon Sinn. Wir waren mittlerweile ein bekannter Name, eine beliebte Adresse. Aber was noch wichtiger war: Unsere Bar wurde von Magiern geführt. Es war ausreichend bekannt, dass jeder Magier in New York für die Kennedy-Familie alles stehen und liegen lassen würde.

Ich ging hinter die Bar und öffnete meinen Rucksack. Da Ellis noch zu Hause war und irgendwelche Vorbereitungen traf, hatte ich die Gelegenheit genutzt, um das vorbereitete Glas aus dem Kräutergarten zu holen und an meinem Bruder vorbeizuschmuggeln. Es war gut, dass er die Inventur der Poisoner-Tinkturen in meine Hände gelegt hatte. Die meisten stellte Ellis selbst her, was Sinn ergab, denn seine magischen Kräfte waren um einiges besser als meine. Aber manchmal, wenn er – wie in letzter Zeit – viel zu tun hatte, ließ er mich zumindest auffüllen. Und so merkte er auch nicht, wenn ich ab und zu eine von meinen reinschmuggelte. Denn so etwas wie Angst, Panik oder Wut wollte er natürlich nicht in Umlauf haben. Aber ich brauchte sie, und davon durfte er auf keinen Fall erfahren.

Nachdem mein Rucksack geleert war, ließ ich meinen Blick über den vor Menschen wimmelnden Club schweifen. Mein Herz begann wieder zu rasen. *Isla Kennedy* würde heute Abend hier sein. Wahrscheinlich würde ich keine Gelegenheit bekommen, mit ihr zu reden, aber egal, *sie würde hier sein.*

Ich lehnte mich an die Theke und zückte mein Handy. Ich fand Islas Social-Media-Profil sofort, weil ich nicht besonders vielen Menschen folgte und ihre Posts mir direkt angezeigt wurden. Ich hatte nicht unbedingt viele Freunde, und die meisten Promis interessierten mich nicht.

Aber bei Isla war das etwas anderes.

Sie war die Tochter von Zahara und Quentin Kennedy, die ein riesiges Publishing House führten. Fernsehen, Radio und mehrere Zeitschriften- und Buchverlage gehörten dazu, sie waren unglaublich einflussreich und hatten ständig selbst Auftritte im Fernsehen. Isla war vor allem auf Social Media tätig, und ich folgte ihr bereits, seit ich wusste, dass sie dort war. Obwohl wir im gleichen Alter waren, schien sie schon so viel mehr erreicht zu haben als ich. Sie war viel in der Welt herumgekommen, aber nicht nur, um Urlaub zu machen. In Afrika hatte sie eine Menschenrechtsorganisation bei ihrer Arbeit unterstützt, in Australien hatte sie nach einer Flutkatastrophe geholfen und in Japan hatte sie eine Initiative unterstützt, die auf Selbstmorde unter Schülern aufmerksam machte. Auf ihren Social-Media-Seiten ging es nicht um ihr neustes Make-up, sondern um Feminismus. Um Aufklärung. Um Unterstützung von Minderheiten.

Sie war ganz anders als andere Menschen, die so aufgewachsen waren wie sie. Zumindest wirkte sie auf Social Media so.

Aber das war nicht der einzige Grund, warum ich sie bewunderte. Warum ich abends oft im Bett lag und durch ihre Reels scrollte. Es war nicht ihre Bedeutung für die Welt und ihre Follower – sondern die Bedeutung, die sie für uns hatte. Für die Gesellschaft der Magier.

Denn neben dem Einfluss, den die Kennedys auf das Geschehen der normalen Welt hatten, waren sie auch für die Magier unglaublich wichtig. Sie waren Narratives, eine Untergruppe der Magier. Genau wie wir Poisoner, aber natürlich konnte man sie nicht mit uns vergleichen. Statt über die Gefühle der Menschen hatten sie die Macht über deren Erinnerungen. Statt auf Getränke übertrugen Narratives ihre Magie auf Tinte, auf Bücher. So konnten sie Erinnerungen für die Nachwelt festhalten. Oder Erinnerungen hervorrufen, indem sie durch alte Bücher blätterten. Oder sie abspielen, sie löschen … Und manche, sehr mächtige Narratives – die Manipulatoren –, waren angeblich sogar in der Lage, Erinnerungen zu verändern.

Die Kennedys waren allerdings ganz besondere Narratives. Sie waren die Beschützer der Quelle, aus der alle anderen Magier in New York ihre Magie zogen.

Als ich zu der gemauerten Decke des *Rhapsody* blickte, konnte ich das Gesicht meines Großvaters wieder klar vor mir sehen. Wie er mich mit seinen blauen Augen musterte, die er erst meiner Mutter und dann mir vererbt hatte, und sagte: »Die Magie ist nichts, was man greifen kann.« Er hatte ein Glas mit Wein genommen und es geschwungen. Ich hatte die Hitze gespürt, die von seiner Hand ausging, und dann das wissende Lächeln auf seinen Lippen gesehen. »Aber wenn du willst, dann kannst du sie dir wie einen unsichtbaren Fluss vorstellen, der durch unsere Atmosphäre fließt. Und unsere Körper sind in der Lage, diese Magie aufzunehmen. Sie durch unser System fließen zu lassen wie Blut und sie dann in uns umzuwandeln. In etwas zu lenken, was wir verwenden können. Und jeder Fluss hat einen Ursprung. Eine Quelle. Einen Ort großer Macht, der beschützt werden muss. Diese Rolle übernimmt der oder die Principle.«

Ein Bild von Isla tauchte auf meinem Display auf, ihre braunen Haare waren zu leichten Wellen geschwungen, die Lippen rot eingefärbt und die dunklen Augen blitzten vor Ehrgeiz. Auf ihrem Shirt stand ein feministischer Spruch, und obwohl sie lächelte, war da auch Ernsthaftigkeit in ihrem Blick. Eindringlichkeit, die ich selbst durch das Foto spüren konnte.

Momentan war noch ihre Mutter, Zahara, die Principle von New Yorks Quelle. Ich hatte sie erst einmal getroffen, als meine Eltern mich vor vielen Jahren auf eine von der Magiergesellschaft organisierte Veranstaltung mitgenommen hatten – das erste und einzige Mal. Zahara Kennedy hatte arrogant gewirkt. Hochnäsig.

Sie hatte meine Familie mit einem Blick bedacht, der eindeutig machte, dass sie nicht verstand, was wir da wollten. Als wären wir der Abschaum der Magiergesellschaft. Nur wenige Monate später hatten meine Eltern New York verlassen – vielleicht hatten sie es sattgehabt, den mächtigeren Magiern den Hof zu machen. Genau wie ich inzwischen auch.

Aber sobald Isla verheiratet war, würde sie die nächste Principle von New York werden. Die Hüterin der Quelle. Die mächtigste Frau unserer Magiergesellschaft. Und in meinem Kopf hatte sich das Bild von ihr geformt, das sie auf Social Media von sich zeigte. Das von einer jungen, ehrgeizigen Frau, die niemanden ausschloss. Die Menschen das Gefühl gab, dazuzugehören. Und ich hoffte inständig, dass sie ein neues Zeitalter für uns Magier einläuten würde. Eins, in dem junge Magier wie ich, wie Veda, wie Hailey, Penn und Orla sich als Teil der Gesellschaft fühlen konnten. In dem keiner mehr auf der Suche nach Zugehörigkeit abrutschen und in Dorians Fänge geraten konnte. Vielleicht sogar ein Zeitalter, in dem jemand wie Dorian Mars, der die junge Schicht der Magier für seine Zwecke nutzte, keine Macht mehr hatte.

Ich wünschte es den neuen Generationen von Magiern so sehr, dass ich bei Islas Anblick ein schmerzendes Ziehen in der Brust bekam. Ich wünschte es mir, auch wenn es für mich dann wahrscheinlich zu spät sein würde. Vielleicht würde ich heute doch eine Gelegenheit bekommen, mit ihr zu sprechen. Über Hunts Point. Über die Schwierigkeiten, die die finanziell benachteiligten Magier hatten. Himmel, ich hoffte so sehr, dass nur ein Teil des Bildes, das sie auf Social Media von sich zeigte, wahr war.

»Entschuldigung, arbeiten Sie hier?«

Ich hob den Kopf und blickte in das ziemlich genervt wirkende Gesicht eines Mannes um die Mitte bis Ende dreißig. Er trug einen schwarzen Pulli, über dem ein Holster mit einer Waffe hing, und hatte einen schwarzen Draht im Ohr. Seine Haare waren kurz geschoren, und er beugte sich mit einer Autorität über die Theke, als würde der Laden ihm gehören.

Ich ließ das Handy sinken und verschränkte die Arme vor der Brust. »Wer will das wissen?«

Der Mann knurrte und deutete auf das Namensschild auf seinem Pullover. Ich konnte irgendwas von Personenschutz lesen. Aha. Isla Kennedys Bodyguard?

»Ich arbeite hier, ja. Und meinem Bruder gehört der Club«, gab ich murrend zurück. Der Typ war mir direkt unsympathisch. Erst recht, als er daraufhin die Augen verdrehte.

»Ryker, überprüf sie. Ich habe keine Zeit für die Erziehung eines Teenagers.« Er stieß sich von der Theke ab und ging einfach davon.

Vollkommen geschockt starrte ich ihm nach und spürte, wie das Handy in meine Hand schnitt, weil ich es zu fest drückte.

»Falls du über einen Mordversuch nachdenkst – lass es lieber. Er ist ein Marine-Offizier, und wenn er nicht mal wieder zu viel über den Durst getrunken hat, kann er echt ungemütlich werden.«

Ich drehte mich zu der Stimme um. Sie gehörte einem etwas jüngeren Typen, der ebenfalls die gleiche Aufmachung wie der Bodyguard trug. Nur dass er in seiner Art ein wenig lockerer wirkte und auch um einiges besser aussah. Beinahe schon … heiß. Er hatte bernsteinfarbene Augen, die fast schon ein wenig unwirklich aussahen, muskulöse Arme, die durch das eng anliegende Shirt deutlich zu sehen waren, und einen sonnengeküssten Teint. Sein

Lächeln war ein wenig herausfordernd, als er in Richtung seines Chefs nickte.

»Kannst du dich ausweisen?«, schob er hinterher.

Ich presste die Lippen zusammen, als ich nach dem Ausweis in meiner Hosentasche kramte. »Unglaublich, dass ich mich in unserem eigenen Club ausweisen muss.«

Der Typ zuckte mit den Schultern. »Ich weiß, es geht aber hier nun mal um Isla Kennedy. Da drehen die Leute alle ein bisschen durch.« Er ließ sich meinen Ausweis geben und warf einen Blick darauf. »Avery Bishop.« Seine bernsteinfarbenen Augen richteten sich wieder auf mich, und sein Lächeln wurde breiter. »Freut mich. Ryker Lewis. Ich gehöre zu Isla Kennedys Personenschutzteam. Ich nehme an, deinen Namen finde ich auf der Liste an Mitarbeitern für den Abend, die wir von Ellis Bishop bekommen haben?«

»Davon gehe ich aus, ja.« Ich verschränkte die Arme wieder vor der Brust und spürte, wie die Wut verebbte. Neugierig musterte ich Ryker, der immer noch locker an der Theke lehnte. Er wirkte nicht wie ein Personenschützer. Er war durchtrainiert, ja, aber seine Art wirkte irgendwie so … unbeschwert. Wahrscheinlich konnte er mich trotzdem in einer Sekunde aufs Kreuz legen, wenn er wollte. Das Äußere war in solchen Fällen ja meistens irreführend. Außerdem konnte ich etwas Metallisches an ihm riechen. Kupfer, Eisen, Stahl. Die sanften Gerüche, die Shields verströmten – die Magier, die mit ihrer Magieimmunität am besten dafür geeignet waren, Leute zu schützen.

Er ging seine Liste durch und fand wohl meinen Namen, denn kurz darauf gab er mir mit einem Lächeln meinen Ausweis zurück. »Leg dich besser nicht mit Arlo an. Er kann echt ein Arschloch sein, wenn er will.«

»Tatsächlich? Ist mir gar nicht aufgefallen«, gab ich sarkastisch zurück.

Ryker grinste, und seine Augen funkelten amüsiert. »Glaub mir, das war noch gar nichts.« Er lehnte sich noch weiter vor, sodass sich die Muskeln an seinem Arm spannten. »Aber ganz unter uns: Er bellt nur und beißt nicht. Wenn du mich fragst, hat er überhaupt keine Zähne mehr, um zu beißen. Ich wette um fünfzig Dollar, dass er sich heute Abend bereits nach einer Stunde abgeschossen hat und das restliche Team die Aufpasser von Miss Kennedy spielen lässt.«

Meine Augen weiteten sich. Irgendwie konnte ich mir das gar nicht vorstellen, so pitbullmäßig wie Arlo auf mich gewirkt hatte. Trotzdem schüttelte ich nur den Kopf. »Ich gehe nicht auf Wetten ein, bei denen ich nicht alle Variablen kenne.«

Rykers Augenbrauen schossen nach oben. »Schlau von dir«, sagte er amüsiert. Er musterte mich noch einen Moment, dann zuckte sein Kopf plötzlich zur Seite.

Ich folgte seinem Blick und sah, dass Ellis den Club betreten hatte. Hatte Ryker das etwa gehört? Oder die wahrscheinlich winzige Bewegung aus dem Augenwinkel wahrgenommen? Anscheinend täuschte sein lockeres Aussehen doch.

Als Ellis auf uns zukam, drehte Ryker sich wieder grinsend zu mir um. »Na dann, wir laufen uns heute bestimmt noch mal über den Weg.« Er nickte und verzog sich genau in dem Moment, in dem Ellis an die Bar trat.

Mein Bruder schaute dem Personenschützer nur eine Sekunde nach, bevor er sich an mich wandte: »Ist so weit alles klar hier?«

»Außer dass ein seltsamer Mob unseren Club in Beschlag genommen hat? Ich denke schon.«

Ellis grinste, aber es sah eher aus, als würde er die Zähne fletschen. Er war also auch nicht gerade glücklich darüber. »Es bringt gutes Geld. Und ein wenig Ansehen bei den Kennedys.« Seine Augenbraue zuckte. »Außerdem meinst du wohl *meinen* Club.«

Ich brummte, was er mit einem Lachen beantwortete. »Wenn du hier fertig bist, dann geh dich bitte schon umziehen. Ich denke, dass wir ein paar der Gäste schon etwas früher empfangen werden.« Er drehte sich um, und ich war mir sicher, dass er den Typen im fliederfarbenen Anzug musterte, der gerade einen der Girlandenmenschen anschrie. »Und einige bereits vorhandene Gäste sind vielleicht auch leichter zu ertragen, wenn du schon Alkohol ausschenkst. Für beide Seiten.«

Grinsend nickte ich.

Ellis hob die Hand zum Gruß, dann ging er an der Bar vorbei und verschwand auf der Treppe nach unten in Richtung seines Büros. Oder er überprüfte zum fünfzigsten Mal unseren Lagerbestand, um ganz auf Nummer sicher zu gehen, dass nichts schiefging.

Kaum war er außer Sicht, nahm ich wieder mein Handy auf und scrollte weiter durch Islas Profil. Ich fand schnell, wonach ich gesucht hatte: ein kurzes Video von ihr und ihrem Verlobten Nicholas, das sie vor einigen Wochen gepostet hatte. Darunter stand: *Ich freue mich so sehr, bald deine Frau zu sein.*

Ich hatte es immer befremdlich und auch ein wenig unfeministisch gefunden, dass Isla erst die Principle der New Yorker Quelle werden konnte, wenn sie verheiratet war. Noch dazu, weil sie nur ein Jahr älter war als ich, also zwanzig Jahre alt. Und ihr Verlobter war kein Unbekannter. Er gehörte zur Familie der Principles für die Quelle in Denver, der zweiten großen Quelle in den USA. Sie entstammten also beide den zwei mächtigsten Familien unseres Landes. Als ich das erste Mal davon erfahren hatte, hatte ich das alles für ein abgekartetes Spiel gehalten. Aber das Video von den beiden sah ehrlich aus. Wie sie sich anblickten. Der zarte Kuss und das glückliche Lächeln der beiden. So, wie Nicholas Isla ansah … Da müsste er schon ein verdammt guter Schauspieler sein, um das vorzutäuschen. Und sie auch. Auf mich wirkte es auf jeden Fall sehr echt.

Als ich das Handy sinken ließ und mich erneut in dem ausgeschmückten Club umsah, holte mich die Realität wieder ein, und ein leichtes Kribbeln erfüllte meinen Magen.

Isla Kennedy – die zukünftige Principle, die zukünftige Königin der Magierinnen von New York – würde heute Abend in unserem Club feiern.

Und ich würde versuchen, mit ihr ins Gespräch zu kommen.

Die Nervosität ließ meinen Magen hüpfen.

Trotzdem schaffte ich es, mit erhobenem Kopf die Bar in Richtung Treppe zu verlassen, um zur Umkleide zu gehen. Ich würde heute keine Schwäche zeigen. Am besten nie wieder.

KAPITEL 6

Der Club war an diesem Abend nicht so voll wie an anderen, aber trotzdem war ich die ganze Zeit mit einer seltsamen Anspannung gefüllt. Marla und Michael arbeiteten neben mir, aber wir hatten so viel zu tun, dass wir nicht einmal zu einem kurzen Gespräch kamen.

Vielleicht lag es an den ganzen hochkarätigen Gästen, die nacheinander durch unsere Türen spazierten und sich in dem heute eher sanft fallenden Licht verteilten. Ich sah Audrey Moore, eine der wunderschönen Moderatorinnen von Manhattan News, dem wahrscheinlich meistgesehenen Sender in ganz New York. Sie wurde von Francis Young begleitet, einem Schauspieler, den ich als Teenager angehimmelt hatte und der auch heute noch verdammt gut aussah in seinem dunkelblauen Anzug und dem leichten Dreitagebart. Meine Freundin Veda hätte wahrscheinlich gekreischt, wenn sie die beiden gesehen hätte – vor allem zusammen. Sie fand, die beiden würden super zusammenpassen, aber ich war mir sicher, dass ich noch in keinem Klatschblatt bisher gelesen hatte, dass sie ein Paar waren.

Es kamen auch Moderatoren von den Radiosendern, die Islas Eltern gehörten, ein paar Kinder von Politikern und ein paar High-Society-Mädels in Designerkleidern, die ich ab und zu auf Islas Instagram gesehen hatte. Eine von ihnen, Ellen Taylor, kannte ich bereits durch ihre Ausschweifungen aus den Medien. Sie sah aus wie ein Model – wunderschöne, wallende Haare und perfekt sitzendes Make-up –, aber ihre Art, ihr falsches Lachen, die arroganten Blicke, die sie dem Personal zuwarf, das alles sprach eine Sprache, die mir absolut nicht gefiel. Nicht nur, weil ich sie selbst nicht sprach, sondern weil ich es nicht einmal ertrug, ihr zuzuhören. Als jemand, der mit nicht sehr viel Geld in der Bronx aufgewachsen war, kannte ich solche abfälligen Bemerkungen und Blicke natürlich. Ich wusste, wie die Leute von der Upper East Side einen ansahen oder über einen redeten, wenn man nicht in Designerklamotten über die Park Avenue spazierte. Ellen Taylor war das perfekte Beispiel für den Durchschnitt dort, und ich fragte mich, warum Isla mit solchen Leuten abhing. Gleichzeitig wuchs in mir wieder die Befürchtung, dass mich das leuchtende Social-Media-Profil der Kennedy-Tochter vielleicht doch in die Irre geführt hatte. Dass ich einfach naiv war, wenn ich glaubte, dass Isla besser war als die Menschen um sie herum. Ich neigte eigentlich nicht dazu, Leute als besser einzuschätzen, als sie wirklich waren. Dazu hatte meine Vergangenheit in Hunts Point mich einfach zu zynisch gemacht. Aber die Hoffnung, dass Isla Kennedy eine bessere Welt für die jungen, nicht ganz so vom Schicksal gesegneten Jugendlichen schaffen könnte, war aktuell noch größer als mein düsterer Realismus. Also wandte ich mich von Ellen Taylor ab, die gerade mit einer Gruppe junger Models lachend Champagner trank, und konzentrierte mich auf meine Arbeit hinter der Bar.

Je mehr Menschen das *Rhapsody* fluteten, desto froher war ich, dass der Typ in Flieder sich so große Mühe gegeben hatte, alles herzurichten. Ich liebte die Bar, wie mein Bruder sie gestaltet hatte, aber für eine solche Schar an strahlender Prominenz passten die Marmorfiguren, die hochwertigen Lichterketten überall und die Blumendecke aus Rosen und Lilien, die sie über alles gelegt hatten, einfach besser. Obwohl ich die meisten Leute, die sich bei mir einen Champagner oder Cocktail bestellten, irgendwie unsympathisch und aufgesetzt fand, konnte ich nicht anders, als sie zu bewundern. Ihre natürliche Eleganz. Das Selbstbewusstsein. Und irgendwie auch ein bisschen die teuren Klamotten, die ich mir nie im Leben hätte leisten können, selbst dann nicht, wenn ich nicht in Dorian Mars' Schuld gestanden hätte. Ich schämte mich ein wenig dafür, aber ich konnte nicht anders, als zu gaffen.

Aber das Beeindruckendste war, wie sich die Luft im *Rhapsody* mit jedem weiteren Gast mehr veränderte. Irgendwann spürte ich überall ein Prickeln, als würden Ameisen richtige Tänze auf meiner Haut vollführen. Die Magie machte die Atmosphäre im Club schwer, und von allen Seiten strömten Gerüche auf mich ein. Von staubigen Buchseiten, von blutgemischtem Wein, von Kupfer, von allen Farben des Regenbogens. Nach Narratives, Poisonern und Artists. Es war das erste Mal seit sehr langer Zeit, dass ich in einem Raum mit fast nur Magiern stand, und es war überwältigend. Für mich, aber sicher auch für die wenigen, nicht magischen Gäste. Ich wusste nicht, ob sie über die Kennedys Bescheid wussten, über unsere magische, im Verborgenen liegende Gesellschaft – aber ich war sicher, dass sie irgendetwas spüren mussten. Das hier, dieser mit Prickeln und Magie gefüllte Raum, man musste es einfach wahrnehmen.

Und gegen neun Uhr abends, als die ersten Gäste schon ein wenig angetrunken waren, kam auch Isla Kennedy endlich. Als sich die Eingangstüren öffneten und sie mit einem schimmernden Licht im Rücken eintrat, flankiert von ihren Personenschützern Arlo und Ryker, hatte ich das Gefühl, dass der ganze Raum den Atem anhielt – inklusive mir. Sie machte nur einen Schritt über die Schwelle und verzog ihre Mundwinkel zu einem breiten Lächeln, und sofort schienen ihr alle Blicke und Herzen zuzufliegen.

Ich hatte mich von Anfang an gefragt, ob sie auch im echten Leben so eine Ausstrahlung haben würde wie in ihren Instagram-Beiträgen, aber jetzt musste ich feststellen, dass es genau andersherum war: Keins ihrer Fotos konnte auch nur im Geringsten einfangen, was Isla Kennedy ausmachte. Isla trug ein wahrscheinlich maßgeschneidertes, bodenlanges Kleid in Rot, das perfekt zu ihrem Lippenstift passte. Ihre braunen Haare waren in einem ordentlichen, hohen Pferdeschwanz zusammengefasst und ihre dunklen Augen strahlten jeden einzelnen im Raum vollkommen begeistert an. Als ihr Blick auch mich streifte, konnte ich das leichte Prickeln der Magie spüren, auch wenn sie mir gar nicht nah genug war dafür. Nur eine Sekunde später stürmten alle auf sie zu, um sie mit Glückwünschen zu überhäufen, und ich verlor sie in der Menge.

Das war auch der Moment, in dem ich mich von dem Gedanken verabschiedete, dass ich heute Abend mit ihr sprechen könnte. Es würde unmöglich sein, durch die Scharen an Fans an sie heranzukommen – geschweige denn mit ihr zu sprechen. Enttäuscht ließ ich die Schultern sinken und machte mich wieder an die Bestellungen, die mit Isla Kennedys Eintreffen direkt noch etwas anstiegen. Nachdem alle auf die anstehende Hochzeit angestoßen hatten, begann die Party erst so richtig – wenn man das so bezeichnen konnte. Selbst als die Musik lauter gedreht wurde und mehr Alkohol floss, tanzte eigentlich kaum jemand. Die meisten standen in kleinen Grüppchen zusammen und unterhielten sich, manche wippten dabei ein wenig mit dem Kopf, aber das war's auch schon. Da hatte ich in meiner Teenagerzeit ja bessere Partys in Hunts Point gehabt.

Während ich die Gläser füllte, wanderte mein Blick immer wieder zu Isla Kennedy. Sie war ständig von Menschen umringt, und einer ihrer Personenschützer klebte ihr regelrecht im Nacken. Sie schien sich zu amüsieren, auch wenn sie nicht tanzte. Aber ihr Gesicht wirkte die ganze Zeit fröhlich, ihre Augen funkelten und sie lachte viel. *Musste wirklich schön sein, wenn so ein Aufwand um seine Person betrieben wurde.*

Irgendwann mischte sich auch der mürrische Personenschützer Arlo unter die Menschen an der Bar. Zu meiner Überraschung bestellte er einen doppelten Schnaps, den er sich ohne mit der Wimper zu zucken hinter die Binde kippte, und danach direkt noch einen von unseren Special Drinks – den *Dancing Joy.* Auch den trank er mit großen Schlucken, und kurz darauf wanderten seine Mundwinkel nach oben. Er beäugte das halbleere Glas, dann sah er mich an. Es war seltsam, dass der düstere Typ mich so fröhlich ansah, obwohl da Skepsis in seinen Augen war. *Poisonerin,* dachte er, das war ihm deutlich anzusehen. Die Skepsis wechselte zu Anerkennung. Es war unter den Magiern ein offenes Geheimnis, dass wir unsere Cocktails mit Poisoner-Tinkturen mischten, aber offensichtlich hatte Arlo nicht damit gerechnet, dass sie so gut waren. Er bestellte noch einen doppelten Schnaps, leerte ihn und seinen Cocktail und rutschte dann vom Barstuhl, um zur Tanzfläche zu gehen. Und nur eine Minute später wippte er – mit dem seligsten Grinsen auf dem Gesicht – als Einziger auf der Tanzfläche hin und her. Es schien ihm plötzlich vollkommen egal zu sein, was die anderen um ihn herum dachten, er war eins mit der Musik und dem glücklichen Gefühl, das in seinem Magen tanzte.

Mit zusammengezogenen Augenbrauen nahm ich die Flasche mit der Glücks-Tinktur und überprüfte den Stand. Ich hatte ihm nicht mehr gegeben als sonst, aber der Cocktail wirkte bei ihm offenbar weitaus stärker. Ich tat es mit einem Schulterzucken ab. Vielleicht war er einfach anfälliger für Magie. Manchmal kam das vor unter den Magiern, besonders wenn ihre Kräfte schwach waren. Der Geruch nach altem Papier, der an ihm haftete, war eigentlich kaum mehr wahrnehmbar. Die magische Linie seiner Familie würde wahrscheinlich bald enden. Genau wie meine.

»Wenn du die Wette angenommen hättest, hätte ich jetzt gewonnen.«

Ich sah von dem Etikett der mit goldenem Glück gefüllten Flasche auf und direkt in die bernsteinfarbenen Augen von Ryker, der sich neben mir an die Theke gelehnt hatte. Er nickte grinsend zu Arlo, der auf der Tanzfläche gerade ein paar sehr peinlich aussehende Tanz-Moves machte, die vermutlich noch aus den Achtzigern stammten. Die Leute um ihn herum musterten ihn, manche pikiert, manche mit sichtlichem Amüsement in den Augen.

Unbeeindruckt zuckte ich mit den Schultern. »Deshalb habe ich die Wette nicht angenommen. Du schienst dir deiner Sache sehr sicher zu sein.«

Ryker sah noch einmal zu Arlo, bevor er mich fragend musterte. »Du bist eine Poisonerin, oder?«

Ich hob eine Augenbraue und versuchte, das Lächeln zu unterdrücken, das an meinen Mundwinkeln zupfte. »Wie kommst du darauf?« Ich wusste, dass der Duft nach Magie an mir nicht sehr ausgeprägt war, aber es war trotzdem klar, warum er meine Poisoner-Kräfte erkannt hatte.

»Ernsthaft? Arlo sieht aus, als hätte er sich einen ganzen Blister Ecstasy eingeworfen. Du vertickst also entweder unter der Bar Drogen, oder du hast ihm ein bisschen flüssiges Glück eingeworfen.« Ryker nickte anerkennend. »Scheint eine ganze Wagenladung gewesen zu sein.«

»Er verträgt einfach nichts«, gab ich abwehrend zurück.

»Möglicherweise.« Einen Moment musterte er mich noch, als wollte er in meinem Blick irgendetwas suchen, doch dann zuckte er mit den Schultern. »Kannst du mir vielleicht ein stilles Wasser geben?«

Mein Blick huschte noch einmal zu dem mittlerweile twerkenden Arlo, als ich Ryker ein Glas füllte. »Sollte Arlo nicht eigentlich aufpassen, dass Isla nichts passiert?«, fragte ich schließlich einigermaßen locker. »Als ihr persönlicher Personenschützer, meine ich.«

»Nicht nötig, denkt er.« Ryker nahm das Glas entgegen. »Bei solchen Veranstaltungen stellt er sich immer ein besonders großes Team zusammen. Vor Islas Eltern tut er so, als wollte er damit ganz auf Nummer sicher gehen, dass ihr nichts zustößt. Aber eigentlich geht er nur ganz auf Nummer sicher, dass er sich in Ruhe besaufen kann. Normalerweise macht er das nur ein bisschen unauffälliger.« Er schmunzelte kurz, bevor er sein Wasser leerte.

Mein Blick wanderte erneut zu der Traube an Menschen, die sich immer noch um Isla versammelt hatte, und ich begann, auf meiner Unterlippe zu kauen. Schließlich hielt ich es nicht mehr aus. »Wie lange arbeitest du eigentlich schon für die Kennedys?«

Ryker sah mich über den Rand seines Wasserglases fragend an. »Erst seit ein paar Wochen.«

»Und da bist du bereits in ihrem persönlichen Personenschutzteam?!«

»Ich habe eben großartige Referenzen.« Er zwinkerte mir zu, und ich verdrehte genervt die Augen.

Aber da war noch eine andere Frage, die mir auf dem Herzen brannte, vor allem wieder, seit ich Isla mit Ellen Taylor hatte lachen sehen. »Wie … ist sie denn so?«

»Isla?« Ryker sah über seine Schulter in die Richtung, in die ich auch geblickt hatte, und dann wieder zu mir. Ein breites Grinsen hatte sich auf seinen Lippen ausgebreitet. »Sie ist sehr nett, für einen Menschen aus ihren Verhältnissen. Aber ich kann auch nicht behaupten, dass ich sie gut kenne. Wieso? Soll ich dir ein Autogramm von ihr besorgen?«

»Haha. Witzig«, knurrte ich. Leider spürte ich, wie meine Wangen heiß wurden, und ich hoffte inständig, dass das Neonlicht über unseren Köpfen das Rot etwas neutralisieren würde. Ich bediente einen anderen Kunden, bevor ich mich wieder an Ryker wandte. »Ich will nur wissen, wie unsere zukünftige Principle so ist. Und ob sie besser ist als ihre Eltern.«

Das hätte ich vielleicht nicht über seine Auftraggeber sagen sollen. Nicht einfach so.

Rykers Gesicht wurde schlagartig ernst. Er sah mich an, dann starrte er auf sein Glas hinunter. Irrte ich mich, oder hielt er es wirklich so fest, dass seine Knöchel ganz weiß wurden? Ich wollte gerade den Mund aufmachen und etwas sagen, mich entschuldigen vielleicht, als er mir zuvorkam.

»Ja. Das ist eine gute Frage, nicht wahr?«, murmelte er abwesend.

Ich presste die Lippen wieder aufeinander und musterte ihn fragend. Aber er erwiderte meinen Blick gar nicht. Er starrte weiter auf sein Glas, bevor er abrupt die Muskeln in seinen Armen anspannte und das Glas zu mir schob.

»Ich mach mich dann mal wieder an die Arbeit«, sagte er. Und dann stand er einfach auf und verschwand in der Menge, irgendwo in Richtung von Isla Kennedy.

Ich starrte ihm nach, bis die Masse an Designerklamotten ihn verschluckt hatte. Das Gefühl, dass irgendetwas daran gerade seltsam gewesen war, ließ mich nicht los. Aber dann stürmte wieder eine Gruppe von Schauspielern und Moderatoren die Bar, und ich vergaß den Gedanken irgendwo zwischen Cocktails und Schnaps und immer betrunkener werdenden High-Society-Menschen.

Es war bereits nach Mitternacht, als ich langsam wieder etwas mehr Luft hatte. Isla hatte sich auf der kleinen Bühne dafür bedankt, dass so viele Leute gekommen waren, um mit ihr zu feiern, und war dann wieder von der Menge verschluckt worden. Jeder schien nach ihr zu greifen, ein Stück der zukünftigen Principle für sich beanspruchen zu wollen, und jedes Mal, wenn ich durch die Masse einen Blick auf sie erhaschte, ertrug sie das mit einem breiten Lächeln. Sie war wirklich geschaffen für dieses Leben.

Ein paar der Gäste fingen nun tatsächlich an, sich Arlo anzuschließen, der immer noch glücklich mit den Armen wedelte und tanzte. Zaghaft erst, als wären sie nicht sicher, ob vielleicht Reporter zusahen und sie in unschönen Posen ablichteten, aber dann immer freier und wilder. Die Stimmung in der Bar lockerte sich auf, und ich spürte es wie einen plötzlichen Luftzug, der durch den großen Raum ging.

Der Personenschützer tanzte auch weiterhin wie ein Discostar, und ich konnte nicht anders, als immer wieder skeptisch zu ihm zu schielen. Es war seltsam, dass die Wirkung immer noch so stark war, eigentlich hätte sie inzwischen zumindest ein wenig abklingen müssen. Ich würde ihn auf jeden Fall weiter beobachten.

Ich machte gerade die nächste Bestellung fertig, als ich aus dem Augenwinkel eine Bewegung wahrnahm. Ein strahlend rotes Kleid, das um einen schmalen Körper wehte. Das einzige rote Kleid an diesem Abend. Wahrscheinlich war das Absicht, weil niemand Isla die Show stehlen wollte, deren Lieblingsfarbe bekanntermaßen Rot war. Als ich den Kopf drehte, entdeckte ich die junge Frau am Rand der Bar an der Tür stehen, die einige Gäste und auch Michael im Laufe des Abends bereits mehrmals für ihre Raucherpausen genutzt hatten. Sie hatte die Hand an das Metall gelegt und verschmolz fast mit den Schatten, weil das Licht der Deckenlampen nicht bis dahin reichte. Sie warf noch einen kurzen Blick über die Schulter zu Arlo und den anderen Personenschützern, die gar nicht mehr wirklich auf sie achteten, sondern nur amüsiert ihrem Chef beim Tanzen zusahen, dann öffnete Isla ganz langsam die Tür, als wollte sie keine Aufmerksamkeit auf sich ziehen, und schlüpfte nach draußen.

Ich erstarrte mitten in der Bewegung, als ich das Cocktailglas über die Theke schob, und sah zu der Stelle, an der sie gerade noch gestanden hatte. War Isla Kennedy gerade wirklich ohne einen ihrer Personenschützer nach draußen gegangen? Hatte sie sich einfach so von ihrer eigenen Feier geschlichen wie ein rebellischer Teenager?

Ich machte mich daran, Gläser zu polieren, doch ich konnte nicht verhindern, dass mir ein Grinsen ins Gesicht wanderte. Irgendwie gönnte ich ihr die kurze Auszeit von der sicher auch für sie anstrengenden Party. Aber nur eine Sekunde später realisierte ich, dass das vielleicht meine einzige Chance sein würde, mit ihr zu sprechen. Offenbar hatte niemand bemerkt, dass sie sich nach draußen geschlichen hatte, und das würde sicher nicht ewig so bleiben. Einen Augenblick lang zögerte ich noch. Nicht nur, weil Isla wahrscheinlich einfach gerade einen Moment für sich sein, etwas Zeit nur für sich haben wollte. Sondern auch, weil ich eigentlich gar keine Ahnung hatte, wie ich das Gespräch beginnen sollte. »Hey, Isla, ich bin dein größter Fan, hast du schon mal daran gedacht, was du für die magische Jugend in Hunts Point tun kannst, damit sie nicht mit siebzehn ihren ersten Mord begehen oder selbst in den Lauf einer Pistole schauen?« Wahrscheinlich ein bisschen zu harsch.

Bevor ich es mir anders überlegen konnte, knüllte ich das Geschirrtuch zusammen, mit dem ich gerade Gläser poliert hatte, und warf es etwas achtlos auf die Theke. »Marla, kannst du kurz für mich übernehmen? Ich muss mal ein paar Minuten an die frische Luft.«

Marla sah mich überrascht an, nickte aber, ohne nachzufragen. Es war gerade vergleichsweise ruhig, und sie hatte keinen Grund, mich aufzuhalten. Also quetschte ich mich an ihr vorbei, durch die hüfthohe Tür der Bar und durch den Hintereingang hinaus. Es folgte ein kleiner, dunkler Gang und dann die angelehnte Tür, die zu einem kleinen Hof und einer winzigen Gasse führten, über die man wieder auf die Straße vorn am Eingang gelangte.

Als ich der Tür näher kam, durch die die Kühle der Nacht und das schwache Licht des Mondes hereindrang, konnte ich Islas Stimme hören. Sie klang ein wenig gedämpft, aber es lag ein eindeutiges Lächeln darin. Eine Wärme, als würde sie mit jemandem sprechen, der ihr wichtig war. Ich hatte schon meine Hand an der Klinke, als ich begriff, dass sie telefonierte. Und an den wenigen Wortfetzen, die ich mitbekam, sprach sie wahrscheinlich mit ihrem Verlobten, Nicholas. Sie lachte hell auf, und ich nahm die Hand wieder von der Klinke. So dringend mein Vorhaben auch war, ich wollte ihr diesen Moment nicht nehmen. Sie klang wirklich gelöst. Wirklich glücklich. Ich machte einen Schritt zurück in den dunklen Flur, als sie sich verabschiedete. »Ich dich auch, Nic. Wir sehen uns bald.« Dann war nur noch Stille zu hören und schließlich ein gedehnter Seufzer.

Ich wartete zwei, drei Herzschläge lang, ob sie vielleicht wieder hereinkommen würde. Als sie es nicht tat, schob ich die Tür doch ein wenig auf und spähte nach draußen. Isla hatte sich an die Hausmauer gelehnt und blickte in den Himmel hoch. Ein schwaches Lächeln lag auf ihren Lippen, als würde sie sich gerade weit wegträumen. Sie wirkte entspannt.

Ich überlegte noch, ob ich es wirklich tun sollte, da quietschte die Tür plötzlich, und Isla riss den Kopf herum.

Alarmiert starrte sie in meine Richtung. »Hallo? Ist da jemand?«

Ich nahm meinen Mut zusammen und öffnete die Tür ganz. Unsere Blicke trafen sich, und eine Sekunde lang wusste ich nicht, was ich sagen sollte.

Isla musterte mich ruhig. Beinahe erleichtert, vielleicht weil ich nicht einer der Personenschützer war, die sie abgehängt hatte. Ihre Mundwinkel zuckten nach oben. »Oh. Hey.«

Ich wollte etwas sagen. Wollte ihr Lächeln erwidern. Aber ich bekam nichts über die Lippen. Da stand ich nun endlich in dieser Gasse, Isla Kennedy gegenüber, und hatte nichts mehr zu sagen.

Das ist dein Moment!, brüllte eine Stimme in meinem Inneren. *Vielleicht der einzige Moment, den du je haben wirst!*

Und dann war er innerhalb eines Augenschlags vorbei.

Aus der Gasse waren dumpfe, schwere Schritte zu hören. Dann eine Männerstimme. »Isla Kennedy?« Es klang aggressiv. Knurrend. Und was am schlimmsten war: Ich erkannte die Stimme.

Mein Herz begann zu rasen. Als der Mann ins Licht trat, konnte ich die sonnenblonden Haare sehen, den wilden Bart, die verkniffenen blauen Augen. Scott, einer von Dorians Leuten. Er war nicht allein, an seiner Seite war wie immer sein Hündchen Devon – ein bulliger, immer schlecht gelaunter Typ mit dichten schwarzen Augenbrauen. Die beiden bauten sich vor Isla auf, die vollkommen verschreckt aussah.

Ohne nachzudenken, trat ich ganz aus der Tür. »Was wollt ihr hier?«

Drei Köpfe drehten sich zu mir, und mir rutschte das Herz in die Hose. *Jetzt bloß keine Schwäche zeigen.*

»Das ist doch die Gifthexe vom Chef.« Devon lachte und zeigte dabei eine unschöne Zahnlücke. »Geh lieber wieder rein, Vögelchen. Das hier geht dich nichts an.«

Ich ballte die Hände zu Fäusten. Mein Inneres schrie mich an, dass ich mich verdammt noch mal verdünnisieren sollte. Dass es ein Fehler war, mich gegen Dorian Mars' Männer aufzulehnen. Ich konnte ein bisschen kämpfen, aber das hier waren zwei ausgewachsene, starke Männer, und ich war mir sicher, dass sie Waffen bei sich trugen.

Was mich davon abhielt, das Weite zu suchen, war die Tatsache, dass es wahrscheinlich meine Schuld war, dass sie hier waren. Wegen der unbedachten Bemerkung, die ich in Hunts Point gemacht und die sie auf dumme Gedanken gebracht hatte. Und dann war da auch noch der Blick, den Isla mir zuwarf. Er war ängstlich, verwirrt und flehend. *Lass mich nicht allein.*

Ich selbst konnte nichts für Hailey, Penn und Orla tun. Oder für die anderen Kids aus Hunts Point. Ich war nicht wichtig für diese Gesellschaft, das hatte ich von Anfang an gewusst. Aber Isla Kennedy schon. Sie konnte alles ändern. Und in dieser Sekunde wurde mir das erste Mal klar, dass das vielleicht wichtiger war als ich.

Als ich einen Schritt auf die beiden Männer zumachte, und dann noch einen, verschwand das dümmliche Grinsen auf ihrem Gesicht. Sie sahen plötzlich eher genervt aus.

Scott zog ein Messer aus seinem Gürtel und hielt es in meine Richtung. »Bleib stehen, Giftschlange. Und verpiss dich endlich.«

Ich hörte nicht auf ihn. Ich ging weiter auf sie zu, die Augenbrauen zusammengezogen und den Körper gestrafft wie ein Soldat. *Keine Angst zeigen, auch wenn sie dich von innen aufzufressen droht. Niemals Angst zeigen.* »Du wirst mir nichts tun«, sagte ich betont ruhig. »Dorian Mars wäre ziemlich sauer, wenn du seiner ›Giftschlange‹ die Schuppen stutzt.«

Scott grinste breit. »Denkst du wirklich, das wird ihn kümmern? In New York gibt es an jeder Ecke Giftmischer. Er wird dich ersetzen. Und wenn ich ihm erzähle, dass du uns angegriffen hast und ich dich aus Versehen dabei getötet habe, wird es ihm erst recht egal sein.«

Panik stieg in mir auf, doch sie brachte mich nur für eine Sekunde ins Wanken. Scott hatte wahrscheinlich recht. Aber das hielt mich nicht auf. Das durfte es nicht.

»Nicht!« Das Wort kam von Isla. Als ich zu ihr sah, hatte sie eine Hand erhoben, als wollte sie mich aufhalten. Meine Angst spiegelte sich in ihren Augen, und trotzdem war da auch noch Entschlossenheit in ihrem Blick. Sie drehte sich zu Dorians Männern und fragte mit fester Stimme: »Was wollt ihr? Geld? Meinen Schmuck? Ihr könnt alles haben, wenn ihr uns gehen lasst. Ich gebe es euch freiwillig.«

Devon lachte. »Wir wollen *dich*, Prinzessin. Was ist dein Schmuck schon wert im Gegensatz zu dem Lösegeld, das wir für dich kriegen?«

Isla wurde totenbleich.

Im selben Moment wurde mir klar, dass das Ganze sicher kein Auftrag von Dorian Mars war. Er würde niemals etwas tun, das die Aufmerksamkeit dermaßen auf ihn lenkte. So etwas Dummes und Kleingeistiges. Devon und Scott handelten allein. Und das machte sie noch gefährlicher. Sie hatten keine Angst, etwas an einem Auftrag zu versauen. Keine Angst, etwas Falsches zu tun. Sie waren wie wilde, aggressive Tiere.

Ich musste schnell handeln.

Als Scott sich zu Isla drehte, vermutlich um etwas zu sagen, nutzte ich meine Chance. Ich sprang auf ihn zu und führte einen der High Kicks aus, die Walt mir beigebracht hatte. Es funktionierte, obwohl ich das seit Ewigkeiten nicht mehr gemacht hatte – ich traf seine geballte Faust, und das Messer flog ein paar Meter weit durch die Luft.

»Was zum …?«, rief Scott zornig. Er wirbelte zu mir herum, und in diesem Moment donnerte ich ihm mit voller Wucht meine Faust ins Gesicht.

In meinen Knöcheln explodierte ein Schmerz, den ich in meinem ganzen Körper spürte und der mich aufstöhnen ließ. Aber es hatte sich gelohnt, denn offensichtlich hatte Scott nicht damit gerechnet, dass ich so viel Kraft hatte. Er hatte meine schmale Statur unterschätzt, wie es die meisten taten. Sein Kopf flog nach hinten, und er stürzte auf den Boden der Gasse.

Ich sah nicht zu, wie er aufprallte, sondern wirbelte zu Devon herum, der gerade einen Satz auf Isla zumachte. Mit einem Messer in der Hand griff er nach ihrem Arm, um sie festzuhalten. Als ich auf ihn zustürzte, dachte ich, er würde Isla mit dem Messer verletzen wollen. Aber stattdessen stach er blitzschnell nach mir, und da ich nicht mehr rechtzeitig ausweichen konnte, streifte er mich am Arm.

»Geh«, schrie Isla mir entgegen. Sie hatte die großen braunen Augen panisch aufgerissen und wehrte sich gar nicht gegen Devons Griff. »Bring dich in Sicherheit!«

Bewunderung durchflutete mich, weil sie selbst in so großer Gefahr noch an mich dachte. Doch dann schlug diese Bewunderung in Wut um. Unbändige Wut, die sich wie Flammen in meinem Inneren anfühlte. Ich griff nach Devon und bekam den Arm zu fassen, in dem er das Messer hielt. Mit meiner ganzen Kraft umfasste ich sein Handgelenk, damit er nicht wieder nach mir schlagen konnte. Und weil er mit der anderen Hand Isla festhielt, fehlte ihm die nötige Bewegungsfreiheit, um mich abzuschütteln. Er trat nach mir, heftig, aber ich konnte mit einem Sprung ausweichen.

»Lass sie los!«, rief ich. Und dann noch einmal, einem Löwenbrüllen gleich: »LASS SIE SOFORT LOS, DEVON!«

Er starrte mich an. Erst mit Wut in den Augen. Und dann weiteten sie sich plötzlich. Einen Moment lang war darin so etwas wie Panik zu sehen. Angst vor … mir.

Ich wusste nicht, was das zu bedeuten hatte, aber jeglicher Gedanke daran wurde von der unglaublichen Hitze in meinem Inneren verschluckt. Eine Hitze, die um sich schlug, von meinem Herzen in meine Hände wanderte, wie ich es von meiner Magie schon kannte. Aber nicht so. Nicht ohne ein Medium, nicht ohne dass die wenige Magie in meinem Inneren die Chance hatte, sich zu sammeln.

Ich sog scharf die Luft ein, als die Hitze meine Fingerspitzen erreichte. Devon rang nach Atem. Riss die Augen noch weiter auf, sodass die Panik beinahe aus ihm herausquoll. Und dann sah ich, wie sich unter meiner blassen Haut plötzlich Adern abzeichneten. Nicht die, durch die mein Blut floss. Nein. Sie schimmerten silbern. Wie die Magie. Silbern wie die Kraft, die in mir schlummerte und die sich in dieser Sekunde auf Devon entlud, ohne dass ich es irgendwie hätte aufhalten können.

Seine Adern traten hervor, sein ganzer Körper zuckte unkontrolliert, während er immer heftiger röchelte. Er nahm noch einen letzten, zischenden Atemzug, dann versteifte sich sein Körper – und er sackte zusammen.

Geschockt ließ ich ihn los, und Isla schnappte erschrocken nach Luft, als Devons Griff um ihr Handgelenk sich schlagartig lockerte. Dann standen wir beide einfach nur da und blickten auf ihn hinunter. Devon bewegte sich nicht mehr. Seine Lippen hatten eine seltsame Färbung angenommen – ein dunkles silbernes Schimmern –, und auf seiner Haut zeichneten sich feine Linien ab. Dünne Adern, die von seinen Lippen zu fliehen schienen.

Isla riss den Kopf hoch und starrte mich an. Es sah aus, als würde sie etwas sagen wollen, aber kein Wort schaffte es über ihre geöffneten Lippen. Sie wirkte so geschockt, wie ich mich fühlte.

Hinter mir rappelte sich Scott auf. »Was hast du gemacht, du Giftschlange?«, brüllte er. Er trat auf mich zu, aber ich konnte mich nicht bewegen vor Horror.

War Devon tot? Hatte ich Devon ermordet? Aber wie, zum Teufel? *Wie?*

Scott hatte mich fast erreicht, als die Hintertür des Clubs aufgerissen wurde. Jemand brüllte etwas. Es war Ryker, der mit den anderen Personenschützern nach draußen stürmte. Ich spürte, wie sie an mir vorbeirannten. Spürte, wie sie Scott, der plötzlich davonstürzte, durch die Gasse jagten. Spürte, wie jemand meinen Arm berührte, wie jemand fragte, was passiert war. Isla sagte etwas, schnell und ängstlich.

Aber ich bekam alles nur durch einen Nebel mit. Ich konnte meinen Blick nicht von Devon abwenden. Von seinen geschlossenen Augen, von seinem Brustkorb, der sich nicht mehr bewegte. Die Hitze in mir ebbte langsam ab, während sich der kleine Hof hinter unserem Club mit Leuten füllte.

Und auf keine der Fragen, die sich in meinem Kopf sammelten, fand ich eine Antwort.

KAPITEL 7

Ich nahm die nächsten Minuten gar nicht wirklich wahr. Irgendwo in meinem Hinterkopf registrierte ich, dass Menschen auf mich einredeten. Mir Fragen stellten. Meinen Arm berührten, meine Schulter. Ellis war unter ihnen, ich sah sein besorgtes Gesicht, doch es drang nicht zu mir durch. Aus meinem Mund kamen Worte, die ich gar nicht bewusst steuerte, die ihn wegschickten, zurück in den Club. Die ihm sagten, dass es mir gut ging, auch wenn ich eigentlich gar nichts fühlte. Ich wurde zur Seite geschoben, spürte, wie mich jemand in eine Sitzposition drückte. Aber ich nahm auch das kaum wahr, nicht einmal den kalten Stein der halbhohen Mauer unter mir registrierte ich. Sah nur verschwommen das Blaulicht am Rand meines Sichtfeldes, sah Rettungssanitäter, die sich um Devon sammelten. Die Anweisungen brüllten. Und ihn schließlich auf einer Liege zum Krankenwagen brachten und abtransportierten. Mit Sirene und Blaulicht.

Er war also nicht tot, doch das änderte nichts an meinen Schuldgefühlen. Ich sah ihn immer noch vor mir. Seine leblosen Umrisse auf dem Boden der Gasse – wie das Opfer vorgestern unter der Plastikplane. Nur war diesmal ich dafür verantwortlich.

Mein Blick wanderte nach unten, auf meine Hände, die locker auf meinem Schoß lagen. Während der Tumult um mich herum kaum leiser wurde, rückte er dennoch in den Hintergrund wie ein weißes Rauschen, als ich meine Finger streckte. Sie drehte. Und schließlich meine Arme musterte. Jetzt war nichts mehr zu sehen. Keine silbernen Adern, die durch die blasse Haut schimmerten, die vor Macht pulsierten. Aber ich wusste, dass sie da waren. Ich wusste, dass sie weiter ihre Bahnen durch meinen Körper zogen, darauf warteten, dass ich sie wieder in Anspruch nahm. Sie waren die ganze Zeit da gewesen, seit meiner Geburt. Das System in mir, in allen Magiern, das so natürlich in uns ablief wie das Nervensystem, wie das Blutsystem.

Aber nicht so.

Ich presste fest die Lippen zusammen und rieb mir abwechselnd über die Arme. Die Hitze war fort, aber ich konnte ihren Nachhall in mir spüren. So etwas hatte ich noch nie in meinem Leben gefühlt. Und ich wusste, dass es falsch war. So funktionierte unsere Magie nicht. Wir brauchten ein Medium, einen Gegenstand, auf den wir unsere Magie übertragen, in dem wir sie sammeln konnten. Sie funktionierte nicht einfach so von Mensch zu Mensch über den bloßen Hautkontakt. Jedenfalls hatte ich noch nie davon gehört, dass das möglich war.

Hektisch wischte ich mir die Tränen weg, die sich in meine Augen schleichen wollten. Das hier war nicht der Moment für Selbstmitleid. Es war nicht der Moment für die fürchterliche Angst, die in mir keimte. Ich wusste nicht, wie, aber irgendetwas hatte ich Devon mit meiner Magie angetan. Auch wenn es aus Notwehr passiert war und auch wenn ich es nicht mit Absicht getan hatte – niemals getan hätte –, es war dennoch passiert. Ich hatte gespürt, wie meine Hitze in seinen Körper übergegangen war, und ich hatte den exakten Moment gespürt, in dem sein Herz ins Stolpern gekommen war. Da waren wieder die Geschichten in meinem Kopf, die mein Großvater mir früher über die Poisoner erzählt hatte. Die Giftmörder der Könige. Aber selbst sie hatten einen Gegenstand gebraucht, in dem sie ihre Magie sammeln konnten. Ein Medium.

Plötzlich war mir alles zu viel. Die lauten Geräusche, das blinkende Blaulicht in meinem Augenwinkel, die Bewegung der Menschen um mich herum. Überall waren Security-Männer, Polizisten, Leute aus dem Club, deren Gesichter ich kaum erkennen konnte, weil mein Blick immer noch so verschwommen war. Ich konnte ihren Gesprächen nicht folgen. Isla war weg, einer der Personenschützer hatte sie an den Schultern zurück in den Club geführt. Wahrscheinlich saß sie schon in einer Limousine nach Hause. Oder sie wurde gerade im Warmen von der Polizei befragt. Mein ängstliches Herz wartete eigentlich nur auf den Moment, in dem sie zu mir kommen und mich in Handschellen abführen würden – weil ich Devon sonst was angetan hatte.

»Avery.«

Dieses Wort nur. Nur mein Name. Und plötzlich war es, als würde die Umgebung um mich wieder leiser werden. Ruhiger. Schärfer. Ich blickte von meinen Händen auf, in dem Moment, in dem sich Hayes vor mich hockte. Er stützte die Ellenbogen auf seinen Knien ab, verschränkte die Hände ineinander und sah mich mit ernster Miene an, die tausend Worte sagte und doch kein einziges.

Mein Blick zuckte zu seiner linken Brust, wo das Logo des NYPD prangte. Er war im Dienst. Um Himmels willen, natürlich war er das. Er war zu einem Verbrechen gerufen worden. Und ich, eine Magierin, war seine Hauptverdächtige.

Ich begann endlich wieder meine Umgebung wahrzunehmen und fragte mich im gleichen Augenblick, wie viel Zeit wohl vergangen war. Wie lange ich apathisch auf der Mauer gesessen und meine Hände angestarrt hatte. Inzwischen waren kaum noch Menschen in der schmalen Gasse hinter dem Club. Am angelehnten Hintereingang redeten zwei Polizisten mit einem der Security-Männer aus Islas Personenschützerteam. Am anderen Ende der Gasse stand ein Polizeiwagen, das Blaulicht war mittlerweile abgestellt und der Durchgang mit einem gelben Absperrband gesichert. Mein Blick zuckte zurück, und ich spürte in dieser Sekunde, dass etwas Schweres auf meinen Schultern lag. Jemand hatte mir eine Decke umgelegt. Wann zum Teufel war das passiert?

Ich sah Hayes wieder an, der immer noch wortlos vor mir hockte. Offensichtlich hatte er gewartet, bis ich vollkommen zurück in der Realität angekommen war. Seine dunklen Augenbrauen zuckten leicht zusammen. »Brauchst du einen Krankenwagen?«

»Nein.« Die Antwort kam mir über die Lippen, bevor ich wirklich darüber nachdenken konnte. Ich griff nach der Decke, zog sie etwas enger um meine Brust und schüttelte dann noch einmal den Kopf. »Es geht mir gut.«

»Das bezweifle ich«, sagte Hayes in seiner analytischen Detective-Stimme. »Du sitzt hier seit fast einer Stunde auf der Mauer und hast noch kein Wort gesagt. Meine Kollegen haben keinen Ton aus dir rausgebracht.«

Er musterte mich aus diesen waldgrünen Augen, als versuchte

er, ein Rätsel zu lösen. Ich wandte schnell den Blick ab, weil ich wusste, dass es einfach zu viele Dinge dort zu lesen gab, von denen er nie erfahren durfte. Stattdessen sah ich wieder auf meine Hände hinab.

»Ich habe …«, begann ich, und mein Herz raste. »Ich habe …«

»Isla Kennedy hat uns schon erzählt, was passiert ist. Dass ihr hier hinten in der Gasse von zwei bewaffneten Männern angegriffen wurdet, die sie entführen wollten.«

Er schien auf eine Bestätigung zu warten, und ich nickte langsam. »Ja.«

»Isla Kennedy hat auch gesagt, dass du versucht hast, sie zu verteidigen. Und dass einer der Männer dabei zusammengebrochen ist.« Seine Stimme klang hart, und als ich ihn ansah, zuckte etwas in seinem Kiefer. Ich konnte nicht sagen, ob er wütend war, aber es wirkte beinahe so.

»Ja«, gab ich zurück und blickte über seine Schulter hinweg auf die Stelle, an der Devon gelegen hatte. Gänsehaut kroch über meinen Nacken, meine Schultern, über meine Arme.

»Hast du eine Idee, wie das passiert ist?«, fragte Hayes. Er klang immer noch ruhig. Hockte immer noch vor mir wie vor einem verängstigen Kind.

»Nein.« Ohne dass ich es verhindern konnte, traten wieder Tränen in meine Augen. Ich wusste, dass es meine Schuld war, aber ich konnte mir nicht erklären, was passiert war. Das war unmöglich. Es war abartig. Ich ekelte mich vor mir selbst. Und ich wusste, dass er es nicht erfahren durfte. Dass niemand erfahren durfte, was ich getan hatte.

Einen Moment lang dachte ich, dass Hayes auf eine richtige Antwort bestehen würde. Er war ein knallharter Detective, und ich hatte schon ein paarmal gehört, dass er Menschen gnadenlos in die Mangel nehmen konnte, vor allem wenn er einen von Dorians Männern in die Finger bekommen hatte. Aber er öffnete nur den Mund, als wollte er etwas sagen, und schloss ihn dann wieder. Es war eine so sanfte Bewegung, dass es irgendetwas in meinem Inneren berührte.

»Dein Bruder ist drinnen«, sagte er schließlich. »Er kümmert sich gerade um die Gäste, aber ich werde ihm Bescheid sagen, dass er dich nach Hause fahren soll.«

»Ich will ihm nicht zur Last fallen«, sagte ich schnell und hasste es ein wenig, dass meine Stimme so schwach klang, so zitterte. Etwas unwirsch streifte ich die Decke von meinen Schultern, aber meine Beine waren viel zu weich, um direkt aufzustehen. Ich atmete tief durch, und um darüber hinwegzutäuschen, sah ich wieder zu Hayes. Diesmal mit meinem üblichen, unbrechbaren Blick, den ich mir in den letzten Jahren, während meiner Zeit bei Dorian Mars, angewöhnt hatte. »Und wie geht es jetzt weiter? Werde ich noch mal verhört?«

Hayes' linke Augenbraue zuckte nach oben. Dann erhob er sich in einer beinahe schon fließend-eleganten Bewegung. Er schob die Hände in die Taschen seiner Uniformjacke und sah auf mich herab. »Davon gehe ich nicht aus. Devon Lynx hatte keine äußerlichen Verletzungen. Die Rettungskräfte gehen von einem Herzinfarkt aus. Wahrscheinlich werden sie das nach seiner Untersuchung bestätigen. Wir haben die Zeugenaussage von Isla Kennedy und deine Bestätigung, dass ihr euch nur verteidigt, du aber niemanden verletzt hast.«

Diese Worte hätten mich eigentlich beruhigen sollen. Aber es war sein stechender Blick, der mein Herz zu einem Salto veranlasste. Er wusste, dass es nicht so einfach war. Er wusste, dass da mehr dahintersteckte. Auch wenn er wie ich noch nicht wusste, was. Doch so, wie ich Hayes kannte, würde er es rausfinden. Schon jetzt, während er so locker vor mir stand, wusste ich genau, dass dieses Rätsel ein Feuer des Ehrgeizes in ihm entfacht hatte. Er brannte lichterloh, und mein Hals verengte sich.

Niemand entkam Detective Adam Hayes auf Dauer, das waren die Worte, die sich Dorian Mars' Leute im Geheimen zuflüsterten. Auch ich würde ihm nicht ewig entkommen.

In einer schnellen Bewegung erhob ich mich von der Mauer. »Dann kann ich ja sicher gehen, oder?«, fragte ich, glücklicherweise wieder mit fester Stimme.

Er gab ein Brummen von sich. »Bist du dir sicher, dass du in der Lage bist, allein nach Hause zu kommen? Du standest bis eben noch ziemlich unter Schock.«

»Betonung auf *standest.* Offensichtlich geht es mir jetzt wieder großartig«, gab ich mit einem Lächeln zurück, das sich auf meinem Gesicht eher wie ein Zähnefletschen anfühlte.

Wieder ein Brummen. Ein herausfordernder Blick, den ich in meiner Magengegend spürte. »Meine Kollegin Ash kann dich nach Hause fahren, Avery.«

Warum klang seine Stimme plötzlich gar nicht mehr so genervt, wie er wahrscheinlich wollte – sondern beinahe besorgt? Ich musterte ihn mit großen Augen, und einen Moment dachte ich ernsthaft darüber nach, sein Angebot anzunehmen. Eigentlich fühlte ich mich nämlich tatsächlich nicht in der Lage, selbst nach Hause zu laufen. Allein der Gedanke, jetzt durch dunkle Gassen zu spazieren, als wäre ich nicht gerade überfallen worden, jagte mir eine Gänsehaut über die Arme.

»Nicht nötig. Sie kann mit uns fahren.«

Hayes und ich wandten uns beide gleichzeitig zu der Stimme um. Beinahe wäre mein Herz stehen geblieben, als Isla Kennedy vom Hintereingang des Clubs auf uns zukam. Sie trug immer noch ihr atemberaubendes Kleid, aber sie hatte mittlerweile einen bodenlangen Mantel aus schwarzem Samt darüber gezogen. Auf ihrem Gesicht lag ein Lächeln, aber die dunklen Augen waren aufmerksam. Abwartend.

Hinter ihr entdeckte ich Ryker und einen weiteren Mann aus dem Personenschützerteam, dessen Namen ich nicht kannte. Sie flankierten Isla Kennedy, als wäre sie die Präsidententochter persönlich. Und gewissermaßen war sie das ja auch. Zumindest für uns.

Mein Nacken begann zu prickeln. Aus dem Augenwinkel sah ich, wie Hayes' Haltung sich versteifte. Aber als ich mich zu ihm umdrehte, lag immer noch dieser gelangweilte Ausdruck auf seinem Gesicht, den er die meiste Zeit über trug.

»Miss Kennedy«, sagte er. »Das ist doch sicher ein Umweg für Sie, wenn Sie nicht direkt nach Manhattan fahren, oder?«

War da Misstrauen in seiner Stimme?

Ich schaute wieder zu Isla und sah gerade noch, wie sie mir ein warmes Lächeln zuwarf. Dann wandte sie sich an Hayes: »Das macht mir nichts aus. Und meinem Fahrer sicher auch nicht. Es sei denn, natürlich, Sie haben noch Fragen an Avery, Detective? Dann würde ich natürlich bleiben und den Anwalt meiner Familie hinzurufen. Nur für den Fall.«

Wie sie das sagte. *Nur für den Fall.* Das Selbstbewusstsein und der beinahe schon etwas herrische Ton in ihrer Stimme hätten wahrscheinlich jeden normalen Menschen in die Knie gezwungen.

Hayes hingegen rang es nur ein müdes Lächeln ab. »Es gibt keinen Grund, ihn um diese Zeit aus dem Bett zu holen. Wenn Avery damit einverstanden ist, sich Ihnen anzuschließen, steht es ihr frei, zu gehen.« Er blickte mich an, beinahe als würde er wirklich abschätzen wollen, ob das für mich okay war.

»Äh. Ja. Klar«, stammelte ich überaus intelligent. Die Situation, in der ich mich befand, wurde immer absurder.

Aber schon in der nächsten Sekunde hakte sich Isla Kennedy bei mir unter und lächelte Hayes ein letztes Mal an. »Dann wünsche ich Ihnen eine gute Nacht, Detective.«

Sie zog mich in einer Wolke aus teurem Parfüm in Richtung Straße, und in meiner Überraschung ließ ich mich einfach mitschleifen. Irgendwo in meinem Hinterkopf meldete sich eine besorgte Stimme, dass ich wahrscheinlich nicht einfach so mit der Frau mitgehen sollte, die als Einzige gesehen hatte, was wirklich passiert war. Aber Isla *Fucking* Kennedy schleifte mich durch die Gasse hinter dem Club meines Bruders. Isla *Fucking* Kennedy wollte mich nach Hause fahren. Selbst wenn sie mich gleich in die Mangel nahm oder bei voller Fahrt aus dem Auto warf – wahrscheinlich war es das wert.

Flankiert von ihren Personenschützern traten wir an den Rand der Straße, und beinahe in der gleichen Sekunde hielten zwei große schwarze Autos mit getönten Fenstern neben uns. Es war wie in jedem Gangsterfilm, den ich je gesehen hatte, aber die Alarmglocke in meinem Inneren wollte sich immer noch nicht so richtig melden. War ich wirklich so verblendet von dem, was ich von Islas Onlineleben gesehen hatte? Oder war es etwas anderes, das so viel Vertrauen in mir weckte?

»Ross, du fährst mit dem anderen Wagen. Ryker, du steigst bei uns vorn ein. Ich will mit Avery allein reden«, sagte Isla. Sie ließ meinen Arm los und deutete auf das erste Auto. Obwohl sie nicht mehr lächelte, wirkten ihre dunklen Augen warm. Vertrauenserweckend.

Ross räusperte sich. »Sind Sie sicher, dass das so eine gute Idee ist, Miss Kennedy?«

Er misstraute mir wohl. Gut so, das sollte er wahrscheinlich. Isla winkte trotzdem ab.

Ich blickte von ihr zu Ross und dann zu Ryker, der bereits mit durchgedrücktem Rücken an der zugewiesenen Autotür stand. Er musterte mich mit unverhohlenem Interesse, seine Augen leuchteten beinahe. Als ich noch mal einen Blick zur Gasse zurückwarf, stand Hayes immer noch an der gleichen Stelle. Er hatte die Arme vor der Brust verschränkt und sah mir nach. Seine Haltung wirkte angespannt.

Isla berührte mich sanft an der Schulter, und endlich tat ich, was sie wollte. Ich stieg in den Wagen. Das Innere war geräumig, aber die Limousine war nicht so, wie ich sie mir vorgestellt hatte. Die Sitze waren weich, und als ich mich darauf fallen ließ, entfuhr mir ein Seufzen. Erst jetzt wurde mir klar, wie unbequem die Mauer gewesen war, auf der ich eine ganze Stunde apathisch gesessen hatte.

Isla rutschte auf den Sitz neben mich, und Ross machte von außen die Tür zu, bevor er sich abwandte und zum hinteren Auto ging. Ryker stieg vorn neben dem Fahrer ein. Das sah ich noch, genau wie seinen kurzen, leuchtenden Blick, bevor die schwarze Scheibe nach oben fuhr und mich und Isla von anderen Ohren abschnitt.

Das Auto setzte sich in Bewegung, und fast in der gleichen Sekunde fuhr Isla zu mir herum. »Bist du in Ordnung, Avery?«

Ich holte tief Luft. Starrte sie an. Und nickte schließlich. Das war irgendwie wirklich nicht das, was ich erwartet hatte. »Ich … ich denke schon.«

»Gut.« Seufzend ließ sie sich in den Sitz fallen und wischte sich eine verirrte dunkelbraune Strähne aus der Stirn. »Ich wusste nicht, wie sehr dich die Polizei in die Mangel genommen hat. Wahrscheinlich hätte ich direkt unseren Anwalt anrufen sollen, damit sie dich in Ruhe lassen. Aber als meine Personenschützer mich zurück in den Club gebracht haben, hat mich niemand mehr aus den Augen gelassen. Alle waren so besorgt, obwohl überhaupt nichts passiert ist.« Ihre Stimme klang erschöpft, aber seltsam locker. Als würde sie sich mit einer alten Freundin unterhalten und nicht mit einer Frau, die sie eigentlich gar nicht kannte.

Obwohl überhaupt nichts passiert ist.

Die Worte schwebten einen Moment zwischen uns. Wir wussten beide, dass das nicht stimmte. Ich konnte es in ihrem Gesicht sehen, daran, wie die Erschöpfung plötzlich wieder aus ihrer Miene wich. Sie sah mich an, und ich erwiderte den Blick.

Erst nach einer gefühlten Ewigkeit fragte sie mit leiser Stimme: »Was ist da in der Gasse passiert, Avery?«

»Ich weiß es nicht.« Meine Hand krampfte sich zusammen. Und obwohl ich wusste, dass es wahrscheinlich nicht klug war, rutschte mir noch ein Satz heraus: »Ich habe ihn … fast umgebracht. Wenn die Sanitäter nicht …«

Isla zögerte keine Sekunde und griff nach meiner Hand. Als ich überrascht aufblickte, war ihr Blick ernst. »Avery, das waren gefährliche Menschen. Sie wollten mich entführen, und ihnen schien dafür jedes Mittel recht zu sein. Wenn überhaupt, dann hast du mich gerettet.«

Sie drehte meinen Arm, sodass mein Handgelenk oben lag. Erst in diesem Moment wurde mir klar, dass sie mir so nah gestanden hatte, dass sie wirklich alles gesehen hatte. Offenbar suchte sie meine Haut nach den silbernen Adern ab. Aber sie waren nicht mehr sichtbar.

Isla hob den Kopf. »Meine Familie hat mir von klein auf gelehrt, dass Magie etwas ist, das sich aus unserer Sicht nicht so leicht definieren lässt. Sie ist kein Knochen, der auf einem Röntgenbild zu sehen ist – oder ein Tumor, den man mit einem MRT sehen kann. Sie ist einfach da, irgendwo in uns. Mit diesem Wissen bin ich aufgewachsen. Aber heute war das erste Mal, dass ich sie wirklich sehen konnte.« Einmal noch zuckte ihr Blick auf meine Haut, dann ließ sie meinen Arm los.

Angst durchströmte mich. Zusammen mit einer Erinnerung an meinen Großvater, bei der ich nicht wusste, woher sie kam. Aber es fühlte sich an, als würde sich seine Stimme über meine legen, als ich sagte: »Bitte, erzähl niemandem davon!«

Isla wirkte überrascht. Nach nur einem Wimpernschlag schüttelte sie den Kopf. »Natürlich nicht. Wir wissen überhaupt nicht, was da in der Gasse wirklich passiert ist. Ich weiß nur, dass du mir zu Hilfe gekommen bist, obwohl du selbst nicht wusstest, ob du die Typen abwehren kannst. Und dafür bin ich dir sehr dankbar, Avery.«

Mit zusammengepressten Lippen starrte ich sie an. Es war so seltsam, dass sie einfach neben mir saß und meinen Namen aussprach, als wäre es kein großes Ding. Ein Teil von mir wusste, dass das vielleicht meine einzige Chance war, noch die Kids in Hunts Point anzusprechen – aber das fühlte sich auf einmal so weit weg an.

Erst nach einem Moment merkte ich, dass der Wagen plötzlich langsamer wurde – und dann konnte ich durch die verdunkelten Scheiben auch schon unser Haus sehen, den abgeblätterten Putz und die Sonne, die hinter dem Dach langsam aufging.

Isla folgte meinem Blick, ehe sie sich mit einem Lächeln wieder an mich wandte. »Danke, Avery«, sagte sie noch einmal.

Ich wusste gar nicht, was ich sagen sollte, vor allem weil ich ihre Dankbarkeit nicht verstehen konnte. Ja, ich hatte wie eine Verrückte versucht, sie zu verteidigen. Aber war das nicht meine Pflicht als Magierin? Sie, die irgendwann unsere Principle, die Hüterin unserer Magie sein würde, zu verteidigen? Solche Gedanken hatten mich eigentlich nie gestreift, immerhin war ich nicht der »Ehre den Regierenden«-Typ. Außerdem hatte ich einen Menschen ins Krankenhaus gebracht. Dennoch sah Isla mich an wie eine Freundin. Warm. Dankbar.

Ich spürte, wie mir übel wurde. »Danke fürs Heimbringen«, sagte ich schnell. Noch bevor der Fahrer an der Tür war, riss ich sie von innen auf und sprang heraus.

»Avery, warte«, rief Isla mir nach, aber ich hörte nicht mehr zu.

Das hier war einfach zu viel. Ich war ein Niemand, und ich hatte für diese Tat heute sicher kein Lob verdient. Sie hatte nur wieder bewiesen, dass ich nach Hunts Point gehörte. Zu Dorian Mars und seinen Leuten. Dass ich die Lage verdient hatte, in der ich mich befand.

Und dass ich sie, verdammt noch mal, endlich akzeptieren musste.

Ich hastete an dem Fahrer vorbei, warf einen letzten Blick durch die Frontscheibe auf Ryker, der mich immer noch unverhohlen anstarrte, und sprang dann über den Bordstein.

Als ich die Tür des Hauses hinter mir zuwarf und mich dagegen lehnte, brach die komplette Nacht und alles, was passiert war, wie ein Sturm über mich herein. Ich sank auf die Fliesen unseres Flures und ließ die Tränen endlich zu.

KAPITEL 8

Obwohl ich nach dieser Nacht kaum schlafen konnte, blieb ich den restlichen Tag im Bett liegen. Ich hatte nicht die Energie, mich mit Menschen auseinanderzusetzen oder mit dem, was passiert war. Stattdessen ließ ich über die kleine Anlage, die Ellis mir vor ein paar Jahren vermacht hatte, immer wieder die gleiche Musik laufen und starrte an die Decke, ohne mich groß zu bewegen. Mein Bruder sah zweimal nach mir. Einmal, um zu fragen, ob alles okay war und ich reden wollte. Und als ich ihn dann abgewimmelt hatte, kam er am Nachmittag noch einmal, um mir wortlos ein Sandwich hinzustellen.

Ellis kannte meine Launen, auch wenn er sie vermutlich nie verstanden hatte. Er war immer schon der perfekte, magische Erbe unserer Familie gewesen. Er hatte ein einnehmendes Wesen und deswegen immer viele Freunde gehabt. Ich hingegen hatte mich mit solchen Dingen immer schwergetan. Mit der Magie und mit anderen Menschen. Deswegen war ich wahrscheinlich auch so einfach in Dorian Mars' Arme gerutscht – es hatte gutgetan, anerkannt zu werden, wenn man sich das ganze Leben vorher wie ein Außenseiter gefühlt hatte, wie eine Abnormität. Auch wenn die Anerkennung von einem gefährlichen Gangsterboss kam.

Mit einem Seufzen streckte ich meinen Arm in die Höhe und drehte ihn im Licht der Sonne, die durch mein Fenster fiel. Es war seltsam – ich hatte immer noch das Gefühl, genau zu wissen, an welchen Stellen die silbernen Magieadern geflossen waren. Auch wenn ich sie unter meiner Haut nicht mehr sehen konnte. Ich strich ihre Bahnen mit einem Finger nach, bevor ich den Arm wieder sinken ließ. Der kleine Wecker auf meinem Beistelltisch zeigte mir an, dass es schon später Nachmittag war – vielleicht war es jetzt doch erst mal gut mit Selbstmitleid.

Schwerfällig erhob ich mich aus dem Bett und griff nach dem Handy, das ich mit Absicht etwas weiter weggelegt hatte. Ich hatte Angst gehabt, etwas zu sehen, wofür ich noch nicht bereit war. Aber langsam wurde es vermutlich Zeit, mich damit auseinanderzusetzen. Ich betätigte den kleinen Schalter neben meinem Bett, und in meinem Zimmer erstrahlten sofort ganze Reihen an Lichterketten, die ich über die Jahre angesammelt hatte. Der Raum war nicht besonders groß, aber durch das warme Licht, die großen Wandteppiche mit den Mondphasen, die meine Großmutter mir gemacht hatte, und die vielen verteilten Sitzkissen und Stoffe war es so gemütlich, dass es mich direkt beruhigte.

Mit dem Handy in der Hand ließ ich mich auf den größten Kissenstapel sinken und checkte endlich meine Benachrichtigungen. Ich hatte ein paar Mitteilungen auf Social Media, die ich erst mal ignorierte. Stattdessen googelte ich sofort die neusten News aus der Gegend und zum Club meines Bruders. Zu meiner Überraschung fand ich absolut nichts. Nichts über Islas Party, von der sicher halb New York gehört haben musste, und auch nichts dazu, dass jemand versucht hatte, sie zu entführen. Keine Nachrichten über den Überfall, und keine über Devon. Das hieß auch, dass ich nicht erfahren konnte, wie es ihm ging. Ob sie ihm im Krankenhaus hatten helfen können. Auf meinen Armen breitete sich Gänsehaut aus.

Ich wusste, dass Islas Familie einen großen Teil der Medien besaß und damit kontrollieren konnte, was berichtet wurde. Aber so sehr? Sicher, New York war ein wildes Pflaster. Es passierten oft Verbrechen, das war schon quasi an der Tagesordnung. Aber gar nichts?

Um sicherzugehen, checkte ich Islas Instagram-Profil. Es gab nur eine kurze Story über die gestrige Party. Ein paar Fotos von ihr mit diversen bekannten und weniger bekannten Menschen und dann ein Video von ihr, in dem sie sich für die unglaublich schöne Zeit bedankte. Nichts über den Polizeieinsatz. Nichts über das, was in der Gasse geschehen war.

Ich sank etwas tiefer in die Kissen. Eigentlich hatte ich auch nicht erwartet, dass sie irgendetwas über mich und sie schrieb oder von meiner Magie erzählte. Aber dass sie alles komplett unter den Teppich kehrte, überraschte mich doch. Ich öffnete meine Nachrichten – es war eine von Veda dabei, die gesehen hatte, dass Islas Party in unserem Club stattgefunden hatte, und nun alles darüber wissen wollte. Unwillkürlich musste ich grinsen. Das war typisch Veda, sie liebte einfach alles, was mit Stars zu tun hatte.

Um sie nicht länger auf die Folter zu spannen, antwortete ich ihr knapp, dass es ganz cool gewesen war, weil ich sie nicht damit belasten wollte, was wirklich passiert war. Veda machte sich viele Sorgen, auch um mich, und manchmal konnte sie dadurch zur besorgten Mutterfigur mutieren. So gern ich sie auch hatte, dafür hatte ich heute keine Energie.

Als ich zur nächsten Nachricht scrollte, stockte mir der Atem. Ich musste den Namen zweimal lesen und dann kontrollieren, ob es wirklich das richtige Profil war, das mir da schrieb. Aber der blaue Haken bestätigte es: Die Nachricht in meinem Postfach war von Isla Kennedy.

Es waren nur wenige Worte, die sie mir geschickt hatte. Nur ein »Ich bin heute in der Nähe, in einem Café namens *Golden Bean*, so gegen 17 Uhr. Lust auf einen Kaffee?«

Sie fragte mich, ob ich einen Kaffee mit ihr trinken wollte. Sofort stürzten wieder die dunklen Gefühle, die Angst über mich herein. Wollte sie mich jetzt doch bei der Polizei anschwärzen? War ihr plötzlich klar geworden, was ich da getan hatte, und sie wollte mir nur auf nette Art und Weise verklickern, dass ich bald mit einem Sturmkommando rechnen musste? Mein Herz raste, obwohl ich sie eigentlich nicht so einschätzte. Aber ich wusste auch, dass ich nach dieser Nacht mit allem rechnen musste. Und mein Körper stand unter Strom.

Allerdings wusste ich auch, dass ich dorthin musste. Ich konnte mich nicht zurückziehen und darauf warten, dass alles von allein vorbeiging. Selbst wenn ich die Nachricht ignorierte, würde ich wahrscheinlich den restlichen Tag – und noch länger – darüber nachdenken, was sie gewollt hatte. Ich warf einen Blick auf die Uhr. Bereits nach fünf, ich würde also auf jeden Fall zu spät kommen. Aber es würde mich nicht loslassen. Also erhob ich mich, vor Nervosität ganz angespannt, von meinem Kissenstapel und zog mich um.

Von Ellis war in der Wohnung nichts zu hören, als ich mein

Zimmer verließ. Entweder hatte er sich in sein Arbeitszimmer zurückgezogen, oder er war bereits zurück im Club, um sich auf den Abend vorzubereiten. Eigentlich war er mittlerweile kaum noch woanders, und die meiste Zeit über fand ich es gut, da ich ihm dann – wie jetzt – keine Rechenschaft ablegen musste, wo ich hinwollte.

Ich schnappte mir nur den Mantel, den Veda mir geschenkt hatte, und als ich im Flurspiegel die dunklen Ringe unter meinen Augen sah, auch noch eine Sonnenbrille. Das Handy ließ ich in die übergroße Manteltasche fallen, und dann verließ ich unsere Wohnung.

Isla hatte ein Café gewählt, das nicht weit von unserer Straße entfernt zwischen der Melrose und der Elton Avenue lag. Noch etwas, das mich davon überzeugte, dass sie sicher nicht zufällig in der Gegend gewesen war – jemand wie sie trieb sich bestimmt nicht einfach so in der Bronx rum. Klar, Melrose war nicht unbedingt das schlechteste Viertel der Gegend, aber auch keines, in der schicke Millionärstöchter abhingen.

Als ich sie bereits von der anderen Straßenseite aus durch das Glasfenster des Cafés entdeckte, musste ich ein wenig den Kopf schütteln, weil ich es tatsächlich nicht glauben konnte. Sie saß einfach so am Fenster, mit einer ebenso großen Sonnenbrille auf der Nase wie ich, und scrollte auf dem Handy herum. Ihre braunen Haare fielen ihr in perfekten Locken über die Schultern, und sie trug ein wahrscheinlich maßgeschneidertes Kostüm, das sicher teurer war als unsere Miete. Es war in einem hellen Türkis, das ihrem Hautton schmeichelte, und sah einfach umwerfend aus.

Ich steckte die Hände tiefer in meine Manteltaschen, bevor ich langsam die Straße überquerte und die Glastür des *Golden Bean* aufdrückte. Das Café war gut gefüllt für die Uhrzeit, und neben dem Geruch von Kaffee stieg mir auch der von gebratenem Fleisch und geschmolzenem Käse in die Nase. Ich schob die Sonnenbrille in meine Haare und ging auf Isla zu.

Sie sah auf, als ich am Tisch stehen blieb, und ihre geschminkten Lippen verzogen sich sofort zu einem Lächeln. »Avery!«

Sie ließ das Handy auf den Tisch fallen und stand auf, um meine Hand zu umfassen. »Geht es dir gut? Du bist gestern so schnell abgehauen, ich habe mir Sorgen um dich gemacht.«

Etwas argwöhnisch musterte ich sie. Ich war es nicht gewöhnt, dass Menschen einfach so nett zu mir waren, und durch Dorian Mars hatte ich gelernt, solchen Leuten immer mit etwas mehr Misstrauen zu begegnen als allen anderen. Dabei wollte ich das in diesem Fall eigentlich nicht. Isla hatte mir bisher keinen Grund gegeben, ihr nicht zu vertrauen. Und auch jetzt, als ihre Hände meine berührten, legte sich eine seltsame Ruhe über meinen Körper. Beinahe war es, als könnte ich wieder die silberne Magie in mir pulsieren spüren. Als würde sie ihre Fühler nach der zukünftigen Hüterin der Quelle ausstrecken.

»Setz dich doch.«

Nach kurzem Zögern schälte ich mich aus meinem Mantel und hängte ihn über den Stuhl, auf den sie gedeutet hatte. Als ich mich auf das rote Polster sinken ließ, huschte mein Blick kurz über den Tisch. Ein kleiner Teller, auf dem nur noch Krümel waren – wahrscheinlich von einem Stück Kuchen –, und eine halb ausgetrunkene Tasse Kaffee. Sie war schon eine Weile hier.

»Willst du etwas trinken?«, fragte Isla und hob schon die Hand, um einen der Kellner heranzuwinken.

»Einen Cappuccino«, bestellte ich bei ihm, bevor ich mich etwas unbehaglich auf dem Stuhl hin und her wand. »Du … wolltest mit mir sprechen?« Die Nervosität in mir wollte nicht abebben, auch wenn Isla mir eigentlich kein bedrohliches Gefühl gab.

Ihre Augenbrauen wanderten unter der Sonnenbrille nach oben, dann war da wieder dieses warme Lächeln in ihrem Gesicht. Sie nahm die Brille ab und hängte sie in den Ausschnitt ihres Kostüms. »Tut mir leid, wenn ich einen falschen Eindruck geweckt habe, Avery. Aber es stimmt wirklich – ich habe mir Sorgen um dich gemacht. Ich weiß nicht, was der Polizist zu dir gesagt hat, aber du warst danach offensichtlich durch den Wind. Und dann bist du so schnell aus dem Wagen gesprungen …« Sie zuckte mit den Schultern, beinahe ein wenig hilflos. Auch in ihren dunklen Augen konnte ich keinen Funken Boshaftigkeit oder Berechnung sehen. Vielleicht war sie wirklich die, von der ich gehofft hatte, dass sie es war.

Ich lehnte mich in meinem Stuhl zurück und spürte, dass ein Teil der Anspannung aus meinem Körper wich. »Du musst dir keine Sorgen machen, ich komme klar. Detective Hayes hat mich nicht so in die Mangel genommen, wie es vielleicht aussah.« Wenn ich darüber nachdachte, war er sogar überraschend freundlich gewesen. Für seine Verhältnisse.

»Okay«, sagte Isla etwas gedehnt. Ihr Blick zuckte zu meinen Armen, und mir wurde klar, dass ihr noch etwas anderes auf der Zunge lag. Ich hatte eigentlich von Anfang an gewusst, dass das Thema aufkommen würde.

Der Kellner kam mit meinem Cappuccino, und während er ihn vor mir abstellte, ließ ich den Blick durch das Café wandern. Ich sah keinen von Islas Personenschützern, aber ich war sicher, dass sie hier irgendwo waren. Sie ging bestimmt nicht ohne sie irgendwohin.

»Ryker wartet draußen im Auto.«

Überrascht sah ich Isla wieder an.

Sie lächelte. »Deinem Gesicht war deutlich anzusehen, dass du dich das gerade gefragt hast.« Sanft nickte sie in Richtung Fenster und dem Auto mit den abgedunkelten Scheiben am Bordstein, ehe sie tief seufzte. »Ein bisschen Freiheit geben sie mir schon noch ab und zu. Ich versuche, es als Segen anzusehen.«

Ich presste die Lippen zusammen. Der Gedanke, dass mich jemand auf Schritt und Tritt verfolgte, auch wenn es nur war, um mich zu beschützen, machte mich nervös. Ich wollte nicht wissen, wie sich das für sie anfühlen musste. »Arlo ist noch nicht wieder fit?«

Sie biss sich auf die Unterlippe. »Nein. Wie sollte er das auch sein? Er hat sogar noch getanzt und war in seiner eigenen Welt, als draußen in der Gasse der Tumult ausgebrochen ist.«

»Tut mir leid.«

»Es ist nicht deine Schuld.« Ein seltsames Funkeln trat in ihre Augen. Es sah nach ehrlichem Amüsement aus. »Arlo treibt es gern etwas zu wild. Offenbar kann er die Arbeit einer guten Poisonerin nicht genügend einschätzen, um sich der möglichen Folgen bewusst zu sein.«

Ich zuckte zusammen. Dabei hatte ich ihm gar nicht so viel von meinem *Dancing Joy* gegeben. Und eine sonderlich gute Poisonerin war ich auch nicht. Aber vielleicht war es die Mischung mit dem Alkohol gewesen. Oder er reagierte einfach empfindlich auf Magie.

Isla stützte sich auf ihre Hand und blinzelte nach draußen in die Sonne. »Meine Mutter hat ihn gefeuert.«

»Was?« Ich hätte beinahe meinen Cappuccino über den Tisch geschüttet. »Wegen der Wirkung meines Drinks?«

»Nein, weil er öfter mal einen über den Durst trinkt, wenn er es eigentlich nicht sollte. Das gestern hat nur das Fass vollgemacht, weil mir beinahe wirklich etwas passiert wäre.« Sie lächelte beruhigend. »Keine Sorge, es ist nicht deine Schuld. Es ist allein seine. Ryker ist jetzt mein persönlicher Bodyguard, und ehrlich gesagt fühle ich mich damit um einiges besser.«

»Aber er war gestern auch nicht da, als es ans Eingemachte ging.«

»Nein. Aber du schon.« Diesmal versuchte sie nicht, den Blick auf meine Hände zu verstecken. »Du und deine unglaubliche Magie.«

Ich spürte, wie mein Nacken zu kribbeln begann. Hastig sah ich mich um, aber die anderen Menschen hier waren zu weit weg, um unser Gespräch zu belauschen. Und selbst wenn sie es nicht waren – wer nahm so ein Gequatsche schon ernst? Langsam ließ ich die Hände vom Tisch rutschen und verschränkte sie in meinem Schoß. »Ich weiß, du willst wahrscheinliche eine Erklärung für gestern. Für das, was da passiert ist. Aber die kann ich dir nicht geben, tut mir leid. So etwas ist mir noch nie passiert. Ich bin nur eine Poisonerin, mehr nicht. Und um ehrlich zu sein, nicht mal eine sonderlich gute.«

Isla schüttelte sanft den Kopf. »Ich will keine Erklärung *von dir*. Aber ich will eine Erklärung.« Ihre Mundwinkel zuckten zaghaft nach oben. »Meine Eltern haben mich von klein auf als sehr ehrfürchtig und neugierig der Magie gegenüber erzogen. Sie haben veranlasst, dass ich alles über sie lerne, ihre Geschichte, ihre Funktion, alles, was für uns und euch wichtig ist. Aber davon, dass jemand ohne einen Gegenstand, ein Medium, in der Lage ist, Magie zu wirken – davon habe ich noch nie etwas gehört. In keiner der unzähligen Geschichten, die ich gelesen habe. In keiner der unzähligen Erinnerungen, die ich gesehen habe.«

Wieder wanderte ein Kribbeln über meinen Nacken. Isla Kennedy. Die zukünftige Beschützerin der Quelle. Die Hüterin unserer Magie. Die jüngste Nachkommin einer mächtigen Familie von Magiern, von starken Narratives. Erinnerungsmagiern. Und selbst sie wusste nicht, was mit mir los war. Was mit meiner Magie und mir falsch war.

»Du weißt vielleicht, dass meine Familie eng mit der Quelle verbunden ist«, sagte Isla langsam. Sie sah mich dabei nicht an, und irgendetwas an ihrer Stimme verriet mir, dass sie ihre Worte abwägte, bevor sie sie aussprach. »Aber auch wir sind nicht in der Lage, einfach so Magie auf einen Menschen anzuwenden. Was wir allerdings können, ist die Magie in anderen Menschen spüren. Ich vermute, das liegt daran, dass wir so nah an der Magiequelle leben. Schon immer lebten. Und ich …« Sie unterbrach sich und hob den Blick. Sah mich ernst und nachdenklich an. »Darf ich deine Hände haben?«

Die ganze Situation fühlte sich absurd an. Dass ich mit Isla Kennedy in einem Café saß, während ihr Bodyguard uns von draußen beobachtete, und sie ganz beiläufig von ihrer Familie und der Magie erzählte, als würde es um das Wetter gehen. Und dass sie jetzt auch noch mitten in diesem Café meine Hände halten wollte, setzte dem Ganzen nur die Krone auf. Ich ertappte mich dabei, wie ich schon ganz brav die Arme heben wollte, als mein Verstand sich einschaltete. Schnell ließ ich sie wieder sinken.

»Warum? Was willst du spüren, was ich nicht schon weiß? Ich bin Magierin. Wir haben das beide gesehen, gestern Nacht in der Gasse. Dafür brauchen wir keine Bestätigung.«

»Nein, dafür nicht.« Isla hielt ihre Hände immer noch über den Tisch, wie eine stumme Aufforderung. Mehrere goldene Ringe an ihren Fingern glänzten im Licht des Cafés. »Aber du weißt, dass wir Narratives sind, nicht wahr? Dass unsere Magie mit den Erinnerungen der Menschen zu tun hat?«

Als ich nickte, blickte sie wieder auf meine Arme hinab. »Als du mich gestern berührt hast, habe ich etwas gespürt. Ich will auf Nummer sicher gehen, dass ich richtigliege, bevor ich mehr dazu sage.«

Sehr dubios. Aber gleichzeitig machten ihre Worte mich neugierig. Ich biss mir auf die Unterlippe und warf schließlich meine Bedenken über Bord. Sie hatte gesehen, wie ich einen Menschen durch bloße Berührung hatte aus den Latschen kippen lassen – wie viel schlimmer konnte es schon noch werden?

Seufzend legte ich meine Hände in ihre. Anders als ich vermutet hatte, spürte ich nichts, als wir uns berührten. Keinen elektrischen Schlag, keine Bewegung in meinen Erinnerungen. Ich wusste nicht, warum ich mit so etwas gerechnet hatte. Vielleicht weil meine Eltern immer mit einer solchen Ehrfurcht von der Kennedy-Familie gesprochen hatten, von ihrer Verbindung mit der Quelle. Von ihren magischen Fähigkeiten. Irgendwie hatte ich deshalb gedacht, dass ich ihre mächtige Magie direkt spüren müsste. Aber da war nichts. Abgesehen von dem Prickeln, das ich schon zuvor wahrgenommen hatte.

Isla allerdings schien es anders zu gehen. Ihre perfekt gestutzten Augenbrauen wanderten zusammen, während sie auf meine Hände starrte. Ich hatte schon das Gefühl, dass die Gäste um uns herum uns langsam anstarrten, als sie mich endlich losließ.

Schnell verbarg ich meine Hände wieder unter dem Tisch. »Und? Irgendwelche weltbewegenden Einblicke gewonnen?«, wollte ich mit einem nervösen Lachen wissen.

Isla jedoch blieb ernst. Sie verschränkte die Arme vor der Brust und knabberte an ihrer Unterlippe herum. Es dauerte einen Moment, bis sie mich wieder ansah. »Kennst du dich mit den Fähigkeiten von Narratives aus, Avery?«

Etwas verdutzt erwiderte ich ihren Blick. »Na ja«, sagte ich. »Ich weiß, dass ihr die Erinnerungen von Menschen in Büchern festhalten könnt. Und sie auch wieder abrufen. Viel mehr weiß ich nicht.«

»Nicht nur in Büchern – in allen Arten von Schriftstücken. Das können auch Briefe sein. Notizzettel. Aber ja, meistens arbeiten wir mit Büchern.« Isla stützte sich auf dem Tisch ab und rückte mir damit etwas näher. »Aber es gibt auch noch die besonders mächtigen Narratives unter uns, die mehr können. Die Erinnerungen … verändern können. Es ist selten, aber es ist möglich.«

Ich spürte, wie sich meine Augen weiteten. »Du machst Witze, oder? Die Geschichten über Manipulatoren sind nicht nur Gerüchte?« Nervös rieb ich unter dem Tisch meine Hände aneinander, als ich an die Horrorgeschichten dachte, die in Hunts Point umgingen. Von Narratives, die Erinnerungen manipulieren und löschen konnten, die das gesamte Gedächtnis löschen konnten, bis von der Person nur noch eine leere Hülle übrig war. »Du willst mir jetzt aber hoffentlich nicht sagen, dass du so was auch kannst?« Ohne dass ich es wollte, war meine Stimme zu einem Flüstern verkommen.

Isla schüttelte zu meiner Erleichterung sofort den Kopf. »Nein, nicht dass ich wüsste. Aber ich gehöre zu den Narratives, die solche Manipulationen der Erinnerungen sehen können.« Sie holte tief Luft, wie um etwas zu sagen, presste dann aber nur die Lippen zusammen und starrte mich an.

Es dauerte ein paar Herzschläge, bis mir klar wurde, warum. Noch ein paar Herzschläge mehr, bis ich es wirklich in meinem Kopf verarbeitet hatte. Dann klappte mir der Mund auf. »Du willst mir sagen …? Meine Erinnerungen …?«

»Wurden manipuliert, ja.« Isla nickte ernst. »Ich habe keine Ahnung, wie. Oder wann. Oder von wem. Aber irgendjemand hat sich an deinen Erinnerungen zu schaffen gemacht. Du musst dir deine Erinnerungen wie ein Geflecht an Kabeln vorstellen.« Mit den Fingern fuhr sie auf ihrer Serviette ein verschnörkeltes Muster nach. »Nicht alle Narratives können die Kabel neu verstecken, aber viele von uns können sehen, wenn ein Kabel im falschen Anschluss steckt.«

Ich griff reflexartig nach meinem Kopf. »Ich bin … falsch verkabelt?«

»So in etwa.«

»Aber … Warum?« Panik stieg in mir auf. Wer zur Hölle würde sich an meinen Erinnerungen zu schaffen machen wollen? Und warum? Was konnte denn an meinen Erinnerungen besonders sein, dass ich sie nicht haben durfte? Wie zur Antwort spürte ich ein warmes Pulsieren in meinem Arm, wie ein Mahnmal meiner Magie, und ließ die Hand sinken.

Isla nickte, als hätte sie meine Gedanken gelesen. »Ich kann es nicht mit Sicherheit sagen, aber du musst zugeben, dass deine Magie ungewöhnlich ist.«

»Eine Abnormität, meinst du«, brummte ich und verschränkte die Finger ineinander.

Ihre Augen weiteten sich kurz, und sie schüttelte sofort den Kopf. »Nein. Sie ist nur … anders.«

Netter formuliert, aber das Gleiche.

»Deine Magie, wie sie funktioniert, und die Tatsache, dass jemand etwas mit deinen Erinnerungen angestellt hat – es ist gut möglich, dass das zusammenhängt.«

Mir brummte der Schädel. Ich schob den Cappuccino auf dem Tisch hin und her, während meine Beine nervös wippten. Wahrscheinlich wäre es das Beste, wenn ich die ganze Sache einfach vergaß. Weitermachte wie bisher, meine Schulden bei Dorian Mars abbezahlte und mich dann aus dem Staub machte – irgendwohin weit weg von New York und dieser Quelle. Weit weg von der Magie, so wie meine Eltern es getan hatten. Vielleicht hatten sie in der Pension, die sie sich gekauft hatten, noch ein Zimmer für mich frei.

Aber als ich Isla ansah, ihren entschlossenen Blick sah, kamen meine Gedanken etwas ins Wanken.

»Lass mich dir helfen, Avery«, sagte sie mit fester Stimme.

»Und wie?«, krächzte ich zurück.

»Das weiß ich noch nicht. Aber lass es mich versuchen.«

Mir entfuhr ein heiseres Lachen, als sich meine Finger in meine Beine krallten, um sie ruhig zu halten. »Warum willst du mir helfen? Du hast doch sicher Besseres zu tun mit deiner anstehenden Hochzeit und dem ganzen Zeug mit dem Principle-Dasein und so.«

Isla blickte mich einen Moment an. Dann wanderte wieder das Lächeln auf ihre Lippen. »Du hast gestern keine Sekunde gezögert, um mir zu helfen. Obwohl du dich damit selbst in Gefahr gebracht hast.«

»Du wirst unsere Principle. Es ist also meine magische Pflicht oder so ein Mist«, entgegnete ich schwach und ließ mich gegen den Stuhl sinken.

Isla stutzte, dann lachte sie. »Egal, warum du es getan hast. Ich würde dir auch gern helfen und diesen Gefallen zurückgeben. Und außerdem…« Sie stützte das Kinn auf ihre Hand, und da war es wieder, dieses Funkeln in ihren Augen. »Außerdem bin ich wirklich neugierig, was es mit deiner Magie auf sich hat, Avery. Ich habe so viel über die Quelle gelernt, dass ich nicht gut damit klarkomme, dass ich etwas nicht verstehe.« Sie schmunzelte, und ich konnte nicht anders, als es zu erwidern.

Ich verstand sie nur zu gut. Was allerdings noch viel wichtiger war: Sie hatte mir ein unschlagbares Angebot gemacht. Dass ich nicht allein sein würde mit dem ganzen Mist, der gerade über meinem Kopf zusammenbrach. Dass sie mir helfen würde, dieses Chaos ein wenig auseinanderzudröseln. Und Himmel, wie sehr ich mich danach sehnte, nicht mehr allein sein zu müssen.

Ich presste die Lippen zusammen. »Geht der Cappuccino dann auf dich?«

Isla lachte und zückte wortlos ihre schwarze Kreditkarte.

»Okay.« Mein Magen begann vor Aufregung zu kribbeln, als ich mich wieder nach vorn lehnte. »Wo fangen wir an?«

KAPITEL 9

Es war bereits dunkel, als ich über die Schwelle des Cafés wieder auf die Straße trat, und über uns hatten sich dichte Wolken zusammengebraut. Die Luft hatte sich abgekühlt, und ich zog meinen Mantel enger um meine Schultern, als ich mich umwandte. Obwohl die Nacht bereits hereingebrochen war, hatte Isla ihre Sonnenbrille wieder auf der Nase. Normalerweise machte ich mich lustig über Menschen, die im Dunklen noch mit Sonnenbrille rumliefen, aber bei ihr ergab das wohl Sinn. Alles, was Isla tat, ergab irgendwie Sinn. Nur nicht, dass sie mir so dringend mit meinem Problem helfen wollte.

Sie lächelte, als ich sie abschätzend ansah. »Bist du sicher, dass wir dich nicht mitnehmen können?«

»Nicht nötig.« Mein Blick zuckte zu dem SUV mit den getönten Scheiben. Diesmal saß nicht der Fahrer von der Feier hinter dem Steuer, sondern Ryker selbst. Er trug einen schwarzen Hoodie und hatte den Kopf auf die Faust gestützt. Als sich unsere Blicke trafen, grinste er breit. Es wirkte irgendwie frech und herausfordernd, nicht unbedingt, wie man es von einem Personenschützer erwartete. Die Beförderung schien ihm offensichtlich gutzutun. Ich wandte mich wieder zu Isla um und probierte mich auch an einem Lächeln. »Ich habe es nicht sonderlich weit von hier. Außerdem glaube ich ehrlich gesagt, dass mir ein kleiner Spaziergang ganz guttut.«

Mir brummte immer noch der Schädel von den vielen Informationen, und ich hatte die Befürchtung, dass auch diese Nacht nicht sonderlich viel Schlaf für mich bereithalten würde.

Isla blickte mit gerunzelter Stirn die spärlich beleuchtete Straße entlang. Für jemanden, der in der Upper East Side wohnte, wirkte die Bronx bestimmt bedrohlich. In der Nacht sahen die umstehenden, unterschiedlich großen Gebäude wie die Zähne eines riesigen Monsters aus, die in den Himmel ragten. Die schmalen, düsteren Gassen und die Straße, die wie ein Flickenteppich wirkte, taten ihr Übriges zu dem Bild. Allerdings bestand Isla zu meiner Überraschung nicht darauf, mich nach Hause zu fahren. Sie seufzte nur tief und nickte dann mit einem müden Lächeln.

»Pass auf dich auf«, murmelte sie. »In letzter Zeit hört man in der Gegend beängstigend oft von Morden und Gangaktivitäten.«

Beinahe hätte ich gelacht, aber es blieb mir mit einem bitteren Geschmack im Hals stecken. *Ja, und ich hänge in der ganzen Sache mit drin. Ich bin Teil des Problems.* Nicht nur, weil ich mit Dorian Mars und seiner Gang zu tun hatte. Devons Gesicht, die feinen Adern um seine Lippen und seine blasse Haut erschienen vor meinem inneren Auge, und eine prickelnde Gänsehaut zog sich über meinen Rücken. Isla hatte keine Ahnung, was für ein Mensch ich war. Und ich war sicher, dass sie mir nicht helfen würde, wenn es so wäre. Aber vielleicht konnte ich fürs Erste das unschuldige Bild aufrechterhalten, das sie aus irgendeinem Grund von mir hatte. Ich brauchte ihre Hilfe, wenn ich herausfinden wollte, was wirklich mit mir passiert war. Mit meiner Magie. Mit meinen Erinnerungen.

»Ich sollte los«, sagte ich und versuchte, dabei nicht allzu atemlos zu klingen. Nicht allzu schuldig.

Isla nickte, immer noch ein mildes Lächeln auf den Lippen. Sie schien zumindest für den Moment keinen Verdacht über mein wahres Wesen zu schöpfen. »Melde dich bei mir, wenn du ein paar alte Schriftstücke von früher gefunden hast. Wie gesagt, es wäre perfekt, wenn sie so weit wie möglich zurückreichen. Wir müssen die Zeit eingrenzen, in der deine Erinnerungen manipuliert wurden. Tagebücher und Briefe eignen sich am besten.« Ihre Stimme klang ganz aufgeregt, und ihr Tatendrang übertrug sich auf mich.

In Gedanken ging ich schon all die Orte durch, an denen ich etwas von meinem Großvater finden konnte. Doch ein Teil von mir machte sich auch Sorgen. Ich versuchte, nicht unnötig darüber nachzudenken, dass Isla mit ihrer Magie in meinen Kindheitserinnerungen herumwühlen wollte – oder darüber, was sie womöglich darin finden würde. Sie hatte mir zwar versichert, dass sie die hervorgerufenen Erinnerungen nicht einfach sehen konnte und dass sie nur nach den manipulierten Erinnerungen suchen wollte. Nach einem Gefühl, einer Stimme, wie sie es selbst genannt hatte, die sie zu einer starken Erinnerung leiten würde. Aber einen leichten Schauer jagte es mir trotzdem über den Rücken. Ihr den Zugang zu so etwas Intimem zu verschaffen, fühlte sich wie ein mächtiger Vertrauensbeweis an. Dabei kannte ich sie überhaupt nicht.

»Ich melde mich«, versprach ich, winkte erst ihr und dann Ryker durch das Autofenster verhalten zu, bevor ich mich zur Melrose Avenue umwandte.

»Auch wenn du etwas brauchst«, sagte Isla hinter mir eindringlich. Ihre Stimme klang in der Stille der Nacht seltsam laut, obwohl sie sie nicht erhoben hatte. »Egal was.«

Ich hob noch einmal den Arm, um ihr zu zeigen, dass ich sie verstanden hatte. Aber ich drehte mich nicht um und ging weiter, ohne meine Schritte zu verlangsamen. Natürlich hatte ich nicht vor, auf dieses Angebot einzugehen. Isla schien ein guter Mensch zu sein, und ich wollte sie nicht mehr in meine Probleme reinziehen, als es unbedingt nötig war. Außerdem konnte ich mir wirklich nicht vorstellen, dass sie bei dem Chaos, das mein Leben gerade war, wirklich helfen konnte. Ich musste es, so gut es ging, wieder entwirren und dann herausfinden, wie ich den Menschen in meiner Umgebung am wenigsten schadete. Einmal noch blickte ich meine Hände an, bevor ich sie zurück in meine Manteltasche schob und um die nächste Häuserecke bog.

Ich hatte nicht vor, nach Hause zu gehen. Zum einen, weil das *Rhapsody* am Montag geschlossen war und ich mich nicht mit Ellis' sorgenvollem Gesicht und seinen miesen Trost-Sandwiches – auf dem letzten waren Rettich und Senf gewesen – auseinandersetzen wollte. Er würde bestimmt über das reden wollen, was in der Gasse neben dem Club passiert war, und darauf konnte ich gut verzichten. Wahrscheinlich musste ich es nur ein paar Tage aussitzen, bevor wir zur normalen Tagesordnung übergingen, in der er wieder wie mein Bruder mit mir sprach und nicht wie meine Mutter.

Zum anderen hatte ich auch noch etwas anderes, was ich erledigen wollte. Devons Gesicht ging mir nicht aus dem Kopf, wie er leblos hinter dem *Rhapsody* gelegen hatte … Ich musste wissen, was mit ihm passiert war. Allerdings blieben mir nicht viele Möglichkeiten, an Informationen zu kommen. Ich kannte niemanden, der im Krankenhaus arbeitete. Und nach dem, was passiert war, wollte ich auch nicht unbedingt in Hunts Point auftauchen. Obwohl Devon und Scott so plump gearbeitet hatten, dass ich mir relativ sicher war, dass es nicht auf Dorians Mist gewachsen war – ich wusste nicht, was Scott ihm bei seiner Rückkehr über mich erzählt hatte. Ob er erwähnt hatte, was hinter der Bar passiert war. Oder ob er nach seinem unautorisierten Alleingang überhaupt zu Dorian Mars zurückgekehrt war.

Wenn ich also nicht ins Krankenhaus konnte, um mich nach Devon zu erkundigen, und auch niemanden in der Gang danach befragen konnte, blieb mir eigentlich nur noch eine Möglichkeit, etwas herauszufinden. Doch allein der Gedanke daran jagte mir einen eisigen Schauer über den Rücken. *Hayes.*

Wahrscheinlich war es ein Fehler, ihn aufzusuchen. Neben den widersprüchlichen Gefühlen, die er in mir hervorrief, war der Respekt vor dem Detective oft immer noch größer als alles andere. Aber im Moment blieb mir keine andere Wahl, als ihn abzupassen und mein Glück zu versuchen. Ich musste wissen, was mit Devon war.

Also schlängelte ich mich durch die eng stehenden Gebäude der 160th zurück auf die 3rd Street. Ich lief auf der anderen Straßenseite langsam am 42. Police Department vorbei und ließ den Blick über die wenigen, noch beleuchteten Fenster im ersten Stock und dann über die am Bordstein und auf den Parkplätzen stehenden Autos wandern. Nach wenigen Augenblicken sah ich ihn endlich:

den schwarzen, schon etwas in die Jahre gekommenen Honda mit dem Kennzeichen, nach dem ich gesucht hatte. Hayes' Auto.

Wie ein schlechtes Omen brachen die dunklen Wolken über meinem Kopf auf, und die ersten Regentropfen fielen zu Boden. Doch ich ignorierte sie, während ich im Stillen widerwillig Dorian Mars dankte. Man konnte ihm vieles vorwerfen, aber nicht, dass er sich nicht auf alles vorbereitete. Bereits, als Hayes zum Leiter der Einheit zur Überwachung krimineller Magier geworden war, hatte Mars ihn überwachen lassen. Seine Schritte verfolgen, sein Umfeld aushorchen lassen. Er wusste, welches Auto der Detective fuhr, wo er wohnte und wahrscheinlich auch, welche Klamotten er im Kleiderschrank und welche Lebensmittel er im Kühlschrank hatte. Und ich wusste ein paar dieser relevanten Details, weil ich Dorian Mars dabei geholfen hatte, einen Teil dieser Informationen zu beschaffen. Kurz überfiel mich eine heiße Schuld, als ich an Hayes' Wagen vorbeilief, und ich drückte fest die Nägel in meine Handflächen, um das Gefühl wieder loszuwerden.

Hayes war heute im Dienst. Und noch wichtiger: Er war noch im Police Departement. Das war die Information, auf die ich es abgesehen hatte.

Auf meiner Seite der Straße lag der kleine Coffeeshop, in dem ich letztens Hayes getroffen hatte. Sanftes Licht schimmerte durch das große Schaufenster nach draußen, und bis auf den Besitzer des Coffeeshops, der hinter der Kasse stand, war niemand da. Die kleine Glocke bimmelte hell über meinem Kopf, als ich über die Schwelle trat. Ich seufzte wohlig, weil die plötzliche Wärme mich wie eine weiche Decke umschlang. Bis eben hatte ich überhaupt nicht realisiert, wie kalt es draußen war, so sehr war ich in Gedanken versunken gewesen.

Ich bestellte bei dem alten Mann vom letzten Mal einen kleinen Kaffee und setzte mich dann direkt an das breite Fenster, damit ich das Präsidium bestens im Blick hatte. Während ich durch die Scheibe über die Straße starrte, fingen meine Finger an, nervös auf dem heißen Becher herumzutippen. Schon nach wenigen Sekunden bereute ich, dass ich mir nicht wenigstens ein Buch mitgenommen hatte – immerhin wusste ich nicht im Geringsten, wann Hayes Feierabend hatte. Möglicherweise würde ich noch Ewigkeiten hier herumsitzen.

Aber das Police Department zu betreten, war auf keinen Fall eine Option. Das war zu gefährlich. Nicht nur, weil die Nähe zu Cops bei meinem aktuellen Lebensstil sowieso nicht die beste Idee war – aber wenn Dorian Mars' Leute mich dort sahen, hatte ich wahrscheinlich auch mit der anderen Seite große Probleme. Sobald jemand in der Gang unter Verdacht stand, ein Spitzel der Polizei zu sein, betrieb Dorian Mars in der Regel nicht einmal Nachforschungen. Er kümmerte sich direkt um denjenigen, bevor er oder sie zu einem Problem wurde.

Meine Nackenhaare stellten sich auf, und ich schüttelte unweigerlich den Kopf. Um mich abzulenken, griff ich nach meinem Handy und sah sofort die Nachricht von Veda, die ich schon wieder ein paar Stunden ignoriert hatte.

> Bitte sag mir, du hast Fotos von Audrey Moore und Francis Young gemacht – ich raste aus!!!

Ich spürte, wie sich meine Mundwinkel nach oben kräuselten, und wollte schon eine Antwort tippen, als mir ein Gedanke kam.

Veda und ich redeten in der Regel nicht allzu oft über das, was wir bei Dorian Mars trieben. Sie fragte nicht nach dem, was ich für ihn tat, und ich fragte nicht nach den Opfern, denen sie half. Was aber, wenn Veda in letzter Zeit zu Dorian Mars gerufen worden war? Was, wenn sie etwas gehört hatte, wenn sie etwas über Devon mitbekommen hatte?

Ein nervöses Rauschen erfüllte meinen ganzen Körper, als ich ihre Nummer wählte.

Es dauerte eine ganze Weile, bis sie endlich ranging. Als das Video aufploppte, hatte meine Freundin die langen rostroten Haare zu einem unordentlichen Knoten gebunden, und ich sah sofort, dass sie ihre Arbeitsuniform trug. Sie wirkte müde und erschreckend blass. Blasser als sonst. Vielleicht lag es daran, dass die Ringe unter ihren Augen so dunkel hervortraten.

»Avery, welch seltene Ehre.« Sie lächelte und schien das Handy an irgendetwas zu befestigen. Erst als sie es losließ und sich anschnallte, checkte ich, dass sie im Auto saß.

»Störe ich gerade?«, wollte ich wissen und nahm einen Schluck aus dem To-go-Becher. Verdammt, der Kaffee hier war wirklich gut. Er schmeckte vollmundig und ein bisschen nussig, und er klärte meine Gedanken tatsächlich ein wenig auf.

»Nein. Ich war gerade bei meinem letzten Patienten und habe jetzt Feierabend.« Veda startete den Motor und schien sich eine Weile aufs Ausparken zu konzentrieren, bevor sie sich wieder dem Handy zuwandte. »Also, was gibt's? Ich nehme an, dass du nicht anrufst, um dich nach meinem Befinden zu erkundigen?«

Etwas zerknirscht presste ich die Lippen zusammen, und Veda lachte.

»Hey«, sagte sie schnell, »kein Grund, ein schlechtes Gewissen zu haben. Ich habe mich ja auch kaum gemeldet. Wir haben gerade einfach beide viel zu tun, was?«

»Das kann man so sagen«, antwortete ich vage. Noch einmal ließ ich den Blick durch den kleinen Coffeeshop wandern, aber der alte Mann war gerade in den Hinterraum des Coffeeshops verschwunden. Also fragte ich leise: »Ein Patient von Dorian?«

Vedas Gesicht wurde sofort ernst. Sie schüttelte den Kopf. »Nein, ein Patient von meiner richtigen Arbeit. Dorian hat in letzter Zeit nicht sehr viel Verwendung für mich.«

Eine Mischung aus Anerkennung und einer kleinen Spur Neid stieg in mir auf, weil sie es tatsächlich geschafft hatte, sich ein Leben außerhalb der Gang aufzubauen. Aber Veda war schon immer die Willensstärkere von uns beiden gewesen. Inzwischen arbeitete sie schon seit ein paar Jahren als Physiotherapeutin für bettlägerige Patienten, etwas, wovon sie bereits während unserer gemeinsamen Zeit in Hunts Point geträumt hatte.

Ihre Magie verwendete sie mittlerweile eigentlich nur noch, wenn sie nach Hunts Point kam und Nasen von Dorians Untergebenen richtete. Sie war keine Heilerin, so funktionierte die Magie der Artists nicht. Aber sie konnte, in geringem Maße, etwas an ihrem Aussehen basteln. Und ich wusste, dass sie das alles nur tat, um den Jugendlichen in Hunts Point zu helfen, damit sie irgendwann aus der Gang aussteigen konnten. Sie richtete zum Beispiel Gesichtsverletzungen oder ließ Gangtattoos verschwinden, die bei Bewerbungsgesprächen störten. Dorian hatte sie damals angestellt, damit er seinen Verbrecherfreunden neue Gesichter verpassen konnte, wenn er das benötigte oder wenn sie so übel zugerichtet waren, dass er sie sonst nicht mehr auf die Straße schicken konnte. Veda machte, was er von ihr verlangte, weil er ihr dann erlaubte, auch den Jugendlichen zu helfen, solange sie da war. Aber gern war sie nicht in Hunts Point.

»Das ist gut, oder?«, hakte ich nach. »Dass er dich nicht mehr so oft benötigt.«

Veda zuckte mit den Schultern. Ihr Blick war abwesend nach vorn gerichtet, und sie kaute auf ihrer Unterlippe. »Weißt du, manchmal denke ich das auch. Aber dann denke ich wieder daran, dass Dorian Mars früher ständig zu mir kam, wenn seine Geschäftspartner verletzt waren und Korrekturen brauchten. Und ich frage mich, ob es wirklich einfach weniger … Verletzte gibt.«

Mein erster Impuls war, das optimistisch zu betrachten. Aber die Realität sah anders aus. Die Verbrechen, die Dorian Mars beging, waren sicher nicht weniger geworden. Und seine Untergebenen sicher auch nicht weniger plump. Zumindest nicht im Durchschnitt. Also bedeuteten weniger Verletzte vermutlich … dass es mehr Tote gab?

Plötzlich kam mir wieder in den Sinn, was Isla vorhin gesagt hatte. Dass es in letzter Zeit mehr Gangaktivitäten und Morde in der Gegend gab. Ich dachte an den toten Magier in der Gasse, dessen Fall Hayes ermittelt hatte. Hing das alles vielleicht zusammen?

»Was liegt dir auf dem Herzen, Süße?« Veda hatte die Augenbrauen sorgenvoll zusammengezogen.

Ich holte tief Luft, um mich wieder in die Realität zurückzuholen. »Du warst also in letzter Zeit nicht oft in Hunts Point?«

»Nein.«

»Dann hast du sicher auch nichts gehört, oder? Von den Gangmitgliedern? Von Dorians Leuten?« Mein Blick zuckte nach oben, durch die mittlerweile dichte Regenwand zur anderen Straßenseite hinüber. Aber vor dem Police Departement war immer noch keine Spur von Hayes zu sehen.

Veda seufzte tief. »Worum geht es, Avery?«

Ich presste die Lippen zusammen und überlegte, wie ich es am besten formulierte, ohne ihr gleich alles erzählen zu müssen. Dann entschied ich mich einfach dazu, auf unsere Freundschaft zu vertrauen. »Es geht um Devon. Du kannst dich vielleicht an ihn erinnern?«

»Großer, schrankförmiger Hohlkopf, der gern zu Scotts oder Dorians Füßen sitzt wie ein Schoßhündchen, ja.«

»Genau der. Ich habe ... erfahren, dass er heute Nacht verletzt wurde. Und wollte wissen, ob du vielleicht weißt, wie es ihm geht?«

Die Zweifel auf ihrem Gesicht waren ziemlich deutlich. Sie legte wieder die Stirn in Falten und schien zu überlegen. »Dorian hat mich nicht geholt, um ihn zu richten, falls du das fragen willst.«

Ich schüttelte den Kopf. »Das ist es nicht.«

»Sondern?«

»Ich wollte wissen, ob er ... noch lebt.«

Sofort schossen Vedas Augenbrauen nach oben. »So schlimm?«

Auf mein Nicken hin stieß sie ein tiefes Seufzen aus. »Scheiße. Ich meine, ich mochte den Kerl nie, aber den Tod hätte ich ihm jetzt auch nicht gewünscht.«

In meinem Inneren begann die Hitze zu brodeln. Eine Mischung aus Schuld und Verzweiflung schraubte sich in mir nach oben, und ich musste tief Luft holen, um das Gefühl wieder nach unten zu kämpfen. Ich versicherte mich mit einem Blick, dass der Besitzer des Coffeeshops noch im hinteren Bereich des Ladens war, bevor ich fragte: »Du weißt also nichts?«

»Nein, tut mir leid, Avery. Aber ich kann die Ohren offen halten, falls Dorian mich mal wieder benötigt.«

»Das wäre lieb von dir. Danke.«

Sie nickte sanft, und ich merkte, wie eindringlich sie mich musterte, wenn sie sich gerade nicht auf die Straße konzentrierte. Ihr musste klar sein, dass ich Devon nicht gemocht hatte. Nicht einmal ansatzweise. Und sie wusste auch, dass ich um einiges weniger Mitleid für meine Mitmenschen in den Knochen hatte als sie. Aber wir hatten uns bereits vor langer Zeit geschworen, dass wir einander niemals infrage stellen würden. Das schien für sie immer noch zu gelten, denn sie hakte nicht nach.

»Falls du über irgendetwas reden willst, Avery, dann weißt du, dass ich da bin, oder?«

Ich nickte, und die Dankbarkeit, die ich dabei spürte, trieb meine Mundwinkel nach oben. »Ich weiß.« Veda und ich hatten vielleicht nicht mehr so viel Kontakt wie früher, aber ich wusste, dass ich mich auf sie verlassen konnte. Die Zeit, die wir zusammen in der Gang verbracht hatten, hatte uns für immer miteinander verbunden. Vor allem das Versprechen, das wir uns damals auf dem Dach des Stützpunktes gegeben hatten. Wir hatten es sogar festgehalten auf zwei Notizzetteln. Ich hatte meinen immer noch immer bei mir, in meinem Geldbeutel, und es gab oft Zeiten, in denen er das Einzige war, an dem ich mich festhalten konnte.

Eine Bewegung in meinem Augenwinkel zog meine Aufmerksamkeit auf sich. Als ich den Kopf hob, sah ich, wie drei Personen aus dem Police Department traten und mit einem Schirm in der Hand langsam nebeneinander die Treppe nach unten liefen. Der erste war der Typ, den ich vorgestern in der Gasse gesehen hatte. Der, der versucht hatte, die Frauen von dem Absperrband wegzuschicken. In der Mitte des Trios lief eine Frau mit kurzen blonden Haaren, die wahrscheinlich nicht viel älter war als ich. Und dann, ganz außen, mit geradem Rücken und ernstem Blick, obwohl die anderen beiden sich lachend unterhielten …

»Hayes.«

Ich hatte überhaupt nicht gemerkt, dass ich seinen Namen gemurmelt hatte, bis Veda ein etwas schrilles »Wie bitte?« hören ließ.

Schnell wandte ich mich ihr wieder zu und winkte ab. »Ich sitze in einem Café gegenüber des 42., also nicht ungewöhnlich.«

»Bist du irre? Mach bloß, dass du da wegkommst. Der Typ ist gefährlich. Er hat einmal nach einem Überfall Eloise so sehr in die Mangel genommen, dass sie noch drei Tage danach völlig neben sich stand.«

Ich holte Luft, um etwas zu sagen, um sie zu beruhigen, aber in diesem Moment hob Hayes den Kopf und sah mich an. Das Licht des Coffeeshops strahlte direkt über mir, und mir war klar, dass ich wie auf dem Silbertablett präsentiert vor ihm saß. Selbst auf die Entfernung konnte ich erkennen, wie seine dunklen Augenbrauen zusammenwanderten. Er blieb auf der Treppe stehen und starrte mich an.

Mein Herz machte einen gewaltigen Satz, weil ich plötzlich Angst vor meiner eigenen Courage hatte. Anfangs hatte ich es für eine gute Idee gehalten, hier auf ihn zu warten und ihn zur Rede zu stellen. Aber jetzt, als wir uns durch das Fenster ansahen, als er tatsächlich auf mich aufmerksam geworden war, bereute ich meine Entscheidung ein bisschen. Veda hatte recht, Hayes war gefährlich. Er war nicht mehr der süße Junge, mit dem ich damals nach Hause gelaufen war, sondern ein knallharter Detective. Ein

Mann vor dem die New Yorker Unterwelt zitterte, mich eingeschlossen.

Aber jetzt war es zu spät für einen Rückzieher. Hayes' Starre hielt nur eine Sekunde an, dann verdunkelte sich sein Gesicht. Er sagte etwas zu seinen Kollegen, die seinem Blick zu dem Fenster, zu mir, folgten und nickten. Und dann ließ er die Treppe des Police Departments hinter sich und überquerte die Straße.

»Ich muss auflegen, aber ich melde mich bei dir, okay?« Meine Hand zitterte, als ich den Finger über den roten Hörer legte.

Veda riss die Augen auf. »Wenn du in Schwierigkeiten steckst, Avery…«

Bevor sie noch mehr sagen konnte, beendete ich den Anruf. Genau in dem Moment, als die Tür aufging und Hayes direkt neben mich trat. Er roch nach Regen und Parfüm, und in seinen waldgrünen Augen loderte wieder ein Feuer. »Was machst du hier, Bishop?«

Oh, der Nachname. Er war offenbar wirklich aufgebracht.

Ich ließ das Handy vom Tisch rutschen und in meine Manteltasche gleiten. Dann griff ich nach dem Kaffeebecher und hob ihn an. »Kaffee trinken«, antwortete ich mit einem unschuldigen Lächeln.

Hayes bedachte mich missmutig. »Ausgerechnet hier?« Provozierend langsam kam er noch einen Schritt näher und beugte den Kopf zu mir runter. Seine Nähe brachte mich einen Moment so sehr aus dem Konzept, dass ich zurückzuckte. Aber Hayes war nur auf meine Ebene runtergekommen, um im gleichen Winkel aus dem Fenster auf das Police Department zu sehen. »Wo du das 42. gut im Blick hast?«

Ich presste die Lippen zusammen und ersparte uns beiden die

Antwort. Als er wieder zu mir sah, zwang ich mich, stillzuhalten. Auch wenn er mir gefährlich nah war – wahrscheinlich, um mich einzuschüchtern. Das Funkeln in seinen Augen jagte ein Kribbeln über meine Haut, das zu meiner Überraschung nicht nur negativ war. Es war nicht nur Angst, die durch meine Venen pumpte.

»Na dann.« Beinahe schon ruckartig richtete er sich wieder auf und verschränkte die Arme hinter dem Rücken. »Lass dir den Kaffee schmecken.« Und damit drehte er sich einfach um und marschierte zur Tür zurück.

Ich sog erschrocken die Luft ein. »Warte«, rief ich ihm schnell hinterher. »Bitte. Nur eine Minute.«

Meine Bitte war kaum über meine Lippen gekommen, als er auch schon stehen blieb. Er drehte sich nicht zu mir um, und seine Hand lag auf der Türklinke, aber er blieb. Beinahe, als hätte jede Zelle seines Körpers nur darauf gewartet, dass ich ihn zurückhielt. Da er seitlich stand, konnte ich genau erkennen, dass er die Lippen fest zusammengepresst hatte, als würde er sich darüber ärgern, dass sein Körper etwas anderes tat, als sein Kopf es ihm befohlen hatte. Und dennoch … er bewegte sich keinen Zentimeter weiter.

Ein sanftes Prickeln breitete sich in meinem Nacken aus, vielleicht, weil die Nähe zu ihm, seine Reaktion auf meine Bitte, mich an etwas erinnerte. An früher. An etwas, das damals zwischen uns gewesen war, wenn auch nur für einen Moment. Ich hatte das so lange verdrängt, dass der Gedanke daran sich seltsam fern anfühlte. Aber vielleicht würde es mir jetzt doch noch zugutekommen.

Hayes schien immer noch abzuwarten, also wiederholte ich noch einmal, leise und flehend: »Bitte, Adam.«

Etwas ging durch seinen Körper, und wenn ich ihn nicht besser gekannt hätte, hätte ich es wahrscheinlich für einen Schauer gehalten. Ich hatte seinen Vornamen sehr lange nicht mehr ausgesprochen. Er fühlte sich auf meiner Zunge wie ein schmelzender Eiswürfel an, und plötzlich hatte ich das Verlangen, ihn zu wiederholen. *Adam.* Nicht Hayes, der Detective, vor dem sich alle fürchteten. Nur *Adam.*

Aber wahrscheinlich war das, was Hayes da geschüttelt hatte, einfach nur ein genervtes Seufzen gewesen. Als er über seine Schulter zurückblickte, war der Ausdruck in seinen Augen wie sonst auch kühl und abgeklärt. Wie der eines Cops. Wir blickten uns einen Moment an, warteten beide ab, bevor Hayes sich anscheinend ein Herz fasste. Diesmal drang wirklich ein Seufzen über seine Lippen. Er kam zurück, zog den Stuhl neben mir in Richtung Tür und setzte sich. Nicht gemütlich, eher als würde er jeden Moment wieder aufstehen wollen. Aber immerhin hatte er Platz genommen. Und er wirkte auch nicht mehr ganz so verärgert wie am Anfang.

»Sprich.«

Ich holte tief Luft. »Es geht um das, was gestern Abend in der Gasse hinter unserem Club passiert ist. Das mit den beiden Typen, die Isla und mich überfallen haben.«

»Wenn du ein Phantombild von dem zeichnen lassen willst, der uns durch die Lappen gegangen ist, dann solltest du das offiziell im Präsidium machen«, brummte Hayes und verschränkte die Arme vor der Brust. »Hinweise am besten auch direkt dorthin und nicht, wenn ich Feierabend habe.«

Ich presste die Lippen zusammen und spürte plötzlich einen Kloß im Hals. »Nein. Ich – es geht um den anderen Typen. Devon.«

»Woher kennst du seinen Namen?« Hayes' dunkle Augenbrauen wanderten wieder zusammen.

»Sein Kumpel hat ihn so genannt«, sagte ich hastig. »Ich will wissen … Ich will wissen, wie es ihm geht. Ob er das, was passiert ist, überlebt hat. Ich weiß, du darfst mir wahrscheinlich nichts dazu sagen, aber …«

»Das ist richtig. Ich kann dir nichts dazu sagen«, stoppte Hayes mich sofort. »Es geht hier um laufende Ermittlungen, Avery.«

»Ich weiß!« Die Worte platzten etwas lauter aus mir heraus, als ich beabsichtigt hatte. Aber die Schuld fraß mich von innen auf, und ich musste es wissen. Ich musste wissen, ob ich Devon umgebracht hatte. Ob ich schuld an seinem Tod war. Ich musste. Und obwohl ich spürte, dass mir Tränen in den Augen brannten, hielt ich Hayes' Blick stand.

Die Schärfe wich so schnell aus seinen waldgrünen Augen, wie sie gekommen war. Es war beinahe, als würde eine Eisschicht aus seinem Blick schmelzen. Er schüttelte leicht den Kopf, öffnete den Mund und schloss ihn dann wieder. »Ich kann dir nichts dazu sagen, Avery«, sagte er dann. Seine Stimme klang eindringlich, aber eigenartig sanft. So hatte ich ihn lange nicht mehr gehört. »Glaub mir. Es ist besser so. Du solltest diese ganze Geschichte einfach aus deinem Gedächtnis streichen. Es wird kein Verfahren gegen dich oder Isla Kennedy geben.«

Ich starrte ihn an. Versuchte, in seiner Miene etwas anderes zu sehen als das, was seine Worte mir suggerierten. *Es ist besser so.* Meine Finger fingen an, zu zittern. *Es wird kein Verfahren gegen dich geben.*

Hayes hatte es nicht ausgesprochen, aber in diesem Moment wusste ich es sicher. Devon war tot. Er war gestorben.

Und ich war schuld daran.

»Avery?« Der Detective hatte den Kopf leicht schief gelegt, und sein Blick hatte plötzlich etwas überraschend Weiches. »Bist du in Ordnung?«

»Klar.« Ich konnte das Zittern nicht ganz aus meiner Stimme verbannen, und ich war mir auch vollkommen im Klaren darüber, dass er meine Tränen gesehen hatte. Aber dass hinter seiner harten Fassade plötzlich so etwas wie Mitleid oder Sorge mir gegenüber herausbrach, konnte ich in diesem Moment kaum ertragen. Wenn er wüsste, was ich getan hatte – wenn er wüsste, was für ein schrecklicher Mensch ich war, würde er nicht mehr so reagieren. Ich zwang mich zu einem Lächeln, das wahrscheinlich mehr als erbärmlich war. »Tut mir leid, dass ich dich aufgehalten habe. Ich muss dann auch los.«

Als ich aufstand, ging ein Ruck durch seinen Körper. Beinahe so, als würde er mich aufhalten wollen. Aber er blieb sitzen und sah mich nur mit diesem eindringlichen Blick an, der bis in die Seele vorzudringen schien. Ich fragte mich, was er dort entdeckte. Ob er zwischen dem ganzen Schwarz überhaupt etwas finden konnte.

Ich war noch nicht ganz an ihm vorbei, als er sich ebenfalls von seinem Stuhl erhob. Auf einmal stand er so dicht vor mir, dass der Kloß in meinem Hals erneut anschwoll. Wieder spürte ich, dass seine Nähe nicht nur Angst in mir auslöste, sondern auch ein altes, fast vergessenes Gefühl.

Und dann griff er tatsächlich nach meinem Mantel. Ganz kurz nur, um mich zum Stehenbleiben zu bringen. Als ich es tat, griff er in die Tasche seiner Detective-Jacke und holte nach kurzem Kramen ein kleines Kärtchen hervor, das er mir vor die Nase hielt.

»Das ist meine persönliche Durchwahl beim NYPD.« Ohne auf meine Reaktion zu warten, ließ er die Karte in meine Manteltasche fallen. Sein Blick blieb ernst auf mich gerichtet. »Ich weiß nicht, was es mit dieser ganzen Geschichte auf sich hat. Aber wenn du noch irgendwelche Hinweise hast oder wenn … du dich nicht mehr sicher fühlst, dann ruf mich an, verstanden?«

Vollkommen überrumpelt sah ich ihn an. Der Wald in seinen Augen schien in Flammen zu stehen.

Als ich langsam nickte, atmete er tief aus. »Gut«, sagte er, bevor er sich abrupt abwandte und durch die Tür nach draußen auf die Straße verschwand.

Ich konnte nicht anders, als ihm nachzustarren, während mein Herz laut und schnell vor sich hindonnerte. Er war ein Cop. Er war da, um den Menschen zu helfen. Aber das hier hatte sich gerade anders angefühlt.

Was zur Hölle war gerade passiert?

KAPITEL 10

»Alte Tagebücher?« Ellis blickte mich über den Rand seiner Kaffeetasse mit hochgezogenen Augenbrauen an. Er wirkte müde, und mir fiel auf, dass er sich schon seit einer Weile nicht mehr rasiert hatte. Auf seinem Kinn lag ein dunkler Schatten.

Seit dem Moment, in dem ich an diesem Nachmittag die Küche betreten hatte, hatte er mich nicht aus den Augen gelassen. Nicht, als ich zum Wasserkocher gegangen bin, nicht, als ich Kräuter aus dem Hängeschrank geholt hatte, und auch nicht, als ich mir meinen Tee aufgegossen hatte. Eigentlich hatte ich fest damit gerechnet, dass er mich noch einmal auf den Überfall hinter dem Club ansprechen würde, vor allem da wir gestern nicht darüber gesprochen hatten, aber er war stumm geblieben. Und als ich mich endlich mit der dampfenden Tasse in den Händen zu ihm umgedreht hatte, hatte er mich immer noch angestarrt. Abwartend. Abschätzend.

Ich zuckte mit den Schultern und nahm einen Schluck von dem Tee. Er schmeckte süß und bitter gleichzeitig, und ich bildete mir ein, dass mich sofort eine angenehme Ruhe durchströmte. »Oder Briefe, die ich früher geschrieben habe. Irgendetwas in der Art.«

»Du warst nicht unbedingt ein Kind, das oft mit dem Stift in der Hand erwischt wurde«, gab mein Bruder brummend zurück. Er hatte sich wohl davon überzeugt, dass ich wieder einigermaßen normal drauf war, denn er wandte sich von mir ab und konzentrierte sich auf sein Tablet, auf dem er wohl die News las.

Ellis hatte nicht unrecht. Im Gegensatz zu ihm war ich eher der »Auf Bäume klettern, ständig in der Nachbarschaft verschwinden und mit aufgerissenen Jeans und dreckigen Händen nach Hause kommen«-Typ gewesen. Vor allem in der Zeit, in der ich meinen zweifelhaften Anschluss in Hunts Point gefunden hatte. Aber ich wusste, dass es davor eine Zeit in der Schule gegeben hatte, in der ich anders gewesen war. Nicht, weil es meinem Wesen entsprochen hatte, sondern weil ich so dringend wie die anderen Mädchen hatte sein wollen, dass ich sie imitiert hatte. Ich hatte mir von meinen Eltern eins von diesen schrecklichen Tagebüchern mit Schloss gewünscht – in schweinchenrosa. Ich konnte mich nicht daran erinnern, viel hineingeschrieben zu haben, aber es war ein Anfang. Etwas anderes, was ich Isla vorlegen konnte, fiel mir für den Moment nicht ein.

Ich stellte die halb ausgetrunkene Tasse Tee auf den Küchenschrank und verschränkte die Arme vor der Brust. »Und wenn es doch etwas gab – wo denkst du, könnte ich das finden?«

Ellis zuckte mit den Schultern, die Augen weiter auf sein Tablet gerichtet. »Ich nehme an, dass Mama einen ganzen Schwung an selbstgemalten Bildern und Gebastelten bei ihrem Umzug mit nach Greenport genommen hat, als Erinnerungen. Vielleicht war da etwas dabei?«

Innerlich stöhnte ich auf. Wenn das stimmte, dann würde ich da wahrscheinlich nicht so schnell rankommen. »Noch andere Ideen?«

Statt einer Antwort sah mein Bruder jetzt doch auf und musterte mich fragend. »Was willst du denn jetzt mit dem alten Kram? Hast du einen nostalgischen Anfall?«

»Vielleicht. Also?«

Er stöhnte, weil ich ihm wieder einmal auswich. Aber gleichzeitig wusste er auch, dass er sowieso nichts aus mir rauskriegen konnte, wenn ich auf stur stellte. Dazu kannte er mich gut genug. Also machte er eine wegwerfende Handbewegung in Richtung Flur. »Du kannst schauen, ob Oma was in dem großen Schrank im Arbeitszimmer aufbewahrt hat. Aber ich würde mir keine großen Hoffnungen machen.«

»Danke!« Freude keimte in meiner Brust auf, und ich schnappte mir meine Tasse mit den aufgekochten Kräutern und durchquerte die Küche.

»Du wirst heute schon noch mehr zu dir nehmen als den Tee, oder?«, hörte ich Ellis hinter mir und konnte nicht anders, als zu grinsen.

»Ja klar, Mama«, rief ich nur, weil ich schon auf dem Weg nach oben war.

Ellis brummte etwas in seinen Bart, aber er ließ es mir durchgehen. Wie so ziemlich alles andere auch.

Vor dem Arbeitszimmer blieb ich kurz stehen, zögerte. Ich hatte das Zimmer lange nicht mehr betreten, zu groß war meine Angst vor den Gefühlen gewesen, die dadurch unweigerlich hochkommen würden. Die Erinnerungen an meinen Großvater. Als ich schließlich die Tür zum Arbeitszimmer aufdrückte, das erst meinem Großvater und nun meinem Bruder gehörte, erwartete ich den Geruch von Staub in der Nase. Früher, wenn ich von der Schule gekommen und meinen Großvater hier begrüßt hatte, hatte es immer nach Staub und alten Büchern gerochen. Er hatte meine Oma nicht gern hier drin putzen lassen, weil er der Meinung war, dass sie alles nur durcheinanderbrachte – und selbst hatte er auch nur selten zum Lappen gegriffen.

Aber der Geruch stellte sich nicht ein. Natürlich nicht. Ellis hatte es gern ordentlich und sauber, und eigentlich hätte es mich nicht überraschen dürfen. Trotzdem machte mein Herz einen unangenehmen Hüpfer, als ich über die Schwelle trat und alles so anders aussah, so anders wirkte als damals. Die Regale auf der rechten Seite waren sortiert. Es waren keine durcheinandergewürfelten Romane, Rechnungsbücher und Bücher über Kräuter darin, sondern nur noch Aktenhefter, sauber beschriftet, alle gleich groß, alle in dem gleichen, langweiligen Bürograu. Abgestaubt, natürlich.

In der Mitte unter dem Fenster stand der Bürotisch aus altem, grobem Holz, den mein Großvater selbst gebaut und lackiert hatte. Zu seiner Zeit hatten sich darauf Papiere und Schreibgeräte gestapelt, heute hatte jedes Teil seinen Platz, jedes Blatt seine Ablage. Es wirkte schon beinahe etwas zwanghaft sortiert.

»Oh, Bruderherz, deine Ordnung ist manchmal wirklich etwas gruselig«, murmelte ich leise und drückte die Tür hinter mir ins Schloss.

Leise Stimmen und Motorengeräusche drangen von der Straße durch das angelehnte Fenster, ansonsten war es hier drin sehr still. Ich wandte mich zu dem geschlossenen Schrank auf der linken Seite, der aus einem modernen weißen Holz war und deshalb eigentlich kaum hier reinpasste. Oder besser – früher nicht hier reingepasst hatte. Heute tat er das wohl schon, irgendwie.

Als ich die erste Schranktür, die der Tür am nächsten war, aufriss, sprangen mir sofort ein paar Pappkisten ins Auge, die ich von den Regalbrettern holte. Zu meiner Enttäuschung fand ich in der ersten nur eine Menge Kabel mit verschiedenen Anschlüssen, in der zweiten Glühbirnen und in der dritten eine Unzahl geöffneter und halb aufgebrauchter Batterien. Ich wühlte mich durch den Rest des Schrankes und fand allen möglichen Schrott wie Weihnachtsdeko, total verknotete Lichterketten und Büroartikel, die wahrscheinlich schon längst in den Müll hätten wandern sollen. Kurz wunderte ich mich, warum Ellis das meiste davon nicht schon längst entsorgt hatte – doch im nächsten Moment wurde mir klar, dass er sich wahrscheinlich nicht an den Sachen unserer Großeltern vergreifen wollte. Es fühlte sich nicht richtig an.

Angestrengt schluckte ich den bitteren Geschmack auf meiner Zunge runter und wühlte mich weiter. Im nächsten Schrank fand ich ein paar alte Zeichnungen und Bilder, die ich für meine Großeltern gemalt hatte. Einen Schneemann zu Weihnachten, eine krakelig geschriebene Geburtstagskarte und ein großes Herz, in dem ich Ellis und mich gezeichnet hatte. Oder zwei seltsam verformte Hunde? Man konnte es nur erahnen.

Ich hatte nicht die geringste Ahnung, ob das für Isla ausreichen würde, aber ich legte mir alles auf einem Stapel zusammen, den ich später mitnehmen wollte. Im letzten Schrank erwartete mich ein stechender Schmerz, als ich die alten Rechnungsbücher meines Großvaters fand. Er hatte damals alle Ein- und Ausgaben seines Pubs per Hand aufgeschrieben, mit seiner schönsten Schrift. Ich hatte ihn oft dabei beobachtet, während ich auf dem Teppich in der Mitte des Zimmers gelegen und gemalt hatte. Manchmal war ich aufgestanden, hatte mich neben ihn an den Schreibtisch gestellt und mit meinen Stiften einfach in seinen Büchern weitergemalt. Hatte seine Rechnungen illustriert, mit Blumen und Gesichtern und allem, was mir eingefallen war. Er hatte einfach weitergeschrieben, mit einem Lächeln auf den Lippen, und mich machen lassen. Als ich eins der Bücher aufschlug und eine Reihe an Zahlen mit bunten Herzen dahinter sah, sog ich scharf die Luft ein. Der Schmerz war fast unerträglich, und ich schlug das Buch sofort wieder zu.

Mit zusammengepressten Lippen sammelte ich die Bücher auf – es waren zehn, wie die Jahre, in denen er seine Rechnungen noch analog gemacht hatte – und hievte den Stapel an Blättern und wirren Zetteln auf meine Arme, um das Arbeitszimmer zu verlassen. Ich musste hier weg, wenn ich nicht durchdrehen wollte. Oder zu viel über die Vergangenheit nachdenken wollte.

Ich schleppte alles in mein Schlafzimmer und ließ es auf mein Bett fallen, um ein Foto davon zu machen und an Isla zu schicken.

> Ein Tagebuch oder Briefe habe ich nicht gefunden, aber ein paar alte Zeichnungen, auf denen ab und zu ein paar Wörter stehen. Reicht das?

Während ich auf ihre Antwort wartete, fuhr ich mit einem Finger die vergilbten Einbände der Bücher meines Großvaters nach und ließ, nur für einen Moment, den Schmerz zu. Aber nur, bis ich plötzlich wieder die Hitze in meinem Inneren spürte, die sich langsam einen Weg aus meinem Magen bahnte und meine Glieder in Flammen steckte. Erschrocken blickte ich auf meine Arme, wo für eine Sekunde das Silber auf meiner Haut aufblitzte. Nur einen Herzschlag lang waren die feinen Adern zu sehen, die über meinen Arm liefen, dann waren sie wieder weg.

Ich schnappte nach Luft und rieb über die kribbelnde Haut, die sich immer noch seltsam warm anfühlte. Verdammt, das war echt unheimlich. Schnell ließ ich das Rechnungsbuch zu den anderen auf mein Bett fallen und antwortete auf Vedas Nachricht, um mich abzulenken. Sie hatte mir bereits sehr früh heute Morgen geschrieben, dass sie in den nächsten Tagen nach den Jugendlichen in Hunts Point sehen wollte und sich dann gleich etwas umhören würde. Als ich ihr meinen Dank schrieb, kam sofort wieder eine Nachricht:

Bist du gestern noch in Detective Hayes reingelaufen? Hat er dich gesehen?

Ich kaute auf meiner Unterlippe, entschied mich aber, alles etwas runterzuspielen. Sie sollte sich keine Sorgen machen.

Nee, er hat mich nicht gesehen. Und selbst wenn: Was soll er denn machen?

Darauf antwortete Veda nicht, und ich ging davon aus, dass sie das beruhigt hatte.

Mein Handy gab wieder einen Ton von sich. Diesmal war es eine kurze Nachricht von Isla:

Ich kann mir einmal ansehen, ob sich damit etwas machen lässt. Hast du gerade Zeit?

Klar, ich habe nichts geplant.

Ihre Antwort kam prompt.

Ich werde einen Wagen schicken.

Meine Augen weiteten sich, und mein Blick zuckte zu meiner geschlossenen Tür, dann ließ ich mich in mein Sitzkissen fallen.

Vergiss es, ich fahre mit der Bahn. Gib mir einfach eine Adresse.

Isla tippte eine ganze Weile. Viel zu lang für die wenigen Worte, die dann kamen:

Nein, wirst du nicht, Avery. Der Fahrer ist in fünfzehn Minuten bei dir.

Ich presste die Lippen zusammen. Isla gehörte nicht zu den Menschen, die ich besonders gut kannte, aber so ein Befehlston schien eigentlich nicht zu ihr zu passen. In mir regte sich etwas trotziger Widerstand, aber ich schrieb trotzdem zurück:

Von mir aus. Er soll die Straße runter halten, ich will nicht, dass Ellis etwas mitbekommt.

Ich wartete noch Islas *In Ordnung* ab, bevor ich die ganzen Bücher und Zettel zusammensammelte und in meinem Rucksack und teilweise in einem Stoffbeutel verstaute, der unter dem Gewicht beinahe zu reißen drohte. Dann verließ ich mein Zimmer.

»Ich treff mich mit einer Freundin«, rief ich in die Küche, während ich in meine Stiefel schlüpfte.

Ellis brummte. »Etwas essen, nehme ich an?«

»Klar.« Ich verdrehte die Augen und war im nächsten Moment froh, dass er es nicht gesehen hatte. Einen Streit mit meinem Bruder wollte ich gerade wirklich nicht heraufbeschwören. »Bis später«, brüllte ich noch, bevor ich die Wohnungstür aufriss und ins Treppenhaus stürzte.

Während ich den Gehweg entlangging, den beinahe berstenden Stoffbeutel unter dem Arm, fragte ich mich, warum ich Isla einfach so ohne mit der Wimper zu zucken Folge leistete. Eigentlich war ich nicht der Typ, der sprang, wenn andere es verlangten. Vielleicht lag es an der Position, die sie in unserer magischen Gesellschaft innehatte. Obwohl ich nie wirklich dazugehört hatte, war mir die Magie trotzdem wichtig. Die alten Blutlinien. Die Bedeutung, die Isla als zukünftige Principle für uns hatte. Sie schützte die Quelle, aus der wir unsere Magie zogen. Sie war verbunden mit dem Ursprung, mit dem alles angefangen hatte.

Ich war so in meine Gedanken vertieft, dass ich zusammenzuckte, als jemand neben mir »Miss Bishop?« sagte.

Erschrocken riss ich den Kopf herum und sah am Bordstein einen Mann stehen. Er trug ein steifes schwarzes Jackett und hatte eine wahnsinnig gerade Haltung. Beinahe wie die Zinnsoldaten, die mein Bruder als Kind gesammelt hatte. Oder wie Hayes, wenn er sich aufrichtete. Warum zur Hölle dachte ich gerade an ihn?!

»Ja?« Mein Körper spannte sich an, weil der Typ meinen Namen kannte.

Aber dann deutete er auf den Wagen, neben dem er stand – einen kleinen PKW mit getönten Scheiben –, und ich realisierte, wo ich sein Gesicht schon einmal gesehen hatte. Er war der Fahrer, der mich nach der Party nach Hause gefahren hatte.

Ich warf einen Blick über meine Schulter. Er hatte nicht unbedingt diskret oder so weit von der Wohnung entfernt geparkt, wie ich es gehofft hatte, und fünfzehn Minuten waren das sicher auch nicht gewesen. Aber ich presste trotzdem die Lippen zusammen, als er die Hintertür öffnete, und warf meine Sachen hinein. Ich ließ mich auf den Sitz fallen, und er schloss die Tür hinter mir. Es war etwas dunkler hier drin als auf der Straße, und sofort schoss wieder ein wenig Unsicherheit in mir auf.

»Wo, äh, fahren wir denn hin?«, fragte ich deshalb, als der Fahrer vorn wieder eingestiegen war.

Er drehte sich nicht um, sondern richtete den Spiegel und starrte mich mit seinen dunklen Augen dadurch an. »Zu Miss Kennedy, natürlich.«

Natürlich. Mit was für einer konkreten Antwort hatte ich auch gerechnet?

Seufzend lehnte ich mich gegen den Sitz und schnallte mich an. Was hatte ich mittlerweile schon noch zu verlieren?

Kapitel 11

Wir fuhren nicht lange, was aber auch an der etwas … mutigen Fahrweise meines Chauffeurs lag. Er hielt nicht viel von rot werdenen Ampeln und Vorrangregeln, und die Bremse schien auch kein enger Freund von ihm zu sein. Ich presste mich einfach in die Ledersitze und hoffte, dass ich noch in einem Stück bei Isla ankommen würde, damit diese Tortur hier wenigstens einen Nutzen hatte.

Als wir kurz darauf endlich am Bordstein hielten und ich an dem Gebäude hochblickte, neben dem wir standen, überfiel mich ein ganz anderes Gefühl. Das hier war Manhattan. Die richtig gute Gegend. Die Häuser um uns herum sahen alle aus, als würden sie für den Dreh von Hollywood-Produktionen genutzt werden. Wunderschöne, gepflegte Fassaden, riesige Panorama-Fenster und das Haus hier hatte sogar einen eigenen Portier, wie ich durch die Glastür erkennen konnte. Einen Portier. Wie in einem Hotel. Dabei war ich mir sicher, dass hier Menschen wohnten. Verdammt reiche Menschen. Doch nicht etwa …?

Die Tür neben mir ging auf, und ich wäre beinahe nach draußen gefallen, weil ich mich so an das Fenster gedrückt hatte. Erschrocken sah ich den Fahrer an. Ich hatte gar nicht gemerkt, dass er ausgestiegen und um das Auto herumgegangen war, um mir die Tür zu öffnen.

Ich atmete tief durch, bevor ich mich mit meinen Sachen aus dem Wagen hievte – und das, ohne das beeindruckende Gebäude vor uns aus den Augen zu lassen. Die Frage, wie viel man im Monat wohl für so eine Bude ausgeben musste, ging mir nicht aus dem Kopf, während ich dem Fahrer zum Eingang folgte.

Die Glastüren glitten auseinander, und der Portier warf uns nur einen kurzen Blick zu, bevor er sich wieder auf seinen Computer konzentrierte.

»Ich übergebe Ihnen Miss Kennedys Gast, Mr Lewis«, sagte mein Fahrer, und als ich den Kopf hob, kam gerade Ryker die Marmortreppe herunter. Er trug nur ein schwarzes Shirt, das an seinen trainierten Armen etwas eng wirkte, und sah mir mit funkelnden bernsteinfarbenen Augen entgegen.

Ein Lächeln schlich sich in seine Mundwinkel. »Danke, Robert.«

Der Fahrer nickte und machte auf dem Absatz kehrt, um mich und Ryker in der pompösen Eingangshalle allein zu lassen. Mein Blick zuckte kurz zu den Steinfiguren an den Seiten, bevor ich mich wieder auf Islas Personenschützer konzentrierte. Er war auf der untersten Treppenstufe stehen geblieben, die Arme hinter dem Rücken verschränkt, und musterte mich schmunzelnd.

Mir fiel nichts anderes ein, als: »Glückwunsch zur Beförderung.«

»Danke.« Sein Schmunzeln wurde zu einem Grinsen, dann

winkte er mir beinahe schon kumpelhaft, ihm zu folgen. Er ging langsam die Treppe hoch, und als ich zu ihm aufgeschlossen hatte, blickte er auf den Stoffbeutel in meinem Arm. »Soll ich dir etwas abnehmen?«

»Nein, geht schon«, gab ich ächzend zurück. Es war wirklich schwer, aber ich wollte ihm die Erinnerungen an meinen Großvater nicht überlassen. Auch wenn das wahrscheinlich dämlich war.

Die Treppe war nur kurz und führte zu einem weiteren, breiten Eingangsbereich, in dessen Mitte sich ein Glasaufzug befand. Links und rechts waren wunderschön gestaltete weiße Türen aus sicher sehr teurem Holz.

Ryker blieb am Aufzug stehen, und er schien meinen Blick zu bemerken, denn er erklärte: »Hier unten wohnen Islas Eltern. Sie selbst lebt im Penthouse oben.«

Mit großen Augen starrte ich ihn an. »Den Kennedys gehört das ganze Haus?«

Als Ryker nickte, stieß ich überrascht die Luft aus. Eigentlich war mir klar gewesen, dass Islas Familie verdammt reich war. Aber *so* reich ... Das war irgendwie einschüchternd.

Die Aufzugtüren teilten sich vor uns, und sobald wir ihn betreten hatten, drückte Ryker den obersten Knopf. Ich betrachtete die verschiedenen Knöpfe, die alle nicht beschriftet waren. Dabei fiel mir vor allem der unterste auf, der ein wenig von den anderen entfernt in der Ecke des Panels war. Neben ihm befand sich ein Schlüsselloch, das darauf hindeutete, dass man ihn nur mit einem Schlüssel betätigen konnte. Ich fragte mich unwillkürlich, wohin er wohl führte.

»Alles in Ordnung?«, wollte Ryker wissen, und ich riss meinen Blick von dem Bedienpanel.

»Äh ja«, gab ich zurück, auch wenn in mir wieder die Hitze anschwoll. Sie breitete sich in meinem Körper aus wie ein rasendes Fieber, und der Druck auf meiner Brust war beängstigend. Was war das? Etwa die Nervosität?

Ryker musterte mich abwartend, als der Aufzug sich in Bewegung setzte. »Ich verstehe, dass das alles ein bisschen überwältigend sein kann«, sagte er. »Ich habe auch nicht schlecht gestaunt, als ich das erste Mal hier war.«

Ich gab ein kurzes Lachen von mir, spürte aber auch, wie der Druck und die Hitze langsam wieder nachließen, je weiter wir nach oben fuhren. »Lebst du auch hier im Haus?«

»Ja, das Wachpersonal hat Zimmer auf allen Ebenen. Für den Notfall.«

»Du wohnst also mit Isla zusammen?«

»Nicht direkt.« Seine Augen funkelten, und ich erwartete eigentlich, dass er noch etwas dazu sagte. Aber er entschied sich offensichtlich dazu, zu schweigen – bis wir oben angekommen waren.

Mit einem klaren *Ding* teilten sich die Aufzugtüren, und ich stand plötzlich mitten in einem riesigen Wohnzimmer mit teuer wirkenden Sofas und Sesseln. Durch die bodenlangen Fenster auf der anderen Seite konnte ich weit über New York blicken, und die Aussicht raubte mir für einen Moment den Atem.

»Alter …«

Ryker grinste. »Der Aufzug funktioniert nur mit Fingerabdruck, also versuch nicht, abzuhauen.« Als ich mit erschrockenem Gesicht zu ihm herumfuhr, lachte er nur. »Komm schon, ruhig bleiben. Hier will dir niemand etwas Böses. Wenn du gehen willst, werden ich oder Isla dich wieder runterbringen.«

Wie auf Kommando waren plötzlich Schritte zu hören, und

irgendwo von rechts tauchte Isla auf. Sie trug eine bequem aussehende, weit geschnittene Stoffhose und ein Top, beides in Schwarz. Ihre Haare waren heute offen, und sie strahlte, als sie mich sah. »Avery, wie schön, dass du es einrichten konntest.«

»Na ja, ich wurde ja quasi von zu Hause entführt«, gab ich mit einem schwachen Lachen zurück.

Isla nickte Ryker zu, der wieder in den Aufzug trat und grinsend hinter den sich schließenden Türen verschwand.

»Willst du etwas trinken?«

Als ich mich wieder zu ihr umwandte, war Isla verschwunden. Überrascht machte ich einen Schritt ins Zimmer rein und entdeckte sie rechts an einer kleinen Kücheninsel. Sie öffnete gerade den Kühlschrank und warf einen Blick hinein.

»Ich habe Eistee, Limonade, Wasser…«

»Wasser, danke«, sagte ich und stellte meinen Rucksack und die Stofftasche auf dem Boden ab. Es gab zwar auch Schränke und einen niedrigen Tisch, aber alles sah so hochwertig aus, dass ich mich nicht traute, meine schmutzigen Sachen darauf abzustellen.

Mit einem Lächeln kam Isla zurück ins Wohnzimmer und drückte mir ein eiskaltes Glas Wasser in die Hand, ehe sie sich auf die Couch fallen ließ. »Tut mir leid, dass ich dich mit dem Abholen so überfallen habe. Aber meine Eltern sind gerade nicht da, und sie sehen es nicht so gern, wenn ich ihnen unbekannte Leute mit nach Hause bringe. Außerdem … sind in letzter Zeit in New York ein paar Dinge passiert, die nicht so schön waren, deshalb wollte ich nicht, dass du hier allein herumläufst.«

Ich versuchte gerade noch, die Sache mit ihren Eltern zu verarbeiten, die mich sicher nicht hier sehen wollten, als ihr letzter Satz mich aufschauen ließ. »Nicht so schöne Dinge?« Vorsichtig setzte ich mich auf die Kante eines unheimlich weichen Sessels und sah Isla an. »Was für nicht so schöne Dinge?«

Sie verschränkte die Arme vor der Brust, ihr Gesicht wirkte nachdenklich. »Kennst du Oliver Emmerson?«

»Diesen bekannten Moderator, der für den Sender deiner Eltern arbeitet und der gern Witze über Frauen macht?«

Islas Augenbraue zuckte, aber sie nickte. »Ja, der. Und er *machte* Witze über Frauen. Er ist seit zwei Tagen tot.«

Ich verschluckte mich beinahe an meinem Wasser. »Was? Wie?«

»Wir wissen es nicht genau. Er wurde in der Nähe von hier in einer Gasse gefunden. Angeblich war seine Leiche fast komplett verbrannt. Die Polizei geht wohl von einem Mord aus.« Isla schüttelte den Kopf, und in ihren Augen blitzte Angst auf. »Der Typ hatte viele Feinde. Ich weiß, man soll nicht schlecht über Tote sprechen, aber er war ein sexistisches Arschloch, das meine Eltern schon lange hätten feuern sollen. Aber ein Mord … Und das auch noch an einem Magier …« Sie seufzte tief, dann sah sie mich wieder an. »Deswegen dachte ich, ich lasse dich lieber abholen.«

»Guter Gedanke«, gab ich schwerfällig zurück. In meinem Kopf überschlugen sich wieder die Erinnerungen an die Leiche des Magiers in der Gasse in der Nähe des *Rhapsody*. An Devon. Ich schüttelte mich und nahm noch einen großen Schluck von meinem Wasser. *Verdammter Mist.*

»Also.« Isla klatschte in die Hände. »Was hast du dabei?«

Ich stellte mein Glas vorsichtig auf dem Tisch ab und griff nach meinen Sachen. Die Bücher und Zettel, die ich dabeihatte, legte ich nacheinander vor Isla ab, und sie rutschte sofort an die Kante der Couch, um sich alles näher anzusehen.

»Es ist nicht sehr viel. Und auch nicht wirklich aussagekräftig«, gab ich zu. »Aber es ist das Einzige, was ich aktuell habe. Meine Mutter hat sicher noch ein paar Dinge mitgenommen, als sie und mein Vater nach Greenport gezogen sind, das wird also ein bisschen dauern, bis ich das ranschaffen kann.«

Isla, die in einem der Bücher blätterte, sah zu mir auf. »Deine Eltern leben gar nicht hier?«

»Nein. Sie hatten die Nase voll von New York. Ich lebe hier mit meinem Bruder und mei… mit meinem Bruder. Ellis.« Ich atmete tief durch und nahm eins der Bilder, die ich für meine Großeltern gemalt hatte, nur um etwas in der Hand zu haben.

Aus dem Augenwinkel konnte ich sehen, wie Isla nickte und sich wieder auf die Bücher konzentrierte. Eine ganze Weile blätterte sie nur in ihnen herum, ohne etwas zu sagen, und ich spürte, wie sich die Anspannung in mir langsam löste. Ich begann, mich umzusehen und den atemberaubenden Ausblick zu genießen, der sich mir bot.

»Du hast es echt schön hier«, rutschte mir über die Lippen, und Isla lachte.

»Ja, das stimmt. Ich habe echt Glück. Aber es kann auch ganz schön einsam werden hier oben.«

Als ich mich überrascht zu ihr wandte, hatte sie ein trauriges Lächeln auf den Lippen. Bevor ich jedoch etwas sagen konnte, kräuselte sie plötzlich die Stirn. Sie hatte ein neues Buch genommen, und in dem blätterte sie ganz besonders langsam und bedächtig.

»Ich glaube …«, setzte sie an, und dann blätterte sie noch einmal um, und ihre Augen weiteten sich.

»Was?«, fragte ich alarmiert.

Statt einer Antwort drehte sie das Buch so, dass ich es sehen konnte. Auf den Rechnungen meines Großvaters schlängelten sich gezeichnete Blumenranken über den oberen Rand der Seite, aber unten, ganz klein und in krakeliger Schrift, standen ein paar Buchstaben. Ich rückte näher, um sie lesen zu können.

Es tut mir leid, stand da. Und dann noch einmal und noch einmal: *Es tut mir leid, Opa. Es tut mir so leid. Es tut mir so leid.*

Ich hielt den Atem an, als ich Isla wieder ansah. »Ich … ich habe keine Ahnung, was das ist.«

»Aber es ist von dir.« Es war keine Frage, sondern eine Feststellung. Isla wusste es. Und ich wusste es auch, obwohl ich keinerlei Erinnerung daran hatte, es geschrieben zu haben. Oder warum.

»Hier sind eine Menge starke Erinnerungen drin.« Isla fuhr mit dem Finger über die Schrift, dann hob sie den Blick wieder zu mir. »Ich weiß nicht sicher, ob sie mit deinen manipulierten Erinnerungen zusammenhängen, aber sie fühlen sich sehr ähnlich an. Ich vermute, dass sie zur selben Zeit entstanden sind.«

Ich presste die Lippen zusammen. Mein Mund war plötzlich staubtrocken, und in mir drohte sich wieder die Hitze nach oben zu schrauben.

»Sollen wir es probieren?«, fragte Isla leise und hielt mir die Hand hin, die nicht auf den geschriebenen Buchstaben lag. Und als sie mein Zögern bemerkte, fügte sie hinzu: »Und keine Angst, ich kann nicht sehen, was du siehst. Außer du lässt es zu.«

Ich schluckte schwer. Wollte ich die Erinnerung wirklich sehen? Aber wahrscheinlich blieb mir keine andere Wahl. Ich war hier. Ich hatte das alles ins Rollen gebracht, und jetzt musste ich erfahren, was mit mir los war. Mit meiner Magie. Mit meinen Erinnerungen.

Also nickte ich nur und legte meine Hand in ihre.

Ich bin wieder klein, vielleicht zwölf. Höchstens dreizehn. Äußerlich zumindest. Ich stehe vor dem Arbeitszimmer meines Großvaters, die Hand an der Türklinke.

Ich bin vollkommen klar. Ich weiß, dass ich Avery bin, neunzehn Jahre alt, und dass das hier nur eine Erinnerung ist, die Isla mich durch das alte Buch meines Großvaters sehen lässt. Aber trotzdem spüre ich, was mein jüngeres Ich gespürt hat. Ich spüre die Furcht in ihrer Brust. Die Verzweiflung, den Frust, die unglaubliche Schuld, die meine Lunge schrumpfen lässt. Und ich spüre die Tränen auf meinen Wangen, das Brennen in meinen Augen. Ich weiß, dass ich etwas Schlimmes getan habe. Ich weiß nur nicht, wie das passieren konnte.

Durch die Lücke zwischen der leicht geöffneten Tür und dem Rahmen kann ich meinen Großvater am Schreibtisch stehen sehen. Er hat eine Hand abgestützt und reibt sich mit der anderen über die Augen. Sein Gesicht ist so blass, wie ich es noch nie gesehen habe. Und er ist so jung. Sein Rücken so aufrecht, sein Blick so klar, dass ich ein Brennen in meiner Brust spüre.

»Wir müssen uns überlegen, was wir den Eltern sagen. Und wir müssen den Jungen zum Schweigen bringen«, höre ich seine Stimme. Als ich den Kopf ein wenig neige, sehe ich auch meine Großmutter. Sie hat die Hände an die Wangen gelegt, und Tränen schimmern in ihren Augen. Sprechen sie von Ellis?

»O Gott«, flüstert sie. »Das arme Kind. Wie konnte das nur passieren?«

Mein Großvater hebt den Kopf. Jetzt sieht er irgendwie wütend aus, grimmig. »Niemand darf davon erfahren.«

»Und wie willst du das bitte anstellen, Gage? Der Junge hat alles mitangesehen. Denkst du, du kannst ihn dazu überreden, das alles zu verschweigen? Er hat sie gesehen, verdammt!«

»Ich weiß. Aber wir müssen Avery beschützen. Du weißt nicht, was sie mit ihr tun werden. Nicht nur wegen … Wenn sie erfahren, dass sie eine Toxic ist, wird Principle Zahara Kennedy …« Er stockt, dann presst er die Lippen zusammen, wie ich es immer tue. »Der Junge wird niemandem etwas sagen. Und Avery auch nicht. Sie werden es nicht mehr können.«

»Was hast du vor, Gage?«, flüstert meine Großmutter.

Doch bevor er ihr antworten kann, rutscht meine Hand an der Klinke ab, und die Tür gibt ein lautes Quietschen von sich, als sie nach innen aufgeht. Sofort reißen meine Großeltern den Kopf herum und starren mich an.

»Avery.« Mein Großvater kommt sofort mit großen Schritten zu mir. Er hockt sich vor mir auf den Boden und wischt mir die Tränen aus dem Gesicht. Sein Lächeln ist so unendlich traurig. »Es ist okay, Avery. Alles wird gut, das verspreche ich dir.«

Und dann zieht er mich in seine Arme, ich rieche sein Aftershave und lasse die Tränen fließen.

Isla rang nach Luft, und als ich die Augen aufriss, hatte sie die Hand von mir weggezogen und auf ihre eigene Brust gelegt. Im ersten Moment verstand ich gar nicht, was passiert war, aber dann fiel mein Blick auf den Arm, den sie eben noch gehalten hatte. Auf meiner Haut flossen silberne Adern entlang, pumpten die Magie in meine Finger, und erst jetzt wurde ich mir der Hitze bewusst, die in mir angeschwollen war. Ich atmete tief durch, versuchte, die Gefühle in mir zu beruhigen. Es fühlte sich an, als würde ich gegen eine starke Strömung anschwimmen wollen, aber ich gab nicht auf, und irgendwann verblasste das Silber auf meinem Arm.

Ich riss den Kopf hoch. »O Gott, Isla, bist du in Ordnung?«

Sie sah erschrocken aus, nickte aber. Noch immer rieb sie sich vorsichtig über ihr Brustbein. »Alles gut. Du hast mir nur eine Runde Herzrasen verpasst.« Ihr entwich ein leises, erstauntes Lachen. »Das ist wirklich bemerkenswert. Dass deine Magie über Berührung funktioniert.«

»Das ist nicht bemerkenswert, das ist verdammt gefährlich!«, fauchte ich. Mein Herz war in der Geschwindigkeit eines ungeübten Läufers unterwegs. Seit dem Vorfall mit Devon war es mir relativ leichtgefallen, die Magie, die Hitze, in meinen Körper zurückzudrängen. Vermutlich, weil ich sie schon mein Leben lang hatte – und auch wenn sie jetzt anders war, wusste ich immer noch instinktiv, was ich zu tun hatte. Aber anscheinend nicht, wenn mein Kopf nicht eingeschalten war. Nicht, wenn ich mich nicht bewusst darauf konzentrierte. »Ich hätte dich umbringen können.«

»Unsinn.« Isla lächelte. »Ich habe deine Magie gespürt. Ich war gewissermaßen darauf vorbereitet. Du hättest mir nichts tun können.«

Zweifelnd starrte ich sie an, aber der ruhige Ausdruck auf ihrem Gesicht ließ auch mein Herz wieder langsamer schlagen. Ich wusste nicht, ob sie sich das nur einredete oder ob es wirklich stimmte, aber ich wollte ihr gern glauben, dass ich keine Gefahr für sie gewesen war.

»Also?« Sie rutschte auf dem Sofa nach vorn und krallte beide Hände neben sich in das weiche Leder. »Was hast du gesehen?«

Ich atmete tief durch und rieb mir das Gesicht, bevor ich Isla ansah. Zweifelnd. Die Realisation dessen, was ich in meinen Erinnerungen gesehen hatte, ergriff so langsam Besitz von mir. Die Dinge, die mein Großvater gesagt hatte. Sein blasses, erschrockenes Gesicht. Die Tränen in den Augen meiner Großmutter, die nur wenige Jahre danach gestorben war. Die Dinge, die ich in das Buch geschrieben hatte. *Es tut mir so leid. Es tut mir leid.*

»Es ist schon mal passiert.« Ich biss mir so fest auf die Unterlippe, dass ich Blut schmecken konnte. »Das, was ich Devon angetan habe. Ich glaube, es ist schon mal passiert. Als ich noch jünger gewesen bin. Die Erinnerung war von kurz danach.« Zitternd rang ich nach Luft, und obwohl ich ihr gerade noch beinahe einen Herzinfarkt verpasst hatte, legte Isla eine Hand auf mein Bein. Ehrliches Mitgefühl lag in ihrem Gesicht. Ich starrte sie an und konnte selbst kaum glauben, dass mir die Worte über die Lippen kamen: »Ich habe meine Großeltern gesehen. Sie haben darüber gesprochen. Es ist bei uns zu Hause passiert, das heißt, es muss jemand von meinen oder Ellis' Freunden gewesen sein. Mein Bruder hat anscheinend alles gesehen.« Ich atmete zitternd ein, bevor ich hinzufügte: »Und wenn das Gleiche passiert ist wie mit Devon, dann ist derjenige tot.«

Islas Augen weiteten sich nur einen Moment. »Devon ist tot?«

Ich nickte nur, und sofort zogen sich ihre Augenbrauen zusammen.

»Er hat uns angegriffen und du hast uns geschützt«, sagte sie eindringlich. »Und was das von damals angeht … Du warst noch ein Kind. Egal, was das für eine Magie in dir ist – du kannst sie jetzt kaum kontrollieren und damals vermutlich erst recht nicht. Das alles ist nicht deine Schuld. Außerdem wissen wir nicht, was wirklich passiert ist …«

Ich schüttelte den Kopf und versuchte, den pochenden Schmerz hinter meiner Stirn zu ignorieren. »Mein Großvater hat noch etwas gesagt. Er hat ein Wort benutzt, das ich noch nie gehört habe. Er meinte, ich wäre eine … eine Toxic.«

Isla schien zu überlegen. Ihre Stirn kräuselte sich, während ihr Blick ruhelos den Raum absuchte.

Ich beobachtete sie eine Weile, bevor die Ungeduld aus mir herausplatzte. »Hast du das schon mal gehört?«

»Keine Ahnung. Irgendwo in meinem Hinterkopf klingelt etwas, aber ich kann es nicht richtig greifen.« Sie sah wieder zu mir und klopfte sanft auf mein Knie, ein aufmunterndes Lächeln auf den Lippen. »Aber ich werde es rausfinden, in Ordnung?«

Ich spürte, wie meine Schultern nach unten sanken, als ich erleichtert ausatmete. Eigentlich war es mir gerade gar nicht so wichtig, aber ich nickte trotzdem. »Danke.«

Es war schon mal passiert. Ein Kind, kein Schwerverbrecher, der uns etwas antun wollte.

»Willst du darüber reden?« Islas Stimme klang sanft. Voller Mitgefühl. Mitgefühl für jemanden, der nicht nur einen, sondern höchstwahrscheinlich zwei Menschen getötet hatte.

Ich presste die Lippen zusammen und stand so abrupt auf, dass sie zusammenzuckte. Plötzlich wurde mir wieder mehr als bewusst, dass das hier nicht meine Welt war. Ich passte nicht in diese schicke Wohnung, und ich hatte diesen Ausblick auf ein besseres Leben nicht verdient. Nicht nach allem, was ich getan hatte. Nicht nach allem, was ich immer noch für Dorian Mars tat, auch wenn ich streng genommen keine Wahl hatte.

»Ich muss los. Ellis hat mich heute für eine Schicht im *Rhapsody* eingetragen.« Ich griff nach meinem Mantel und wollte gerade auch die Bücher wieder zusammensammeln, als Isla mich mit einer sanften Handbewegung aufhielt.

»Warte. Könntest du die vielleicht noch hierlassen? Dann schaue ich, ob ich noch etwas finde.«

Ich stockte, weil das hieß, wichtige Erinnerungen in den Händen einer fast Fremden zu lassen. Aber was sollte sie jetzt schon noch rausfinden, was schlimmer war? Also nickte ich vorsichtig. »In Ordnung.«

»Danke.« Sie stand auf, als ich mich zum Aufzug umdrehte. »Du kannst dich jederzeit bei mir melden, Avery. Wenn du noch etwas findest, aber auch einfach so, wenn du etwas brauchst, in Ordnung? Gib dir keine Schuld an dem, was passiert ist. Wir werden schon herausfinden, was wirklich hinter der Sache steckt.«

Die Empathie, die sie mir entgegenbrachte, machte die Schuldgefühle in meinem Inneren nur schlimmer. Ich nickte nur, weil ich meiner Stimme nicht traute.

Isla betätigte den Aufzug und lächelte mich dann noch mal an. Sie holte das Handy aus ihrer Hosentasche und tippte etwas darauf ein. »Ryker wird dich fahren.«

»Das ist nicht nötig.«

Isla verschränkte die Arme vor der Brust, und so etwas wie Strenge trat in ihre Augen. »Entweder das oder ich lasse dich nicht runter, bis du zugestimmt hast.«

Überrascht blickte ich sie an. »Du weißt, dass das quasi eine Entführung ist, oder?«

»Du bist freiwillig hergekommen.«

»Dann ist es eben eine Geiselnahme. Auf jeden Fall illegal. Willst du etwa Flecken haben auf deiner sonst so reinen Weste, Isla Kennedy?«

Sie grinste, und das erste Mal, seit ich sie kennengelernt hatte, wirkte es beinahe verschlagen. »Wer sagt denn, dass sie rein ist? Mein Instagram? Du bist schlau genug, um zu wissen, dass dort alles nur aufgehübschter Glanz eines Lebens ist.«

»Hm.« Ich zog die Augenbrauen hoch. Gut, Isla Kennedy war tatsächlich so, wie ich gehofft hatte. Und noch ein kleines bisschen cooler als das. Ich ließ ein ergebenes Seufzen hören. »Von mir aus. Aber nicht in dieser Karre mit den getönten Scheiben.«

Isla lachte. »Okay.« Ein letztes Mal berührte sie aufmunternd meine Schulter. »Mach's gut, Avery.«

Dann ließ sie mich endlich gehen.

KAPITEL 12

Der Aufzug im Haus der Kennedys war nicht besonders schnell, aber ich war trotzdem überrascht, als Ryker schon unten im Eingangsbereich auf mich wartete. Er hatte wieder die Arme hinter dem Rücken verschränkt wie ein Soldat, nur das freche Grinsen auf seinen Lippen machte das Bild ein kleines bisschen kaputt. »Na, wie war der Ausflug ins Reich der Kennedys?«

Ich warf ihm einen finsteren Blick zu, und er gab ein Schnauben von sich. »So gut gleich?«

»Können wir einfach zum Club fahren, ohne zu reden?«, brummte ich.

Er zuckte nur mit den Schultern und nickte mir zu, als Zeichen, ihm zu folgen.

Die Luft draußen tat gut. Sie beruhigte meine Atmung und lüftete meinen Kopf ein wenig. Aber das schwere Gewicht, das seit der Erinnerung, die ich gerade gesehen hatte, auf meiner Brust lag, konnte auch sie nicht heben.

Ich folgte Ryker den Bordstein entlang, und als ich sah, welches

Auto er ansteuerte, entfuhr mir ein Stöhnen. »Das ist nicht dein Ernst, oder? Das Ding ist ja noch viel auffälliger als das andere.«

Vollkommen unbeeindruckt riss er die Fahrertür des eleganten Sportwagens auf und zuckte mit den Schultern. »Isla meinte nur, dass du nichts mit getönten Scheiben willst. Also, voilà, wir fahren mit meinem Wagen.«

Ich blieb mit großen Augen neben dem Auto stehen. »Moment, das ist deiner?«

»Problem damit?«

»Das nicht, aber jetzt würde ich zu gern wissen, was die Kennedys dir bezahlen – und ob sie vielleicht noch eine Stelle frei haben.«

Er lachte nur und stieg ein.

Mir blieb keine Wahl, als es ihm gleichzutun und mich auf den Beifahrersitz fallen zu lassen. Ich warf ihm einen strengen Blick zu, als er den Motor startete. »Du fährst aber hoffentlich trotz der tausend PS gesittet, oder?«

Ryker hielt eine Hand wie zum Gruß an seine Stirn, dann trat er aufs Gas.

Tatsächlich war er ein guter Fahrer, und er hielt sich an die Geschwindigkeitsbegrenzungen, als wir durch die New Yorker Straßen in Richtung Melrose fuhren. Ob das an meiner Warnung lag oder nicht, konnte ich nicht sagen. Aber es fühlte sich ein wenig an, als würden wir über Wasser gleiten, so geschmeidig fuhr der Wagen. Ich konnte nicht anders, als darüber zu staunen.

Nach ein paar Minuten, in denen wir nur geschwiegen hatten, drehte ich mich wieder zu ihm um. »Also … du nennst sie Isla?«

Ryker sah mich nicht an, aber seine Mundwinkel wanderten wieder nach oben. »Wie soll ich sie denn sonst nennen?«

»Es ist ein bisschen salopp dafür, dass du für sie arbeitest, nicht wahr?«

Das beantwortete er nur mit einem Schulterzucken. Ich beobachtete ihn von der Seite und fragte mich, ob zwischen ihm und Isla etwas lief. Aber dann fiel mir wieder ein, dass sie glücklich verlobt war. Und dass es mich im Grunde auch absolut nichts anging.

Ich lehnte mich wieder in den Sitz und genoss den Rest der Fahrt, die nach meinem Geschmack viel zu schnell vorbei war. Als Ryker am Bordstein des Clubs parkte, warf er mir noch einen Blick zu. Es wirkte so, als würde er etwas Bedeutendes sagen wollen, aber dann meinte er nur knapp: »Schöne Schicht.«

»Danke.« Ich griff nach der Tür. »Wenn du willst, können wir gern tauschen.«

Er lachte. »Nach dem, wie du für Isla in die Bresche gesprungen bist, hättest du das vielleicht sogar wirklich drauf mit dem Personenschutz.«

Einen Moment überlegte ich, schüttelte dann aber den Kopf. »Nee, das wär mir auf Dauer zu aufregend. Wie wär's, wenn wir einfach die Gehaltszettel tauschen?«

»Du solltest jetzt besser aussteigen«, antwortete er grinsend.

»Schade. Na dann: Schönen Abend, Ryker.«

»Schönen Abend noch, Avery.«

Als ich mich aus dem Auto hievte, entdeckte ich auch schon Michael, der wieder in der schmalen Gasse zwischen dem Club und dem nächststehenden Gebäude auf der Treppe saß und rauchte.

Er machte große Augen, als er mich aus dem Sportwagen steigen sah, und wie befürchtet, sprach er mich sofort an, als ich auf ihn zuging. »Ich habe zwei Fragen.«

»Verzichte«, gab ich zurück, aber natürlich ließ er nicht locker.

»Erstens: Du bist pünktlich. Überpünktlich. Ich wage es kaum zu sagen, aber: zu FRÜH. Geht es dir gut?« Er drückte seine Zigarette an der Steinstufe aus. »Und zweitens: Hast du dir einen reichen Lover geangelt?«

»Ja zur ersten Frage. Nein zur zweiten. Er ist nur ein Bekannter. Eigentlich nur der Bekannte einer Bekannten.«

»Der dich mal eben zur Arbeit fährt?« Michael zuckte mit den Augenbrauen, doch ich ignorierte es.

Wortlos ging ich an ihm vorbei die Stufen nach oben. Jetzt an so etwas Profanes wie eine Liebesbeziehung zu denken, kam mir absolut bescheuert vor. Ich hatte heute lebensverändernde Dinge erfahren, und zwar keine von der guten Sorte. Ich hatte andere Dinge im Kopf. Und außerdem war Ryker nicht mein Typ. Schnell wischte ich die aufkommenden Gedanken an stechende waldgrüne Augen beiseite und steuerte die Mitarbeiterumkleide an. Ich schlüpfte in das Shirt des Clubs und riskierte einen letzten Blick auf mein Handy. Das hätte ich mir vermutlich sparen sollen. Dorian Mars hatte mir schon vor Stunden eine Nachricht geschrieben. Ein Bild. Zwei Worte. Gilbert Sutton.

Ich presste die Zähne aufeinander. *Hallo, Gangsterleben, das mir so gut steht. Willkommen zurück. Der Ausflug in ein anderes hat wirklich Spaß gemacht, aber hier ist die Realität. Vielen Dank.*

Während ich den dunklen Gang zur Bar durchquerte, googelte ich den Typen. Messerstechereien. Überfälle. Er hatte ein paarmal für wenige Monate im Knast gesessen. Danach wohl Verbindungen mit der Mafia. Auftragsmorde nicht ausgeschlossen. Ich ließ das Handy in meine hintere Hosentasche gleiten und schüttelte die restliche, verbliebene Moral in meinem Inneren ab. Ich hatte sowieso keine andere Wahl.

Nach den letzten Tagen und Stunden tat es gut, mich mit Arbeit abzulenken. Da ich vor der Öffnungszeit des Clubs da war, wurde ich direkt für die Lagerbestückung eingeteilt. Ich schleppte schwere Kisten von A nach B, sortierte stupide Dinge ein und wurde dann abgestellt, um Gläser zu polieren. Ich tat alles, ohne zu murren, weil meine Gedanken so wenigstens nicht auf Wanderschaft gehen konnten. Nicht die ganze Zeit zumindest. Ab und zu blitzte in meinem Inneren ein Bild auf. Dann sah ich meinen Großvater. Die Tränen in den Augen meiner Großmutter. Hörte einzelne Wortfetzen wie »Das arme Kind« oder »Wir müssen den Jungen zum Schweigen bringen«. Fragte mich, was Ellis damals gesehen hatte, was ich damals getan hatte und welche Erinnerungen uns beiden wohl genommen worden waren. Bis ich die Gedanken wieder abschüttelte. Aber alles in allem konnte ich mich gut ablenken. Den Kopf mit harter Arbeit freipusten.

Sobald der Club seine Türen öffnete, füllte er sich relativ schnell. Schneller noch als sonst. Marla meinte, dass sich die Sache mit Isla Kennedys Junggesellinnenabschied wohl rumgesprochen hatte. Und obwohl die nichtmagischen Menschen nicht das Gleiche in ihr sahen wie wir, war sie für sie trotzdem ein Promi. Jetzt wollten alle den Club sehen, in dem sie gefeiert hatte. Der, der mit so lobenden Worten auf ihrem Instagram erwähnt worden war.

Wir konnten uns vor Ansturm kaum retten. Und vor Arbeit. Zwei Stunden an der Bar, und ich hatte bereits das Gefühl, dass ich meine Arme am nächsten Tag wahrscheinlich nicht mehr würde heben können. Das Stimmengewirr war beinahe lauter als die Musik, und ich machte mir ein inneres Memo, dass ich Ellis bitten musste, die Anzahl der Leute im Club zu begrenzen. Das würde wahrscheinlich nur die Exklusivität des *Rhapsody* unterstreichen.

Es wurde immer später, die Stimmung immer ausgelassener, und ich merkte, wie in mir die Unruhe anwuchs. Der Mann, den Dorian Mars mir geschickt hatte, war mir bisher noch nicht vor die Linse gelaufen. Dabei war er auf dem angehängten Bild nicht gerade unauffällig gewesen. Seine Haare waren von einem hellen Wasserstoffblond, und seine Augenbrauen hatten dieselbe Farbe. Das Gesicht hatte kantige Züge, und als ich zur Sicherheit noch einmal einen Blick auf das Foto warf, erkannte ich ein kleines Tattoo unter dem rechten Auge. Eine Träne. Himmel, ich wusste leider nur zu gut, was das bedeutete.

Ich ließ das Handy wieder in meine Tasche rutschen und blickte mich um, während ich den nächsten Kunden bediente. Heute hatten viele Leute meine Glückstinktur bestellt, und obwohl ich mich an Ellis' Anweisungen bezüglich der Dosis hielt, konnte ich um mich herum nur breit grinsende Gesichter sehen. Die meisten sahen ein wenig verstrahlt aus, wie sie tanzten und die Arme in die Luft warfen. Beinahe, als wären sie auf Drogen.

Mein Blick glitt wieder zu meinen Händen, die vom vielen Gläserspülen schon ganz aufgeweicht und rot waren. Keine silbernen Magieadern auf meinen Armen. Keine Hitze in meinem Inneren. Es war also nicht möglich, dass ich die Magie auf meine Drinks übertragen hatte, oder? Aber vielleicht hatte ich das schon getan, als ich die Tinkturen hergestellt hatte? Ich entschied mich, die Dosis noch ein bisschen runterzuschrauben. Nur zur Sicherheit.

Als ich den Kopf wieder hob und über die etwas kleiner werdende Menge an der Bar gleiten ließ, fiel mein Blick plötzlich auf eine schwarze Träne unter einem blutunterlaufenen Auge. Ich sah genauer hin. Es war tatsächlich Gilbert Sutton. Er trug ein seltsames, weites Hawaiihemd, und ich war mir ziemlich sicher, dass er schon betrunken war. Oder andere Drogen eingeworfen hatte. Etwas unwirsch drückte er sich, ein paar Meter von mir entfernt, durch die Menschenmenge, um an die Bar zu gelangen. Seine beinahe weißen Haare hingen ihm in fettigen Streifen in die Stirn. Der Typ sah wirklich fertig aus.

Unter dem Vorwand, an die Zutaten zu müssen, drückte ich mich an Marla vorbei, damit ich genau dort stand, wo Gilbert sich durch die Menge schob. Ich begrüßte ihn mit einem Lächeln, das mir beim Anblick seines wirklich erbärmlichen Äußeren nicht gerade leichtfiel.

Die Umstehenden schienen nicht glücklich darüber, dass er sich vorgedrängelt hatte, wollten sich aber offensichtlich auch nicht mit ihm anlegen. Also wandten sie sich meinen Kollegen zu, während Gilbert sich an die Bar lehnte.

»Ein Bier«, brüllte er, lauter als es eigentlich nötig gewesen wäre. Es brachte ihm ein paar pikierte Blicke ein, die er nicht zu bemerken schien. Na ja, vielleicht würden ein paar der Gäste nicht wiederkommen, weil der Club doch nicht das feine Etablissement war, das sie erwartet hatten.

Ich lächelte dem Typen noch einmal zu, bevor ich mich daranmachte, ein großes Glas zu füllen. Immer wieder schaute ich mich zu ihm um, doch er beachtete mich nicht. Sein glasiger Blick war auf die Lichter hinter der Theke geheftet.

Diesen Moment nutzte ich, um unter die Bar zu greifen. Meine geheimen Tinkturen waren über die ganze Bar entlang sorgsam verteilt, und ich überlegte einen Moment, was ich ihm ins Bier mischen sollte. Ich entschied mich für eine Mischung aus der altbewährten Schuld – die sicher etwas verstärken würde, das schon in ihm schlummerte – und einer Prise Wut, von der er bestimmt auch genug für Dorian Mars übrig hatte. Die hatten wir alle.

Ich hatte jede der Tinkturen genaustens studiert und an Dorians Opfern ausprobiert, bis ich die besten Mischungen gefunden hatte: die, die sie genau in seine Arme trieben. Aus Angst, aus Schuld, weil sie sich rächen wollten oder weil sie einfach aufgaben. Es war eigentlich egal, warum sie zu ihm gingen. Es machte keinen Unterschied für den Ausgang. Aber ich hatte trotzdem lange mit meiner Magie experimentiert, weil ich sie hatte verstehen wollen.

Jetzt wollte ich sie einfach nur loswerden.

Als ich Gilbert das Glas über die Theke zuschob, starrte er mich mit einem undefinierten Blick an. Seine blutunterlaufenen Augen wirkten misstrauisch. Wütend. »Was hast du da in meinen Drink gemacht, du Bitch?«, wollte er wissen.

Scheiße. Hatte er mich doch beobachtet? Oder hatte er die Veränderung der Farbe in seinem Bier gesehen? Im schummrigen Licht des Clubs war sie eigentlich kaum auszumachen, und ich war davon ausgegangen, dass er sich schon in einem Zustand befand, in dem es ihm nicht auffallen würde.

Da hatte ich mich wohl geirrt.

Ich bemühte mich dennoch um ein Lächeln und eine ruhige Ausstrahlung, auch wenn das Herz mir bis zum Hals schlug. »Na ja«, sagte ich geheimnisvoll und griff unter die Theke. »Du siehst aus, als könntest du einen kleinen Zusatz brauchen, um ehrlich zu sein.« Meine Hände schlossen sich um den Hals der Flasche, und als ich sie hervorzog, bekam der Typ große Augen. Angemessen, das hier war immerhin ein verdammt alter Whiskey, den ich zur Sicherheit immer dort aufbewahrte. Ich zwinkerte ihm zu. »Geht aufs Haus.«

Gilbert presste die Lippen zusammen. Dann nickte er kurz und prostete mir zu. Offensichtlich hatte er die Lüge geschluckt. Ich beobachtete ihn ein paar Sekunden, wie er das Bier runterstürzte, bevor ich mich wieder anderen Kunden zuwenden musste. Das ungute Gefühl in meinem Magen konnte ich aber nicht abschütteln, und deshalb scannte ich immer wieder den Club. Suchte die Menschenmengen nach Gilbert Sutton ab, um zu sehen, wie es ihm ging. Ob er schon zu Dorian gegangen war. Aber die Menge vor der Bar war so groß, dass ich ihn nirgends entdecken konnte. Die Menschen hatten ihn verschluckt.

Erst gegen vier Uhr leerte sich der Club langsam. Menschen tänzelten zum Ausgang, überall waren strahlende Gesichter, und ich spürte, wie das irgendetwas in mir bewegte. Obwohl ich seit meiner Begegnung mit Devon auf meine Magie fluchte, war nicht alles an ihr schlecht. Nicht alles an ihr war böse und zerstörerisch. Sie konnte Menschen auch glücklich machen. Das Problem war nicht die Magie. Das Problem war ich.

Wie sehr, wurde mir bewusst, als Michael mich von der Seite anstupste. »Hey, kannst du mal die Security anklingeln? Ich glaube, die müssen den Müll nach draußen bringen.«

Ich hob den Kopf, um zu sehen, was er meinte, und fasste sofort Gilbert Sutton ins Auge. Er hockte in der Nähe des Ausgangs auf dem Boden, sein Gesicht war hochrot angelaufen und er presste eine Hand auf seine Brust. Ich spürte, wie sich alles in mir zusammenzog, als ich die Bar verließ und auf ihn zuhastete.

»Hey, alles in Ordnung?«, fragte ich ihn.

Er sah zu mir auf, anscheinend völlig verwirrt. »Der Bastard«, fluchte er dann plötzlich, und winzige Spuckefäden schossen aus seinem Mund. »Ich bring ihn um, den Bastard!«

Meine Tinktur hatte ihre Wirkung also offensichtlich nicht verfehlt. Der Mann schäumte vor Wut. Mehr, als er sollte. Sein Gesicht wechselte von Wut zu Schuld, und dann wurden seine Wangen wieder tiefrot. »Ich werde ihn umbringen. Abmetzeln. Dieser Hurensohn, ich bring ihn um!«

Er krallte die Hand in das Hemd, direkt über seiner Brust, und sein Atem ging schwer, als er wieder zu fluchen begann. Verdammt, die Tinktur wirkte nicht *gut* – sie wirkte viel zu stark. Genau wie letztes Mal.

»Der ist total hinüber«, sagte Michael hinter mir. Er winkte schon der Security vor der Tür. »Könnt ihr den mal nach draußen setzen, damit er sich wieder ein bisschen abkühlt?«

Gilbert schnappte nach Luft, krallte die Hände zusammen und fluchte dann weiter. Er war vollkommen außer sich.

»Ich glaub, irgendetwas stimmt mit ihm nicht«, sagte ich leise.

Michael winkte ab. »Der ist nur total besoffen, Avery. Der soll sich auf der Straße ausnüchtern, dann wird er schon abhauen.«

Ich starrte Gilbert an, während die Security versuchte, ihn auf die Beine zu ziehen. Er hatte die Farbe einer Tomate angenommen, und obwohl er sich immer wieder ans Herz griff, rasselnd nach Luft schnappte, konnte er nicht aufhören zu fluchen. Er konnte sich nicht beruhigen. Und ich sah, dass es ihm deswegen immer schlechter ging.

Er wird einen Herzinfarkt bekommen.

Die Security hatte ihn auf die Füße gestellt und versuchte nun, Gilbert in Richtung Ausgang zu drängen. Er fluchte und schrie immer noch, aber seine Knie knickten bei fast jedem Schritt weiter ein.

In mir stritten zwei Stimmen. Die eine, die leise flüsterte, dass ich ihn einfach vergessen sollte. Wenn er einen Herzinfarkt bekam, würde er wahrscheinlich einer viel schlimmeren Behandlung von Dorian Mars entgehen. Aber die andere Stimme in meinem Kopf war viel lauter. Sie schrie mich an, dass ich ihn nicht sterben lassen durfte. Sie schrie mich an, dass ich nicht noch ein Leben auf dem Gewissen haben durfte. Nicht, weil ich ihm einen Herzinfarkt verpasste, und nicht, weil ich ihn zu Dorian Mars schickte.

Ich habe keine andere Wahl!

Man hat immer eine Wahl!

Wieso klang die Stimme in meinem Kopf plötzlich nach Isla Kennedy? Sie sah in mir das Gute, obwohl sie mich gar nicht kannte. Vielleicht hatte sie recht, und ich hatte es tatsächlich selbst in der Hand?

Meine Hand griff nach dem Arm des Security-Typen, bevor mein Kopf sich bewusst dazu entschieden hatte. »Hört auf«, brüllte ich. »Ihr seht doch, dass mit diesem Kerl irgendwas nicht stimmt. Er ist krank oder … was weiß ich.« Ich fuhr zu Michael herum. »Ruf verdammt noch mal einen Krankenwagen, Mike. JETZT.«

Er starrte mich verwundert an, reagierte aber nach ein paar Sekunden. Ein Nicken, dann stürzte er zur Bar. Die Leute um uns herum wurden unruhig. Blicke trafen mich, ein paar der Umstehenden wichen zurück, andere fragten, ob sie helfen konnten.

Ich wies die Security-Typen an, Gilbert wieder abzusetzen. Er lehnte sich an die Wand des Clubs und starrte mich an. So etwas wie Dankbarkeit flackerte in seinem Blick, aber aus seinem Mund drangen immer noch Flüche. Obwohl ich mich eigentlich am liebsten abwenden wollte, zwang ich mich, bei ihm zu bleiben, bis der Krankenwagen endlich kam und die Rettungssanitäter ihn einluden. Immer noch schimpfend. Immer noch mit vor Wut rotem Kopf.

Auch danach stand ich noch am Ausgang, die Arme vor der Brust verschränkt.

Ich hatte ihm das angetan. Ihm und noch so vielen anderen Menschen.

Aber damit war jetzt Schluss, egal was es für mich bedeutete. Und egal, ob es mich ganz oben auf Dorian Mars' Abschussliste setzte.

KAPITEL 13

Ich hielt es kaum aus in der Wohnung.

Obwohl ich selbstbewusst mit meiner Entscheidung umgehen wollte, keine Aufträge mehr für Dorian Mars anzunehmen, konnte ich die leise Angst nicht ignorieren, die den ganzen nächsten Tag still von innen gegen meine Stirn klopfte. Die Angst vor dem Moment, an dem er es merken würde. An dem er wissen würde, dass ich ihn betrogen hatte.

Sie wollte nicht verschwinden, als ich gegen Mittag aufstand und mir einen beruhigenden Tee aufbrühte. Nicht, als ich nach oben in den Kräutergarten ging, um ein paar der Tinkturen aufzufüllen, und auch nicht, als ich versuchte, mich mit Lesen abzulenken. Immer wieder huschte mein Blick zu meinem Handy, immer in der Erwartung, dass dort eine Nachricht von Dorian Mars aufploppte, in der er mich des Verrats bezichtigte. Veda hatte auch noch nicht auf meine Nachricht geantwortet, die ich ihr am Morgen nach meiner Schicht geschickt hatte. Wahrscheinlich hatte sie noch nichts Neues gehört. Oder sie rief mich erst nach der Arbeit an. Ich hoffte auf Letzteres und hatte damit noch etwas, worauf ich mit kribbelnder Haut wartete.

Als es am Nachmittag an der Tür klingelte und mir so viele Gedanken an Auftragsmörder durch den Kopf schossen, dass ich beinahe den Postboten mit einer Lampe erschlagen hätte, entschied ich, dass ich frische Luft brauchte. Ich legte das Paket für Ellis in seinem Arbeitszimmer auf den Schreibtisch und schlüpfte dann in meinen Mantel, um draußen eine Runde zu drehen. Es war kalt, aber die Sonne schien, und ich atmete begrüßend die kühle Luft ein. Mit jedem Schritt, den ich von der Wohnung wegging, beruhigte sich mein Herz, und ich konnte wieder durchatmen. Meine Gedanken ordnen.

Dorian Mars hatte sich nicht bei mir gemeldet.

Das war nicht unbedingt ungewöhnlich, eigentlich waren die einzigen Nachrichten, die er mir schickte, Namen und Fotos von seinen zukünftigen Opfern. Ich wusste, dass der Gangsterboss überall Leute hatte, die seinen Opfern einflüstern, wo sie angeblich sicher sein würden, wo niemand sie angreifen würde. Dass die Drinks im *Rhapsody* ihnen eine kurze Auszeit von den Gefühlen geben konnten, sie erleichtern konnten. Einmal hatte ich Dorian danach gefragt, warum er, wenn er überall seine Leute hatte, die Opfer zu mir in den Club schickte. Sicher hätten seine Leute kein Problem damit, einfach selbst zuzuschlagen.

Aber das war es nicht, was Dorian Mars wollte. Er wollte, dass seine Opfer zu ihm gekrochen kamen. Sich mit letzter Kraft in Hunts Point, seinem Revier, vor ihm aufbäumten, gegen ihn rebellierten. Oder vor ihm im Staub hockten und um Verzeihung bettelten. Eigentlich war es egal, was davon sie taten, der Ausgang war immer der Gleiche. Dorian verzieh nicht. Und natürlich war er auch niemand, der Rebellion zuließ. Wichtig war, dass er seinen Opfern in Hunts Point den Garaus machte. Die Polizei verirrte sich selten dorthin, vor allem nicht, wenn die Menschen von allein dorthin kamen. Und außerdem ging Dorian Mars damit sicher, dass alle Mitglieder seiner Gang dabei zusahen, wie er mit stählerner Hand regierte. Wie er keine Gnade walten ließ. Das war sein kleines Machtspielchen, und er wich eigentlich nie davon ab.

Das war vermutlich auch der Grund, warum er seine Opfer zu mir schickte. Um seine Macht zu zeigen, die er über mich hatte. Natürlich war es schon ein paarmal vorgekommen, dass diese nicht im Club aufgetaucht waren. Es war also auch nicht ungewöhnlich, dass das Opfer nicht zu ihm gekommen war. Wohl aber, dass ich ihm nicht Bescheid gegeben hatte. Und dass Dorian Mars nicht geschrieben hatte, hieß entweder, dass es ihm egal war – oder dass er bereits Nachforschungen betrieb, was schiefgegangen war. In dem Fall würde es wahrscheinlich nicht lange dauern, bis ich von ihm hörte.

Wie von selbst führten mich meine Beine in Richtung des *Rhapsody* und dann wieder in einer Schleife um die alten Häuser der 3rd Avenue herum, bis ich vor dem kleinen Coffeeshop stand, gegenüber des 42. Police Departments. Überrascht blinzelte ich an der Fassade nach oben. Wieso war ich bei meinem gedankenversunkenen Spaziergang ausgerechnet hier gelandet? Als ich mich umsah, über die Straße bis zu dem Dezernat, in dem Hayes arbeite, gluckerte mein Magen seltsam vor sich hin. Ich musste wieder daran denken, wie er letztens mit mir gesprochen hatte. An diesen seltsamen Ausdruck in seinem Blick, der beinahe an Sorge erinnert hatte. Und daran, dass …

Ich schnappte nach Luft, dann wühlte ich vorsichtig in meinem

Mantel. Meine Finger schlossen sich um die kleine Karte, auf der seine Durchwahl stand. Erneut dachte ich an seine Worte: »Wenn du dich aus irgendeinem Grund nicht mehr sicher fühlst, melde dich.« Ich hatte keine Ahnung, was genau er damit gemeint hatte. Ob er womöglich eine Ahnung hatte, dass ich zu Dorians Gang gehörte, oder ob es um etwas anderes ging. Die Morde. Möglicherweise hing das alles sowieso irgendwie zusammen.

Die kleine Glocke über meinem Kopf klingelte, als ich den Coffeeshop betrat. Während die Bedienung mir einen Coffee to go machte, schielte ich immer wieder auf die kleine Karte in meiner Hand, auf die Zahlen unter seinem Namen. *Detective Adam Hayes.* Ich schluckte, nahm den Kaffee entgegen und verließ den kleinen Coffeeshop.

Könnte Hayes mir wirklich helfen? Wahrscheinlich nur, wenn ich Dorian Mars verriet. Wenn ich darüber sprach, was er alles getan hatte – und mich damit selbst belastete. Denn auch wenn ich nie selbst jemanden für ihn getötet hatte, war ich trotzdem nicht unschuldig. Was würde es für mich bedeuten, wenn ich Dorian verriet? War das überhaupt eine Option?

Hayes war schon ewig hinter ihm her. Wahrscheinlich würde er sich mehr als freuen, endlich etwas gegen ihn in der Hand zu haben. Vielleicht konnte er mir Sicherheit bieten, wenn ich ihm Beweise lieferte. Mir und meiner Familie. Wenn wir schnell waren, könnten wir Dorian Mars vielleicht tatsächlich das Handwerk legen.

Das Herz schlug mir bis zum Hals, weil der Gedanke mich nicht mehr losließ. Genauso wenig wie die Angst, dass dabei etwas schiefgehen könnte, das mich womöglich mein Leben kostete. Oder die Aufregung, dass ich danach frei von Dorian Mars war.

Dass ich ein Leben weg vom Verbrechen führen konnte – das hatte ich mir doch immer gewünscht, oder nicht?

Eigentlich, das wurde mir in diesem Moment klar, hatte ich wahrscheinlich gar keine andere Wahl mehr. Ich hatte gestern einen Auftrag von ihm nicht ausgeführt. Und ich hatte nicht vor, jemals wieder einen anzunehmen. Es war unmöglich. Nach allem, was in den letzten Tagen passiert war, nach allem, was ich getan hatte – ich konnte so nicht weitermachen. Egal, wie viele Schulden ich noch hatte. Egal, was Dorian mit mir vorhatte. Ich dachte an Hailey, Penn und Orla. Daran, was es für sie bedeuten würde, nicht mehr unter Dorian Mars zu stehen. Und ich dachte an Ellis. An Veda. Dass ich sie damit wahrscheinlich in Gefahr brachte.

Mein Daumen zitterte, als ich ihn langsam über das Display schob. Die Zahlen wählte, die auf Hayes' Kärtchen standen. Als ich das Handy ans Ohr hielt, zitterte meine ganze Hand. Ich wusste nicht, ob ich es durchziehen würde. Bis zur letzten Sekunde, als es bereits klingelte, hatte ich noch keine Entscheidung getroffen. Ich wusste nur, dass ich mich entscheiden MUSSTE. Dass ich die Menschen beschützen musste, die mir wichtig waren. Ich wusste nur nicht, wie ich das am besten anstellte.

»42. Revier, der Anschluss von Detective Adam Hayes, Sie sprechen mit Detective Ashley Day?«

Ich schnappte nach Luft, als eine Frauenstimme erklang. Der Name, die Stimme – das war Ash, Hayes' Partnerin. Verdammt, ich hatte gedacht, dass das seine persönliche Durchwahl war. Dass niemand sonst an dieses Telefon ging.

»Hallo?«

Wahrscheinlich sollte ich einfach auflegen. Die ganze Sache vergessen. Aber mein Herz flatterte so sehr, und dann machte ich doch den Mund auf. »H-hey, hier ist Avery. Eine … Bekannte von Hayes.«

»Oh. Hi. Ja, Avery, ich weiß, wer du bist«, gab Ash zurück. Ich hörte das Lächeln in ihrer Stimme und kräuselte die Stirn. Hatte Hayes ihr von mir erzählt? Und wenn ja, was? Stand ich unter Verdacht? Hatte es mit den Mordfällen zu tun?

Bevor ich nachfragen konnte, sagte Ash: »Adam ist gerade nicht hier, er untersucht einen Mordfall.«

Schon wieder? Mir lief ein eiskalter Schauer über den Rücken, der jeden Zentimeter meines Körpers erfasste. Dorian Mars? War er für das alles verantwortlich?

»Kann ich ihm vielleicht etwas von dir ausrichten, Avery?«

Meine Gedanken rasten. »Äh …« Ich konnte ihr nicht erzählen, was ich eigentlich Hayes hatte erzählen wollen. Es war unmöglich. Ich hatte kaum genug Vertrauen in ihn, und das Leben meiner Liebsten war wichtiger. »Nein danke. Es ist nicht so wichtig.«

»Sicher?« Ash klang alles andere als überzeugt.

Ich bemühte mich, ein Lächeln in meine Stimme zu legen, auch wenn mir eigentlich unendlich schlecht war. »Ja, alles gut. Ich melde mich einfach noch mal.« Dann legte ich auf. Und lehnte mich gegen die Mauer eines kleinen Ladens, um durchzuatmen.

Verdammt. Die Entscheidung war immer noch nicht gefallen. Ich wusste, dass ich eine treffen musste, aber plötzlich war ich mir wegen nichts mehr sicher. Die Zweifel kehrten zurück, und damit auch die Frage: Konnte ich wirklich diejenige sein, die sich gegen Dorian Mars auflehnte und gewann? Hatten das nicht schon so viele versucht und waren gescheitert?

Ich fühlte mich zerrissen. Mir wurde klar, dass ich diese Entscheidung nicht jetzt treffen konnte. Nicht einfach so nebenher. Darüber musste ich erst in Ruhe nachdenken. Fürs Erste hatte ich genug andere Probleme, auf die ich mich konzentrieren konnte. Denn als ich das Handy wieder hob, hatte ich eine Nachricht von Isla.

> Um 14 Uhr ist meine letzte Vorlesung aus. Willst du mich von der Uni abholen? Ich schick dir den Standort.

Das bedeutete dann wohl, dass sie etwas herausgefunden hatte. Wieder fuhr ein Schauer durch meinen Körper, und ich fragte mich, ob mir irgendwann nach dieser ganzen Geschichte vielleicht wieder warm werden würde. Ich tippte eine schnelle Antwort, ehe ich das Handy in die Manteltasche steckte und den Weg zum Bus einschlug.

Obwohl ich wieder einmal zu spät kam, wartete Isla noch am Tor der Eliteuniversität. Sie trug eine Sonnenbrille und war wie immer vertieft in ihr Handy.

Als ich näher trat, konnte ich mir nicht verkneifen, ihr neckend zuzurufen: »Handysucht ist ein großes Problem unserer Generation. Vielleicht solltest du dir einen Therapeuten suchen? Ich bin sicher, mit deinen Mitteln ist das gar kein Problem.«

Sie hob den Kopf, und ihre Augenbrauen schossen über ihrer Sonnenbrille hervor. »Ist das nicht schrecklich, dass man nur noch mit guten Mitteln einen Therapieplatz findet?«

Ich spürte, wie mein Lächeln erstarb, während ihre Mundwinkel nach oben zuckten. Damit hatte sie mir ja ziemlich schnell den Wind aus den Segeln genommen.

»Tut mir leid. Ich habe letztes Jahr an einer Charity-Veranstaltung zu dem Thema teilgenommen, und es geht mir seitdem nicht mehr aus dem Kopf.« Mit einem entschuldigenden Lächeln steckte sie ihr Handy weg. »Und du hast recht, es ist irgendwie eine Sucht geworden. Aber ich bekomme jeden Tag so viele Nachrichten, und …« Sie zuckte mit den Schultern.

»Du solltest nicht versuchen, die alle zu beantworten«, gab ich mit hochgezogenen Augenbrauen zurück, als ich vor ihr am Bordstein zum Stehen kam.

»Aber alle geben sich immer so viel Mühe, und ich habe das Gefühl, dass ich privilegiert genug bin, dass ich die Verpflichtung habe, zu helfen.« Seufzend schob sie sich die Sonnenbrille in die Haare und wischte sich über die Augen. Sie sah tatsächlich ziemlich müde aus. Als hätte sie sich die ganze Nacht um die Ohren geschlagen.

Ich ließ die Hände lässig in meine Manteltaschen gleiten und spürte wieder Hayes' Kärtchen zwischen meinen Fingern. »Du kannst nicht alle retten«, sagte ich. »Also konzentrier dich auf das große Ganze, damit du zumindest so vielen helfen kannst wie möglich.« Isla musterte mich überrascht, und sofort ruderte ich zurück: »Aber ich habe auch keine Ahnung, wie das sein muss. Also hör vielleicht gar nicht auf mich.«

»Das war gar kein so schlechter Rat, Avery.« Sie lächelte, dann nickte sie in Richtung der Eliteuni in ihrem Rücken. Ich konnte hohe, glänzende Gebäude erkennen, und einen so ordentlich geschnittenen Rasen, dass die Teilnehmer einschlägiger Gartensendungen, die mein Bruder manchmal sah, sicher vor Neid gequietscht hätten. »Wollen wir uns vielleicht in die Bibliothek setzen? Ich habe ein paar Sachen gefunden, die ich dir gern zeigen würde.« Sie klopfte sanft gegen die Designer-Umhängetasche.

Mit großen Augen folgte ich ihrem Fingerzeig und presste die Lippen zusammen. »Können wir uns nicht wieder in ein Café setzen?« Der Gedanke, auf so einem exklusiven Campus herumzulaufen, gefiel mir nicht unbedingt. Konnte man mich verklagen, wenn ich eine teure Blume zertrat oder ein wichtiges Artefakt aus dem ersten Jahrhundert umwarf, weil ich nicht aufgepasst hatte?

Als ich Isla wieder ansah, kaute diese auf ihrer Unterlippe. »Die Bibliothek wäre mir ehrlich gesagt lieber.«

»Wieso?«, hakte ich nach. Dann erst merkte ich, was an diesem Bild von Isla Kennedy fehlte. Überrascht warf ich einen Blick über meine Schulter, aber ich konnte nirgends einen Wagen mit getönten Scheiben am Bordstein stehen sehen, und auch keinen angeberischen Sportwagen. »Bist du etwa allein?« Ich konnte nichts dagegen tun, dass meine Stimme zu einem Flüstern wurde.

Isla nickte vorsichtig. »Die Uni ist einer der wenigen Orte, an denen ich ohne Personenschützer sein darf. Der Campus ist relativ sicher, und ich habe echt darum gekämpft, dass meine Bodyguards mich hier nur vor den Vorlesungen absetzen und danach wieder abholen.«

»Und lass mich raten: Ryker weiß nicht, dass du schon Schluss hast?«

»Ich wollte allein mit dir sprechen.«

Das klang sehr mysteriös. Und ein bisschen angsteinflößend. Ich schluckte und nickte dann langsam. »In Ordnung. Die Bibliothek dann.«

Isla wirkte erleichtert, als ich ihr zustimmte, was ich nicht ganz verstehen konnte. Sie hatte schließlich Informationen für mich, und wenn ich sie wollte, musste ich mich eben unterordnen. Sie hätte mir das einfach unter die Nase halten können, aber sie tat es nicht. Als wäre es ihr wichtig, mich nicht vor den Kopf zu stoßen.

Isla Kennedy war wirklich ein seltsamer Mensch.

Wir spazierten über den Campus, und sie führte mich zu einem beinahe komplett verglasten Gebäude, in dem ich schon von außen lange Reihen an Büchern sehen konnte. Während wir in den ersten Stock fuhren, bemühte ich mich, alles wie ein Schwamm in mir aufzusaugen – die Aussicht über den Campus, den sauberen Geruch nach neuen und alten Büchern, die wunderschönen, langen Gänge und die gemütlichen Sitzecken mit den exklusiven Möbeln. Ich würde nie die Gelegenheit haben, an einer solchen Uni zu studieren, aber es war nett, wenigstens mal die Luft hier zu schnuppern.

Isla führte mich in den hintersten Bereich der Unibibliothek, in dem es richtige kleine Lernboxen gab, in die man sich zurückziehen konnte. Es waren nicht viele Studierende hier, aber die, die ich sah, trugen alle Designerklamotten und teuer aussehenden Schmuck an Ohren und Fingern. Beinahe erwartete ich, dass mich jemand aufhielt, weil ich nicht in dieses Bild hier passte, aber nichts dergleichen passierte. Wir steuerten die letzte Lernbox ganz hinten an. Es war ein kleiner Raum mit einer gemütlichen grünen Eckcouch und einem beeindruckenden Blick über den Campus. In der Ecke stand ein Computer auf einem Holzschreibtisch und daneben ein kleiner Automat mit Snacks, den man nur mit einem Universitätsausweis bedienen konnte. Als Isla die Tür hinter uns schloss, ließ ich mich auf die Couch fallen und seufzte tief.

»Die ist bequemer als mein Bett.« Ich strich über den Samt und drehte dann den Kopf, um aus dem Fenster über den Campus zu blicken. »Echt nett hier.« *Die Untertreibung des Jahrhunderts.*

Isla schmunzelte. »Es ist eine schöne Uni, ja. Willst du auch irgendwann aufs Berkeley College?« Sie setzte sich mir gegenüber auf einen Sessel, und ich stieß ein schnaubendes Lachen aus.

»Ja, klar.«

Einen Moment bedachte sie mich mit einem verwirrten Blick, dann wurde ihr wohl klar, dass ich keiner ihrer Elitefreunde war. Dass ich kein dickes Bankkonto hatte, mit dem ich Studiengebühren bezahlen konnte, und eigentlich auch sonst keine Perspektive für mein Leben. Ihre Wangen wurden rot, als sie versuchte, sich schnell rauszureden: »Die Berkeley vergibt auch Stipendien für … also …«

»Für gute Schüler, sicher. Zu denen gehöre ich aber nicht. Schon gut, Isla.« Grinsend winkte ich ab. Der Gedanke, wahrscheinlich nie aufs College zu können, tat nicht mehr weh. Ich hatte mich schon vor langer Zeit damit abgefunden, dass mein Highschool-Abschluss wohl das Ende meiner schulischen Karriere sein würde, auch wenn ich noch nicht die geringste Ahnung hatte, was ich mit meiner Zukunft anfangen würde. Nach der Gang. Ich schüttelte den Kopf, um den Gedanken loszuwerden. »Was hast du denn rausgefunden?«

Sie schien immer noch etwas peinlich berührt zu sein, als sie ihre Tasche öffnete. Aber immerhin hatte sie damit etwas, womit sie von dem Thema ablenken konnte. Ein paar Sekunden suchte sie etwas auf ihrem Tablet, dann reichte sie es mir über den kleinen Tisch. Ich sah ein paar abfotografierte Seiten eines offensichtlich alten Buches. Ein paar der Zeilen und Sätze hatte jemand, wahrscheinlich Isla selbst, mit einem gelben Marker markiert.

»Ich habe die ganze Nacht Bücher meiner Eltern und Vorfahren durchgewühlt, um etwas zu finden«, sagte sie mit ernster Stimme.

Tja, das erklärte wohl ihre müden Augen. »Ich habe weder in den alten Aufzeichnungen noch in der Magiergeschichte oder den Abhandlungen etwas über die Toxics gefunden. Absolut nichts. Aber dann bin ich in einem etwas anderen Buch auf den Begriff Toxic gestoßen.«

Meine Augenbrauen wanderten nach oben, als ich den Titel unten auf der abfotografierten Seite sah. »Das ist … ein Märchenbuch.«

»Ja, Märchen über Magier. Mein Vater hat mir früher daraus vorgelesen, deshalb kam mir der Begriff wahrscheinlich auch bekannt vor.« Sie stützte das Kinn auf ihrer Hand ab und starrte mich mit durchdringendem Blick an. »Ich weiß, was du denkst, Avery. Aber Märchen sind meistens nicht nur irgendwelche ausgedachten Geschichten. In vielen von ihnen steckt ein Fünkchen Wahrheit.«

Ich schüttelte sanft den Kopf, überflog aber dennoch die abfotografierten Texte, und als ich ein wenig gelesen hatte, merkte ich, dass ich die Geschichte kannte. Sie erzählte von einem König, der vor Hunderten von Jahren gelebt hatte, als die zwei Magiequellen von Denver und New York noch ein einzelner mächtiger Strom gewesen waren. Er war irgendwann machthungrig geworden und hatte die Magiequelle für sich genutzt, um immer mächtiger zu werden. Bis ein paar mutige Narratives ihn aufgehalten und die Quelle in zwei geteilt hatten, damit sie niemand mehr so einfach missbrauchen konnte – die Vorfahren von Isla Kennedy, die ersten Principles, die die Quelle seitdem beschützten.

Mit zusammengezogenen Augenbrauen sah ich auf. »Die Story kenne ich. Wie wahrscheinlich jeder Magier in New York.«

Isla nickte eifrig, der unangenehme Start unseres Gespräches schien vergessen. »Das hier ist eine etwas ausgeschmücktere Version des alten Märchens über die Quellen.« Dann scrollte sie für mich eine Seite weiter.

Ich überflog wieder ihre Markierungen und wurde mit jedem Wort angespannter. »Gerüchten zufolge konnte der böse König die Menschen mit nur einer einzigen Berührung töten. Die, die seine Attacken überlebten, behaupteten, seine Hand habe in silbernen Flammen gestanden«, las ich etwas atemlos vor.

Die Hitze in mir. Die silbernen Magieadern, die sich auf meiner Haut abgezeichnet hatten.

»Sie bezeichneten die Magie, die er aus der Quelle zog und für sich nutzte, als vergiftet«, las ich die Stelle vor, die ich bereits aus der mir bekannten Version des Märchens kannte. Und dann die Worte, die in Islas Version neu für mich waren: »Den bösen König bezeichneten sie als den Vergifter der Magie. Den Toxic.«

Verdammt. Das klang wirklich alles andere als gut. Als ich den Kopf hob, lehnte Isla sich zurück und betrachtete mich mit ernstem Blick.

»Dieser König ist nicht der Einzige, über den die Märchen als Toxic berichten«, sagte sie, »aber der Erste. Es sind immer wieder die gleichen Geschichten: Jemand wurde machthungrig, versuchte, sich die Quelle zu eigen zu machen, tötete Menschen mit vergifteter Magie und wurde irgendwann von den Principles aufgehalten. Diese Magier waren nie miteinander verwandt. Sie tauchten einfach auf.«

Mein Herz raste. Meine Hände waren mit einem Mal schweißnass, auch wenn meine Stimme erstaunlich ruhig blieb: »Das heißt, Toxics sind eine Gefahr für die Quelle? Weil sie im Gegensatz zu normalen Magiern, die die Magie der Quelle instinktiv nutzen, ihre Macht direkt aus der Quelle ziehen, sie bewusst abschöpfen und Menschen mit ihren eigenen Händen töten, ohne Medium.«

Isla nickte.

»Und die Narratives halten sie auf, indem sie sie töten.« Mit einem keuchenden Lachen ließ ich mich auf die Couch zurückfallen. Es war eigentlich simpel. Es gab ein schlechtes Geschwür in der Magiergesellschaft, und die Narratives schnitten es heraus. Um die Menschen zu beschützen. Um die anderen Magier zu beschützen. Um die Quelle zu beschützen. Das war ihr Job. Niemand konnte ihnen das übel nehmen.

»Also machst du es deinen Vorfahren nach und lässt mich jetzt verschwinden, Isla Kennedy?«, fragte ich mit bitterer Stimme.

Eine Weile sagte Isla nichts. Sie starrte mich nur mit ihren großen braunen Augen an. Dann stieß sie ein einziges Wort aus: »Was?!«

Als ich ihrem Blick begegnete, wirkte sie vollkommen entsetzt.

Ich legte das Tablet auf den Tisch und schob es zu ihr rüber. »Ist das nicht die logische Konsequenz? Ich habe bereits Menschen getötet.«

»Das waren Unfälle!«, protestierte Isla sofort. »Wie kannst du so etwas sagen? Und dann auch noch so ruhig, als wäre es keine große Sache?!«

Ja, wieso? Wieso fühlte ich mich so ruhig, auch wenn mein Schicksal besiegelt schien? Vielleicht, weil ich mit so etwas gerechnet hatte. Dass man jemanden wie mich aufhalten musste. Ich hatte selbst schon darüber nachgedacht, was ich tun sollte, um keine Gefahr mehr für andere zu sein. Nicht unbedingt an meinen Tod, aber wie gesagt: Man konnte es den Narratives auch nicht verübeln.

»Avery.« Isla holte tief Luft und schüttelte dann den Kopf. »Hast du vor, diese Magie zu nutzen? Die Quelle an dich zu reißen und an Macht zu kommen?«

»Ich habe nicht einmal eine Ahnung, wie das gehen soll!«, wehrte ich ab.

»Aber wenn du es wüsstest, würdest du es tun?«

»Mein Gott, natürlich nicht«, fauchte ich.

Isla nickte, als hätte ich damit ihren Gedanken bestätigt. »Ich weiß. Deshalb glaube ich auch nicht, dass du so eine Gefahr sein könntest wie der böse König damals. Du kannst nichts für deine Magie, und wir müssen rausfinden, wie wir sie unter Kontrolle bringen.«

Mit zusammengekniffenen Lippen betrachtete ich sie. »Du willst mir immer noch helfen?«, wollte ich ungläubig wissen. Isla Kennedy wusste anscheinend wirklich nicht, wo sie besser den Schlussstrich ziehen sollte.

»Natürlich. Das hatte ich doch gesagt.« Sie nahm das Tablet wieder an sich, wilde Entschlossenheit lag in ihrem Gesicht. »Ich helfe dir rauszufinden, was damals passiert ist und warum deine Erinnerung manipuliert wurde. Und ich werde rausfinden, was genau es mit deiner Magie auf sich hat und mit den Toxics. Jetzt haben wir immerhin einen Anhaltspunkt, und dadurch wird es wahrscheinlich leichter, mehr über frühere Toxics zu finden. Irgendetwas muss es geben, womit wir dir helfen können.«

Diese Frau war verrückt. Ganz eindeutig. Und gleichzeitig war sie auch ziemlich cool.

Mein Blick wanderte zu dem Tablet in ihrer Hand, während ich auf meiner Unterlippe herumkaute. Ich war eine Toxic. Ein Unglücksbringer. Eine Anomalie. Natürlich wollte ich auch mehr darüber wissen, was das bedeutete und warum gerade ich diese Magie hatte. Aber ich wusste auch, dass das gefährlich war. Vor allem für jemanden wie Isla. Andererseits hatte sie viel mehr Möglichkeiten, etwas herauszufinden.

Etwas schwerfällig erhob ich mich von meinem Sitzplatz. »Okay, in Ordnung, wir bleiben an dieser Toxic-Sache dran. Aber ich habe zwei Bedingungen.«

Islas Augenbraue zuckte nach oben. »Und die wären?«

»Du schickst mir immer sofort alles, was du weißt. Keine Beschönigungen, keine Auslassungen, egal, wie grausam sie auch sind.«

»Wird gemacht. Und die andere Bedingung?«

Ich spürte, wie sich meine Lippen zu einem Grinsen verzogen, als ich meine diplomatischste Superheldinnenstimme benutzte: »Wenn ich durchdrehen und machthungrig werden sollte, dann machst du es wie deine Vorfahren und hältst mich auf, klar?«

Isla verdrehte die Augen. »Ich werde dich nicht töten, Avery.«

»Dann lass es eben deine Eltern machen. Oder einen von deinen Personenschützern. Aber mach es nett. Ein bisschen schmerzloses Gift in meinem Milchshake, vielleicht. Schoko ist meine Lieblingssorte.«

»Hör auf.« Isla schien ehrlich entsetzt zu sein, und mein Herz beruhigte sich ein wenig. Ich hatte das Gefühl, wieder etwas mehr Kontrolle zu haben, und das fühlte sich gut an.

»Ich sollte los«, sagte ich, »Ellis hat mich mit etwas beauftragt. Meld dich, wenn es News von den Toxics gibt.«

»Mach ich«, sagte Isla, bereits zu meinem Rücken, weil ich mich schon auf dem Weg zur Tür befand. Dann fügte sie noch mal hinzu: »Avery?«

Ich sah über meine Schulter zurück.

Sie kaute wieder auf ihrer Unterlippe. »Sag lieber niemandem, was wir herausgefunden haben.«

»Jemandem erzählen, dass ich noch seltsamer bin, als es alle schon dachten? Hatte ich wirklich nicht vor.« Ich zuckte mit den Schultern. »Auch wenn sich das für dich gerade vielleicht nicht so angehört hat, aber ich hänge an meinem Leben.«

Sie schüttelte den Kopf, und sie wirkte immer noch zerknirscht. »Du bist nicht seltsam. Mach keinen Blödsinn, okay?«

Was dachte sie denn? Dass ich mich von einem Dach stürzen wollte, um für niemanden mehr eine Gefahr zu sein? »Dafür bin ich nicht heldenhaft genug«, sagte ich mit einem trockenen Lächeln.

Aber als die Tür hinter mir zufiel, dachte ich an Ellis. An Hailey, Penn und Orla. An Veda. Seltsamerweise auch an Hayes.

Und ich hoffte wirklich, dass es nicht so weit kommen würde, dass Isla mich ausschalten musste.

KAPITEL 14

Die Bässe im *Rhapsody* machten mir schon seit Ewigkeiten nichts mehr aus. Erst als regelmäßiger Gast und dann als Mitarbeiterin hatte ich mich daran gewöhnt, dass mir das rhythmische Vibrieren durch den Körper floss, es sogar irgendwann genossen.

Aber in dieser Nacht verursachte es mir das erste Mal wieder Kopfschmerzen. Ich hatte das Gefühl, dass die Musik an meinem Innersten rüttelte, und ich konnte mich kaum auf die Bestellungen konzentrieren. Dorian Mars hatte sich seit dem verpatzten Auftrag noch nicht gemeldet, und neben meiner Nervosität darüber pochte in meinem Kopf immer wieder ein Wort: *Toxic, Toxic, Toxic.* Dann sah ich jedes Mal auf meine Unterarme, auch wenn ich die Silberfäden darunter nicht sehen konnte. Lag die Veränderung meiner Magie wirklich daran, dass ich unbewusst die Quelle manipulierte? Wie zur Hölle stellte ich das an?

»Alles in Ordnung?« Michael warf mir von der Seite einen Blick zu, den ich absolut nicht deuten konnte. Es war eine Mischung aus genervt und besorgt.

Ich unterdrückte ein Seufzen. Heute war wieder viel los im Club, vermutlich immer noch wegen Islas Werbung, und eigentlich hatte ich gehofft, in Ruhe arbeiten zu können. Aber weil Ellis bei den Mitarbeitern aufgestockt hatte, waren wir nicht im Stress. Darum blieb offenbar genug Zeit für merkwürdige Seitenblicke.

»Klar, alles okay«, gab ich mit einem Lächeln zurück und wandte mich wieder dem Glas vor mir zu. Ich schob den Cocktail über die Theke und kassierte den Kunden ab. Als ich das Geld auf meiner Hand zählte, drifteten meine Gedanken wieder ab. Unter dem Neonlicht schien meine Haut blau zu schimmern. Diese Magie, die da so lange in mir geschlummert hatte und die plötzlich wieder erwacht war. Was zum Teufel war der Auslöser gewesen?

Ich presste die Lippen zusammen. Das erste Mal war es passiert, als ich versucht hatte, Isla zu verteidigen. Vielleicht lag es daran, dass sie die zukünftige Principle war? Die Quelle wusste doch bestimmt, welche Bedeutung Isla für sie hatte.

Als ich jedoch bei der nächsten Cocktailbestellung nach der Glückstinktur unter der Bar griff, meine Finger um das Glas schlang, wurde mir klar, dass der Auslöser viel weiter zurücklag. Meine Magie musste schon eine Weile außer Kontrolle gewesen sein, bevor ich es überhaupt bewusst wahrgenommen hatte. Die Tinkturen kamen mir wieder in den Sinn, sie hatten in letzter Zeit anders, stärker gewirkt als zuvor. Ich betrachtete die orangefarbene Flüssigkeit, und unter dem Licht der Bar schimmerte sie silbern. Verdammter Mist.

»Avery?«

Mein Kopf fuhr überrascht zu Ellis herum, der plötzlich direkt neben mir stand. Er hatte eine Hand auf der Theke abgestützt und sah mich mit hochgezogenen Augenbrauen an. Wie lange war ich in Gedanken gewesen, dass ich ihn nicht bemerkt hatte?

Ich versuchte, es mit einem Lächeln zu überspielen. »Bruderherz, was verschafft uns die Ehre?« Weil ich vor ihm selten meine Gefühle verbergen konnte, wandte ich mich dem Drink zu und gab möglichst wenig von der Tinktur in das geschwungene Glas.

»Du wirst heute nicht mehr gebraucht, Ave.«

Als ich überrascht den Kopf hob, nickte mein Bruder in Richtung Ausgang. Seine Augen waren ernst, sein Gesichtsausdruck angespannt.

Meine Schultern sanken nach unten. »Hey, ich weiß, dass ich heute ein bisschen unkonzentriert bin. Es ist gerade viel los. Aber ich reiße mich jetzt zusammen, in Ordnung?«

Mein kleines, entschuldigendes Lächeln beantwortete er mit einer unwirschen Handbewegung. »Auch wenn ich nicht gern höre, dass du bei der Arbeit unkonzentriert bist – das ist es nicht.« Er warf einen Blick zu Michael, dann griff er nach meinem Arm und zog mich etwas zum Ende der Bar hin. »Detective Hayes wartet draußen auf dich.«

Augenblicklich machte mein Herz einen gewaltigen Hüpfer, und das miese Gefühl, das ich schon den ganzen Tag hatte, schien sich zu bestätigen. »Was will er?«, fragte ich etwas atemlos.

Ellis zuckte mit den Schultern. »Keine Ahnung, das wollte er mir nicht sagen. Aber er hat gefragt, ob du heute entbehrlich bist.« Sorge flackerte in den blauen Augen meines Bruders auf. »Sag mal, hast du irgendwie Stress, Ave? Steckst du in Schwierigkeiten? Du weißt, dass du mit mir reden kannst.«

Es tat weh, meinen Bruder so ängstlich zu sehen, weil er eigentlich nicht der panische Typ war. Aber nachdem erst unsere Eltern gegangen waren und dann auch noch unser Großvater in ein Pflegeheim musste, hatten wir eigentlich nur noch uns. Ich wusste, dass er sich als meinen Beschützer sah, und in diesem Moment hatte ich kurz das dringende Bedürfnis, ihm alles zu sagen. Dass meine Magie plötzlich unkontrollierbar war und ich einen Menschen getötet hatte. Dass ich vielleicht in der Vergangenheit schon einmal jemanden getötet hatte, aber mich nicht mehr daran erinnerte, weil meine Erinnerungen manipuliert worden waren. Ebenso wie seine vermutlich. Verdammt, ich wollte ihm sogar alles von Dorian Mars erzählen, von der Gang, aus der ich nicht rauskam, von meinen Schulden dort und den Aufträgen, die ich für den Gangsterboss erledigte. Nur damit er es von mir erfuhr und nicht von der Polizei, wenn Hayes mich jetzt draußen vor dem Club verhaftete.

Aber dann schaltete sich wieder der kühle Teil meines Gehirns ein. Hayes hätte mich einfach aus dem Club ziehen können, wenn es ihm darum gegangen wäre. Er wäre sicher mit mehr Leuten angerückt, wenn er etwas gegen mich in der Hand hätte.

Ich musste mich einfach darauf verlassen, dass ich mit meiner Vermutung recht hatte. Also zog ich die Mundwinkel nach oben. »Wie kommst du denn auf so etwas, Ellis? Sehe ich für dich wie eine Verbrecherin aus?«

Etwas zweifelnd betrachtete mich mein Bruder. Aber meine Stimme klang wohl überzeugend genug, denn nach ein paar Sekunden begannen seine Augen amüsiert zu funkeln. »Also, wenn du eine ehrliche Antwort willst …«

Ich boxte ihm lachend gegen den Arm und versuchte, den Schmerz zu ignorieren, der mich aufgrund meiner Lüge durchfuhr. »Nett, wirklich.« Mit einem Nicken zu Michael hakte ich nach: »Kommt ihr wirklich ohne mich klar?«

»So unentbehrlich wie du denkst, bist du nicht«, gab Ellis grinsend zurück.

Ich zuckte mit den Schultern. »Red dir das ruhig ein.« Schmunzelnd drückte ich mich an ihm vorbei und achtete darauf, ihn dabei nicht zu berühren. Er sollte mein donnerndes Herz nicht bemerken. Oder meine schweißnassen Hände, oder die Nervosität vor der Konfrontation mit Hayes. »Dann sehen wir uns morgen.«

Seine Finger schlossen sich um mein Handgelenk, und er hielt mich zurück. Als ich zurückblickte, war sein Gesicht wieder ernst. »Wenn er Ärger macht, gib Bescheid.«

Ich schnaubte belustigt. »Was willst du machen, einen Detective verprügeln?«

»Traust du mir nicht zu, oder was?«

»Ich hol dich nicht aus dem Gefängnis, Ellis.«

Er griff sich an die Brust, als hätten meine Worte ihn tatsächlich getroffen, und ich lachte, bevor ich mich mit einem Winken endgültig abwandte.

Hayes lehnte vor dem *Rhapsody* an der Mauer. Er bemerkte mich nicht sofort, als ich aus dem Club trat und den Mantel, den ich noch schnell geholt hatte, um mich schloss. Ich nutzte den Moment, um ihn neugierig von der Seite zu betrachten. Eigentlich kannte ich seit seiner Rückkehr nach New York nur den Hayes, der durch und durch Detective war – den mit den angespannten Kiefermuskeln und den stechenden Augen. Der, der immer bereit war, seine Waffe zu ziehen.

Aber gerade sah er tatsächlich relativ entspannt aus. Den Rücken an die Mauer gelehnt, blickte er nach oben in den nachtschwarzen Himmel und schien in Gedanken versunken, denn seine Augen fixierten keinen festen Punkt. Es war das erste Mal, dass er im Dienst müde wirkte. Normalerweise war er, wenn er seine Uniform anhatte und die Waffe an seiner Seite trug, immer hochkonzentriert, ruhig, aber wach, das Bild eines Detectives. Es war seltsam, ihn so … menschlich zu sehen.

Ich sprach erst, als ich fast direkt neben ihm stand. »Guten Abend, Detective.«

Er zuckte nicht zusammen. Nicht einmal ein kleines bisschen. Dabei war ich mir so sicher gewesen, dass er vollkommen in Gedanken versunken war – ich hätte es wohl besser wissen müssen.

Einen Moment hielt Hayes den Blick noch in den Himmel gerichtet, dann ließ er ihn ganz langsam zu mir wandern. Doch das Stechen, der durchdringende Ausdruck, fehlte. Er sah mich aufmerksam an, nicht wie sonst kühl und Detective-mäßig. Es war, als würde ich tatsächlich einmal nur Adam Hayes gegenüberstehen. Dem Mann, nicht dem Polizisten.

»Avery.« Seine Stimme war wie schwarzer Samt, und ich musste mich versteifen, damit nicht ein sichtbarer Schauer durch meinen Körper ging.

Ich verschränkte die Arme vor der Brust, um meine Unsicherheit zu verstecken. Es war unglaublich, aber egal, wie sehr ich mich immer auf unsere Treffen vorbereitete, er brachte mich jedes Mal aus dem Konzept. »Ellis hat gesagt, dass du mich sprechen willst.«

Hayes blickte zur Tür des Clubs, die gerade aufging und ein paar halb betrunkene Menschen in die Nacht entließ. Dann sah er mich wieder an. »Ash hat erzählt, dass du versucht hast, anzurufen.« Seine Stimme klang abwartend. Er musste die Frage nicht stellen, sie hing bereits zwischen uns in der Luft.

Ich schluckte und wich seinem Blick aus, ein leichtes Lachen auf den Lippen. »Ja, weißt du, das war nicht so wichtig.«

Hayes starrte mich einfach weiter an, ohne etwas zu sagen. Als ich endlich den Kopf hob, lag so viel Ruhe in seinen Augen, so viel Geduld, dass ich wieder kurz davor war, einfach mit allem rauszuplatzen. Ich war immer noch der Meinung, dass Hayes mir wahrscheinlich helfen konnte, wenn er das wollte. Aber ich wusste auch, dass Dorian Mars ein mächtiger Mann war, hinter dem Hayes schon lange her war, ohne ihn in die Finger zu kriegen. Und wenn wir zu langsam waren, dann brachte ich mit einer Aussage nur noch mehr Menschen in Gefahr. Inklusive diesem kühlen Detective, der eigentlich nicht so kühl war, wie er immer tat.

Seufzend lehnte ich mich neben ihn an die Wand. »Es *war* wichtig«, gab ich zu, weil ich ihn nicht anlügen wollte. Wahrscheinlich war das auch gar nicht möglich, der Typ hatte einen besseren Röntgenblick als meine Mutter. »Aber ich kann nicht darüber reden. Nicht jetzt. Es ist … kompliziert.«

Hayes gab ein Brummen von sich, das tatsächlich verständnisvoll klang. »Hättest du darüber reden können, wenn ich ans Telefon gegangen wäre?«, wollte er sanft wissen.

»Vielleicht. Aber vielleicht wäre es auch nicht klug gewesen.« Gott, eigentlich wusste ich gar nicht mehr, was klug oder richtig war. Normalerweise war mein Instinkt untrüglich, aber im Moment schien er mich ständig zu verlassen.

»Ich verstehe.« Hayes wandte den Blick ab. Er sah aus, als würde er einen Moment nachdenken, und ich rechnete damit, dass er nachhakte. Mich nicht einfach so damit davonkommen ließ, Detective, der er nun mal war. Aber er schwieg, und plötzlich konnte ich noch etwas anderes in seinen Augen sehen. Zögern. Er zögerte.

Als er sich wieder zu mir wandte, war der stechende Blick zurück. Das kühle, angespannte Gesicht des Polizisten. »Ich komme gerade von einem Mordfall in der Nähe von Hunts Point.«

Ein Schaudern erfasste mich, und mein Mund wurde staubtrocken. Als Hayes sich von der Wand abstieß und einen Schritt auf seinen Wagen zumachte, der am Bordstein stand, verkrampfte sich mein Magen.

»Es gab zwei Opfer«, sagte er. »Hast du Zeit, mich zu begleiten?«

»Warum?« Meine Stimme zitterte. »Was hat das mit mir zu tun?« Ich dachte an Devon. An Scott, der immer noch draußen herumlief und vielleicht gequatscht hatte. An das Kind von damals.

Aber dann legte Hayes eine Hand auf das Autodach, und endlich verstand ich seinen Blick, noch bevor er wieder den Mund aufmachte. »Ich hoffe, dass du mindestens eins der Opfer kennst und für uns identifizieren kannst. Sie stehen in unmittelbarer Verbindung zu Dorian Mars, und laut unseren Informanten gibt es auch eine Verbindung zu dir.«

Meine Haut begann zu prickeln, als würden Tausende Ameisen darüber laufen. Nicht nur, weil Hayes mich das erste Mal entfernt mit Dorian Mars in Verbindung brachte. Ich kämpfte damit, nach Luft zu ringen. »Wer?«, wollte ich flüsternd wissen.

Hayes deutete auf seinen Wagen. »Das werden wir in der Pathologie sehen.«

Ich wusste, dass er mir nicht mehr sagen würde, dass ich kein Wort mehr über die Opfer aus ihm rauskriegen würde. Und die Angst brachte mich plötzlich beinahe um. Hunts Point. Dorian Mars. Meine gesamte Vergangenheit in diesem abgefuckten Viertel lief vor meinem inneren Auge ab, als Hayes die Tür für mich öffnete und ich mich auf den Beifahrersitz gleiten ließ.

Wir sprachen kein Wort auf der Fahrt zum Krankenhaus. Er konzentrierte sich auf die Straße, und ich krallte mich an der Tür fest und versuchte, tief durchzuatmen. Mich zu beruhigen. Und nicht darüber nachzudenken, wen es erwischt hatte.

Hayes parkte den Wagen direkt vor der Notaufnahme des Krankenhauses. Er warf mir einen kurzen Blick zu, bevor wir ausstiegen und ich ihm über das Pflaster zu einer Seitentür folgte. Sie ging automatisch auf, und dahinter saß ein Mann an einem Tresen, der uns misstrauisch entgegensah. Hayes sagte gar nichts, er hob nur seine Marke, und der Mann winkte uns durch. Er warf mir noch einen letzten, seltsamen Blick zu, bevor er sich wieder in seine Zeitschrift vertiefte.

Als wir die Treppe nach unten gingen, merkte ich sofort, wie mir kälter wurde. Ich war noch nie in einer Pathologie gewesen, doch plötzlich packte mich wieder die Nervosität, und meine Hände verkrampften sich zu Fäusten.

Hayes sah kurz zu mir zurück, und sein Blick zuckte direkt zu meinen Fingern, die wahrscheinlich schon weiß angelaufen waren, bevor er sich wieder nach vorn drehte und sich auf den langen, beleuchteten Gang vor uns konzentrierte.

»Ich war schon tausendmal hier unten und finde es immer noch unheimlich«, gab er mit ruhiger Stimme zu. »Beim ersten Mal habe ich mir fast in die Hose gemacht.«

»Das kann ich mir nicht vorstellen.« Ich räusperte mich, weil meine Stimme kratzte, und schlang die Arme um meinen Oberkörper.

»Tatsächlich? Warum?«

Ich presste die Lippen zusammen und holte zu ihm auf. Als ich neben ihm war, lächelte ich ihn von der Seite an. »Weil du immer sehr beherrscht bist. Das warst du schon immer, aber seit du wieder hier bist …« Ich stockte, weil ich erneut das Gefühl bekam, eine Grenze zu überschreiten, weil ich das *Früher* erwähnte, das heute offensichtlich keine Bedeutung mehr hatte. Aber ich konnte nicht anders, als mich wieder an diesen Moment zu erinnern, als er und ich über die Melrose Avenue nach Hause gelaufen waren. Beide noch jünger. Beide mit einem Lächeln auf den Lippen. Und so nah nebeneinander, dass sich beinahe unsere Hände berührten.

Kurz war ich mir sicher, dass Hayes sich versteifte. Doch dann war er wieder der unnahbare Detective, den ich schon kannte. Der Junge, der er damals gewesen war, existierte heute nicht mehr.

Seine Schultern zuckten. »Das ist mein Job. Aber mit dem bin ich ja nicht geboren. Und das hier, die Pathologie … Das ist etwas anderes.«

Das konnte er wohl laut sagen.

Hayes blieb vor einer der grauen Metalltüren stehen und klopfte an, bevor er sie nach innen aufschob.

»Ah, Detective. Kommen Sie rein.«

Ich folgte ihm zögernd in den Raum. Beim Anblick der beiden abgedeckten Metallliegen drehte sich mir der Magen um. Der Gestank von Desinfektionsmittel lag in der Luft, und von starkem Reinigungsmittel und etwas anderem, das mich irgendwie an Nagellackentferner erinnerte. Es war nicht erkennbar, wer sich unter dem weißen Stoff befand, doch mein Herz raste. Ich hörte gar nicht mehr, was Hayes mit dem Mann im Laborkittel besprach, weil meine Füße sich schon wie automatisch auf die Liegen zubewegten. Mein Mund war trocken vor Angst, und ein Kloß stieg mir in den Hals.

Der Pathologe, der neben der vordersten Metallliege stand, verschränkte die Arme hinter dem Rücken und betrachtete mich mitfühlend. Er warf Hayes einen Blick zu, und ich sah im Augenwinkel, wie der Detective wortlos nickte. Dann erst trat der Mann hinter die Liege und griff nach dem weißen Stofftuch.

Mein Herz krampfte sich zusammen, und beinahe hätte ich ihn angeschrien, dass er es nicht abdecken sollte. Dass ich nicht sehen wollte, wer darunter lag. Aber ich blieb stumm, und der Pathologe schlug den Stoff über dem Kopf des Opfers zurück.

Ich biss mir so fest auf die Unterlippe, dass ich Blut schmeckte. Ein Prickeln wanderte an meiner Wirbelsäule hinab, als Hayes neben mich trat, während ich wie eingefroren auf das Mädchen starrte, das auf der Liege lag.

»Kennst du sie?«, fragte er mit seiner samtigen Stimme, und ich kämpfte gegen den Kloß in meinem Hals an, damit ich antworten konnte.

»Ja. Ich kenne sie.« Meine Lippen bebten. »Ihr Name ist … war … Orla.« Ich betrachtete ihr Gesicht, das im Tod seltsam ruhig und befreit aussah. Sie hatte getrocknetes Blut an der Nase, aber das war es nicht, was meine Aufmerksamkeit auf sich zog. Auf der Brust, zumindest auf dem Teil, den ich sehen konnte, auf ihrem Hals und auch im Gesicht hatte sie Brandblasen. Sie sah beinahe aus, als hätte ihr jemand Säure über den Körper geschüttet. »Was … was ist passiert?«, fragte ich erstickt. Ich konnte nicht glauben, was ich da vor mir sah. Wie schrecklich zugerichtet das Mädchen war, das ich so oft in Hunts Point gesehen hatte. Ich konnte nicht glauben, dass sie tatsächlich nicht mehr lebte. Meine

Nackenhaare stellten sich auf, als sich die Erkenntnis in meine Glieder schlich.

Hayes hob den Kopf, und der Pathologe seufzte. »Nach dem, was wir bisher rausgefunden haben, ist die Todesursache ein Schädelhirntrauma. Die Verbrennungen sind nicht schlimm genug, deshalb …«

Der Detective wandte sich mir zu. »Wir haben sie an eine Wand gelehnt in Hunts Point gefunden. Wir vermuten, dass sie mit viel Wucht dagegen geschleudert wurde.«

Orla. Eine der Jugendlichen, die für Dorian Mars arbeiteten und die ich hatte retten wollen. Und jetzt war sie tot.

Ich holte tief Luft, schüttelte den Kopf. »Das ist … schrecklich.« Mein Blick wanderte über ihre Nase, an der noch Blut klebte. Wieso hatte ihre Nase geblutet, wenn sie doch mit dem Hinterkopf an eine Wand geschleudert wurde? Sie schien stark daraus geblutet zu haben, aber ihre Nase sah nicht mitgenommen aus. Eher … perfekt gerade. Wie … frisch gerichtet.

Horror packte mich, bevor meine Gedanken überhaupt den richtigen Sprung geschafft hatten. Mein Kopf fuhr hoch, und plötzlich hatte ich das Gefühl, dass um mich herum alles in Zeitlupe ablief. Ich stolperte nach vorn. Hayes sagte etwas hinter mir. Der Pathologe sagte etwas. Aber ich hörte sie nicht wirklich. Mein Kopf war zu erfüllt von dem einen Wort, das sich immer wieder und wieder in meinen Gedanken wiederholte: *Nein, nein, nein, nein!*

Ich war an der zweiten Liege, bevor mich jemand aufhalten konnte, und riss das weiße Tuch herunter. Der Schrei, der mir dabei über die Lippen kam, klang selbst in meinen Ohren seltsam und fremd. Wie ein verwundetes Tier. Die Welt verschwamm vor meinen Augen, aber ich sah Veda trotzdem so gestochen scharf, dass mir schlecht wurde. Die geschlossenen Augen, der rote Haarkranz, der sich um ihr bleiches Gesicht verteilte … Ich erkannte sie, obwohl ein Großteil ihres Körpers schrecklich entstellt war. Teile ihres Gesichts waren zerfetzt, als wäre direkt neben ihr eine Bombe hochgegangen. Von ihrem Oberkörper war kaum noch etwas übrig. Alles war blutig, alles roch so unglaublich verbrannt, dass mir die Galle hochkam.

Ich fiel. Ich verlor den Halt und wäre bestimmt zu Boden gestürzt, wenn mich nicht zwei starke Hände festgehalten hätten.

»Avery.« Hayes ließ mich sanft zu Boden gleiten, und dann lag seine Hand an meiner Wange. Er hielt mein Gesicht fest, seine waldgrünen Augen durchbohrten mich fast. »Avery, atme. Langsam. Ruhig.«

Seine Stimme war wie ein Anker, an dem ich mich in meiner Panikattacke festhalten konnte. Mein Atem beruhigte sich, doch als das Entsetzen, das Grauen, der Horror bei seinen Worten allmählich aus meinem Körper wichen, kam die Trauer.

Ich sah zu Hayes auf, der vor mir auf dem Boden hockte, und spürte, wie mir Tränen aus den Augen quollen. »Was ist passiert? Wer hat ihr das angetan?« Meine Stimme war ein ersticktes Krächzen. Ein durchbrochenes Schluchzen.

Hayes' Hände wanderten zu meinen Schultern, und er hielt mich fest, als der nächste Heulkrampf mich schüttelte. Geduldig wartete er ab, bis der erste Schock abklang. Erst als mein Weinen leiser, meine Schluchzer einen größeren Abstand hatten, sagte er mit ernster Stimme: »Wir wissen es nicht. Aber ich werde es rausfinden.«

Meine Hände zitterten fürchterlich, als ich meine Tränen wegwischte. Es brachte nichts, sie wollten nicht versiegen. Ich fühlte mich gebrochen. Besiegt, wie noch nie in meinem Leben. Mein Herz tat so furchtbar weh, dass ich kaum Luft bekam. »Sie … sie war eine Freundin von mir«, flüsterte ich. »Veda. Wir … haben früher viel … Zeit zusammen verbracht.«

Ich verbarg das Gesicht in den Händen, versuchte vergeblich, mich zu beruhigen. Es war nur Hayes' Berührung, die mir irgendwie Halt gab in diesem Moment, diesem schrecklichen Augenblick. Aber Vedas Anblick ging mir nicht aus dem Kopf. Jedes Mal, wenn ich die Augen schloss, sah ich ihr ruhiges, ihr entstelltes Gesicht vor mir, und jedes Mal schüttelte es meinen ganzen Körper durch.

Veda war tot. Sie war tot, nur zwei Tage, nachdem ich das letzte Mal mit ihr gesprochen hatte. Sie war gestorben, in der Nähe von Hunts Point, in der Nähe von Dorians Revier, wahrscheinlich, als sie gerade Orla geheilt hatte.

»Brauchst du einen Arzt?«

Hayes hielt mich immer noch fest. Seine Augen brannten fast so sehr wie die Hitze in meinem Inneren.

»Nein«, sagte ich heiser. »Ich will nur nach Hause.«

Ich presste fest die Zähne zusammen, als Hayes mir wieder auf die Füße half, und wand mich sofort aus seinem Griff. Die Hitze, die Magie in mir, ich wusste nicht, ob ich sie kontrollieren konnte. Nicht in diesem Moment. Nicht mit dieser Wut im Bauch, nicht mit dieser Trauer. Meine Arme schimmerten durch den Stoff meines Mantels, und ich presste sie schnell an mich.

»Ihre Befragung hat Zeit«, sagte Hayes gerade zu dem Pathologen, dann ging er an mir vorbei und deutete zur Tür. Ihm war anzusehen, dass er am liebsten wieder nach meinem Arm gegriffen hätte, um mich zu stützen. Aber er respektierte meinen Wunsch, und ich war froh, dass er mir nur die Tür aufhielt.

Als wir den Flur entlang zum Ausgang gingen, drehte ich noch einmal den Kopf und blickte zurück. Tränen verschleierten mir die Sicht. Und in mir brannte diese allumfassende Frage, die mich wahrscheinlich nie wieder loslassen würde, bis ich eine Antwort darauf bekam.

Veda, Orla, wer hat euch das nur angetan?

KAPITEL 15

»Avery?«

Die Stimme in meinem Rücken war so sanft, dass ich nicht einmal zusammenzuckte, obwohl ich niemanden hatte kommen hören. Ich öffnete nur ganz langsam die Augen, blinzelte in die Sonne, die durch das Dachfenster des Kräutergartens fiel, und versuchte, wieder einigermaßen in der Realität anzukommen. Ich saß bereits seit Stunden hier oben, im Schneidersitz auf dem von der Sonne aufgewärmten Holz, und dachte an … nichts. Mein Kopf war einfach leer. Vielleicht lag es an dem beruhigenden Tee, den ich aus ein paar Kräutern gemischt hatte. Vielleicht lag es aber auch daran, dass mein Gehirn nach dem ganzen Stress der letzten Zeit einfach dichtgemacht hatte und jetzt den Dienst verweigerte.

Hinter mir knarzte eine der Dielen, und ich blickte über meine Schulter. Meine Bewegungen fühlten sich schwerfällig an, und meine Augen brannten immer noch, weil ich stundenlang geweint hatte. Bevor die Leere gekommen war.

Isla sah im einfallenden Licht beinahe wie ein Engel aus. Sie trug ein weißes Kleid und sehr dezentes Make-up, Mitgefühl lag in ihrem Gesicht. »Ich bin direkt gekommen, als ich deine Nachricht gelesen habe. Dein Bruder hat mich reingelassen.«

In der Leere in meiner Brust regte sich etwas. Ein kleiner Teil, der sich darüber freute, Isla zu sehen, und der froh war, dass ich jetzt nicht mehr allein war mit meinen Gefühlen. Oder mit dem Loch, das diese zurückgelassen hatten. Aber aus irgendeinem Grund regte sich auch etwas anderes in mir – Scham, dass ich ausgerechnet Isla Kennedy hierhergebeten hatte. Ich hatte nicht wirklich darüber nachgedacht, hatte ihr in meiner Verzweiflung und Trauer einfach eine Nachricht geschrieben. Und jetzt, wo meine Gefühle sich hinter diesem wunderbaren Schleier des Nichts, der Leere, versteckt hatten, war es mir irgendwie unangenehm.

»Tut mir leid.« Meine Stimme klang kratzig, und es fühlte sich komisch an, die Mundwinkel nach oben zu ziehen. »Ich hoffe, ich habe dich nicht bei irgendetwas Wichtigem gestört.«

»Unsinn.« Isla überbrückte den Abstand zwischen uns und setzte sich neben mich auf den Boden, in einer eleganten Hocke, wie ich es schon in Yoga-Videos gesehen hatte. Ihr weißes Kleid strich dabei durch den Staub auf den Holzdielen, aber das schien ihr gar nichts auszumachen. Sie hob nur den Blick und betrachtete die unzähligen Pflanzen, die von Regalen, Schränken, Holzbrettern und anderen Erhebungen herunterwuchsen. »Das hier ist … wunderschön.«

Ich nickte, während ich ebenfalls die riesige Schlingpflanze betrachtete, die an einer Seite emporwuchs und deren große fleischige Blätter beinahe die gesamte Wand dahinter verdeckten. »Mein Großvater hat den Kräutergarten angelegt, als ich noch nicht einmal auf der Welt war. Jedes Jahr sind mehr Pflanzen dazugekommen, bis man irgendwann das Holz nicht mehr sehen konnte.« Das Lächeln, das mir jetzt auf die Lippen trat, fühlte sich gar nicht mehr so merkwürdig an wie das vorige. »Er war sein absoluter Stolz, und er kannte sich mit jedem einzelnen Grashalm und seiner Wirkung aus. Der perfekte Poisoner, fand meine ganze Familie. Seit er nicht mehr hier ist, kümmere ich mich darum, so gut es geht. Aber ich bin natürlich nicht ganz so geschickt wie er.« Wie zur Bestätigung zupfte ich das gelbe Blatt einer Pflanze ab, die direkt neben mir von einem Holzbrett herunterwuchs.

Im Augenwinkel sah ich, dass Isla sich zu mir umdrehte. Sie zögerte einen Moment, bevor sie fragte: »Ist er …?«

Ich schüttelte den Kopf. »Er hatte einen Schlaganfall, vor nicht ganz einem Jahr. Wir haben ihn erst spät gefunden, weil er wohl nach seiner Schicht im *Rhapsody* im Getränkelager zusammengebrochen ist. Er hat es glücklicherweise überlebt, aber er ist seitdem nicht mehr derselbe. Verwirrt, die meiste Zeit. Und unselbstständig. Wir konnten uns hier nicht genügend um ihn kümmern, deshalb ist er in einem Altenheim, etwas weiter von hier entfernt, in Queens.« Ich presste die Lippen zusammen, weil sich nun auch Schuldgefühle in meine innere Leere mischten. Dass ich es nicht geschafft hatte, ihn zu Hause zu versorgen, nagte an mir. Mein Großvater hatte sich so viele Jahre um mich gekümmert, ohne sich zu beschweren, und ich hatte es nicht einmal ein paar Monate geschafft.

»Als er noch hier war«, erklärte ich, obwohl ich selbst nicht genau wusste, warum, »ist er von der Treppe gestürzt, als ich einmal kurz einkaufen war. Es ist nicht viel passiert, außer einem gewaltigen Schreck. Wir haben nicht rausgefunden, warum er überhaupt nach oben wollte – ich denke, er wollte in seinen Kräutergarten.

Danach hat Ellis darauf bestanden, dass er in die Langzeitpflege kommt. Und weil ich nicht wollte, dass ihm noch einmal was passiert, habe ich zugestimmt.«

Ich seufzte, und Isla legte eine Hand auf meinen Arm. »Das war sicher die richtige Entscheidung«, meinte sie mit fester Stimme. »Du kannst ja nicht rund um die Uhr auf ihn aufpassen. Meine Uroma, Melinda, war am Ende ihres Lebens auch sehr verwirrt, hat aber noch darauf bestanden, zu Hause zu leben. Irgendwann ist sie mitten in der Nacht aus dem Haus und hat sich im Wald verirrt.«

Erschrocken blickte ich sie an. »Das ist ja schrecklich.«

Isla nickte, dann zuckte sie mit den Schultern. »Manchmal ist es einfach Zeit, sich einzugestehen, dass man Hilfe braucht.«

Irgendwie fühlten sich ihre Worte schwerer an, als sie wahrscheinlich gemeint waren. Nachdenklich wiegte ich den Kopf und blickte auf meine Hände hinab, die ich im Schneidersitz liegen hatte. Der kleine gelbe Notizzettel, den ich festhielt, war bereits ziemlich ausgebleicht, und die Schrift war kaum noch zu lesen, weil ich ihn seit Jahren in meinem Geldbeutel überallhin mitnahm. Aber ich wusste noch genau, was darauf stand. *Ich, Avery Bishop, verspreche, dass ich Hunts Point irgendwann den Rücken kehre und meinen eigenen Weg gehe.* In Vedas wunderschönen, geschwungenen Schrift. Und darunter meine krakelige Unterschrift.

Der Vorhang der Leere zog sich etwas zurück, als wieder Tränen in meine Augen stiegen, und Islas Griff an meinem Arm wurde fester.

»Avery, ich weiß gar nicht, was ich sagen soll, außer: Das mit deiner Freundin tut mir so schrecklich leid.« Sie biss sich auf die Unterlippe und schüttelte sanft den Kopf. »Möchtest du darüber reden?«

Ich konnte mich gar nicht mehr richtig daran erinnern, was ich ihr in meiner ausschweifenden Nachricht geschrieben hatte, aber ich rechnete ihr hoch an, dass sie direkt gekommen war. Vorsichtig, weil die Haut um meine Augen schon ganz wund war, wischte ich die Tränen weg. »Ich weiß nicht genau, was passiert ist. Hayes … der Detective, der ihren Tod untersucht … Er hat mir ihre Leiche gezeigt. Sie war völlig verbrannt. Anscheinend gehen sie von einem Mord aus.«

Isla schüttelte erneut den Kopf, offensichtlich fehlten ihr die Worte.

Ich holte tief Luft, bevor ich sprach: »Hayes hat mir versprochen, dass sie ihren Mörder finden, und ganz ehrlich – wenn er ihn nicht findet, dann tut es wahrscheinlich niemand. Aber …« Die Tränen kamen wieder, und diesmal wischte ich sie nicht fort. »Wahrscheinlich haben sie bei ihren Ermittlungen herausgefunden, dass wir früher befreundet waren. Oder die Anrufe auf ihrem Handy gesehen, ich weiß es nicht. Aber ich glaube, Hayes hat mich nicht nur zu ihr gebracht, damit ich sie identifizieren, sondern damit ich mich verabschieden kann. Und das wollte ich. Wirklich. Aber … ich konnte nicht.« Durch den Tränenschleier sah ich Isla an, und meine Mundwinkel zuckten. »Diese junge Frau, die da lag … so blass und entstellt von den ganzen Brandwunden … Das war nicht die Veda, die ich kannte. Nicht die, an die ich mich erinnern will. Aber jetzt ist da immer, wenn ich die Augen schließe, dieses verbrannte Gesicht, ihr toter Körper, der nicht mehr aussieht wie sie.«

Ein Schluchzen schüttelte meinen ganzen Körper, obwohl ich angestrengt versucht hatte, es zu unterdrücken.

Isla, die immer noch neben mir saß und eine Hand auf meinem

Arm hatte, verstand sofort. Ihr Gesicht wurde ganz klar, ihre Augen begannen zu funkeln, und ein Lächeln trat auf ihre Lippen. Sie nickte zu dem Zettel, den ich in meiner Hand hatte. »Ist das von ihr?«

»Ja. Sie hat ihn mir geschrieben, als Erinnerung …« Dass sie und ich es irgendwann von Dorian Mars wegschaffen würden. Dass wir irgendwann nicht mehr von ihm abhängig sein und Hunts Point den Rücken kehren würden. Ich schniefte, dann reichte ich den Zettel an Isla weiter.

Sie nahm ihn sofort, strich das Papier glatt und las die wenigen Worte. Überraschung huschte über ihr Gesicht, nur einen Moment lang, dann hatte sie sich wieder im Griff. Eigentlich war ich mir sicher, dass sie mich nach der Bedeutung der Worte fragen würde. Nach meiner Zeit in Hunts Point. Aber sie presste nur die Lippen zusammen und sah mich wieder mit stillem Mitleid in den Augen an.

Ich holte tief Luft. »Es tut mir leid, dass ich dich wegen so etwas herbestelle. Aber …« Isla ließ mich gar nicht aussprechen. Sie hob nur die Hand und schenkte mir ein trauriges Lächeln. »Bitte, Avery, entschuldige dich nicht. Ich bin froh, wenn ich dir helfen kann.«

Ihre Finger verschränkten sich mit meinen, und obwohl ich wieder Angst in mir aufsteigen spürte, drückte ich sie. Ich musste das hier tun, sonst würde ich mich mein restliches Leben an meine wunderbare Freundin erinnern, wie sie kalt und entstellt in dieser verdammten Pathologie lag.

Als Isla ihre andere Hand um den kleinen Zettel schloss und ich die Wärme in ihren Fingern spüren konnte, das sanfte Kribbeln auf meiner Haut, schloss ich die Augen.

»Das ist doch bescheuert, Veda.« Die Worte kommen aus meinem Mund, ohne dass ich sie bewusst ausspreche. Und als ich die Augen öffne, hockt Veda auf dem Fensterbrett im ersten Stock des Gebäudes in Hunts Point und grinst mich an. Die Sonne scheint durch das Fenster und erhellt ihre kupferfarbenen, wilden Locken und die Sommersprossen auf ihrer Nase.

»Es ist doch nur symbolisch, Ave«, sagt sie neckend und deutet auf meine Hände.

Mein Ich von damals blickt nach unten, auf den Notizzettel in meinen Händen. Er ist leuchtend gelb und noch nicht vergilbt. Die Tinte ist noch etwas feucht, weil Veda die Worte gerade erst in Eile aufgeschrieben hat.

»Es ist ein Versprechen«, sagt sie mit einem Lachen in der Stimme.

Ich schnaube und wische den Staub von meiner Nase, der hier überall durch die Luft fliegt. »Ein Versprechen kann man auch mündlich machen. Und das haben wir doch eben getan, oder nicht?«

Weil ich Angst habe, dass meine Stimme zu laut ist und Dorians Männer mich hören können, trete ich näher an das Fenster und lehne mich neben Veda an die bröckelnde Mauer. Unter uns sind Gespräche zu hören, Gelächter, und als ich durch ein Loch in der Wand blicke, sehe ich Dorian Mars, der von zwei Männern flankiert das Haus verlässt und in Richtung Straße spaziert.

»Das ist doch nicht das Gleiche.« Veda schnalzt mit der Zunge, und als ich mich ihr wieder zuwende, leuchten ihre Augen. Wie immer, wenn sie eine neue Idee hat, die sie für absolut genial hält. »Mündliche Versprechen sind doch leer. Aber wenn du etwas aufschreibst, dann ist es auch physisch da. Dann kannst du es nicht mehr verleugnen, und du kannst es auch nicht vergessen, klar?«

»Als würde ich so etwas vergessen«, grummle ich und blicke noch

einmal auf den Notizzettel. Es fühlt sich lächerlich an, aber irgendwie auch ganz schön. Seltsam.

»Und das hier ist sogar mehr als das. Es ist ein Vertrag. Du bist also verpflichtet, dich daran zu halten, wenn du ihn unterschreibst.« Veda hält mir den Stift hin, mit dem sie eben noch ihren sogenannten Vertrag geschrieben hat, und grinst breit. »Ich hab auch einen. Schon unterschrieben, natürlich. Also?«

Ich presse die Lippen zusammen, wie immer, wenn ich nachdenken muss. Nach kurzem Zögern nicke ich mit einem Seufzen. »Wenn du meinst, dass das hilft.«

»Natürlich hilft das.« Veda sieht mir vergnügt dabei zu, wie ich den kleinen Zettel unterschreibe, und nimmt dann ihren Stift wieder entgegen, um ihn in die Brusttasche ihres Shirts zu stecken. Ihr Blick ist neckend, als sie hinzufügt: »Ich habe dir gegenüber übrigens schon einen Vorteil.«

Während ich den lächerlichen Zettel in meine hintere Hosentasche stecke, sehe ich auf und ziehe die Augenbrauen zusammen. »Das heißt?«

»Ich habe den Studienplatz zur Physiotherapeutin bekommen!«, jubelt Veda und wirft dabei die Arme in die Luft. Ihr ganzes Gesicht scheint zu leuchten. »Ich kann nächsten Monat anfangen!«

»Was? Das ist ja mega!«, gebe ich überrascht zurück und spüre den leichten Stich der Eifersucht in meiner Brust. Veda hat es schon fast geschafft, dem allen hier den Rücken zuzukehren. »Weiß Dorian davon?«

»Nee, und das werde ich ihm auch sicher nicht stecken!« Sie winkt ab und lässt eins ihrer Beine vom Fensterbrett baumeln. »Erst wenn ich wirklich finanziell von ihm unabhängig bin. Dann würg ich es ihm richtig rein. Und du auch, klar, Ave?« Sie deutet auf meine Ho-

sentasche, und ich habe das Gefühl, dass der Zettel darin merkwürdig warm wird. »Du hast einen Vertrag unterschrieben, Avery Bishop. Du bist verpflichtet, das zu schaffen, und du darfst auf keinen Fall aufgeben, das wäre nämlich Vertragsbruch.«

Meine Mundwinkel ziehen sich zu einem Grinsen auseinander. »Und was droht mir dann für eine Strafe?«

»Das wirst du dann schon sehen. Oder nicht. Weil du es nämlich schaffen wirst. Wir beide.« Veda zwinkert, und ich spüre wieder die Zuversicht, die mir ihre Worte damals gegeben hatten. Die, die sie ausgesprochen hatte, und die, die danach jahrelang in meiner Jeans gelegen hatten, wenn ich nach neuen Jobs gesucht hatte.

Als die Erinnerung langsam wieder verblasste, zwang ich mich, Veda noch einmal ins Gesicht zu sehen und mir jedes kleine Detail einzuprägen. Ihre rostroten, wilden Locken, die in der Sonne leuchteten wie Feuer. Die kleinen Sommersprossen auf ihrer Nase, die auf und ab tanzten, wenn sie lachte. Die Zuversicht und der Mut, die in ihren hellgrünen Augen aufleuchteten, jedes Mal, wenn sie mit mir sprach.

»Leb wohl, Veda«, flüsterte ich, und dann öffnete ich die Augen. Meine Tränen flossen, ohne dass ich daran etwas ändern konnte. Als ich mich zu Isla drehte, weinte auch sie, als hätte sie ebenfalls jemanden verloren. Mein Weinen wurde zu einem überraschten Hiksen. »Was …?« Erst jetzt merkte ich, dass unsere Hände immer noch verbunden waren und dass meine Arme silbern leuchteten. Schnell zog ich die Finger zurück und wischte mir übers Gesicht. »Es tut mir leid, Isla. Ich wollte nicht …«

Doch Isla schüttelte sanft den Kopf, lachte und wischte sich ebenfalls über die Augen. »Eigentlich war das sogar ganz schön, dass du deine Gefühle mit mir geteilt hast, auch wenn ich nicht gesehen habe, was sie ausgelöst hat.« Sie legte eine Hand auf ihre Brust und atmete ein paarmal tief ein und aus. »Deine Freundin war bestimmt wunderbar.«

»Ja«, gab ich leise zurück und ließ mich sanft auf den Rücken sinken, damit ich durch das Dachfenster in den Himmel blicken konnte. »Sie war großartig.« Und sie hatte ihr Versprechen gehalten, im Gegensatz zu mir. Aber es war noch nicht zu spät. Jetzt, nachdem ich die Erinnerung so deutlich durchlebt hatte, brannte in mir alles drauf, wieder auf unser Ziel hinzuarbeiten. Ich konnte das Ruder noch rumreißen. In diesem Moment durchflutete mich eine grimmige Entschlossenheit, Dorian Mars wirklich das Handwerk zu legen und mein Schicksal selbst in die Hand zu nehmen.

Wir schwiegen eine Weile, bevor Isla sich zu mir umdrehte. Sie schien immer noch mit den Gefühlen zu kämpfen, die ich auf sie übertragen hatte, denn ihre dunklen Augen glänzten feucht. »Weißt du was? Ich hab mal gehört, dass es eine Sache gibt, die ganz wunderbar gegen Kummer jeder Art hilft.«

»Ach ja?« Ich hob den Kopf ein wenig, und sie lächelte.

»Eis.«

»Oh. Ja. Davon habe ich auch schon gehört. Leider haben wir keins da«, gab ich bedauernd zurück. Die Trauer lag immer noch schwer auf meiner Brust, aber jetzt, wo ich sie nicht mehr allein trug, fühlte sie sich um einiges leichter an. Um einiges leichter zu ertragen.

Isla zuckte mit den Schultern. »Dafür habe ich eine Lösung.« Sie zog das Handy aus ihrer Tasche, wählte eine Nummer und hielt es sich ans Ohr. »Hey, Ryker … Nein, es ist alles in Ordnung. Aber ich habe eine Bitte. Wir brauchen dringend Eis. Sehr dringend …

Ja, das weiß ich, aber deinen Job übernimmt einfach Avery so lange … Klar, kann sie das … Wunderbar, für mich Salzkaramelleis, danke. Und für Avery …« Sie sah mich fragend an, und ich konnte nicht anders, als zu grinsen.

»Erdbeereis, bitte.«

»Avery nimmt Erdbeere. Wunderbar, du bist der Beste, danke.« Sie legte auf, und ich stemmte mich auf die Unterarme.

»Ich kann mir irgendwie nicht vorstellen, dass Ryker besonders begeistert war über diese Aufgabe.«

»Ach, er wird es überleben.« Sie zwinkerte, und wieder fühlte es sich an, als würde etwas von dem Gewicht von meiner Brust gehoben.

Nur fünfzehn Minuten später lagen wir auf den Sitzkissen in meinem Zimmer, jede von uns hatte einen großen Becher Eis in der Hand und einen Löffel im Mund. Ryker hatte tatsächlich etwas genervt gewirkt, als er das Eis gebracht hatte, aber beim Rausgehen hatte er mir zugezwinkert und gegrinst, also würde er wahrscheinlich schnell darüber hinwegkommen.

Und Isla hatte recht gehabt: Das Eis, das sicher kein billiges von der Tanke war, schmeckte hervorragend, und ich hatte das Gefühl, als würde es Wut und Trauer zumindest ein bisschen anschmelzen. Das war immerhin ein Anfang.

Ich war noch ganz in die gefrorenen, süßen Erdbeerstücke vertieft, als Isla sich auf meinem Sitzkissen umdrehte und mich anfunkelte. Die Lichterketten spiegelten sich in ihren dunklen Augen. »Und dieser Detective Hay …?«

»Hayes.«

»Er hat dich also nur geholt, damit du dich bei deiner Freundin verabschieden kannst?«

Ich zuckte mit den Schultern und leckte den Löffel sauber. »Unter anderem, ja, ich denke schon.« Mich streifte der Gedanke, dass er jetzt wahrscheinlich wusste, dass ich irgendetwas mit Dorian Mars zu tun hatte. Meine Verbindung mit Veda und ihre mit Hunts Point waren, neben all den anderen Dingen in letzter Zeit, für einen guten Detective wie ihn mehr als offensichtlich. Ich fragte mich nur, wie nah er meinem Geheimnis mittlerweile wirklich war.

Fröstelnd rieb die Gänsehaut weg, die sich auf meinen Armen ausbreiten wollte. Aber die Angst vor dem, was das bedeuten würde – vor dem, was es ändern würde, wenn er alles wusste – konnte ich nicht mehr abschütteln.

»Das war sehr nett von ihm.«

Ich hob den Blick, als ich aus meinen Gedanken auftauchte. Ja, Isla hatte recht. Das war es tatsächlich. Bei unserem nächsten Aufeinandertreffen musste ich mich unbedingt bei ihm bedanken. Als ich mich zu Isla drehte, sah sie mich immer noch an.

Ihr Lächeln war neugierig. »Seid ihr gut miteinander … befreundet?«

Ich schnaubte. »Das kann man nicht unbedingt sagen. Wir kennen uns flüchtig von früher, wir sind auf die gleiche Schule gegangen. Aber da war eigentlich kein großer Kontakt zwischen uns. Wir haben nur ein einziges Mal wirklich miteinander geredet.«

»Ja?«

Ich nickte, während ich daran zurückdachte. »Wir hatten beide den Bus nach Melrose verpasst und mussten den Weg zusammen laufen. Da sind wir ins Gespräch gekommen, über Gott und die Welt. Es war wirklich … nett.« Ein Kribbeln breitete sich in meiner Brust aus, als ich an seine Hand dachte, so nah an meiner.

»Hmm«, machte Isla, den Blick auf ihren Löffel gerichtet. »Klingt, als wäre da etwas zwischen euch gewesen.«

»Was?« Ich keuchte überrascht auf. »Quatsch.«

»Ich habe ja nicht gesagt, dass da immer noch etwas zwischen euch ist. Obwohl sich da schon etwas in deinen Augen verändert, wenn du über ihn sprichst.«

Ich presste die Lippen zusammen. *Jetzt bloß nicht an waldgrüne Augen denken. Bloß nicht.* Um abzulenken, ging ich zum Gegenangriff über. »Du siehst Gespenster, weil du selbst bis über beide Ohren verliebt bist. Erzähl mir lieber von deinem Liebsten.«

Isla entfuhr ein Seufzen. Sie steckte sich einen Löffel Salzkaramelleis in den Mund und sank noch etwas tiefer in das Sitzkissen. »Nicholas ist perfekt. Er ist herzlich und liebevoll und ein echter Gentleman.« Sie bekam richtige Herzaugen, und ich erinnerte mich an die Videos, die ich von den beiden auf Instagram gesehen hatte. Wie verliebt und verehrend auch Nicholas sie immer angesehen hatte.

Ich stellte den Eisbecher neben mir ab, weil mir langsam schlecht wurde, und drehte mich auf die Seite, um Isla besser sehen zu können. »Er ist ein Nachfahre der Denver-Principles, nicht wahr?« Ich wusste wenig über die Stadt, in der die andere große Quelle Nordamerikas lag. Der zweite Strang der Quelle, die vor Jahrhunderten angeblich von den ersten Principles geteilt wurde.

Isla nickte. »Ja, wir kennen uns seit unserer Kindheit, weil unsere Familien schon immer im regen Austausch über die Quellen standen. Aber er ist der zweitgeborene Sohn, der sogenannte Second. Sein Bruder wird der nächste Principle von Denver. Sonst dürften wir auch gar nicht heiraten.«

»Tatsächlich?« Meine Augenbrauen wanderten vor Überraschung nach oben.

»Ja, das ist nicht erlaubt. Schließlich muss es sowohl in Denver wie auch in New York jeweils einen Principle geben. Und falls Nicholas und ich nur ein Kind haben, ist das ja nicht mehr gegeben. Außerdem ist, wenn wir verheiratet sind, die Gefahr höher, dass wir uns dazu entschließen, die Macht der Quellen zu missbrauchen.« Sie streckte die Zunge raus, und ich musste lachen, weil der Gedanke wirklich absurd war. Isla, die ihre Macht missbrauchte? *Als ob.*

Ich schnaubte wieder. »Und was ist, wenn ihr euch dazu entschließen würdet, gar keine Kinder zu haben?«, wollte ich wissen und spürte, wie die Feministin in mir sich aufbäumte.

Isla zuckte mit den Schultern, während sie munter weiter ihr Eis aß. Anscheinend vertrug ihr Magen um einiges mehr als meiner. »Ich denke, dann würde die Aufgabe an jemand anderen gehen. Ehrlich gesagt weiß ich noch gar nicht so richtig, wie diese ganze Geschichte mit dem Bewachen der Quelle läuft. Meine Mutter hat immer gesagt, dass sich mir die ganze Wahrheit bei meiner Ernennung zur Principle erschließen wird. Also am Tag meiner Hochzeit.« Sie ließ den Löffel in die leere Box fallen und stöhnte zufrieden, bevor sie einen Blick auf ihre Armbanduhr warf. »Ich muss langsam nach Hause, meine Eltern werden sich schon wundern, wo ich stecke.« Sie verdrehte die Augen. »Sobald ich endlich die Principle und verheiratet bin, werden sie mich hoffentlich ein wenig von der Leine lassen. Gott, ich kann es gar nicht erwarten, bis Nicholas wieder in New York ist.«

Sie erhob sich schwerfällig von ihrem Sitzkissen, stockte dann aber und sah mich besorgt an. »Kommst du klar, wenn ich gehe?«

»Na, sicher. Ich bin ja auch nicht allein – Ellis ist ja hier.«

»Gut. Ansonsten meldest du dich, ja?« Sie streckte sich, und ein warmes Gefühl floss in meinen Bauch. Nicht die gewohnte Hitze, sondern ein wohliges Gefühl der Freundschaft. Isla Kennedy war doch tatsächlich so etwas wie eine Freundin für mich. Und das, obwohl wir uns erst seit ein paar Tagen kannten.

Ich erhob mich ebenfalls, um das inzwischen geschmolzene Eis wegzuwerfen und sie zur Tür zu begleiten.

»Vielleicht komme ich heute endlich mal wieder früher ins Bett«, brummte sie, während sie in der Diele ihr Handy herauszog, um Ryker anzurufen. »Momentan schlafe ich wirklich furchtbar.«

»Willkommen im Club«, gab ich seufzend zurück. Dann kam mir plötzlich ein Gedanke. »Warte.« Ich drehte mich um und lief in die Küche, um die Kräutermischung meines Großvaters zu holen. Isla nahm sie überrascht an sich, als ich sie ihr in den Arm drückte. »Die hat mein Opa mir jeden Abend gemacht, damit ich besser schlafen konnte. Es ist eine Kräutermischung aus seinem Garten. Sie wirkt wahre Wunder – aber ich kann sie nicht mehr trinken, weil ich dann immer an ihn denken muss. Vielleicht hilft sie dir.«

»Danke, das ist ein tolles Geschenk!«, sagte Isla strahlend. Sie öffnete die Papiertüte und roch daran. »Oh, das duftet himmlisch. Lavendel, richtig? Und noch …« Sie schnupperte wieder. Dann noch mal. Ihr Gesicht war erst überrascht und wurde dann ernst. »Moment. Da ist Echinacea drin.«

Ich nickte, etwas verunsichert von ihrer Miene. »Das ist eine der wichtigsten Zutaten. Wieso, bist du allergisch dagegen?«

»Nein. Aber das verwenden wir auch für unsere Mitarbeiter.«

Islas Hand krampfte sich um die Tüte zusammen. »Wenn sie bei uns im Haus arbeiten und keine Shields sind, damit die Quelle sie nicht so beeinflusst und sie nicht gefährlich für die Familie werden können.«

Verwirrt blickte ich sie an. »Wie meinst du das?«

»Du hast jeden Abend davon getrunken, Avery? Wie lange?«

»Seit ich zwölf oder dreizehn bin, glaube ich. Und ja, jeden Abend, bis vor ein paar Monaten, als mein Großvater ins Altenheim kam. Kannst du mir mal sagen, was los ist?«

Isla schnappte nach Luft. Schüttelte ungläubig den Kopf. Und sagte dann: »Avery, Echinacea schwächt die magischen Fähigkeiten.«

KAPITEL 16

Das Midway Nursing Home in Queens machte von außen nicht besonders viel her. Es war ein brauner Backsteinkasten mit aneinandergereihten, großen Fenstern, vor denen leere Blumenkästen hingen. Es lag nicht direkt an der Straße, sondern in einer breiten Seitengasse, und war, abgesehen von dem weißen Schild mit der geschwungenen Schrift, mehr als unscheinbar.

Obwohl es regnete und ich nicht mehr als die Stoffkapuze meines Hoodies hatte, blieb ich am Bordstein vor dem Altenheim stehen und blickte an der Fassade hinauf bis zum grauen Himmel. Ich hatte Ellis nicht erzählt, dass ich ab und zu hierherkam, und auch heute dachte er, dass ich mit Freunden verabredet war. Mein Bruder hatte aktuell nicht oft Zeit, meinen Großvater zu besuchen, und er wollte nicht, dass ich es allein tat. Am Anfang hatte ich ihn dafür gehasst. Ich hatte ihn dafür gehasst, dass er meinen geliebten Großvater hierließ, dass er ihn kaum besuchte und dass er mir die Nähe zu ihm nehmen wollte. Aber mittlerweile hatte ich es verstanden. Ich hatte es bei meinem zweiten oder dritten

Besuch verstanden, als mein Großvater mich das erste Mal nicht erkannt und die ganze Zeit um Hilfe gerufen hatte, bis eine der Pflegerinnen ins Zimmer gekommen war. Ich hatte es verstanden, als er bei meinem sechsten Besuch plötzlich mitten im Gespräch einen leeren Blick bekommen und mich dann wütend aus dem Zimmer geworfen hatte, weil er mich für eine feindliche Spionin gehalten hatte. Ich hatte verstanden, dass er nicht mehr derselbe war. Dass der Schlaganfall und die beginnende Demenz es nicht nur für ihn schwer machten, sondern auch für mich. Mein Großvater war immer für mich da gewesen. Er hatte mich aufgezogen, zusammen mit meinen Eltern, und nachdem meine Großmutter vor ein paar Jahren gestorben und meine Eltern aus New York weggegangen waren, hatte es fast nur noch uns gegeben. Und jetzt, wo er fort war, räumlich und häufig auch geistig, fühlte ich mich manchmal so einsam wie noch nie in meinem Leben.

Ich schluckte den Kloß in meinem Hals runter, bevor ich endlich die letzten Schritte durch den Regen auf den Eingang zumachte. Die Verwirrungszustände meines Großvaters häuften sich seit einiger Zeit, und auf den letzten Metern bekam ich wieder Angst, dass heute ein schlechter Tag sein würde. Dass mein Besuch ihn wieder mehr stresste, als ihm gutzutun. Aber heute brauchte ich Antworten. Ich musste wissen, was damals passiert war. Was er wusste und was er vor mir verbarg. Die Erinnerung, die Isla in seinem alten Rechnungsbuch gefunden hatte, war noch so klar vor meinen Augen, dass sich eine Gänsehaut auf meinen Armen ausbreitete. Ich dachte wieder an den Tee, den mein Großvater mir immer gekocht und an mein Bett gebracht hatte. Nicht, um mir einen sanften Schlaf zu schenken, wie ich jetzt wusste … sondern, um meine Magie zu schwächen.

Als ich mich gegen die schwere Tür stemmte und sie mit einem Klicken nach innen aufging, hob die Dame am Empfang sofort den Kopf. Sie trug den gleichen pinken Kasack wie alle, die hier arbeiteten, aber der Blick über ihre Brille war streng und misstrauisch.

»Besucherin?«, fragte sie mit hoher Stimme.

Ich nickte und trat an den Tresen, hinter dem sie saß. »Ich möchte meinen Großvater besuchen. Gage Richards. Mein Name ist Avery Bishop.«

Die Empfangsdame starrte mich noch eine Sekunde über ihre Brille an, bevor sie mit der Zunge schnalzte und im Computer nachsah. »Ich müsste Ihren Ausweis sehen, bitte. Und ich muss Sie darauf hinweisen, dass Sie nicht mehr sehr viel Zeit mit Ihrem Großvater haben, unsere Besuchszeiten enden in etwa einer Stunde.«

»Ich weiß. Der Weg hier raus ist für mich immer ein bisschen kompliziert.« Schuldbewusst biss ich mir auf die Unterlippe. Es stimmte – um hierherzukommen musste ich anderthalb Stunden mit den Öffentlichen fahren und dabei viermal umsteigen, zweimal davon mitten in den unangenehmsten Gegenden der Bronx. Noch einer der Gründe, warum Ellis es nicht mochte, wenn ich den Weg allein zurücklegte. Er konnte ja nicht wissen, dass solche Gegenden mehr mein Zuhause waren als Melrose.

Die Dame, laut dem Schild an ihrer Brust hieß sie Martha, wandte sich wieder mir zu und musterte mich erneut über die halbmondförmigen Brillengläser hinweg. »Ihr Großvater wohnt im zweiten Stock. Zimmer 112.«

»Ja, ich weiß. Ich war schon mal hier.« Mein Blick huschte bereits zum Aufzug rüber, als Martha noch einmal mit der Zunge schnalzte. »Tut mir leid, Schätzchen, ich kann mich einfach nicht an Ihr Gesicht erinnern.« Sie lächelte zuckersüß. »Ausweis, bitte.«

Netter Seitenhieb, der leider genau ins Schwarze traf. Viele Besucher waren bestimmt jeden Tag hier, die meisten sicher mehrmals die Woche. Aber nicht wir. Ich presste die Lippen zusammen, als ich ihr meine ID hinschob, und wartete ungeduldig darauf, dass sie fertig wurde, sie zu studieren.

»Na dann«, sagte sie schließlich. »Viel Spaß mit Ihrem Großvater.« Mit einem ähnlich süßen Lächeln schob sie mir den Ausweis zurück.

Ich war stolz auf mich, dass ich nur innerlich über sie fluchte und trotzdem ein Lächeln hinbekam. Wortlos drehte ich mich um und durchquerte den Flur zum Aufzug. Er war bereits im Erdgeschoss, und ich lehnte mich an die verspiegelten Wände, als die Türen sich hinter mir schlossen. Meine Füße wippten unruhig. Es war noch gar nicht so lange her, dass ich meinen Großvater das letzte Mal besucht hatte, aber das war leider kein guter Tag gewesen. Er hatte mich nicht erkannt und die ganze Zeit gedacht, dass ich ihn bestehlen wollte.

Die Aufzugtüren stoben auseinander, und ich steuerte zielgerichtet die Tür mit dem blauen Stern an. Ein altes Schwarz-Weiß-Foto meines Großvaters, auf dem er meine Großmutter im Arm hielt, hing daran. Sie lachten beide, und ich atmete tief durch, um mich nicht an vergangenen Zeiten aufzuhängen. Ich nickte einer Schwester zu, die gerade aus einem anderen Zimmer kam, und versuchte, mich gedanklich schon mal auf das Schlimmste vorzubereiten. Dann erst klopfte ich, drückte die Klinke nach unten und die Tür nach innen.

Das Zimmer meines Großvaters war spärlich eingerichtet. Er

hatte ein Pflegebett an der linken Wand stehen, daneben einen Fernseher und einen Kleiderschrank auf der rechten Seite. In der Mitte des Raumes stand ein schmaler Schreibtisch, von dessen Sitzplatz aus er aus dem Fenster sehen konnte. Und da saß er auch – auf dem roten Holzstuhl, den Rücken zur Tür. Jemand hatte seine grauen Haare so gekämmt, dass sie nach links fielen wie eine Welle, und er trug ein ordentliches blau-rot kariertes Hemd.

»Hey, Opa«, sagte ich etwas heiser, als ich die Tür hinter mir schloss. Die Nervosität in meinem Inneren schrillte nach oben, als er sich umdrehte und mich überrascht ansah.

Ein paar quälend lange Sekunden starrte er nur, dann erhellte sich plötzlich sein Gesicht. »Avery, mein Kind! Schön, dass du deinen alten Opa mal wieder besuchst!«

Vor lauter Erleichterung, dass er mich erkannte, wollten schon wieder Tränen in meine Augen schießen. Die letzten Tage waren einfach zu viel für mich gewesen, und am liebsten hätte ich mich ihm sofort in die Arme geworfen. Aber er wirkte so zerbrechlich in seinem Stuhl, so schwach, dass ich nur breit lächelte und mich auf die Kante seines Pflegebettes setzte. Sein Blick folgte mir, seine Augen leuchteten, und er war sichtlich erfreut, mich zu sehen. Er fuhr sich durch die Haare, wahrscheinlich um sie zu ordnen, aber er brachte sie damit nur wieder durcheinander.

Auf einmal drängte sich ein anderes Bild von ihm in den Vordergrund meiner Gedanken. Eins, das ich in den letzten Stunden viel zu oft gesehen hatte. Mein Großvater, wie er an meinem Bett stand. Wie er den Tee in der Hand hielt und mich anlächelte.

Ich sog scharf die Luft ein und schob die Verletzung, das Unverständnis und die Verärgerung weg, die mich in diesem Moment überspülen wollten. Auf dem Weg hierher hatte ich immer wieder darüber nachgedacht, warum er es getan hatte. Es war ein Ritual zwischen uns beiden gewesen, und ich konnte mir nicht vorstellen, dass er jemand anderem davon erzählt hatte. Dass Ellis oder sogar meine Eltern davon gewusst hatten. Es war eine Lüge nur zwischen uns beiden gewesen. Und ich kannte meinen Großvater. Zwischen der Verzweiflung und dem Schmerz, den die Erkenntnis in mir hervorgerufen hatte, wusste ich, dass er ein guter Mensch war. Dass er alles getan hätte, um mich zu beschützen. Die Erinnerung, die Isla mir gezeigt hatte, das Gespräch zwischen ihm und meiner Großmutter – ich wusste, dass das alles zusammenhing. Und obwohl ich es immer noch nicht verstand, obwohl ich mehr als alles herausfinden wollte, was damals passiert war, dass zwischen uns so eine riesige Lüge entstanden war, konnte ich ihm verzeihen.

»Wie geht's dir, Opa?« Ich tätschelte seine Schulter, und er hielt meine Hand fest. »Gut, gut. Der Arzt meinte, dass ich bald entlassen werde. Dann kann ich endlich wieder den Pub leiten – du weißt, dass ich ganz verrückt werde, wenn ich nicht arbeiten kann!«

Ah, in so einer Realität befanden wir uns heute also. Na ja, immerhin erkannte er mich. Das war ein ziemlich großer Fortschritt zum letzten Mal.

»Das ist doch toll, Opa«, gab ich deshalb zurück. »Ellis und ich werden dich dann auf jeden Fall abholen. Komm bloß nicht auf die Idee, einfach so loszufahren, klar?«

Er winkte unwirsch ab, und ich wusste nicht, ob das Grund zur Erleichterung oder zur Besorgnis war. Aber ich vertraute den Schwestern hier, dass sie meinen Großvater nicht aus den Augen ließen. Sie waren manchmal ruppig, wie Martha unten, aber sie leisteten auch einen guten Job, das wusste ich.

Ich griff nach meiner Tasche und zog das Rechnungsbuch hervor, das Isla mir zurückgebracht und das ich vorsorglich eingesteckt hatte. Sobald er es erkannte, leuchteten seine Augen noch mehr auf.

Er fuhr sich erneut durch die Haare, bevor er nach dem Ledereinband griff. »Ach, hast du mir ein bisschen Arbeit mitgebracht? Das ist meine Avery!«

»Unsinn, Opa, du sollst dich hier doch erholen.« Ich grinste und schlug die erste Seite auf. Zwischen seiner ordentlichen Schrift reihten sich Blumenranken hinauf, und er fuhr mit dem Finger sofort meine Zeichnungen nach. »Das hab ich beim Aufräumen gefunden«, erklärte ich lächelnd. »Erinnerst du dich noch daran, wie ich damals immer in deiner Arbeit rumgekritzelt habe?«

Mein Bauch kribbelte aufgeregt, als er langsam nickte, den Blick immer noch auf das Buch gerichtet. Es wirkte, als würde er in die Erinnerungen von damals eintauchen.

»Ja, du warst wirklich ein aufgewecktes Kind. Hast immer was zu tun gebraucht. Wenn du nicht draußen herumtollen konntest, brauchten zumindest deine Finger etwas, womit sie sich beschäftigen konnten. Und ich hab dich, selbst als du schon älter warst, immer in meine Bücher zeichnen lassen.« Er lachte, und ich spürte einen leichten Stich in meiner Brust.

»Ja, das stimmt. Es war irgendwann so ein Ritual. Selbst als ich eigentlich zu alt für Kritzeleien war, konnte ich es einfach nicht lassen.«

Mein Großvater blätterte weiter in dem Buch, und wie ich gehofft hatte, fiel ihm zu den meisten meiner Zeichnungen eine

Geschichte ein. Es fiel mir schwer, mich nicht darauf einzulassen, nicht in den Erinnerungen zu versinken und ewig seinen Geschichten von damals zu lauschen. Deswegen war ich heute nicht hier. Allerdings versprach ich mir selbst, dass ich dafür definitiv an einem anderen Tag wiederkommen würde.

Irgendwann kam er endlich zu der Seite, auf der kleine Blumen und gemalte Häuser zu sehen waren. Sie waren etwas detaillierter und hübscher, ich war zu diesem Zeitpunkt also definitiv schon älter gewesen als noch in den alten Büchern. Mein Herz machte einen Hüpfer, als seine Hand über die Ecke strich, auf der ich tausendmal geschrieben hatte, dass es mir leidtat, und ich sah, wie seine Stirn sich runzelte.

»Opa?«, fragte ich leise.

Er schüttelte leicht den Kopf, und dann blätterte er einfach weiter.

Mist.

»Warte, Opa.« Ich sprang von der Bettkante und hielt seine Hand fest. »Was war das denn gerade?« Ich blätterte wieder zurück und tippte mit dem Finger auf meine krakelige Schrift. »Kannst du dich daran erinnern?«

Mein Großvater schüttelte erneut den Kopf. Aber nicht, als würde er verneinen, sondern als würde er ungute Erinnerungen verdrängen wollen. Er versuchte wieder, umzublättern, aber ich hielt die Seite fest.

»Opa«, sagte ich flehend, »kannst du dich daran erinnern, was damals passiert ist? Warum ich das geschrieben habe?«

Er sah mich an. Mit großen Augen und ängstlichem Gesicht. Doch auf einmal veränderte sich der Ausdruck wieder völlig. Ein Lächeln zog seine Mundwinkel nach oben, und sein Blick wirkte weit entfernt. »Wie geht es eigentlich den Kindern der Hayes-Familie?«

Ich stockte überrascht und ließ die Seite los. *Hayes? Meinte er etwa Detective Hayes?* Es dauerte einen Moment, bis mir einfiel, dass eigentlich jeder in der Gegend meinen Großvater gekannt hatte. Sein Pub war beliebt gewesen, um Neuigkeiten von Melrose auszutauschen, und ich erinnerte mich daran, dass auch Hayes' Großvater öfter bei uns gewesen war, um mit meinem Opa zu reden.

»So liebe Kinder. Sehr ehrlich und freundlich. Und tolle Eltern.« Lächelnd blickte er wieder auf das Buch und blätterte weiter. Seine Mundwinkel wanderten nach unten. Seine Augenbrauen zuckten zusammen, als würde ihm etwas in den Sinn kommen, was er nicht ganz verstand. »Ich habe sie lange nicht gesehen.«

Offensichtlich konnte mein Großvater sich nicht daran erinnern, was damals passiert war. Aber dass er Adam Hayes erwähnte, diese Erinnerung an eine einst glückliche Familie, wühlte etwas in mir auf. Ich erinnerte mich an Hayes, wie er auf dem Schulhof bei den älteren Jungs gestanden hatte. Wie er mir im Gang zugenickt hatte, ohne ein Gespräch zu beginnen. An diesen einen Tag, an dem wir zusammen nach Hause gelaufen waren, kurz bevor seine Schwester ertrunken war. Danach war er nie wieder derselbe gewesen.

Ich presste die Lippen zusammen. Vielleicht versuchte mein Großvater gerade, sich an diese Zeit zu erinnern. Vielleicht versuchte er aber auch, die schlimmen Erinnerungen zu umgehen, die ihm gerade kamen, indem er an andere Dinge dachte. Was auch immer es war – ich konnte diesen Moment nicht einfach verstreichen lassen.

Also ließ ich mich wieder auf die Kante des Pflegebettes fallen und legte eine Hand auf den Arm meines Großvaters. Er blickte mit einem Lächeln von dem Buch auf.

»Opa. Ich muss dich etwas fragen, okay?«

Überrascht zog er die Augenbrauen nach oben, nickte dann aber. »Natürlich, meine Kleine. Du kannst mich alles fragen.«

»Was hat es mit dem Tee auf sich, den du mir jeden Abend gegeben hast?«

Sein Lächeln verblasste, und er riss die Augen auf, als hätte er sich vor etwas erschrocken. »Der Tee! Ja, Avery, der Tee! Du musst ihn jeden Abend trinken, meine Kleine. Das ist wichtig, okay?«

Ich presste die Lippen zusammen, mein Herz bebte in meiner Brust. »Aber warum? Warum ist es so wichtig, dass ich den jeden Abend trinke? Du hast gesagt, dass es eine Mischung ist, die mir beim Schlafen hilft.«

Er nickte geschäftig, sein Finger tippte unruhig auf dem Buch herum. »Zum Einschlafen, ja. Es ist wichtig, Avery. Trink ihn jeden Abend, in Ordnung?«

Meine Schultern sanken nach unten. Sein Blick machte deutlich, dass ich nicht mehr viel aus ihm rausbekommen würde. Dass er mir meine Fragen nicht beantworten konnte, egal, wie sehr ich es auch versuchte. Vermutlich würde es ihn nur noch mehr aufregen.

»Mach ich, Opa«, sagte ich deshalb und streichelte vorsichtig seinen Arm.

Er schien beruhigt und wandte sich wieder meinen Zeichnungen zu.

Langsam erhob ich mich von dem Bett und ging um ihn herum, während er mit neuen Geschichten anfing. In seinem Schreibtisch gab es zwei Schubladen auf der rechten Seite. Vielleicht war ja etwas darin, was ich mitnehmen konnte. Etwas, das Isla neue Erinnerungen bringen konnte. Doch als ich an dem Griff der oberen Schublade zog, ging diese nicht auf. *Verschlossen.* Als ich seufzte, fuhr mein Großvater zu mir herum.

»Was machst du da, Avery?«

»Ich wollte nur sehen …«

»Das geht dich nichts an!«

Die Schärfe in seiner Stimme ließ mich zusammenschrecken. Er sah wirklich wütend aus, als er die Schublade tätschelte.

»Das geht dich nichts an«, wiederholte er, diesmal leiser, dann sah er wieder zu mir auf. Unverständnis lag in seinem Blick. »Avery, bist du's? Seit wann bist du hier?«

Ich schnappte nach Luft. Presste den Kiefer zusammen. Dann tätschelte ich wieder seine Schulter. »Noch nicht lange, Opa. Du wolltest mir gerade die Geschichte von den Blumen dort erzählen.«

»Ah, ja.« Er wandte sich erneut dem Buch zu, und auch wenn ich mich schlecht fühlte, zog ich so unauffällig wie möglich an der unteren Schublade. Auch verschlossen.

Frustriert presste ich die Lippen zusammen und wanderte zu meinem Sitzplatz zurück. Heute würde ich wahrscheinlich nichts mehr aus ihm rauskriegen. Ich blieb noch eine Weile bei ihm sitzen und hörte mir seine Geschichten an, bis die Schwester reinkam und mich bat, zu gehen. Bei der Verabschiedung hielt mein Großvater lange meine Hand, streichelte darüber und erinnerte mich noch einmal lächelnd daran, meinen Tee zu trinken.

Den Tee, der meine Magie schwächen sollte. Die Magie der Toxics, die in mir schlummerte.

Mein ganzes Gesicht tat weh, als ich das Altenheim verließ, so sehr hatte ich mich die ganze Zeit angespannt. Und ich ging mit mehr Fragen, als ich gekommen war.

Warum erinnerte sich mein Großvater an Hayes? Hatte er ihn etwa doch gekannt? Hatte ich ihm vielleicht sogar selbst von ihm erzählt? Doch sosehr ich mich anstrengte, mir fiel kein Moment ein, an dem die beiden sich getroffen haben könnten. Der Hayes meiner Kindheit blieb das blasse Bild eines Jungen, mit dem ich bis auf den gemeinsamen Heimweg kaum Kontakt gehabt hatte. Isla hatte die Erinnerung, die manipuliert wurde, auf dieses eine Ereignis eingegrenzt. Nur diese eine Sache war aus meinem Gedächtnis gelöscht worden – also konnte ich wohl keine lange, innige Freundschaft mit Hayes vergessen haben.

Aber was war es dann? Interpretierte ich zu viel in die Sache hinein, und mein Großvater hatte nur seine Eltern gekannt und dabei Hayes kennengelernt? Hatte das Ganze vielleicht gar nichts mit mir zu tun?

Mein Kopf begann auf der langen Heimfahrt wieder zu schmerzen. Ich hatte das Gefühl, nichts erreicht zu haben – weder was meine manipulierten Erinnerungen anging noch das Rätsel um meine Magie. Ganz zu schweigen von dem, was Orla und Veda passiert war. Ich spielte kurz mit dem Gedanken, in Hunts Point auszusteigen und nach Hailey und Penn zu sehen. Aber ich verwarf ihn direkt wieder. Ich hatte keine Ahnung, was ich zu ihnen sagen sollte oder wie ich sie trösten konnte, außerdem fürchtete ich mich vor der Konfrontation mit Dorian.

Dorian Mars. Ich biss mir fest auf die Zunge, als ich seinen Namen nur dachte. Er war schuld daran, dass Veda überhaupt dort gewesen war, dass es überhaupt Jugendliche gab, die ihre Hilfe brauchten.

Plötzlich kam mir ein schrecklicher Gedanke, der meinen Puls erhöhte. Veda hatte erzählt, dass Dorian sie schon ewig nicht mehr zu sich gerufen hatte. Aber jetzt hatte er es getan. Warum gerade jetzt?

Horror kroch mir über den Rücken, verwandelte meine Blutbahnen in Eis.

Hatte es etwas mit dem Mann zu tun, für den ich den Krankenwagen gerufen hatte? Dorian Mars' Opfer, das ich verschont hatte?

War das seine Rache?

Ich konnte mir nicht sicher sein, dass Dorian Mars etwas mit Vedas und Orlas Tod zu tun hatte – auch wenn sie in Hunts Point gestorben waren, nicht weit von seinem Hauptquartier entfernt. Aber allein, dass der Gedanke sich alles andere als abwegig anfühlte, ließ die Panik in mir verebben. Wütende Entschlossenheit trat an ihre Stelle. Ich hatte lange genug geschwiegen. Hatte lange genug untätig herumgesessen. Und nun waren zwei junge Frauen tot. So durfte es auf keinen Fall weitergehen.

Atemlos sprang ich an meiner Haltestelle aus dem Bus und drängte mich an den Leuten vorbei auf die Melrose Avenue. Bereits an der nächsten Abzweigung hatte ich mein Handy in der Hand und wählte die Nummer von der Karte, die ich immer noch in meinem Mantel mit mir rumtrug.

»Detective Hayes, 42. Revier, D…«

»Gut, du bist im Revier.« Ich sprang über den Bordstein und überquerte die Straße in Richtung 3rd Street. »Hast du gerade Zeit? Ich muss mit dir sprechen.«

Überraschtes Schweigen. Dann wieder die dunkle Stimme, die mich erschaudern ließ. »Avery?«

»Ja.«

»Worum geht es?«

»Um Veda. Und Orla. Und noch eine ganze Menge mehr.« Mein Herz machte so große Sprünge, dass es beinahe aus meiner Brust zu springen schien. »Ich will dir helfen, Dorian Mars zu schnappen.«

»Was?« Er sog scharf die Luft ein, dann konnte ich eine Tür hören und vorbeifahrende Autos.

»Du bist gar nicht im Revier?«, fragte ich erstaunt. »Ich dachte, das ist deine Durchwahl dort.«

»Ist es auch. Ich habe die Nummer auf mein Handy umleiten lassen«, knurrte Hayes. »Was war das mit Dorian Mars, Avery?«

Ich stockte. »Letztes Mal hattest du das noch nicht.«

»Letztes Mal hatte ich ja auch noch keinen wichtigen Anruf verpasst. Kannst du jetzt bitte meine Frage beantworten?«

Einen wichtigen Anruf? Meinte er etwa meinen?

Es geht hier nur um den Mordfall. Es geht darum, dass du wichtige Informationen hattest, die du ihm dann doch nicht gegeben hast. Aber obwohl ich das wusste, begann mein Nacken angenehm zu kribbeln.

»Was für eine Ehre«, sagte ich schmunzelnd. Dann schüttelte ich den Kopf und schlängelte mich zwischen einer Autoreihe hindurch auf die dunkle Gasse zu, die meine Abkürzung war. »Ich erzähl dir alles. Aber nicht am Telefon, okay? Wo bist du?«

»Im Coffeeshop«, gab Hayes knapp zurück. »Wo bist du?«

»Auf dem Weg dorthin. Warte auf mich, und du kriegst von mir alle Informationen, die du brauchst.« Ich tauchte in den Schatten der Gasse und spürte, wie mich Kälte umfing.

Hayes brummte. Eigentlich war ich mir sicher gewesen, dass er überglücklich sein würde, aber es klang nicht danach. »Wir reden hier von einem sehr, sehr gefährlichen Mann.« Seine Stimme war nur noch ein eindringliches Raunen. »Wenn du wirklich heikle Informationen über ihn hast, solltest du dir das gut überlegen.«

Jetzt konnte ich das Grinsen wirklich nicht mehr unterdrücken. »Was denn, machst du dir etwa Sorgen um mich? Das ist ja sehr süß von dir. Aber ich kann ganz gut auf mich selbst aufpassen.«

»Das bezweifle ich auch nicht.« Er seufzte.

Bevor ich ihm noch einen Spruch drücken konnte, tauchten vor mir, am Ende der Gasse, plötzlich Schatten auf. Umrisse von Männern, die sich langsam näherten.

»Hallo, kleine Giftschlange.«

Ich fror in meiner Bewegung ein, als ich die Stimme erkannte. Es war Scott, der flankiert von zwei anderen Männern, auf mich zukam. Ich konnte im Halbdunkel der umstehenden Gebäude nicht viel von ihm erkennen, wohl aber sein wütendes Gesicht. Und die wenig elegante Eisenstange in seiner Hand.

»Scheiße«, fluchte ich leise.

»Avery?« Hayes' Stimme am anderen Ende der Leitung klang alarmiert. Gefährlich.

Ich schluckte, als Scott und seine Männer zwei Meter von mir entfernt stehen blieben. »Wir sollen dir einen kleinen Gruß schicken, kleine Giftschlange.«

Und bevor ich noch etwas sagen konnte, machte Scott einen Satz auf mich zu, und die Eisenstange traf meine Hand. Das Handy flog im hohen Bogen durch die Luft, während in mir ein schrecklicher Schmerz explodierte.

Scheiße.

Das war's dann wohl.

KAPITEL 17

Die Männer zögerten keine Sekunde, aber das tat ich auch nicht. Obwohl meine Hand so schmerzte, dass kleine Punkte vor meinen Augen auftauchten, erwachte sofort mein Kämpferinstinkt, den Walt Graham mir damals in Hunts Point antrainiert hatte. Ich duckte mich und spürte, wie die Eisenstange nur wenige Zentimeter meinen Kopf verfehlte. Dann stürzte ich nach vorn und rammte meine Schulter in Scotts Magen, der direkt vor mir stand und seine Balance von seinem Schlag noch nicht wiederhatte. Er rang nach Luft, ehe er würgend zur Seite kippte und wie ein nasser Sack auf dem schmutzigen Boden der Gasse landete.

Der zweite Mann war bei mir, bevor ich mich richtig aufrichten konnte, und zerrte brutal an meinen Haaren. Ich schrie auf, als der Schmerz über meine Haut zog, und schlug meine Nägel in seine Hände, um ihn zum Loslassen zu bewegen. Der Typ fluchte, aber das Reißen an meiner Kopfhaut wurde etwas weniger, der Schmerz etwas erträglicher. Die drei Typen waren offensichtlich keine Kämpfer, keine von Dorian Mars' ausgebildeten Schlägern, und Hoffnung keimte in mir auf, dass das hier vielleicht doch nicht mein Ende war, wenn ich durchhielt. Der dritte Typ kam von hinten, vermutlich, um mich festzuhalten, aber ich konnte mit dem Bein genug Schwung aufbringen, um ihm mit voller Wucht in die Kronjuwelen zu treten. Meine schweren Stiefel taten ihr Übriges, und der Typ gab einen Laut wie ein angeschossenes Tier von sich und ließ von mir ab.

Leider war Scott inzwischen wieder auf den Füßen, und obwohl ich es fast geschafft hatte, mich von dem Kerl zu befreien, der mich an den Haaren zog, war Scott schneller. Er warf sich auf mich wie ein Wrestler, und ich hatte keine Chance: Mein Körper kippte unter seinem Gewicht einfach um wie ein Streichholz. Mit einer Hand presste er mein Gesicht gegen den harten Boden, mit der anderen drehte er mir die Arme auf den Rücken und hielt sie fest. Ich schrie, wand mich unter ihm, versuchte, mich aus seinem Griff zu befreien. Aber er war eisern. Und in der Panik und der Wut, die in mir aufwallte, spürte ich, wie sich langsam wieder die Hitze in meinem Magen sammelte.

»Halt schon still, kleine Giftschlange«, fluchte Scott und presste mir sein Knie in den unteren Rücken.

Eigentlich wollte ich ihm die Genugtuung nicht geben, aber ein schmerzvolles Stöhnen konnte ich leider nicht unterdrücken. Mein Gesicht, mein Rücken, meine Arme und die Hand, aus der er mir mit der Eisenstange mein Handy geschlagen hatte und die er nun mit eisernem Griff festhielt – alles fühlte sich an, als stünde es in Flammen. Und dann war da noch diese unerträgliche Hitze, die in mir aufwallte und die ich mit aller Kraft versuchte, zurückzuhalten. Ich konnte beinahe schon sehen, wie die silbernen Adern über die Arme unter meinem Mantel wanderten, wie sie sich langsam zu meinen Fingern hin ausbreiteten. Die Angst in mir war übermächtig, weil ich wusste, dass mit Dorian Mars' Leuten nicht zu spaßen war. Aber die Angst, für einen weiteren Tod verantwortlich zu sein, war größer. Ich wollte das nicht mehr. Ich wollte nicht noch ein größeres Monster werden als der Gangsterboss.

Also fluchte ich nur wild und spuckte Scott dann keuchend entgegen: »Was zur Hölle wollt ihr von mir, ihr Arschlöcher? Weiß Dorian Mars, dass ihr hier seid?«

Der Druck auf meinen Rücken wurde etwas stärker, und ich versuchte, gegen den Schmerz anzuatmen.

»Du stellst hier nicht die Fragen, Gifthexe«, knurrte Scott, und in diesem Moment war ich mir fast sicher, dass er auf eigene Faust handelte. Genau wie mit Devon damals hinter dem Club. Darum ging es hier wahrscheinlich auch. Wie zur Bestätigung beugte sich Scott etwas nach vorn, näher an mein Ohr, und knurrte bösartig: »Ich stelle die Fragen, und ich beginne mit einer ganz einfachen: Was hast du Devon angetan?«

Mein Herz raste, schlug von innen gegen meine Rippen, als ich wieder die Szene vor Augen hatte. Devon, der mich erschrocken anblickte, bevor er zusammensackte. »Ihr habt MICH angegriffen!«, sagte ich keuchend und versuchte, Wut in meine Stimme zu legen. »Ich habe mich nur verteidigt!«

»DEVON IST TOT!«, brüllte Scott und drückte das Knie noch tiefer in meine Wirbelsäule.

Ich schrie auf, und meine Stimme versagte nur eine Sekunde später. Der Schmerz pumpte die Hitze weiter durch meine Adern, und ich spürte, wie ich die Kontrolle verlor. In meinen Augen begannen Tränen zu brennen.

»Ich weiß nicht, was passiert ist«, presste ich erstickt hervor. »Du warst doch dabei! Er ist einfach umgekippt! Ich hatte keine Chance, überhaupt etwas zu tun.«

Scott knurrte wieder. Es klang, als würde sich in ihm die Hölle auftun. »Ich glaube, du weißt mehr, als du zugibst. Und ich glaube, du bist gefährlicher, als Dorian Mars sich selbst eingestehen will«, flüsterte er direkt neben meinem Ohr. Seine Stimme war wütend, angeekelt, aber ich hörte auch, dass ein Lächeln auf seinen Lippen lag. Und das machte mir am meisten Angst. »Er will es nicht sehen, weil er dich für so nützlich hält. Aber soll ich dir etwas sagen? Wenn du in einer Nebengasse im Dreck stirbst, wird es ihn trotzdem nicht jucken. Er wird dir keine Träne nachweinen.«

Ich versuchte, die Panik in meinem Inneren runterzukämpfen. »Darauf würde ich an deiner Stelle nicht hoffen«, sagte ich. »Dorian Mars hat sich geweigert, mich gehen zu lassen. Er hat genug andere Poisoner, aber er braucht *mich* für seine Aufträge. Er will *mich* bei sich haben.« Es tat fast weh, das zuzugeben, weil es mich meines goldenen Käfigs wieder bewusst machte. Aber momentan war es vielleicht das Einzige, was mich aus dieser Situation retten konnte.

Doch Scott lachte nur leise. Als ich von der dreckigen Straße aufblickte, hatten seine Männer sich zu beiden Seiten der Gasse neben uns aufgestellt, wie um uns von der Straße abzuschirmen. Mein Herz machte einen Satz.

»Ich habe dich mit diesem Detective gesehen. Dieser Hurensohn, der Dorian Mars schon lange hinterherdackelt. Wie heißt er? Hayes?« Scotts Finger gruben sich in meine Haare, und er riss daran, um mein Gesicht näher an seines zu bringen.

Ich presste die Lippen zusammen, als ich sein Lächeln sah.

»Du hast ihm Informationen über Dorian gegeben, nicht wahr? Du hast die Seiten gewechselt, ist es nicht so?«

»Nein«, stieß ich hervor. *Aber ich habe es vor.*

»Ich denke, das hast du. Und denkst du nicht auch, dass es unserem Boss reichen wird, das zu hören? Dass ihm das als Begründung reicht, warum ich dich erledigen musste?«

Mein Herzschlag wurde langsamer, als die Erkenntnis sich in meinen Kopf schlich. Ich würde aus dieser Gasse nicht mehr lebend herauskommen. Ich würde nicht wieder von diesem dreckigen Boden aufstehen. Scott würde mich töten. Um Devon zu rächen, oder weil er Angst vor mir hatte, ich wusste es nicht.

Hinter mir erklang ein metallisches Klicken, und als etwas Kaltes gegen meinen Kopf gepresst wurde, schloss ich die Augen. Wollte mich meinem Schicksal ergeben. Bis die Hitze in meinem Magen wieder aufloderte, nach oben schoss und mich so an sich erinnerte. Es war, als würde mir jemand eine Waffe in die Hand drücken. Mir einen Ausweg geben. Ich musste sie nur annehmen. Musste sie nur auslösen, und ich wäre frei.

Wenn ich erneut zur Mörderin wurde, würde ich überleben.

»Hast du ein paar letzte Worte für die Welt, kleine Giftschlange?«, fragte Scott mit einem Lachen über mir.

Seine Kumpane lachten mit ihm. Brummend. Als würden sie sich bereits als Sieger fühlen.

Aber ich konnte sie noch besiegen. Ich konnte sie alle töten. Und obwohl mein Inneres mit sich rang, mit dem Gedanken kämpfte, das Richtige tun zu wollen, lief die Hitze in meinen Adern wieder in Richtung meiner Finger. Wie ein tödliches Gift, das sich langsam ausbreitete und jeden Gedanken an ein gutes Leben auslöschte, bis da nur noch die Angst war. Der Wille, zu überleben.

Ich atmete aus. Öffnete den Mund und flüsterte: »Es tut mir leid.« Ich wusste nicht einmal, bei wem ich mich entschuldigte. Bei Ellis, der sich immer um mich gekümmert hatte und den ich trotzdem angelogen hatte? Bei Isla, die irgendwie trotz allem an mich geglaubt hatte? Oder bei Hayes, der nach dem hier unmöglich noch würde helfen wollen?

»Was hast du gesagt?«, knurrte Scott über mir und drückte die Waffe fester gegen meinen Kopf.

Ich öffnete die Augen, um ihn anzusehen. Die Hitze hatte fast meine Fingerspitzen erreicht.

Und dann ertönte ein Schuss.

Es passierte so schnell, dass ich es kaum verarbeiten konnte. Aber Scott schrie auf, und seine Waffe flog in hohem Bogen durch die Gasse. Der Typ, der mit dem Rücken zu uns gestanden hatte, fuhr herum, und als ich den Kopf zu ihm hochriss, fiel er auch schon brüllend neben mir auf den schmutzigen Gassenboden. Es war, als würde die Szene in Zeitlupe vor meinen Augen ablaufen. Hayes tauchte über mir auf, sein Gesicht eine kalte Maske, die waldgrünen Augen brannten lichterloh, aber seine Miene war ruhig. Gefasst. Er griff nach Scott, der sich immer noch schreiend die Hand hielt, aus der Hayes ihm die Waffe geschossen hatte. Mit nur einem präzisen Schlag gingen auch bei dem Gangster die Lichter aus, und Hayes schubste ihn von mir.

Eine unglaublich sanfte Hand legte sich auf meinen Kopf, hielt mich unten. Hinter mir entfernten sich Schritte, offensichtlich hatte der dritte Typ sich entschlossen, abzuhauen. Hayes hob die Waffe, schoss, und der Typ schrie, fluchte, stürzte auf den Boden.

»Unten bleiben, sonst treff ich mehr als nur dein Bein«, sagte Hayes kalt.

Ich atmete aus, und es fühlte sich an, als hätte ich seit Stunden die Luft angehalten. Die Hitze ging zurück, langsam, aber sicher, und in meinen Augen brannten wieder Tränen. Ich versuchte, mich unter Schmerzen aufzustemmen, doch auf einmal war da wieder die sanfte Hand, die mir in eine sitzende Haltung half. Ich riss den Kopf herum, blickte in Hayes' Augen, während die Tränen flossen.

Er hockte neben mir auf dem Boden, die Waffe noch in der einen Hand und auf den Typen gerichtet, der eben noch versucht hatte zu fliehen und der nun in einiger Entfernung wimmernd am Boden lag. Mit der anderen Hand griff er nach meiner Wange, und in seinen waldgrünen Augen lag unglaublich viel Ruhe, als hätte er nicht gerade im Alleingang drei Typen erledigt. Als hätte er nicht gerade verhindert, dass ich wieder zur Mörderin wurde.

»Es ist alles gut, Avery. Du bist in Sicherheit«, sagte er leise, sanft. Und dann noch mal, wie ein beruhigendes Mantra: »Es ist alles gut.«

Meine Tränen wollten gar nicht mehr versiegen, weil ich vor Erleichterung und abschwellender Angst meine Gefühle nicht mehr im Griff hatte. Hayes strich weiter beruhigend über meine Wange, hielt meinem Blick stand, bis ich mich etwas gefasst hatte.

Irgendwann erklangen erneut Schritte, aber als ich den Blick von Hayes riss, sah ich nur seine beiden Partner in die Gasse stürmen, die Hände an ihren Waffen.

»Scheiße«, keuchte Ash, als sie die Männer am Boden sah. Sie schaute zu Hayes, dann fuhr sie herum und rief dem anderen Typen in Uniform zu: »Ruf einen Streifenwagen!«

Er nickte und verschwand wieder in Richtung Straße.

Hayes berührte meine Schulter, als er aufstand. »Bleib kurz sitzen«, mahnte er, dann half er Ash, den drei Gangstern Handschellen anzulegen. Sie unterhielten sich die ganze Zeit leise, aber ich verstand nicht, was sie sagten.

Ich war viel zu sehr damit beschäftigt, das Geschehene zu verarbeiten. Und dann zu versuchen, es zu verdrängen. Mein Handy lag in einigem Abstand neben mir auf dem Boden. Ich streckte mich danach und merkte, wie sehr meine unverletzte Hand zitterte, als sich meine Finger darum schlossen. Das Display war zersplittert, aber immerhin funktionierte es noch. Das war seltsamerweise der einzige, klare Gedanke, den ich gerade fassen konnte.

Es kam erst wieder Leben in mein Gehirn, als Hayes sich zu mir drehte und an Ash gewandt sagte: »Kümmert euch um die Verhaftung, ich fahre Avery ins Krankenhaus.«

Sofort riss ich den Kopf hoch. »Ich will nicht ins Krankenhaus!«

Hayes blickte auf mich runter, eine der schwarzen Augenbrauen erhoben. Er deutete auf die Hand, die ich in meinen Schoß gelegt hatte, und ich spürte wieder das schmerzende Pochen darin. Trotzdem schüttelte ich den Kopf.

Hayes atmete tief durch, als müsste er sich selbst zur Ordnung rufen. Dann half er mir auf die Füße. »Da muss zumindest Eis drauf.« Er nickte Ash zu, die die Geste erwiderte, ehe er nach meinem Arm griff und mich zur Straße führte.

Uns kamen weitere Polizisten entgegen, und am Bordstein stand ein blinkender Streifenwagen. Doch Hayes brachte mich zu seinem Auto, öffnete mir die Beifahrertür und stieg dann auf der Fahrerseite ein. Erst als er die Hände auf das Lenkrad legte und so fest zupackte, dass seine Knöchel weiß hervortraten, merkte ich, dass die Ruhe in seinem Gesicht und seiner Stimme vielleicht doch nur gespielt war. Er atmete noch einmal tief durch, bevor er sich zu mir drehte. Da waren immer noch Flammen, die den Wald in seinen Augen in Brand gesetzt hatten, doch seine ruhige Stimme brachte mich fast um den Verstand.

»Du solltest zu einem Arzt gehen.«

»Nein«, gab ich mit bebenden Lippen zurück. Ich konnte mir jetzt nicht vorstellen, mit jemandem zu sprechen. Jemanden an mich heranzulassen, der nicht er war. Also zwang ich mich zu einem Kopfschütteln. »Die Hand ist nicht gebrochen. Siehst du?« Obwohl es höllisch schmerzte, bewegte ich die Finger und war selbst erleichtert darüber, dass noch alles funktionierte. Und immerhin ließ mich der Schmerz in der Hand beinahe den vergessen, der sich über mein Gesicht und durch meinen Rücken zog. Scott war wirklich nicht gerade zimperlich mit mir umgegangen.

Hayes blickte auf meine Hand, die bereits blau und violett anlief, ehe er mir wieder wortlos in die Augen sah.

Ich presste die Lippen zusammen. »Es ist nicht so schlimm. Ich will einfach nur nach Hause, Hayes.« Mit der gesunden Hand wischte ich mir die Tränen weg, aber es kamen einfach neue. Ich fühlte mich so besiegt, so roh und schutzlos, dass ich einfach nicht anders konnte, als zu weinen. »Bitte. Ich will keine Menschen sehen. Ich will nur … Ich will nur weg. Nur nach Hause.«

Emotionen tanzten in Hayes' Augen, die ich nicht verstand. Er sah erneut auf meine zitternden Hände, eine davon blutunterlaufen, und wieder zurück in mein Gesicht. Dann fragte er: »Ist dein Bruder zu Hause?«

Mein Herz zog sich zusammen. »Nein, Ellis ist im Club.« Wenn wir jetzt zu mir fuhren, würde ich also allein sein. Allein mit meinen Gefühlen, die ich immer noch nicht geordnet hatte, und allein, falls Dorians Leute noch mal kommen würden. Fast sofort stieg wieder Angst in mir auf.

Hayes betrachtete mich noch einen Moment, dann nickte er hart, wandte sich nach vorn und startete den Motor. Ich hatte Panik, dass er mich tatsächlich nach Hause fahren würde, sagte aber nichts. Solange er mich nicht ins Krankenhaus brachte, solange ich jetzt meine Ruhe bekam, würde es schon gehen. Ich würde klarkommen. Das war ich immer.

Aber bereits nach wenigen Minuten merkte ich, dass wir in eine völlig andere Richtung fuhren.

Alarmiert wirbelte ich zu ihm herum. »Kein Krankenhaus!« Meine Stimme krächzte, und Hayes ließ ein Schnauben hören.

»Wir fahren zu mir«, sagte er mit ruhiger, dunkler Stimme. »Ich muss mir deine Wunde ordentlich ansehen. Und Eis draufpacken. Oder hast du dagegen auch was?«

Ich starrte ihn überrascht an. Dann, ganz langsam, ließ ich die Schultern wieder sinken und schüttelte den Kopf. Wenn ich ehrlich war, wollte ich nicht allein sein, nicht nach allem, was gerade passiert war. Ich war immer noch in Schock. Und verdammt, meine Hand schmerzte so schlimm, dass ich kaum noch denken konnte.

»Gut«, sagte Hayes mit einem letzten, intensiven Blick. Dann konzentrierte er sich wieder auf die Straße.

Wir folgten der 3rd Avenue bis nach Fordham Heights, einem Viertel nördlich von Melrose. Über uns ragten hohe Backsteingebäude auf, und ich versuchte, mich auf ihren Anblick zu konzentrieren, statt auf den schrecklichen Schmerz in meiner Hand. Irgendwann parkte Hayes wortlos am Bordstein und stieg sofort aus, um mir die Tür aufzuhalten. Er musste mir nach draußen helfen, weil meine Hand mittlerweile so wehtat, dass ich mich nicht mehr aufstützen konnte. Auf dem Weg über den kurz geschnittenen Rasen zum Haus, in dem er wohnte, konzentrierte ich mich darauf, tief durchzuatmen. Versuchte, das Pochen zu ignorieren, das sich mittlerweile über meinen ganzen Arm ausbreitete. Wir durchquerten einen langen Flur mit den hohen Decken, bis wir seine Wohnungstür erreichten.

Hayes schloss die Tür auf und warf seinen Schlüsselbund achtlos auf eine hübsche Kommode, um mir beim Mantel-Ausziehen zu helfen. Seine Wohnung war nicht sehr groß, aber gemütlich eingerichtet. Überall standen Pflanzen herum, die gut gepflegt wirkten, und an der Wand hingen Bilder. Ich konnte sie mir nicht genau ansehen, weil mir der Schmerz erneut Tränen in die Augen trieb, und Hayes ließ mir sowieso keine Zeit dazu. Er führte mich direkt ins Bad, schaltete das schummrige Licht über uns ein und drückte mich auf den Rand der Badewanne, ehe er den Schrank über seinem Waschbecken durchwühlte.

Erst jetzt, wo ich mich sicher fühlte, traute ich mich, auf meine Hand runterzublicken, und ich sog sofort erschrocken die Luft ein. Sie sah so schlimm aus, wie sie sich anfühlte. Alles war blutunterlaufen, an einer Stelle war die Haut aufgeplatzt, und die Finger waren angeschwollen. Plötzlich spürte ich den Schmerz in meinem Rücken und meinem Gesicht kaum noch. Nur noch meine pochende Hand.

Hayes hockte sich vor mich auf den Badezimmerboden. »Ich muss das desinfizieren«, sagte er mit leiser Stimme, als würde er mit sich selbst sprechen. Er machte sich vorsichtig daran, meine Hand zu versorgen.

Obwohl es höllisch schmerzte, presste ich nur den Kiefer zusammen und beobachtete sein Gesicht, damit ich nicht auf meine Hand blicken musste. Er wirkte immer noch ruhig. Als hätte er das hier schon tausendmal gemacht. Erst verspätet fiel mir ein, dass er in der Army gedient hatte, und mein Herz wurde schwer. Was er da wohl erlebt hatte? Was er da wohl gesehen hatte?

Ich atmete tief durch, und als seine Behandlung besonders unangenehm wurde, überspielte ich den Schmerz mit einem heiseren Auflachen. »Das war echt knapp vorhin, was?«

Er schaute nicht von seiner Arbeit auf, als er düster antwortete: »Dafür hätte ich gern noch eine Erklärung, um ehrlich zu sein.«

Ich biss mir auf die Lippe, wusste aber, dass ich aus der Nummer nicht mehr herauskam. Also seufzte ich tief. »Das waren Leute von Dorian Mars.«

Nun hob er doch kurz den Blick. Nur eine Sekunde, bevor er sich wieder meiner Hand zuwandte, aber seine Augen hatten einen Moment vor Wut aufgeblitzt. »Was wollten sie?«

»Rache, nehme ich an.« Ich ließ die Schultern sinken, und weil es mich von dem Schmerz ablenkte und weil es auch wirklich Zeit wurde, begann ich, ihm alles zu erzählen. Von meiner Jugend, dem Gefühl, ausgeschlossen zu werden, weil meine Magie so schwach war. Davon, wie ich auf die Gang gestoßen war, wie ich mich das erste Mal als Teil einer Gruppe gefühlt hatte – und wie ich danach immer tiefer gerutscht war. Ich endete damit, dass ich aus der Gang hatte austreten wollen, Dorian Mars mich aber nicht gelassen hatte. »Er meinte, er brauche mich. Und er meinte, ich könne mich freikaufen. Er würde mich für meine Dienste bezahlen, für jeden Auftrag, bis ich genug Geld hätte, um ihn auszuzahlen. Also habe ich mich darauf eingelassen. Ich dachte, ich habe keine andere Wahl.«

Hayes, der gerade den Verband um die Wunde geschlossen hatte, sah ernst auf. »Was hast du für ihn getan?«

Zu meiner Überraschung klang seine Stimme immer noch sanft. Er schien weder überrascht noch wütend auf mich zu sein. Plötzlich wurde mir klar, dass Hayes tatsächlich schon die ganze Zeit gewusst hatte, dass ich für Dorian Mars gearbeitet hatte. Also beschloss ich, das Pflaster einfach abzureißen: »Ich habe Leute in seine Arme getrieben. Er hat über seine Mittelsmänner dafür gesorgt, dass sie in den Club kamen, und ich habe ihnen dann Poisoner-Tinkturen verabreicht, die Angst und Schuld und Ähnliches in ihnen ausgelöst haben. Das hat sie dann zu ihm geführt.«

Hayes starrte mich ruhig an. Nickte langsam. Dann legte er eine Hand auf mein Knie. »Du bist tief genug drin, um mir zu helfen, Avery. Wir könnten Dorian Mars zusammen erledigen. Aber das wäre auch ein großes Risiko für dich. Es wird nicht ungefährlich. Im Gegensatz dazu kann ich dir anbieten, dass dir von juristischer Seite nichts passieren wird. Und dass ich so gut ich kann auf dich aufpassen werde.«

Ich erwiderte entschlossen seinen Blick. »Ich will, dass er blutet für alles, was er mir und anderen Jugendlichen angetan hat. Veda und Orla waren auch in der Gang, und jetzt sind sie tot. Ich werde dir helfen und alles wiedergutmachen, was ich getan habe.«

Etwas in seiner Miene wurde weich, und plötzlich konnte ich die Sanftheit seiner Berührung auf meinem Bein deutlicher spüren als das Pochen in meinen Fingern. Seine Hand strich zärtlich, beinahe wie zufällig, über mein Knie und schickte dabei ein sehnsüchtiges Ziehen durch meinen Körper. »Du warst ein Kind, Avery, als er dich von sich abhängig gemacht hat. Dich trifft keine Schuld.«

Ich musste schlucken, um den Kloß in meinem Hals runterzubekommen. Aber dann brachte ich tatsächlich ein Lächeln zustande, das er sanft erwiderte. Hayes lächelte, und ich konnte mich nicht daran erinnern, wann ich das das letzte Mal gesehen hatte. Unser Blickkontakt wurde immer länger, und mein Herz begann wieder zu hämmern.

In diesem Moment stand er ruckartig auf, als müsste er sich zwingen, sich von mir abzuwenden. »Eis«, sagte er und räusperte sich. »In der Küche.«

Er deutete mir, ihm zu folgen, und ich erhob mich schwerfällig vom Badewannenrand und folgte ihm durch den Flur in den nächsten Raum. Mein Kopf fühlte sich wegen der merkwürdigen Nähe zwischen uns immer noch etwas benommen an, aber ich versuchte, das Gefühl zu verdrängen.

Hayes holte mir Eis aus der Tiefkühltruhe, das er vorsichtig auf meine Hand legte. Offensichtlich bemühte er sich dabei, mich nicht länger als nötig zu berühren. Es reichte trotzdem, um mir einen Schauer durch den Körper zu jagen, den ich kaum verschleiern konnte. Als ich mich zischend vor Schmerz auf den Stuhl an seinem Tisch sinken ließ, hob er wieder eine Augenbraue. »Vielleicht noch einen beruhigenden Tee?«

»Schnaps wäre mir lieber«, brummte ich zurück. Und das nicht nur wegen der Schmerzen.

»Du bist neunzehn.«

»Und du bist nicht meine Mutter.« Ich sah grinsend zu ihm auf und hob meine Hand. »Ich wurde heute überfallen, verprügelt und mit einer Waffe bedroht. Etwas Hochprozentiges, bitte.«

Hayes verschränkte die Arme vor der Brust, zögerte kurz, ehe er aufstöhnte. »Meinetwegen. Ich kann auch einen vertragen.« Er ging an einen seiner Küchenschränke, holte zwei Gläser und eine Flasche heraus, die nach Whiskey aussah, und setzte sich dann zu mir an den Tisch.

Der erste Schluck brannte fürchterlich in meiner Kehle, aber gleich danach breitete sich eine unglaubliche Wärme in mir aus, die tatsächlich meine Nerven beruhigte. Ich seufzte erleichtert.

»Erzähl deinem Bruder bloß nichts davon, der bringt mich um«, knurrte Hayes, während er selbst das Glas an die Lippen setzte.

Grinsend wandte ich mich ihm zu. »Detective Hayes, der gerade drei Gangster allein plattgemacht hat, hat Angst vor meinem Bruder?«

Seine Augenbrauen zuckten. Er legte den Kopf schief und musterte mich schmunzelnd. Gott, dieses verdammte Heben seiner Mundwinkel machte ja richtig süchtig. Und es schickte Wärme an Stellen, die nicht gerade angebracht waren. Ich merkte, dass ich ihn anstarrte, und leerte schnell mein Glas. »Noch eins.«

»Schenk dir selbst ein, dann bin ich wenigstens nicht der Übeltäter«, brummte er, während er irgendeinen Punkt in der Luft fixierte. Bemühte er sich etwa auch, mich nicht anzusehen? Und spürte ich wirklich Hoffnung, dass er sich gerade ähnlich verwirrt fühlte, wie ich es tat? Was war nur los mit mir? Hatte Scott meinen Kopf doch zu hart auf den Boden gedrückt?

Ich griff nach der Flasche, füllte mein Glas und dann auch seins noch einmal und lehnte mich im Stuhl zurück. Ein paar Sekunden herrschte Stille zwischen uns, doch schließlich drehte ich mich wieder zu ihm. Es fiel mir merkwürdig schwer, nicht die ganze Zeit sein Profil zu betrachten, aber wenn ich etwas sagte, hatte ich wenigstens eine Ausrede dafür.

»Danke, Hayes, du hast mir das Leben gerettet.« Das war mir bisher noch nicht über die Lippen gekommen, auch wenn ich wusste, dass ich ohne ihn wahrscheinlich nicht mehr hier gewesen wäre.

Er drehte sich ebenfalls, den Kopf an die Wand hinter sich gelehnt, und bedachte mich erneut mit diesem intensiven Blick, den ich bis tief in mein Innerstes spüren konnte. »Keine Ursache, Avery«, sagte er leise und prostete mir zu.

Ich tat es ihm gleich, neigte das Glas in seine Richtung und leerte es dann. Mein Verstand war angenehm betäubt, und der Schmerz in der Hand ließ langsam nach. Bevor ich es mir doch noch mal anders überlegen konnte, sprach ich den Gedanken aus, der mir gerade gekommen war: »Wäre es in Ordnung, wenn ich heute hier schlafe?«

Hayes fixierte mich wieder, und im ersten Moment dachte ich, dass er protestieren würde. Dass diese plötzliche Nähe zwischen uns, dieses plötzliche Gefühl, ihm unangenehm sein würde und er es schnell wieder unterbinden wollte. Dann aber zuckte er mit den Schultern. »Ich würde mich sowieso nicht wohl damit fühlen, dich allein nach Hause fahren zu lassen, nach allem was passiert ist.« Er stellte das Glas auf dem Tisch ab und stand auf. Offensichtlich ließ der Whiskey ihn etwas kälter als mich. »Ich bezieh dir mein Bett neu, dann kannst du dort schlafen.«

»Das musst du nicht, ich kann auch einfach auf der Couch schlafen, wenn ich mich hier schon einfach niederlasse!«

»So wie du aussiehst, wäre es wirklich besser, du schläfst in einem Bett, Avery. Das ist kein Problem für mich.«

Ich presste die Lippen zusammen, meine Mundwinkel zuckten. »Und wenn wir zusammen darin schlafen? Das würde mich nicht stören. Und ich hätte nicht das Gefühl, dir etwas wegzunehmen.«

Das ließ Hayes tatsächlich innehalten. Er sah mich überrascht an, doch kurz darauf wanderte wieder dieses Lächeln in sein Gesicht. »Was denn, zwei kleine Gläser und du bist schon betrunken genug für unmoralische Angebote?«

Ich schnaubte. »Ich denke nur ans Schlafen.«

»Und ich denke, dass du mit deinen Verletzungen Platz im Bett brauchst. Ich schlafe auf der Couch, keine Widerrede mehr.« Er schüttelte den Kopf, als würde er sich wirklich über mich amüsieren, und verließ die Küche.

Ich sah ihm nach, seinem durchtrainierten Rücken in dem engen Shirt, und ein seltsames Ziehen ging durch meinen Magen. Um es zu ertränken, leerte ich noch einmal ein Glas, aber es half nichts.

Hayes wollte nicht mehr aus meinem Kopf verschwinden.

KAPITEL 18

Als ich am nächsten Morgen vom Klingeln meines Handys geweckt wurde, musste ich mich im ersten Moment orientieren. Das Bett, in dem ich mich streckte, roch frisch nach Waschmittel, und weil das Fenster auf der anderen Seite des Zimmers einen Spalt geöffnet war, drangen die Geräusche der Straße herein. Hupende Autos, lachende Stimmen und irgendwo dazwischen zwitschernde Vögel. Ich setzte mich auf, die Decke noch an mich gepresst, und sah mich um. Ein kleines Nachtschränkchen, auf dem ein Buch lag, eine Kommode, auf der Pflanzen standen, und ein paar Bilder an den Wänden. Menschen, die ich nicht kannte – bis auf Ash, die auf einem Bild mit Hayes in ihrer Uniform salutierte. *Hayes.* Richtig, ich war bei ihm.

Ich wischte mir die langen Haare aus dem Gesicht und suchte nach meinem Handy, dessen Klingeln irgendwo neben mir zu hören war. Schließlich fand ich es unter meinem Kissen, fluchte kurz über das kaum noch lesbare Display und hob schnell ab. »Ja?«

»Hey, Avery. Wo bist du?« Islas Stimme klang besorgt, und ich lehnte mich erst einmal gegen die Wand hinter mir, um einigermaßen wach zu werden. »Ich liege noch im Bett.«

»Ja, aber sicher nicht in deinem eigenen. Ich war gerade bei dir, und dein Bruder meinte, dass du heute Nacht nicht zu Hause warst … Ist alles in Ordnung?«

Ich zog die Beine an meinen Körper heran und ließ noch einmal den Blick durch den Raum wandern. Jetzt, wo sie fragte, blubberte die Erinnerung an den Abend zuvor wieder in meinem Gedächtnis hoch. Wie Dorian Mars' Männer mich in der Gasse überfallen hatten, wie Scott mich auf den Boden gedrückt hatte, das Gefühl von kaltem Metall an meinem Kopf … Ich atmete tief durch, bevor ich sagte: »Ich habe bei Hayes geschlafen.«

Isla klang, als würde sie ebenfalls tief durchatmen. »*Detective* Hayes?« In ihrer Stimme schwang ein breites Lächeln mit, und ich seufzte.

»Er hat mir gestern Abend geholfen. Ich wurde überfallen.«

»Was?! Geht es dir gut? Was ist passiert?«

Ich biss mir auf die Unterlippe und blickte auf meine verbundene Hand. Der pochende Schmerz war nur noch dumpf zu spüren, aber er war die ganze Zeit da und erinnerte mich an meine Machtlosigkeit. »Dazu müsste ich sehr weit ausholen. Und ich glaube auch nicht, dass das förderlich wäre für das Bild, das du von mir hast«, sagte ich mit einem Lachen, das eher verzweifelt als wirklich amüsiert war. Warum erwähnte ich das überhaupt? Warum sprach ich es aus?

Doch ich kannte die Wahrheit: Ich vertraute Isla Kennedy, warum auch immer. Vor ein paar Tagen war sie noch ein berühmtes Instagram-Profil auf meinem Handydisplay gewesen, und jetzt war sie meine Freundin. Und das nicht erst seit der Sache, die sie wegen Veda für mich getan hatte, auch wenn das sicherlich dazu beigetragen hatte.

»Du kannst mir alles erzählen«, sagte Isla mit ruhiger Stimme, als könnte sie absolut nichts schockieren. Und mittlerweile glaubte ich das tatsächlich.

Mit einem Lächeln atmete ich tief aus.

Bevor ich jedoch irgendetwas sagen konnte, irgendetwas erklären konnte, setzte sie noch einmal an: »So, wie du klingst, ist das ein großer Vertrauensbeweis. Wie wär's, wenn ich dir dieses Vertrauen zurückgebe und wir beide einfach unsere Geheimnisse teilen?« Zu meiner Überraschung wirkte Isla tatsächlich ein wenig nervös.

Ich schlang den Arm um meine Knie und fragte: »Was meinst du?«

»Kannst du heute zu mir kommen? Dann zeig ich es dir. Aber das muss absolut unter uns bleiben, verstanden?«

»Natürlich. Auch wenn du mir ein bisschen Angst machst, Kennedy.« Ich lachte, und sie stimmte ein.

»Nein, nein, das sollte es nicht. Aber … Ehrlich gesagt ist das für mich auch etwas Neues.«

Ich spürte etwas Wärme in meinem Bauch bei dem Gedanken, dass sie mir so vertraute. »Ich schau mal, wie ich von hier zu dir komme, und melde mich dann noch mal, okay?«

»Okay. Bis später, Avery.«

»Bis später.«

Ich legte auf und schwang die Beine aus dem Bett, um in meine Hose zu schlüpfen, die am Boden lag. Dann durchquerte ich den Raum und öffnete die Tür zum Flur. In der Wohnung war es still, und ich schlich zum Wohnzimmer, um zu sehen, ob Hayes vielleicht noch schlief. Aber die Decke auf der braunen Ledercouch war ordentlich zusammengelegt, und von dem Detective fehlte jede Spur. Auch in der Küche war niemand, und da hörte es auch schon auf mit Räumen. Hayes war nicht hier. Etwas unschlüssig blieb ich im Flur stehen. War er zur Arbeit gefahren und hatte mich nicht wecken wollen? Ich spürte einen Hauch Enttäuschung in mir aufsteigen und drückte ihn sofort weg. Das hier … Das hatte nichts zu bedeuten. Er hatte sich um mich gekümmert, weil er ein guter Mensch war und mich nicht einfach verletzt in einer Gasse liegen lassen wollte. Beziehungsweise als Cop vermutlich auch nicht durfte. Vollkommen normal also. Nichts, was das Kribbeln in meinem Magen rechtfertigte, wenn ich jetzt an ihn dachte. *Verdammt.*

Seufzend ging ich ins Bad, um mich wenigstens ein bisschen frisch zu machen, bevor ich ging. Dort sah ich, dass Hayes mir eine noch in Plastik verpackte Zahnbürste und ein frisches Handtuch rausgelegt hatte. Meine Mundwinkel bogen sich nach oben, und als ich mein dämlich grinsendes Gesicht im Spiegel sah, zwang ich mich, sofort wieder damit aufzuhören. Ganz abgesehen davon, dass ich gerade andere Probleme hatte, durfte ich in die ganze Sache nicht mehr reininterpretieren, als da war.

Ich putzte mir die Zähne und wusch mich und bediente mich dann nach kurzem Zögern noch an seinem Deo, um mir die Dusche zu sparen, bis ich zu Hause war. Ein Fehler, wie sich direkt herausstellte. Als mir Hayes' Geruch in die Nase stieg, hielt ich sofort die Luft an und wedelte wie verrückt mit meiner gesunden Hand herum. Keine Chance. Der Duft würde mindestens den restlichen Tag an mir hängen und mich daran erinnern, dass ich die Nacht nur ein Zimmer von ihm entfernt geschlafen hatte.

Als ich das Bad verließ, hörte ich einen Schlüssel im Schloss der Wohnungstür. Ich riss den Kopf herum, doch es war nur Hayes – wer sollte es auch sonst sein –, der bereits das Shirt des NYPD unter seiner Jacke trug.

Er hob den Blick und schien einen Moment zu erstarren, als er mich sah. Dann drückte er die Tür hinter sich mit dem Fuß zu und hob die beiden Pappbecher in seiner Hand an. »Kaffee, bevor du das Weite suchst?« Die kleine Apotheken-Tüte, die er über einen Arm hängen hatte, raschelte bei der Bewegung. »Und Schmerzmittel für deine Hand?«

Oh. Ich spürte, wie schon wieder meine Mundwinkel kribbelten. »Dazu musst du mich nicht lange überreden.«

Er schmunzelte kurz, und das ließ mein Herz hüpfen. Schnell nahm ich ihm die Becher ab, während er seine Jacke auszog.

»Ich dachte schon, dass du bei der Arbeit bist«, sagte ich lächelnd, als ich am Küchentisch Platz nahm.

Hayes, der gerade über die Schwelle trat, zog die Augenbrauen nach oben. »Ohne einen Zettel zu hinterlassen? Oder einen Schlüssel, um abzusperren?«

Ich versuchte, nicht auf das Wappen des NYPD auf seiner Brust zu starren und mir vorzustellen, was darunter lag, und konzentrierte mich stattdessen darauf, eine Tablette aus der Dose zu schütteln und mit Kaffee runterzuspülen. »Zu meiner Verteidigung: Ich bin gerade erst aufgewacht, und mein Gehirn ist noch nicht ganz hochgefahren.«

Hayes schnaubte belustigt, bevor er sich auf der anderen Seite des Tisches niederließ, genau wie am Abend zuvor. Er griff nach seinem Kaffee, stoppte jedoch mitten in der Bewegung und starrte mich an.

»Was?«, wollte ich sofort alarmiert wissen.

Er schüttelte den Kopf, schnupperte, und dann zogen sich seine Augenbrauen zusammen. »Hast du … mein Deo benutzt?«

Das hatte ich schon wieder völlig vergessen. Etwas peinlich berührt zuckte ich mit den Schultern. »Ich hatte kein eigenes dabei. Ich hoffe, das stört dich nicht.«

»Nein«, gab er zurück, und sein Blick wanderte etwas abwesend an meinem Hals hinab. Ich spürte, wie mir wieder heiß wurde.

»Steht es mir?«, fragte ich. Eigentlich wollte ich es amüsiert klingen lassen, aber die Worte kamen mir eher heiser über die Lippen.

Hayes' Blick wanderte wieder nach oben. »Was?«, fragte er verwirrt, als wäre er gerade erst aus seinen Gedanken aufgetaucht.

»Dein Deo. Oder rieche ich zu sehr nach Mann?«

»Nein. Du riechst toll. Also …« Er schüttelte den Kopf und lachte leise. Vielleicht auch ein wenig verlegen. Ich mochte es, ihn so zu sehen, aber mit seinem nächsten Räuspern war es schon wieder vorbei. »Ich muss allerdings wirklich gleich los. Ash hat mich gerade angerufen – es gab wieder …« Er stockte, und ich sah ihn alarmiert an. Seine Kiefermuskel waren angespannt.

»Einen Mord?«, beendete ich und spürte, wie sich meine Nackenhaare aufstellten.

Als er langsam nickte, hakte ich nach: »Wieder an einem Magier?«

Erneutes Nicken, und das Kribbeln in meinem Nacken wurde stärker. »Das … sind momentan verdammt viele.«

Hayes nahm einen Schluck von seinem Kaffee, seine dunkelgrünen Augen funkelten gefährlich. Weil er nichts weiter dazu sagte, lehnte ich den Arm auf den Küchentisch zwischen uns. »Glaubst du, dass Dorian Mars etwas damit zu tun hat?«

»Ich bin seit Jahren hinter ihm her, und der Mann hat schon furchtbare Gräueltaten begangen. Zuzutrauen wäre es ihm schon.«

»Aber?«

Er schüttelte gedankenversunken den Kopf, während er einen unsichtbaren Punkt in der Luft fixierte. »Ich weiß nicht. Diese ganzen Morde sind einfach … eigenartig. Es passt nicht so richtig zu Dorian Mars. Es passt eigentlich zu nichts, was ich jemals gehört habe.«

Plötzlich musste ich daran denken, was Isla mir vor ein paar Tagen erzählt hatte. Der Politiker, der verbrannt in einer Gasse gefunden worden war. Und auch Veda. Auch Orla. Beide hatten schwere Verbrennungen am Körper gehabt, als wären sie in eine Explosion geraten. Und hatte ich nicht den Geruch nach Verbrannten in der Luft wahrgenommen, als ich an dem Toten in der Gasse vorbeigelaufen war?

Ich presste die Lippen zusammen, weil der Gedanke daran mir einen Schauer über den Rücken schickte. Wer würde so etwas Grausames tun … Menschen verbrennen, um sie zu töten? Und warum? Ich kannte die anderen Opfer nicht, aber wer würde jemanden wie Veda töten wollen, noch dazu auf so eine Art und Weise? Wieder kam mir Dorian Mars in den Sinn, und mein Magen schwoll vor Wut an. Aber warum würde er eine so auffällige Methode wählen? Das war nicht sein Stil.

»Wenn du willst, kann ich dich auf dem Weg zum Revier zu Hause absetzen.«

Hayes' Stimme riss mich aus meinen Überlegungen, und ich fuhr zu ihm herum. Er bedachte mich wieder mit diesem intensiven Blick, bei dem es mir schwerfiel, meine Gedanken zusammenzuhalten. »Nicht nötig, danke. Ich bin noch mit Isla verabredet.«

Eine Augenbraue zuckte nach oben. Es sah aus, als würde er etwas sagen wollen, aber er schloss die Lippen wieder.

»Was?«, wollte ich wissen.

»Nichts.« Er seufzte. »Ich kenne Isla Kennedy nicht, aber ich kenne ihre Eltern. Sehr unangenehme Menschen.«

»Sie ist nicht so«, gab ich zurück und stellte den leeren Kaffeebecher auf den Küchentisch. »Tatsächlich ist sie überraschend normal.«

Hayes nickte, bevor er sich mir wieder mit einem Schmunzeln zuwandte. »Das muss sie wohl sein. Du warst schon immer sehr wählerisch mit den Menschen, mit denen du deine Zeit verbracht hast.«

»Abgesehen von Dorian Mars und seinen Leuten, meinst du.« Ich grinste ihn an. »Und das ist wirklich eine sehr nette Art und Weise, um auszudrücken, dass ich keine Freunde hatte.«

Sein Blick wurde ernst. »Das meinte ich nicht.«

»Ich weiß.« Ich winkte ab.

Wir sahen uns eine Weile schweigend an, bevor er den Blickkontakt mit einem Seufzen unterbrach. »Wir sollten los. Ich nehme dich noch ein Stück mit.«

Der Gedanke, unsere gemeinsame Zeit jetzt schon zu beenden, rief Bedauern in mir hervor. Aber es gab eigentlich auch keinen Grund, das Ganze länger auszudehnen, als wir mussten. Also stand ich ebenfalls auf und folgte ihm nach draußen.

Die Sonne stand schon hoch und machte das Wetter angenehm mild. Ich hätte meinen Mantel fast nicht gebraucht, aber ich kuschelte mich trotzdem in ihn, weil sein Geruch nach Herbst und

Regen ein wenig von Hayes' Deo ablenkte, das immer noch sehr präsent an mir klebte.

Ich ließ mich auf den Beifahrersitz fallen, und als Hayes neben mir eingestiegen war, drehte ich mich zu ihm. »Es wäre toll, wenn du mich irgendwo in der Nähe der Upper East Side rauswirfst.«

»Kein Problem.« Er legte den Gang ein und lenkte seinen Wagen aus der Parklücke, bevor er mir einen kurzen Blick zuwarf. »Was Dorian Mars angeht …«

»Ich erinnere mich an mein Versprechen von gestern, und ich stehe auch weiterhin dahinter. Noch arbeite ich für Dorian Mars, noch kann ich dir alle Insider-Infos besorgen«, gab ich entschlossener zurück, als ich mich fühlte. Ich wusste nicht, wo wir nach diesem Überfall gestern standen. Es war eher ein hohes Pokern. Wenn Scott und seine Jungs wirklich allein gehandelt hatten und nicht auf Dorians Befehl hin, wusste er wahrscheinlich noch nicht, dass Hayes und ich zusammenarbeiteten. Aber es war nur eine Frage der Zeit, bis er erfuhr, dass seine Leute im Gefängnis saßen. Dorian Mars hatte seine Augen und Ohren überall.

»Nicht, wenn du dich damit in Gefahr bringst«, sagte Hayes sofort, und seine Augen funkelten zornig. Mein Herz machte einen Satz. »Aber du kannst mir Hintergrundinfos liefern, von den Dingen, die du weißt. Leute, mit denen er arbeitet, Orte, an denen er normalerweise ist.«

Ich dachte an Hailey und Penn und an die anderen Jugendlichen in Hunts Point und presste die Lippen zusammen. »Ich kann dir geben, was andere Leute nicht in Gefahr bringt. Ich mache dir eine Liste, in Ordnung?«

»Natürlich.« Er nickte, als hätte er auch nicht mehr erwartet.

Nach ein paar Sekunden blickte er noch einmal zu mir. »Danke, Avery.«

Ich lächelte, und er tat es mir gleich. Na, wenn mein Herz nicht schon verloren gewesen war, dann war es das wahrscheinlich in dieser Sekunde.

Hayes fuhr mich fast bis zu dem Anwesen der Kennedys und ließ mich am Bordstein raus. »Meld dich, wenn du etwas brauchst. Und mach vorsichtig mit deiner Hand.«

»Klar«, gab ich zurück.

Er nickte, dann fügte er noch mit sanfter Stimme hinzu: »Pass auf dich auf, Avery.«

Seine Worte wühlten mein Innerstes auf, und plötzlich wurde mir bewusst, dass er hinter dem wahrscheinlich gefährlichsten Mann New Yorks hinterher war. »Du auch auf dich, Hayes.«

Einen Moment wirkte er überrascht über meine Worte, dann schmunzelte er. »Klar. Immer.«

Mit einem Kribbeln im Magen stieg ich aus dem Wagen und blickte ihm nach, bis er schon längst um eine Ecke verschwunden war. Dann erst wandte ich mich ab und lief die Straße hinab zu Islas Anwesen. Zu meiner Überraschung sah ich sie bereits durch die Glastür im Eingangsbereich auf und ab tigern. Als sie mich entdeckte, rannte sie mir sofort entgegen. Sie sah nervös aus, und sie hatte ihre Arme ganz untypisch um ihren Oberkörper geschlungen. Hinter ihr lehnte Ryker am Tresen des Portiers und hatte die Hände in die Hosentaschen geschoben. Er grinste, als ich durch die Tür schritt, und hob grüßend die Hand, bevor er sich wieder seinem Handy zuwandte.

»Hey«, sagte Isla etwas atemlos und umarmte mich zur Begrüßung. Sie schnupperte an mir, und mir wurde wieder bewusst, dass ich Hayes' Deo trug. Zum Glück wurde ihre Aufmerksamkeit von meiner verbundenen Hand abgelenkt, als sie sich von mir löste, und ihre Augen wurden groß. »Ist es schlimm?«, wollte sie besorgt wissen, und ich winkte sofort ab.

»Quatsch. Nichts gebrochen, höchstens ein bisschen geprellt und eine kleine Schürfwunde.«

Sie wirkte nicht überzeugt, schüttelte aber vorsichtig den Kopf. »Ich nehme an, dass deine Erklärungen das miteinschließen, also versuche ich, geduldig zu sein.« Mit einer Handbewegung bedeutete sie mir, ihr zu folgen.

Ich durchquerte die beeindruckend hohe Eingangshalle. Am Portiertresen saß diesmal niemand, und mein Blick zuckte noch einmal kurz zu Ryker.

»Warte hier auf uns«, sagte Isla, als Ryker uns ebenfalls folgen wollte.

Er spannte sofort die Schultern an. »Ist das wirklich eine gute Idee?«

»Du kannst uns nicht begleiten«, gab sie nachdrücklich zurück. »Und du wirst meinen Eltern nichts davon erzählen, klar?«

Er schnaubte, und das war das erste Mal, dass ich ihn beinahe schon frustriert sah. Bisher hatte er immer einen sehr lockeren Eindruck gemacht. Doch er blieb, wo er war.

Ich presste die Lippen zusammen, als ich zu Isla trat und ihre nervösen Fußbewegungen beobachtete, während der Aufzug auf das Erdgeschoss zubrummte. »Dir ist klar, dass du dein Geheimnis nicht unbedingt mit mir teilen musst, um meins zu erfahren, oder? Ich erzähle es dir sowieso«, sagte ich mit einem Lächeln und versuchte gleichzeitig, die Hitze in mir nach unten zu drängen, die seltsamerweise wieder in mir aufsteigen wollte.

Islas nervöse Bewegungen stoppten, und sie musterte mich mit ernstem Blick. »Du vertraust mir, ich vertraue dir. Und um ehrlich zu sein … will ich das endlich mal mit jemandem teilen.« Ein Lächeln erhellte ihr Gesicht. »Aber meine Eltern bringen mich echt um, wenn sie davon erfahren.«

»Von mir tun sie das bestimmt nicht.«

Die Aufzugtüren glitten auf, und als sie hinter uns wieder zugegangen waren, zog Isla einen Schlüssel unter ihrem Shirt hervor, mit dem sie den einzelnen Knopf am unteren Ende des Panels aktivierte. Der Aufzug setzte sich ruckelnd wieder in Bewegung.

Bevor ich fragen konnte, wohin wir fuhren, drehte Isla sich wieder zu mir um. »Also. Was ist dein Geheimnis?«

Ich lehnte mich an die Wand und holte tief Luft. »Hast du schon mal den Namen Dorian Mars gehört?«

Isla zog die Augenbrauen zusammen und schien einen Moment zu überlegen. Schließlich schüttelte sie den Kopf. »Ich denke nicht.«

»Er ist ein furchtbarer Mensch. Die meisten würden ihn wohl als einen Gangsterboss bezeichnen. Organisiertes Verbrechen. Wer in New York schon einmal damit zu tun hatte, kennt seinen Namen, auch wenn er sehr im Verborgenen arbeitet. Oh, und er entstammt einer Magierfamilie. Artisten, soweit ich weiß. Allerdings ist er der letzte seiner Linie, ein Shield. Mit dem Wissen über die Magiergesellschaft und seiner Immunität gegenüber Magie macht ihn das verdammt gefährlich. Er nutzt andere magische Menschen aus, die von der Gesellschaft verstoßen wurden.« Ich presste die Lippen zusammen, weil die Hitze in mir immer weiter anschwoll und ein seltsames Kribbeln über meine Arme wanderte.

Der Aufzug hielt an, und ich beeilte mich, weiterzusprechen: »Hayes ist schon seit Jahren hinter ihm her, aber Dorian Mars ist schlau. Deshalb habe ich jetzt angeboten, Hayes zu helfen.«

Die Türen glitten auf, und Isla schien die richtigen Schlüsse zu ziehen, denn Erkenntnis flackerte in ihren Augen. »Du warst in seiner Gang.«

Ich betrachtete die Wand, die sich hinter dem Aufzug anschloss und die von einer schweren Metalltür durchbrochen wurde. »Ja. Ich war eine der Jugendlichen, die von der Gesellschaft ausgestoßen wurden. Weil ich immer sicher war, dass meine Magie kaum vorhanden war und weil ich mich nirgends zugehörig gefühlt habe. Dorian Mars hat mich aufgenommen, als ich ganz unten war, und mir so etwas wie Anerkennung gegeben, nach der ich mich gesehnt habe.«

Als wir aus dem Aufzug traten, schlug mein Herz Purzelbäume, und die Hitze in mir fühlte sich schon beinahe an wie Fieber.

Ich wandte mich wieder Isla zu. »Ich habe Aufträge für ihn übernommen. Kleine Verbrechen, Diebstähle oder Leuten hinterherspionieren. Und als ich nicht mehr für ihn arbeiten wollte, hat er mir die Pistole auf die Brust gesetzt. Meine Familie bedroht. Also habe ich weitergemacht. Im *Rhapsody* Drinks für ihn gemischt, die seine Feinde in seine Arme getrieben haben.« Ich schüttelte den Kopf, weil ich nicht weiter darüber reden wollte. Das war genug Info für heute.

Islas entsetztem Blick nach zu urteilen, hatte es seine Wirkung erzielt. Sie hatte eine Hand auf die Metalltür gelegt und schüttelte den Kopf. »Das ist schrecklich, Avery. Du hattest sicher Angst.«

»Es war nicht nur das. Er hat mir etwas gegeben, was ich nie hatte: Eine Gruppe, zu der ich gehören konnte. Ich WOLLTE das alles für ihn tun, anfangs.« Entschlossenheit packte mich, und ich erwiderte Islas Blick fest. »Aber damit ist es jetzt vorbei. Spätestens seit Vedas Tod weiß ich, dass ich ihn aufhalten muss. Ich will meine Freunde und meine Familie beschützen, und ich dachte, dass ich das nur kann, wenn ich mache, was Dorian Mars sagt. Aber ich habe begriffen, dass das alle nur weiter mit mir in den Abgrund reißen wird. Ich muss Hayes helfen, Dorian Mars hochzunehmen.«

»Das klingt verdammt gefährlich.«

»Vielleicht.« Ich wedelte mit der verbundenen Hand. »Eine kleine Kostprobe hab ich gestern bekommen, als drei von Dorians Leuten mich überfallen haben, um sich für Devons Tod zu rächen. Aber es ist besser als der Zustand, in dem ich mich jetzt befinde.«

Isla holte tief Luft, in ihren dunklen Augen lag Sorge. »Ich nehme an, dass ich dir das nicht ausreden kann? Oder ich dir irgendwie helfen kann?«

»Diesmal nicht.« Ich lächelte. »Aber danke, dass du es anbietest. Ich werde es da schon allein rausschaffen. Obwohl … nicht allein. Mit Hayes.«

Isla nickte, dann seufzte sie wieder lächelnd. »Pass bloß auf, dass du dich nicht umbringst, Avery Bishop. Du hast noch ein paar wichtige Dinge zu tun.« Sie griff in ihre hintere Hosentasche und zückte zwei Umschläge, die sie mir reichte.

Überrascht blickte ich auf das hochwertige, glitzernde Kartonpapier. »Was ist das?«

»Zwei Einladungen. Eine für die Vorfeier in ein paar Tagen, die meine Eltern für ein paar entfernt lebende Familienmitglieder und Freunde abhalten, und eine für meine Hochzeit. Meine Mutter ist fast durchgedreht, dass ich noch jemanden auf der

Gästeliste hinzugefügt habe, aber sie hat dich reingequetscht.« Sie lächelte breit, aber es war auch Unsicherheit in ihrem Blick. »Also, wenn du kommen willst …«

Mit großen Augen starrte ich sie an. »Echt?«

»Ja, echt.«

Meine Mundwinkel wanderten nach oben. »Ich komme. Auf jeden Fall.« Ich war so gerührt, dass ich nicht anders konnte, als sie zu umarmen.

Sie erwiderte lachend meine Umarmung und drückte mich dann wieder von sich weg, um mich anzusehen. »Das freut mich sehr.«

»Und deshalb hast du mich hier runter in euren gruseligen Familienkeller geholt?«, wollte ich belustigt wissen und hielt die wertvollen Umschläge fest an meine Brust.

Isla wurde wieder ernst. Sie schüttelte sanft den Kopf. »Nein, das ist es nicht. Ich … ich wollte dir die Quelle zeigen.«

Es dauerte ein paar Sekunden, bis ich verstand, was sie meinte. Dann riss ich die Augen auf. »Was? Die Magiequelle? Sie ist … HIER?« Mein Herz raste, als ich die Metalltür anstarrte.

»Ja. Sie liegt unter unserem Anwesen, damit wir ihr immer ganz nah sind.«

War das der Grund, warum die Hitze in meinem Inneren so verrücktspielte? Weil die Quelle unserer Magie, die Quelle unserer Macht direkt hier war, hinter dieser Sicherheitstür?

Als Isla begann, die Tür aufzuschließen, musste ich den Impuls unterdrücken, sie aufzuhalten. Ich hatte Angst vor dem, was mich erwartete, und vor dem, was es mit mir anstellen würde. Gleichzeitig war da jedoch eine andere Stimme in mir. Eine, die danach verlangte, sie zu sehen. Sie zu spüren. Der Quelle nah zu sein.

»Es ist ein Familiengeheimnis, weil wir natürlich nicht wollen, dass alle wissen, wo genau die Quelle ist.« Isla lächelte mich zögerlich an, bevor sie die Tür aufdrückte. »Willkommen im Zentrum der Magie.«

Ich folgte schüchtern ihrer wortlosen Aufforderung und trat über die Schwelle. Der Raum, der dahinter folgte, erinnerte mich an eine riesige Grotte. Die hohen Wände waren aus Stein, der in Stalaktiten von der Decke hing, und es gab keine direkte Lichtquelle hier. Als die Tür hinter uns zufiel, war es beinahe vollkommen dunkel um uns herum. Beinahe. Denn in der Luft lag ein seltsames Schimmern, das mit jeder Sekunde hier drin heller zu werden schien. Als meine Augen sich an die Dunkelheit gewöhnt hatten, sah ich, dass an den Wänden etwas herunterlief und sich darunter in einen Graben ergoss. Aber es war auch nicht wirklich da … Es war mehr wie eine Mischung aus Wasser und Nebel.

Isla und ich standen auf einer Plattform, um die herum das Nebelwasser brandete. Nein, kein Nebelwasser. MAGIE. Reine, wunderschöne, mächtige Magie, die um uns herum von den Wänden floss. Die die ganze Atmosphäre erfüllte. Und plötzlich hatte ich das Gefühl, keine Luft mehr zu bekommen.

»Ist es nicht wunderschön?« Isla machte noch einen Schritt in den Raum hinein, ihre blasse Haut schien silbern zu schimmern, und sie lächelte. »Ich war als Kind so oft hier unten und saß einfach an der Quelle und habe sie beobachtet.« Sie strich sich über die schimmernden Arme. »Es fühlte sich so echt an. So nah. So … roh. Es ist unglaublich.«

Als ich nichts sagte, wandte Isla sich mir zu, und das Lächeln verschwand aus ihrem Gesicht. »Alles in Ordnung, Avery?«

Ich konnte ihr nicht antworten. Mein ganzer Körper fühlte sich plötzlich wund an, heiß und kribbelnd, als würde die Macht um mich herum an meiner Haut zupfen. Versuchen, in sie einzudringen wie heißer Regen. Das Schimmern um mich herum schien stärker zu werden, und mit ihm die Hitze, die in meinem Inneren zu einer Feuerkugel wurde.

Und plötzlich wollte ich nichts mehr, als näher an die Quelle zu gehen. Die Hand in das Nebelwasser zu halten und … davon zu trinken. Es in mich aufzunehmen, bis meine Adern voll waren.

»Avery?« Isla trat vor mich und griff nach meinem Arm. Fast sofort zuckte sie zurück. »Du bist … ganz heiß. Bist du okay? Was ist los?«

Ich sah nach unten, auf meine Arme. Die Adern auf meiner Haut schimmerten. Das hier war zu viel. Es war viel zu viel. Dieser Sog, den die Quelle auf mich hatte – das starke Verlangen, zu ihr zu gehen, sie zu meinem Eigen zu machen. Und diese unheimliche Macht, die um mich in der Luft pulsierte wie ein lebendes Wesen. Zu viel. Zu groß. Zu mächtig.

»Isla, ich muss hier raus«, presste ich hervor, auch wenn alles in mir sich dagegen sträubte, diesen Ort wieder zu verlassen. Es war, als würde ich hierhergehören, aber auch, als würde mich alles hier drin erdrücken. ZU VIEL.

Die Kontrolle, die ich für eine Weile über meine Magie zu haben schien, war innerhalb weniger Sekunden wieder verpufft. Mein Körper reagierte gar nicht, aber glücklicherweise schaffte Isla es, mich nach draußen zu schieben. Die Hitze pulsierte immer noch in mir, als die Metalltür hinter uns zufiel. Mir rann Schweiß über die Haut, auch dann noch, als wir in den Aufzug stolperten und Isla mit ihrem Schlüssel den Knopf freigab.

Erst langsam, je weiter wir nach oben fuhren, wurde der Druck besser. Die Hitze weniger. Und als wir im Erdgeschoss anhielten und die Türen aufglitten, blickte ich schwach zu Isla rüber. Ich lehnte mit dem Rücken an der Wand, und alles in meinem Körper schmerzte. Sie sah so erschrocken aus, wie ich mich fühlte.

»Das war das Unheimlichste und Schönste, was ich je erlebt habe«, sagte ich. Und dann ließ ich mich zitternd auf den Boden sinken.

KAPITEL 19

Ich betrat den Club an diesem Abend bereits mit einem unguten Gefühl. Es war ein seltsames Kribbeln auf meiner Haut, eine Ahnung, dass irgendetwas gewaltig schieflaufen würde. Als ich schließlich die Treppe zur Bar überwunden hatte, eingelullt von pulsierenden Bässen und Neonlicht, sah ich auch endlich, was wahrscheinlich der Grund für dieses Gefühl war: An der Bar saß ein Mädchen, nicht viel älter als ich, mit bronzefarbener Haut und grellvioletten Haaren, die wie Zuckerwatte um ihr schönes Gesicht lagen. *Teagan.*

Ich presste die Lippen zusammen, und mein gesamter Körper, jede Faser und jeder Muskel, spannten sich an. Dorian Mars musste sie zu mir geschickt haben, eine andere Möglichkeit gab es nicht. Teagan war seine rechte Hand, und im Gegensatz zu seinen anderen Leuten würde sie nie im Leben etwas machen, das nicht mit ihrem Boss abgesprochen war. Teagan handelte nicht allein.

Während ich langsam um die Bar herum an meinen Platz ging, schossen mir Tausende Gedanken durch den Kopf. Hatte Dorian sie geschickt, um mir zu drohen? Oder hatte sie sogar schon den Auftrag, unsere Zusammenarbeit schmerzlos zu beenden? Aber dann würde sie wahrscheinlich nicht mit einer solchen Ruhe am Tresen lehnen, ein sanftes Lächeln auf den Lippen, als würde nichts auf der Welt sie interessieren. Ihre dunklen Augen folgten mir ab dem Moment, in dem sie mich von der Treppe hatte kommen sehen, bis ich endlich auf der anderen Seite der Bar ihr direkt gegenüberstand. Der Geruch nach Büchern strich mir um die Nase, staubig und geheimnisvoll, und mein Nacken begann zu kribbeln.

Sie stützte den Kopf auf ihrer Hand ab und ließ die Mundwinkel noch ein Stück weiter nach oben wandern. »Einen wunderschönen Abend dir, liebe Avery. Wir haben uns lange nicht gesehen.«

Ich riskierte einen Blick zur Seite, aber Michael und Marla waren mit anderen Gästen beschäftigt. Also musterte ich Teagan finster. »Ich habe wirklich keinen Nerv für Spielchen. Sag mir einfach, was du hier willst.«

»Das ist aber nicht sehr nett.« Sie verzog die vollen, dunkel geschminkten Lippen zu einem Schmollmund. »Kann eine Freundin nicht einmal ihre Freundin bei der Arbeit besuchen?«

Ich beschloss, lieber den Mund zu halten, statt mit den Dingen rauszuplatzen, die mir eigentlich durch den Kopf gingen. Teagan und ich waren sicher keine Freunde. Früher hatten wir in Hunts Point öfter zusammen abgehangen, damals mit Veda. Aber beim Gedanken an die junge Frau, die wirklich meine Freundin gewesen war, zog sich in mir alles zusammen. Wir hatten einen anderen Weg gewählt. Hatten uns für die Freiheit und Ehrlichkeit entschieden, auch wenn ich es bisher nicht geschafft hatte. Teagan hingegen war in Dorian Mars' Reihen aufgestiegen und hatte sich mit Freude in seine Machenschaften gestürzt, bis sie das kleine Hündchen an seiner Seite geworden war. Sie hatte Freude an dem, was sie tat. Und sie respektierte Dorian Mars, sah zu ihm auf wie zu einem Helden, statt ihn anzusehen wie den Mörder, der er war.

Diese Frau war eine falsche Schlange. Und sie war verdammt gefährlich.

»Du siehst ziemlich fertig aus.« Teagan schmunzelte und deutete auf die Ringe, die ich wahrscheinlich unter den Augen hatte. »Schläfst du gerade nicht gut?«

Ja, dank deinem Sugar Daddy, hätte ich ihr am liebsten entgegengeschrien. Aber die Wahrheit war, dass ich bis eben gar nicht mehr an ihn gedacht hatte. Mein Besuch bei Isla hing mir immer noch an den Knochen, und als ich jetzt wieder unfreiwillig daran dachte, was ich dort gesehen hatte, zog sich eine Gänsehaut über meinen Körper. *Ich hatte mitten in der Quelle gestanden. Dem Machtzentrum der New Yorker Magier.* Ich hatte so viel Macht gespürt, so viel Magie, und sosehr ich mich davor gefürchtet hatte, so sehr hatte ich sie auch gewollt. Gebraucht.

»Und blass bist du auch.« Teagan schnalzte mit der Zunge und holte mich mit dem klickenden Geräusch wieder zurück in die Realität.

Wenn ich ihr kleines Spielchen nicht mitspielte, würde ich sie wahrscheinlich nicht mehr loswerden. Also seufzte ich. »Viel los gerade.« Ich nickte zu den Flaschen hinter mir. »Willst du etwas trinken?«

Teagan legte einen Finger an die Lippen und schien zu überlegen. Ihr Blick wanderte an den ausgestellten Weinflaschen, den

Whiskeyflaschen und dem Bierzapfer entlang, bis er endlich wieder bei mir anhielt. Sie lächelte. »Wie wäre es mit einem guten Wein? Ich nehme, was du mir empfiehlst. Und gern mit einem kleinen Spritzer Glück, das können wir schließlich alle gebrauchen, nicht wahr?«

Sie zwinkerte, und ich spürte, wie mein Körper sich wieder versteifte. Trotzdem tat ich, was sie wollte, und holte einen unserer teuersten Weine von der Abstellfläche, um ihn mit der *Dancing-Joy*-Tinktur zu vermischen. Ich ließ nur ein paar Tropfen hineinfallen, nur einen Hauch von guter Laune, weil ich immer noch nicht einschätzen konnte, wie stark die gemixten Tinkturen von mir wirkten, seit meine Toxic-Fähigkeiten erwacht waren. Und wenn Dorian Mars' rechte Hand von meinem Drink hier nackt im Club auf und ab tanzte, bekam ich sicher Ärger mit dem Gangsterboss.

Ich schob das Glas über den Tresen, und Teagan nahm es mit leuchtenden Augen sofort entgegen, um den ersten Schluck zu nehmen. Sie schien es wirklich sehr zu genießen, denn sie schloss die Augen und ließ den Wein einen Moment im Mund hin und her wandern.

Am Rande meines Sichtfeldes bemerkte ich, dass Michael erst meine Kundin und dann mich merkwürdig ansah. Weil ich nicht wusste, wie ich sonst reagieren sollte, zuckte ich mit den Schultern und lächelte müde. *Verrückte Kundschaft mal wieder, was?*

Das schien ihn zu beruhigen. Er grinste breit, schüttelte den Kopf und wandte sich wieder den anderen Kunden zu.

Schließlich seufzte Teagan und stellte das Weinglas auf der Bar ab. »Wirklich hervorragend. Eine gute Empfehlung.« Sie fuhr sich mit dem Finger über die Lippen, ehe sie mich wieder anlächelte.

»Ich verstehe, warum Dorian dich immer noch als so wichtig erachtet.«

Meine Nackenhaare stellten sich fast augenblicklich auf, als sie seinen Namen in diesem seltsam drohenden Ton erwähnte. Damit hatte sie wohl gerechnet, denn ihr Lächeln wurde noch breiter. »Er hat einen neuen Auftrag für dich.«

»Dorian Mars schickt jetzt also dich persönlich, um seine Aufträge zu überbringen? Was für eine Ehre.«

»Das würde ich so nicht unbedingt sagen«, gab Teagan zurück. »Ich denke, er will dieses Mal auf Nummer sicher gehen, dass du den Auftrag auch wirklich bekommst. Letztens ist da wohl irgendetwas schiefgegangen, meinte er?«

Sie formulierte es fragend, obwohl ich sicher war, dass Dorian Mars ihr erzählt hatte, was er wusste. Die Frage war nur, was das war – nur dass der Typ bei ihm nicht aufgekreuzt war, oder auch, dass ich ihn gerettet hatte?

Ich beschloss, so locker wie möglich zu bleiben. Also zwang ich mir ein Lächeln auf die Lippen und lehnte mich an den Tresen. »Er muss sich keine Sorgen machen. Ich bekomme meine Aufträge von ihm immer.«

»Tatsächlich?« Teagan setzte ein gespielt überraschtes Gesicht auf. »Das ist ja seltsam. Er war sich nämlich sicher, dass das gar nicht sein kann. Der Mann, den er wollte, ist nämlich nie in Hunts Point aufgekreuzt. Und das würde ja heißen, dass du irgendetwas falsch gemacht hast, oder, Avery?«

Mein Magen begann zu brodeln, aber ich schaffte es trotzdem noch, ein neutrales Gesicht aufzusetzen. »Tja, anscheinend. Der arme Kerl hatte wohl ein bisschen zu viel von meinen Drinks und ist direkt vor dem Club zusammengebrochen.«

»Oh, dann hast du ihn direkt hier umgebracht? Du ungezogenes Mädchen.«

»Natürlich nicht«, knurrte ich zornig. »Ich habe einen Krankenwagen gerufen.«

Teagan starrte mich sekundenlang an, als hätte ich vollkommen den Verstand verloren. Schließlich zog sie die Augenbrauen zusammen und schüttelte den Kopf. »Du hast bitte was?«

Ich hielt ihrem Blick mit Wut in den Augen stand. »Ich bin keine Mörderin.« *Nicht so wie Dorian Mars. Nicht so wie du.*

»Das ist schon Auslegungssache, meine Liebe.« Sie stützte wieder das Gesicht in ihre Hand und lächelte mich süß an. »Aber Dorian wird sich um diesen verpatzten Auftrag kümmern, mach dir keine Sorgen. Jeder macht mal Fehler. Wichtig ist nur, dass wir sie nicht wiederholen, stimmt's?«

Die unausgesprochene Drohung in ihrer Stimme jagte eine Gänsehaut über meine Arme. Teagan griff nach der Handtasche, die neben ihr auf der Bar lag, und wühlte eine Sekunde darin, bevor sie ihr Handy hervorzog. Sie hielt es mir vors Gesicht, und ich musterte den Mann, der darauf zu sehen war. Ein durchschnittlicher Typ mit blondem Bart, der einen schlecht sitzenden Anzug trug.

»Edward Hawks. Er wird wohl heute oder morgen hier auftauchen, wenn alles klappt. Und Dorian erwartet, dass dieses Mal alles seinen gewohnten Gang geht.« Sie ließ das Handy sinken. »Ich soll dich auch noch mal an deine Verpflichtungen ihm gegenüber erinnern, falls du sie vergessen hast. Die Zweihunderttausend, die du ihm noch schuldest. Er will ungern noch Zinsen draufschlagen.«

Ich biss fest die Zähne zusammen, und meine Hände krampften sich um den Tresen der Bar. Vielleicht wäre es schlau, einfach mitzuspielen. Dorians Aufträge weiterhin auszuführen, damit er keinen Verdacht schöpfte und damit ich irgendwie weiter Beweise gegen ihn sammeln konnte. Ihm weiterhin näher kommen konnte.

Aber die Wahrheit war, dass ich es einfach nicht mehr konnte.

Die Sache mit Devon. Die Sache mit dem Typen vom letzten Mal, den ich hier beinahe umgebracht hätte. Und eigentlich auch schon alles davor, all die Jahre voller Schuld und Erniedrigung und einem Weg, den ich selbst nie gewählt hätte. In dem Moment, als Teagan mich mit diesem verdammten, süßen Lächeln musterte, als hätte sie mich vollkommen in der Hand, wusste ich, dass es damit vorbei war. Ich konnte es nicht mehr. Nicht für meine Liebsten und erst recht nicht für meine eigene Sicherheit. Ich konnte niemanden mehr in den Tod schicken. Eher würde ich Dorian Mars selbst töten.

Bei dem Gedanken spürte ich wieder die Hitze in mir aufsteigen, das Kribbeln der mächtigen Magie in meinen Adern, und das gab mir das nötige Selbstbewusstsein. Ich richtete mich kerzengerade auf, zog die Augenbrauen zusammen und spuckte Teagan entgegen: »Verpiss dich. Sofort.«

»Wie bitte?« Ihr war anzusehen, dass sie das aus dem Konzept brachte. So sprach normalerweise niemand mit der rechten Hand des gefährlichsten Mannes in New York. Aber es war mir scheißegal.

»Du hast mich schon verstanden, Teagan«, knurrte ich mit meiner gefährlichsten Stimme. »Du sollst dich verpissen. Und nimm den verdammten Auftrag gedanklich gern direkt wieder mit. Ich werde das nicht machen. Ich werde nichts mehr für Dorian Mars machen, hast du verstanden? Der Pisser kann mich mal.«

Meine Hände zitterten, aber ich krampfte sie zu Fäusten und

zwang mich dazu, Teagans schockiertem Blick standzuhalten. Ich würde nicht mehr einknicken. Nicht vor Dorian Mars und erst recht nicht mehr vor ihr.

Es dauerte einen Moment, bis Teagan begriff, dass ich das wirklich ernst meinte. Ihr schönes Gesicht verwandelte sich in eine wütende Fratze. »Das ist hoffentlich nicht dein Ernst, Avery Bishop. Du kannst dich nicht einfach so wie ein nasser Wurm aus den Fängen von Dorian Mars winden. Das wird Konsequenzen für dich haben.«

»War ich nicht deutlich genug?«, zischte ich.

Sie machte den Mund auf, wie um zu protestieren. Aber eine dunkle Stimme in ihrem Rücken kam ihr zuvor. »Ich finde, das war mehr als deutlich.«

Teagan fuhr herum, und auch ich starrte überrascht Hayes an, der hinter ihr aufgetaucht war. Er trug diesmal nichts von seiner Uniform, nur ein dunkles, eng sitzendes Shirt. Aber die Autorität seines Berufsstandes lag trotzdem noch über ihm wie ein perfekt passender Anzug.

Mit dunklen Augen funkelten er Teagan an. »Miss Hale, ich hoffe, dass die Dinge, die Sie gerade zu Miss Bishop gesagt haben, keine ernst gemeinten Drohungen waren? Denn das müsste ich Ihrer Akte hinzufügen, und die ist schon kurz vorm Platzen.« Ein gefährliches Lächeln trat auf sein Gesicht, mit dem man sicher Steinwände hätte zerschneiden können. »Und dann gibt es vielleicht genug Gründe, Sie in Untersuchungshaft zu stecken … Das wäre doch sicher nicht in Ihrem Sinne?«

»Detective.« Teagan steckte so viel Verachtung in dieses Wort, wie sie aufbringen konnte. Aber sie befand sich jetzt in einer Pattsituation und war schlau genug, um zu wissen, dass jedes falsche

Wort sie wirklich in den Knast bringen konnte. Also begnügte sie sich damit, mir noch einen vernichtenden Blick zuzuwerfen, bevor sie provozierend langsam einen letzten Schluck von ihrem Wein nahm und dann elegant vom Barhocker rutschte. Innerhalb von wenigen Sekunden war sie in der Menge verschwunden. Aber auch wenn sie Haltung bewahrt hatte, hatte ich die Wut gespürt, die ihr aus jeder Pore getreten war.

Meine Schultern entspannten sich fast sofort, und mir entfuhr ein Seufzen.

Hayes, der ihr gerade noch nachgesehen hatte, drehte sich wieder zu mir um und setzte sich auf den Barhocker. »Was war das denn gerade?« Seine Stimme klang scharf, als hätte er sich bis eben auch zurückgehalten.

Ich winkte ab. »Ach, eigentlich nichts. Ich habe ihr nur gerade gesagt, dass ihr Boss ein Pisser ist und ich keine Aufträge mehr für ihn ausführen werde. Das hat sie irgendwie nicht so gut aufgenommen.« Ich griff nach dem Wein, den Teagan auf der Bar hatte stehen lassen, und leerte den Rest in einem Zug. Nicht dass mich das sonderlich beruhigte. Oder viel von seiner magischen Wirkung zeigte. Mein Herz raste immer noch. Was zur Hölle hatte ich damit jetzt wohl ins Rollen gebracht?

Hayes zog die Augenbrauen nach oben. Er stützte sich auf der Bar ab und betrachtete mich mit durchdringendem Blick. »Obwohl ich finde, dass das sicher eine gute Entscheidung war … Du solltest gut auf dich aufpassen in nächster Zeit.«

»Ich hab ja deine Nummer«, gab ich grinsend zurück.

Als er ernst nickte, beruhigte sich mein Magen tatsächlich etwas. Ja, ich hatte Hayes auf meiner Seite, und ich hatte die Macht, die in mir schlummerte. Dorian Mars war ein gefährlicher Mann, aber er musste sich auf etwas gefasst machen. Ich würde nicht mehr kampflos aufgeben.

Seufzend stellte ich das leere Weinglas in die Spülmaschine. »Und was machst du hier? Bitte keine weiteren Leichen, die ich identifizieren muss. Mein Leben ist momentan kompliziert genug.«

»Nein, nichts dergleichen. Ich wollte nur nach dir sehen.« Als ich ihn überrascht anblickte, zuckte er mit den Schultern. »Ist das seltsam?«

Mir wanderte ein Lächeln ins Gesicht, und als er es erwiderte, breitete sich das Kribbeln auf meinen ganzen Körper aus. Gott, dieser Mann. Was machte er nur mit mir?

Das verkompliziert nur wieder alles, flüsterte eine Stimme in meinem Kopf, die allerdings auch verstummte, als er sich ein Stück nach vorn beugte. »Du weißt, dass du mit mir reden kannst, oder? Du siehst nämlich schon wieder aus, als würde in deinem Inneren ein Kampf stattfinden.«

Lass dich nicht auf diese Gefühle ein, raunte die Stimme. *Er ist nur nett. Er ist ein Cop, er macht nur seinen Job.*

Ich wischte die Worte beiseite. Neben allem, was in meinem Leben gerade los war, fühlte sich das hier wenigstens gut an. Kompliziert, wie alles andere, aber auch irgendwie warm und schön und aufregend.

»Wenn du wirklich helfen willst …« Ich lehnte mich ebenfalls über die Theke, womit wir uns direkt noch ein ganzes Stück näher waren.

Hayes' Augen weiteten sich, aber er zuckte nicht zurück. Er ließ die Nähe zwischen uns zu, einfach so. »Ja?«, fragte er mit dunkler Stimme, die das Kribbeln in meinem Magen noch verstärkte.

Ich grinste breit. »Was hast du für morgen Abend geplant?«

Seine Augenbrauen zuckten nach oben, und ich konnte nicht glauben, dass ich das wirklich in Betracht zog. Nach allem, was gerade los war, nach allem, was ich gerade durchmachte. Aber das Kribbeln in meinem Bauch gab mir recht. Und wenn Dorian Mars mich irgendwann in den nächsten Tagen von einem seiner Killer umbringen ließ oder ich die Kontrolle über meine Magie verlor und alles in Flammen aufgehen ließ, dann konnte ich mich auch ein letztes Mal amüsieren.

Ich zog die Einladung zu Islas Vorhochzeitsfeier aus meiner Hosentasche und hielt sie ihm unter die Nase. »Ich könnte nämlich dringend ein Plus Eins für eine Veranstaltung gebrauchen, jemand, der etwas mehr auf meinem Normalitätslevel ist, damit ich zwischen den ganzen Promis nicht durchdrehe.«

Er starrte erst mich an, dann den Umschlag und dann wieder mich, Ungläubigkeit lag in seinem Blick. »Ist das dein Ernst, Avery?«

»Du wolltest mir doch helfen.«

»Das hatte ich eigentlich nicht gemeint.« Er stöhnte, wischte sich übers Gesicht und zuckte dann mit den Schultern. »Aber ja, meinetwegen.«

»Wirklich?« Ich konnte nicht glauben, dass er tatsächlich zusagte. Aber als er meinen Blick erwiderte und dieses sanfte Schmunzeln auf seine Lippen trat, breitete sich unbändige Freude in mir aus, von der ich nicht gedacht hätte, sie im Moment empfinden zu können.

»Ja, ich bin dabei«, brummte er, bedeckte die Augen mit einer Hand und lachte leise. »Das werde ich wahrscheinlich bereuen, oder?«

Ich grinste und fühlte mich in diesem Moment den Schmetterlingen in meinem Magen vollkommen ausgeliefert. »Vielleicht«, sagte ich amüsiert und fügte in Gedanken hinzu: *Aber ich sicher nicht.*

KAPITEL 20

Ich drehte mich bestimmt schon zum zehnten Mal vor dem Spiegel hin und her, aber der Anblick wurde nicht zufriedenstellender. Auch nicht, wenn ich an dem blauen Stoff zupfte, die Ärmel geraderückte und mich ein elftes Mal drehte. Das Kleid passte einfach nicht mehr richtig. Weder an meinen Körper noch zu meiner Person.

Frustriert pustete ich mir eine der blonden Strähnen aus dem Gesicht, die sich aus meinem Zopf gelöst hatten, bevor ich nach meinem Handy griff. Es klingelte nur zweimal, bis Isla dranging.

»Avery?«

»Ich trage gerade das Kleid von meinem letzten Highschool-Tanz«, brummte ich in den Hörer. »Und ich sehe dabei aus wie eine der gruseligen Porzellanpuppen in ihren kitschigen Kleidern, die meine Mutter früher gesammelt hat. Falls das als Bild noch nicht ausreicht, dann als Erläuterung: Ich sehe schrecklich aus. Ich kann nicht kommen.«

Isla lachte trotz der Stimmen, die um sie herum zu hören waren, laut auf.

»Das ist nicht witzig.« Ich ließ mich zwischen den Lagen Tüll auf mein Bett fallen und starrte an die mit Lichterketten verzierte Decke.

»Nein, ist es nicht. Aber es ist absolut keine Option, dass du heute nicht kommst«, sagte Isla streng, aber nicht ohne ein Lächeln in der Stimme. »Ich habe dir doch schon gesagt, dass meine Mutter alles umgeworfen hat, damit noch Platz für dich und dein Plus Eins ist. Wenn du jetzt doch nicht kommst, wird sie wahrscheinlich zu einem Hurrikan.« Am anderen Ende der Leitung wurde eine Tür geschlossen, danach war es stiller. »Ist es wirklich so schlimm?«

»Grauenhaft. Ich könnte auch als Taubenkostüm durchgehen.«

Isla prustete. »Die Analogien werden ja immer schlimmer.«

Ich stöhnte, und Isla fügte hinzu: »Meine Eltern haben ihre ganzen Kollegen vom Sender eingeladen und sicher die Hälfte unserer übrigens riesigen Familie. Alle, die kommen, werden wahrscheinlich versuchen, schlechte Witze über die Ehe zu machen oder mir in die Wange zu kneifen. Es ist keine Übertreibung, wenn ich sage, dass ich mich auf dich heute Abend am meisten freue. Du musst kommen, Avery. Das ist mein Ernst.«

Das brachte mich jetzt doch zum Lachen. »Du freust dich auf mich am meisten? Ist Nicholas nicht auch da?«

»Seit gestern Abend, das gilt also nicht«, sagte sie. Wenn ich sie nicht mittlerweile schon so gut kennen würde und sie außerdem nicht ein so offenes Buch für mich gewesen wäre, hätte ich ihrem lockeren Plauderton wahrscheinlich geglaubt. Aber so erkannte ich den seltsamen Zwischenton darin und setzte mich wieder auf.

»Alles in Ordnung mit ihm?«

Isla seufzte tief. »Eigentlich schon. Es war wundervoll, ihn endlich wieder hier zu haben. Aber …«

»Aber?«

»Es ist gerade etwas anders zwischen uns. Unsere Familien sind momentan sehr im Aufruhr wegen der Hochzeit und allem Drum und Dran. Sie können einem wirklich auf den Geist gehen, sie lassen uns von einem Termin zum anderen hetzen, und wir haben kaum Zeit, allein zu sein.« Sie seufzte erneut. »Nicholas ist gerade erst aus Denver gekommen. Er ist völlig überarbeitet, weil ihm bei den Familiensachen eigentlich immer sein älterer Bruder Andrew hilft. Aber der ist gerade auf Politreise, wie er es bezeichnet. Ich habe die Instaposts gesehen. Der Typ macht einfach nur Urlaub, wenn du mich fragst. Aber das darf man über den Familienliebling ja nicht laut aussprechen.« Sie stieß einen frustrierten Laut aus, dann lachte sie. »Tut mir leid, ich will dich damit gar nicht langweilen.«

»Schon gut. Dafür sind Freundinnen doch da«, gab ich lächelnd zurück. Nach einem letzten Blick in den Spiegel fügte ich hinzu: »Und ich komme natürlich. Auch als gerupfte Taube. Das bin ich dir schuldig.«

Isla lachte wieder, und ich war froh, sie auf andere Gedanken gebracht zu haben. »Das lasse ich natürlich nicht zu. Der Fahrer holt dich in einer halben Stunde ab, und er bringt dir ein Kleid mit. Ist etwas Silbernes okay?«

»Alles ist besser als das, was ich trage.« Ich fuhr mir grinsend durch die Haare. »Und ein Fahrer, der mir ein Kleid vorbeibringt? Machst du das für alle deine Gäste?«

»Nur für meinen liebsten Gast«, gab sie zurück, und ich konnte hören, dass sie mindestens so breit grinste wie ich. »Dann bis später, Avery.«

»Bis später! Und danke!«

Ich legte auf und befreite mich aus dem knielangen Tüllmonster. Als ich gerade endlich wieder in eine bequeme Leggins und das übergroße Shirt geschlüpft war, klingelte es an der Tür. Augenblicklich begann mein Herz, wilde Tänze aufzuführen, als wäre ich in einem verdammten Liebesroman. Ich bemühte mich, in normalem Tempo durch den Flur zu gehen und ganz ruhig zu bleiben. Das war schwieriger als gedacht, denn als ich die Tür öffnete und Hayes in einem Anzug vor mir stand, drehte mein Magen wieder durch.

Verdammt, er sah noch besser aus als in seiner Uniform. Der schwarze Anzug saß so gut, dass seine breiten Schultern und die Arme perfekt betont waren. Als er dann auch noch nach der dunklen Krawatte griff, um sie zu richten, machten die Schmetterlinge in meinem Magen Freudensprünge. Oder was auch immer Schmetterlinge taten, wenn sie sich freuten.

Hayes' Augenbrauen zuckten hoch. »Sieht aus, als wäre ich entgegen sämtlicher meiner Bedenken tatsächlich overdressed für heute.«

Etwas verwirrt starrte ich ihn an, bevor ich seinem Blick zu meinem Outfit folgte. »Oh. Ja, das bist du wohl.« Ich sah wieder zu ihm auf und grinste. »Hab ich dir etwa nicht erzählt, dass die Kennedys es heute ganz leger halten wollen? Jeder dort kommt in Leggins und T-Shirt.«

»Ja, das passt eigentlich gut zu ihnen.« Er schmunzelte. »Aber in dem Fall musst du mir eine Leggins leihen.«

Grinsend bedeutete ich ihm reinzukommen.

Sein Blick wanderte direkt zu den Fotos meiner Familie, die mein Großvater vor ein paar Jahren den Flur entlang aufgehängt hatte. Es war schwer zu sagen, welche Emotionen dabei über sein Gesicht huschten, aber er beeilte sich, sich wieder zu mir zu drehen. »Also?«

»Mein Kleid ist noch auf den Weg hierher. Genau wie unser Fahrer.« Ich verschränkte die Arme vor der Brust und schenkte ihm ein Mir-war-für-heute-nichts-zu-teuer-Lächeln.

»Du passt dich an die heutige Gesellschaft an. Hervorragend«, brummte Hayes etwas mürrisch und griff fast augenblicklich wieder an seine Krawatte.

In diesem Moment erkannte ich, dass das tatsächlich ein Zeichen von Unsicherheit zu sein schien. Detective Adam Hayes, der unerschrockene Polizist, vor dem sich die ganze New Yorker Unterwelt fürchtete. *Unsicher.*

»Du bist kein Fan der feinen Gesellschaft?«, neckte ich ihn.

Der Blick, den er mir zuwarf, sprach Bände. »Nicht wirklich«, gab er kühl zurück. »Aber so geht es wohl fast jedem, der nicht in diese Reihen der Schönen, Reichen und Mächtigen passt.«

Ich presste die Lippen zusammen, um ihm nicht zu widersprechen. Denn Himmel, dieser Mann WAR schön. Aber es war etwas anderes, was meine Aufmerksamkeit auf sich gezogen hatte. Das kleine Wort *mächtig*, bei dem er die Augen zu Schlitzen verengt hatte.

Ich musterte noch kurz sein Mienenspiel, bevor ich fragte: »Du bist ein Shield, nicht wahr?«

Eigentlich wusste ich das. In Magierkreisen gehörte es beinahe zum guten Ton, so etwas über seine Mitmagier zu wissen. Aber gerade in diesem Moment hatte ich das Gefühl, dass ich es aussprechen musste – weil es uns vielleicht ein kleines bisschen verband.

Hayes drehte sich überrascht wieder zu mir, als hätte er für eine Sekunde vergessen, dass ich noch anwesend war. Dann wurden seine Lippen zu einer schmalen Linie. Er nickte. »Als ich noch jünger war, habe ich es als Schande empfunden, weil die feine Gesellschaft der Magier es als Schande deklariert.« Seine Augenbraue zuckte. »Das Ende einer magischen Linie. Die, die nicht mehr von der Quelle gesegnet sind. Die schwarzen Schafe. Ich habe das alles geglaubt.«

»Viele Kinder glauben das.« Ich trat näher und sah mit ernstem Blick zu ihm auf. »Ich habe viele von ihnen kennengelernt, in Hunts Point, bei Dorian Mars. Viele, die davon, dass sie so machtlos waren und ausgestoßen wurden, in seine Arme getrieben wurden. Ich war eine von ihnen.« Damals, als ich noch gedacht hatte, dass ich machtlos war. Ich schüttelte den Kopf und fing Hayes' sanften Blick ein, der meinen Magen zum Grummeln brachte. »Aber die wenigsten haben aus dieser Machtlosigkeit so etwas Sinnvolles gemacht wie du. Du hilfst den Menschen.«

Er betrachtete mich eine Weile. Dann, irgendwann, zog er ganz leicht die Mundwinkel nach oben. »Ich habe irgendwann erkannt, dass ich nicht machtlos bin, wenn ich das nutze, was mir gegeben ist. Beinahe völlige Immunität gegen Magie, zum Beispiel. Jeder von uns hat etwas, das ihn nützlich macht. Man muss sich nur dafür entscheiden, seine Fähigkeiten zu nutzen.«

Plötzlich schämte ich mich. Nicht, weil ich das Gefühl hatte, dass er es mir vorwarf, sondern weil ich es selbst tat. Mit einem bitteren Lächeln ließ ich den Kopf hängen. »Ich wünschte, ich wäre damals so gewesen wie du. Und nicht so leichtgläubig, einem Mann zu folgen, der alles in Schutt und Asche legen will.«

»Avery.« Hayes' Stimme klang ernst, fast mahnend, und doch

wieder so unendlich sanft, dass ich einfach zu ihm aufsehen musste. Er schüttelte den Kopf. »Sag das nicht.«

Ich atmete tief durch. Versuchte, mich zu sammeln, auch wenn es schwer war … so nah bei ihm. Seine ganze Präsenz schien mich auf einmal einzuhüllen. Ähnlich wie bei Isla war es eine Präsenz, die mich nicht zu irgendetwas machen wollte oder etwas von mir erwartete. Es war eine, die mich einfach umgeben wollte, so wie ich war. Etwas, von dem ich dachte, dass ich dafür nie würdig genug sein würde.

Plötzlich hatte ich einen Kloß im Hals, den ich nicht mehr runterbekam.

Glücklicherweise klingelte es in diesem Moment erneut an der Tür. Ich schnappte nach Luft und wandte mich schnell ab, damit Hayes nicht mitbekam, dass meine Augen wahrscheinlich verdächtig schimmerten.

Auf der obersten Stufe vor unserem Haus stand ein Mann im Anzug mit einem Hut auf dem Kopf und einem Kleidersack in der Hand. Er blickte zu mir auf, der Schnauzer über seiner Lippe bebte. »Avery Bishop?«

»Ja, die bin ich.« Verlegen schob ich mir eine Haarsträhne aus dem Gesicht. »Sie sind sicher der Fahrer, den Isla geschickt hat, oder?«

Er nickte und hob mir den Kleidersack entgegen. Diesmal packte mich eine ganz andere Art von Aufregung. »Warten Sie kurz hier, ich mache mich schnell fertig.«

Der Fahrer nickte steif, und ich fuhr herum und lief zurück in den Flur.

Hayes, der immer noch dort stand, zog die Augenbrauen hoch. »Deine Kleiderlieferung?«

Ich zwinkerte ihm kurz zu und verschwand in meinem Zimmer, um mich umzuziehen.

Als ich nur fünf Minuten später wieder auf den Flur trat, mit frisch geöffneten Haaren und in dem Kleid, das Isla mir geschickt hatte, fühlte ich mich seltsam atemlos. »Das … ist der Hammer.« Ich strich an dem hochwertigen silbernen Stoff entlang, der eng an meinem Körper anlag. Weil Isla etwas größer war als ich, hatte sie ein knielanges Kleid gewählt, und es saß einfach perfekt. Die Frau hatte wirklich ein Auge für so etwas.

Hayes blickte von seinem Handy auf, und ich hatte das Gefühl, dass er es beinahe fallen gelassen hätte. »Du … Wow!«

»Sprachlos, Detective?«, fragte ich und spürte, wie mit meinen Mundwinkeln auch mein Herz ein paar Etagen nach oben sprang.

Er lächelte. »Ein wenig. Du siehst toll aus, Avery.«

»Danke, ich weiß. Ich hab mich im Spiegel gesehen.« Grinsend hängte ich mich an seinen Arm, den er sofort etwas näher an seinen Körper brachte. »Dann mal los, was?«

Der Fahrer brachte uns zu der Location in der Upper East Side, und die war noch um einiges pompöser, als ich es mir vorgestellt hatte – dagegen stank der Club leider fürchterlich ab. Es war ein hohes Gebäude, offensichtlich ein Altbau, der ein wenig an ein Schloss erinnerte. Von irgendwo dahinter konnte ich lautes Stimmengewirr hören, das ich aber nicht zuordnen konnte.

»Heilige Scheiße«, raunte ich, als Hayes von der anderen Seite des Autos neben mich auf den Bordstein trat.

Er schmunzelte. »So kann man das auch sagen.« Es war offensichtlich, dass er sich mehr als unwohl fühlte, aber er versuchte immer noch tapfer, das zu überspielen.

Lächelnd blickte ich zu ihm auf. »Die Feiern beim NYPD sind nicht ganz so schick, nehme ich an?«

»Eine Stufe darunter. Mindestens.« Hayes seufzte, dann stupste er mich mit der Schulter an. »Sollen wir es hinter uns bringen?«

»Keine besonders gute Einstellung zu einer kostenlosen Party, findest du nicht?«

Er verdrehte die Augen, und das war so eine ungewohnte Geste von ihm, dass ich lachen musste.

»Genießen wir es, so gut es geht?«, meinte er versöhnlich.

Ich nickte. »Schon besser.«

Wir gingen die breiten Stufen zu dem Schloss hoch, und kaum waren wir oben angekommen, ging auch schon die Tür auf. Es war Isla, die uns in einem wunderschönen, bodenlangen Kleid in Silberweiß und einem strahlenden Grinsen entgegenkam.

»Wie schön, dass du da bist, Avery«, rief sie. »Und Sie müssen dann wohl Adam Hayes, der berüchtigte Detective, sein?«

Hayes lächelte sie an, auch wenn ihre Bezeichnung ihn etwas aus dem Konzept zu bringen schien. »Der bin ich. Schön, Sie kennenzulernen, Miss Kennedy.«

»Ach, nicht so förmlich. Isla reicht.« Sie drehte sich zu mir und schloss mich so herzlich in die Arme, dass ich kichern musste. »Kommt rein, ihr zwei.«

Wir traten zu dritt in den Gang, und als ich mich umblickte, stellte ich überrascht fest, dass vor uns direkt die Küche und die Personalräume waren.

»Das ist der Hintereingang«, erklärte Isla sofort. Ihre dunklen Augen funkelten mich an. »Ich habe angenommen, dass ihr keine Lust habt, vorn reinzukommen – über den roten Teppich an den Paparazzi vorbei.«

»Um Himmels willen.« Ich lachte keuchend, und Hayes wurde direkt eine Spur blasser, als er den Kopf schüttelte.

»Bloß nicht«, sagte er.

Isla lachte und bedeutete uns dann, ihr zu folgen.

Ihre Familie hatte einen ganzen Tanzsaal gemietet, und obwohl er noch nicht sonderlich voll war, sah ich schon viele namhafte Menschen. Im Gegensatz zu ihrem Junggesellinnenabschied waren die meisten aber tatsächlich im Alter ihrer Eltern. Senderchefs, Politiker, ältere Schauspieler. Ich bemühte mich, niemanden länger anzustarren, damit man nicht gleich erkannte, dass ich nicht hierhergehörte.

»Die Veranstaltung ist eigentlich eher für die Öffentlichkeit«, sagte Isla mit einer verkniffenen Miene, als hätte sie Schmerzen. »Und sie wird hoffentlich nicht allzu lange dauern. Aber bis dahin hoffe ich, dass ihr trotzdem Spaß haben werdet. Oh, Nicholas!« Ihr ganzes Gesicht erhellte sich, als sie seinen Namen aussprach.

Ich folgte ihrem Blick zu dem jungen Mann, der gerade durch den Saal auf uns zukam. Er war groß und trainiert, und seine blonden Haare waren zu einem ordentlichen Kurzhaarschnitt getrimmt. Sein Anzug hatte die gleiche Farbe wie Islas Kleid, und als er sie erreichte und sanft ihre Hand in seine nahm, musste ich zugeben, dass sie perfekt zusammenpassten. Ein Foto von den beiden wäre in keinem Promi-Hochglanzmagazin fehl am Platz.

»Deine Mutter hat mir heute schon zwanzig Leute vorgestellt, die zu deiner Familie gehören. Ich hoffe du bist mir nicht böse, dass ich mir keinen der Namen merken konnte.« Er lächelte so sehr, dass ein paar sympathische Krähenfüßchen an seinen Augen aufblitzten. Als er sich zu mir drehte, funkelten seine blauen Augen. »Oh, und du musst Avery sein. Meine Verlobte spricht kaum noch von jemand anderem. Ich könnte glatt eifersüchtig werden, wenn ich nicht derjenige wäre, den sie in ein paar Tagen heiratet.«

Er lachte, und es war so echt, dass ich gar nicht anders konnte, als es zu erwidern. »Ja, freut mich, dich endlich kennenzulernen.« Ich schüttelte seine Hand. »Und keine Sorge, ich habe nicht vor, dir Isla auszuspannen.«

Nachdem er auch Hayes überhöflich begrüßt hatte, legte er zärtlich einen Arm um Isla und blickte auf sie hinab. »Es tut mir leid, dass ich dich deiner Freundin direkt wieder stehle, aber ich brauche dich als Gedächtnisstütze für deine Familienmitglieder. Ich will niemanden so kurz vor unserer Hochzeit tödlich beleidigen.«

»In Ordnung.« Isla berührte kurz meinen Arm, und sie wirkte auf einmal sehr ernst. »Ich suche dich nachher noch mal, okay, Avery? Ich möchte dir jemanden vorstellen.«

Mein Magen kribbelte sofort, weil ich das Gefühl hatte, dass da mehr dahintersteckte. Aber um nicht aufzufallen, nickte ich nur.

»Amüsiert euch«, sagte Nicholas noch lächelnd, bevor er Isla davonzog.

Als die beiden außer Hörweite waren, seufzte ich tief. »Er wirkt nett. Ein bisschen gestelzt, aber nett.«

Hayes hob die Augenbrauen. »Also ist er angenommen für deine Freundin?«

»Gerade so«, gab ich grinsend zurück. Ich deutete auf ein paar Sitzflächen am Rand, auf denen fast niemand saß. »Komm, wir schauen uns das Schauspiel von der Seitenlinie an.«

Der Raum füllte sich nach unserer Ankunft etwas schneller, und ich kam kaum hinterher bei den ganzen Promis, die die Halle fluteten. Hayes wusste, abgesehen von den Politikern, erstaunlich wenig über die bekannten Menschen, und ich hatte große Freude darin, ihm zu erklären, wer wer war. Schließlich hatte Veda mich immer zur Genüge an ihrer Promiliebe teilhaben lassen, und ich war selbst erstaunt, wie viel davon hängen geblieben war.

»Das dahinten«, sagte ich und zeigte auf einen älteren Mann in grauem Anzug, »ist der Moderator Hank Collins. Der ist seit gut zwanzig Jahren der News Anchor von Channel 1, so richtig dick im Geschäft. Aber hat auch eine ganze Menge Dreck am Stecken.«

Hayes brummte. »Ja. Die Leiche seines Kollegen habe ich erst vor ein paar Tagen in einer Gasse in der Nähe des Kennedy-Anwesens untersucht.«

»Davon hat Isla mir erzählt.« Ich musste die Gänsehaut abschütteln, bevor ich zu Hank Collins' Begleitung im langen Paillettenkleid deutete. »Und das ist seine dritte Frau, Mary. Sie war Schauspielerin, mittlerweile hat sie ihre eigene Make-up-Marke und diverse Taschenfirmen. Ich glaube, sie macht eigentlich nicht mehr viel, außer auf Partys ihre neuen Kleider auszuführen.«

»Klingt nach einem harten Leben.« Hayes wandte sich mir schmunzelnd zu. »Dafür, dass du kein großer Fan der Gesellschaft bist, weißt du erstaunlich viel über sie.«

Ich zuckte mit den Schultern. »Kenne deinen Feind.« Kopfschüttelnd drehte ich mich zu ihm. »Das war zumindest Vedas Begründung. Wobei ich mir sicher bin, dass sie von den Prominenten eher fasziniert war. Ich hab mich immer nur gefragt, wie man so viel Macht und Geld besitzen kann, ohne anderen helfen zu wollen. Jeder Einzelne von denen könnte das Leben der Jugendlichen in Hunts Point komplett verändern – aber keiner tut es. Ich frage mich das tatsächlich immer noch, auch wenn ich die Strukturen der Gesellschaft mittlerweile etwas besser verstehe.«

Hayes betrachtete mich einen Moment, dann nickte er sanft. »Ich weiß, was du meinst. Ich glaube, das war auch immer das Problem, das ich mit ihnen hatte.« Er neigte den Kopf und ließ den Blick über die Reichen und Schönen wandern. »Wenn du nicht zu ihnen gehörst, könntest du auch genauso gut gar nicht existieren. Es würde keinen Unterschied machen.«

»Zum Glück sind nicht alle so.« Ich lächelte, als Isla mit Nicholas an der Hand zur Mitte der Halle ging.

Als ich merkte, dass Hayes mich von der Seite ansah, drehte ich mich wieder zu ihm.

Zweifel standen ihm ins Gesicht geschrieben »Will sie dir helfen? Mit den Jugendlichen in Hunts Point?«

Mein Herz sank ein wenig. »Na ja. Ich habe sie noch nicht direkt gefragt.« Das schlechte Gewissen nagte wieder an mir, und Hayes bemerkte das wohl, denn er legte sanft einen Arm um mich. Seine Finger an meinen Hüften fühlten sich warm an und schickten ein Kribbeln durch meinen Körper. »Du musst nicht das ganze Gewicht der New Yorker Unterwelt auf deinen Schultern tragen, Avery. Das weißt du, oder?«

»Ich weiß«, sagte ich leise, weil sein Gesicht wieder so nah war.

Leider wandte sich Hayes räuspernd ab und nickte in Richtung Isla, die gerade ihr Sektglas erhob. »Aber du solltest dich wahrscheinlich beeilen, wenn du es ansprechen willst. Wer weiß, wie lange sie nach ihrer Hochzeit noch hier ist, oder?«

Überrascht sah ich ihn an. Aber bevor ich etwas erwidern konnte, begannen Isla und Nicholas schon mit ihrer Dankesrede, und ich wandte mich ihnen wieder zu. Das, was Hayes gesagt hatte, wollte aber nicht mehr aus meinem Kopf verschwinden. Seine Worte tanzten weiterhin durch meine Gedanken. Würde

Isla nach der Hochzeit weggehen? Ich war sicher, dass sie in der Nähe der Quelle sein musste, aber bestimmt nicht immer. Auch ihre Mutter, die aktuelle Principle, war mit ihrem Mann viel in der Weltgeschichte herumgereist. Und Isla würde wahrscheinlich auch mehr Zeit mit ihrem Ehemann verbringen wollen. Ich versuchte, den Gedanken wegzuschieben, dass sich unsere Freundschaft so oder so verändern würde, aber so ganz wollte es mir nicht gelingen. Vielleicht auch, weil ich gerade erst eine beste Freundin verloren hatte. Vielleicht, weil ich nicht wieder einsam sein wollte. Ich nahm einen Schluck aus meinem Glas, weil mein Mund plötzlich trocken war.

Ein lautes Klatschen riss mich aus meinen Überlegungen, offenbar war die Rede vorbei und das Büfett eröffnet, aber so richtigen Appetit hatte ich nicht mehr. Trotzdem sah ich zu Hayes hoch, der bereits von der Couch aufgestanden war. »Kannst du mir etwas Kleines mitbringen?«

»Besondere Wünsche?«

Ich grinste zu ihm auf und zuckte mit den Schultern. »Irgendetwas, das besonders teuer aussieht.«

Er lächelte wissend, bevor er in der Menge verschwand. Ich starrte ihm noch gedankenversunken nach, als sich eine Hand auf meine Schulter legte.

»Avery?«

Ich riss den Kopf hoch und starrte in ein Paar amüsierte braungoldene Augen. »Ryker!«, sagte ich überrascht.

Er nickte mit dem Kopf in Richtung des Hinterausgangs, durch den wir gekommen waren. »Du hast doch sicher eine Minute, oder?«

Fragend blickte ich ihn an, bevor ich mich nach Hayes umsah.

Er stand immer noch am Büfett, hatte mir aber den Rücken zugewandt, also nickte ich einfach und stand auf. Ryker führte mich mit sicherem Schritt nach draußen, in den leeren Gang, wo Isla bereits auf mich wartete.

Zu meiner Überraschung war noch eine Frau bei ihr, die ich nicht kannte. Sie hatte die Neunzig sicher schon überschritten und war in ein graues, bodenlanges Kleid gehüllt. Ihr faltiges Gesicht wirkte freundlich, als sie mir entgegenlächelte, aber ich sah bereits beim Herantreten, dass ihre Augen eine milchige Färbung hatten. Sie war blind.

»Danke, Ryker«, sagte Isla lächelnd.

Er warf einen kurzen, misstrauischen Blick in die Runde, bevor er sich halbherzig verbeugte und wieder zur Halle zurückging.

»Avery, ich wollte dir noch jemanden vorstellen – das hier ist Elise Sawyer. Sie ist eine entfernte Verwandte meiner Familie, die früher in New York lebte und mittlerweile etwas außerhalb.« Isla legte eine Hand auf die Schulter der Frau, deren Mundwinkel sofort noch ein Stück nach oben wanderten.

»Einen wunderschönen Abend, meine Liebe.« Ich konnte noch nicht einmal etwas sagen, da griff die Frau schon nach meiner Hand. Sie umschloss sie und lächelte in meine Richtung. »Meine Isla hat schon viel von dir erzählt.«

»Ähm. Hey. Freut mich«, gab ich unsicher zurück und blickte wieder zu Isla.

Sie fügte sofort erklärend hinzu: »Elise ist eine der mächtigsten Narratives, die es gibt. Ihre Magie übersteigt meine noch um einiges.«

Sofort begann mein Nacken zu prickeln. *Eine der mächtigsten Narratives. Hieß das, sie war eine Manipulatorin?*

Die Frage musste mir ins Gesicht geschrieben stehen, denn Isla nickte kaum merklich und bestätigte damit meine Vermutung.

»Hmm, da ist aber ein ganz schöner Knoten drin«, sagte Elise gerade sanft, während sie immer noch meine Hand streichelte. Offensichtlich hatte Isla ihr schon von meinem Problem erzählt.

Atemlos sah ich ihr dabei zu, wie sie mit gerunzelter Stirn die Finger über meine Haut rieb. »Kann man den … äh … Knoten wieder lösen?«

Sie streichelte noch kurz meinen Handrücken, bevor sie den Kopf hob, als würde sie mich ansehen. »Dieser Knoten ist nicht leicht zu lösen für jemanden, der ihn nicht selbst geknüpft hat. Vielleicht ist es sogar unmöglich. Wenn ihr die Person nicht kennt, die die Erinnerungen manipuliert hat, wird die Entwirrung deiner Gedanken ein schwieriges Unterfangen. Wenn nicht sogar lebensgefährlich.« Sie ließ meine Hand los und schüttelte den Kopf.

In mir wollte sich schon Enttäuschung ausbreiten, da legte Isla noch einmal die Hand auf eine Schulter der Frau. »Haben wir denn eine andere Möglichkeit?«

Die Frau lächelte geheimnisvoll. »Natürlich, die hat man immer.« Sie verschränkte die Arme hinter dem Rücken. »Und es ist sogar einfach. Finde jemanden, der diese Erinnerungen geteilt hat. Jemand, der nicht manipuliert wurde. In dessen Erinnerungen wirst du wahrscheinlich deine Antworten finden.«

Ihre Mundwinkel wanderten noch etwas weiter nach oben, als ich den Mund öffnete – als wüsste sie bereits, was ich sagen würde.

»Mein Großvater.«

Sie nickte, und ich tauschte einen Blick mit Isla aus.

»Ich kann ihn nicht fragen«, sagte ich sofort. »Er erinnert sich ja kaum an mich.«

»Aber er hat seine Erinnerungen sicher schriftlich festgehalten. Du musst sie nur finden«, gab die Frau zurück. Sie nickte zufrieden und wandte sich dann an Isla. »Jetzt habe ich aber Hunger, meine Teure. Würdest du mich zum Büfett begleiten?«

»Äh, natürlich.« Isla warf mir einen entschuldigenden Blick zu, berührte im Vorbeigehen aber noch mal meinen Arm. »Lass uns morgen sprechen, okay? Wir finden sicher etwas raus.«

Ich nickte und sah ihr hinterher, als sie in die Halle zurückging. Mein Innerstes war aufgewühlt, aber diesmal fühlte es sich gut an. Ich glaubte Isla – wir würden einen Weg finden. Jetzt, wo ich wusste, dass mein Großvater tatsächlich der Einzige war, der mir die Erinnerung geben konnte. Außer natürlich, ich wollte mein Leben riskieren oder meine Gedanken einem Fremden in die Hände legen. Mit ein bisschen Hilfe von meiner Freundin würde ich dem Ganzen also endlich auf den Grund gehen.

Die Frage war nur: Was würden die Informationen mit mir machen?

Mein Herz schlug heftig gegen meine Brust, weil ich nicht wusste, was ich zu erwarten hatte. Aber ich wusste, dass ich bereit war, es endlich herauszufinden.

KAPITEL 21

Als die Tür aufging, wusste ich nicht, wie lange ich bereits gedankenversunken im Gang hin- und hergelaufen war und Löcher in die Luft gestarrt hatte. Hayes trat aus der Halle, und mit ihm drangen für einen Moment Musik und lautes Stimmengewirr heraus. Er schloss leise die Tür hinter sich, und erneut breitete sich Stille aus. Zumindest hier, im hinteren Bereich des Gebäudes. In meinem Inneren tobte immer noch ein Sturm.

»Alles in Ordnung?«, fragte Hayes und sah sich um. Mittlerweile huschten noch nicht einmal mehr Mitarbeiter hier herum. Das sanfte Licht der untergehenden Sonne schimmerte durch die Fenster und tauchte den Gang in ein sattes Orange. Es hatte beinahe etwas Idyllisches. »Der Personenschützer von Isla hat mir gesagt, dass du wahrscheinlich noch hier draußen bist.«

»Ja, entschuldige. Ich musste etwas mit Isla besprechen, und danach … war ich noch nicht bereit, wieder zurück in die Halle zu kommen.«

Hayes zog sanft die Augenbrauen zusammen, und ich fragte

mich, was er wohl in meinem Gesicht sah. Ob ich für ihn genauso undurchschaubar war wie er für mich. Er trat noch einen Schritt näher, und sofort hüllte mich die Wärme ein, die von ihm ausging. »Willst du darüber reden?«

Das wollte ich. Sobald ich alles herausgefunden hatte, was es zu wissen gab, wollte ich mit ihm darüber reden. Über meine Magie, über das, was in der Gasse wirklich mit Devon passiert war, als ich ihn berührt hatte. Gott, ich wollte Hayes alles erzählen, ihm alles anvertrauen, was es über mich zu wissen gab. Auch jetzt, als wir allein in diesem Gang so nah beieinanderstanden, spürte ich nichts als Sicherheit und Vertrauen zu ihm. Und auch wenn ich nicht erklären konnte, woher dieses Gefühl kam, nachdem wir so lange auf verschiedenen Seiten eines ausweglosen Kampfes gestanden hatten, genoss ich es. Ich erlaubte mir, es zuzulassen.

»Nicht jetzt«, sagte ich leise und betrachtete ihn einen Moment.

Er stand neben mir wie ein Fels, die Hände in die Hosentaschen seines Anzuges geschoben und mit durchgedrücktem Rücken. Obwohl er hier genauso wenig hingehörte wie ich, wirkte er nicht verloren. Er wirkte nie verloren, seit er wieder nach New York zurückgekehrt war, wie mir auf einmal auffiel. Hayes war permanent von dieser Aura aus Entschlossenheit und Stärke umgeben, aus kühler Ruhe und Sicherheit. Ich bewunderte es. Und ich fühlte mich wohl in der Nähe des Mannes, der er mittlerweile war. Aber trotzdem konnte ich nicht aufhören, an den unbeschwerten Jungen von damals zu denken. An den, der so dicht neben mir gelaufen war, dass sich unsere Hände beinahe berührt hatten. An den, mit dem ich damals meine Träume geteilt hatte, obwohl wir uns kaum gekannt hatten.

Ich lehnte mich an die marmorne Wand hinter mir und verschränkte die Hände hinter dem Rücken. Er tat es mir gleich und stellte sich – immer noch mit den Händen in den Taschen seines Anzuges – neben mich, während er abwartend auf mich herabblickte.

»Weißt du«, fing ich an, »es gibt eine Frage, die ich mir in den letzten Jahren immer wieder gestellt habe. Eine Erinnerung, die ich einfach nicht vergessen kann. Wir waren damals noch jünger. Ich glaube, ich war in der siebten Klasse zu diesem Zeitpunkt, und du in der zehnten.« Ich lächelte zaghaft, als das Bild wieder vor meinem inneren Auge auftauchte. »Wir hatten dieses pompöse Frühlingsfest in der Schule, und wir waren beide für unsere Klassen in den Aufräumdienst eingeteilt und haben deswegen den letzten Bus nach Melrose verpasst.«

Seine Augenbraue zuckte, ehe er, zu meiner Überraschung, sanft nickte. »Wir sind damals den ganzen Weg zu Fuß gegangen.«

Ich spürte, wie das Kribbeln in meinem Magen nach oben wanderte. »Genau. Wir waren fast zwei Stunden unterwegs. Und wir haben uns die ganze Zeit unterhalten. Ich glaube, davor haben wir noch nie viel miteinander geredet, zumindest nicht richtig, aber an diesem Tag…«

Hayes' Blick blieb an einem unsichtbaren Punkt in der Luft hängen, aber er lächelte gedankenversunken. »Wir haben über Mrs Decker geschimpft, die uns so lange hat schuften lassen. Und dann über unsere Familien geredet. Über uns.« Er sah mich wieder an. »Du hast mir erzählt, dass du irgendwas mit Menschen machen willst, nach der Schule, aber dass du noch nicht genau weißt, was. Aber du hast mit so leuchtenden Augen davon geredet, dass ich an deinen Lippen gehangen habe. Wie könnte ich das vergessen, Avery?«

In mir breitete sich Wärme aus. Dass er sich nicht nur an unser Gespräch erinnerte, sondern auch an die Details, berührte mich mehr, als ich gedacht hatte. »Und du hast mir erzählt, dass du Cop werden willst«, sagte ich, und meine Stimme versagte fast. Ich versuchte, es mit einem leisen Lachen zu kaschieren. »Das war damals unser einziges, richtiges Gespräch.«

Denn am Wochenende danach, als ich in meinem Zimmer immer wieder verträumt an die Decke gestarrt und an diesen Jungen gedacht hatte, der da plötzlich in meinem Kopf herumspukte, war seine Schwester gestorben. Emily. Sie war in meinem Alter gewesen, als sie im Pool einer Freundin ertrunken war. Unbeobachtet von den Eltern, die zu diesem Zeitpunkt nicht zu Hause gewesen waren. Unbemerkt von der Freundin, die gerade nach Handtüchern gesucht hatte.

Als ich am Montag in die Schule gegangen war, immer noch mit Schmetterlingen im Bauch von unserem Gespräch, war Hayes nicht da gewesen. Er war drei Wochen nicht gekommen, und danach war er vollkommen verändert zurückgekehrt. Hatte mich nicht mehr angesehen, hatte eigentlich niemanden mehr wirklich angesehen und war nur mit leerem Blick durch die Gänge geschlichen.

Er hatte die Schule gewechselt, als seine Eltern umgezogen waren, dort seinen Abschluss gemacht und war danach aus New York verschwunden. In die Army, wie ich später gehört hatte. Er hatte seinen Dienst in Kriegsgebieten abgeleistet, war auf der ganzen Welt unterwegs gewesen. Bei seiner Rückkehr waren wir beide andere Menschen, standen auf unterschiedlichen Seiten des Gesetzes. Ich hatte bereits nach seinem Schulwechsel keine Chance mehr auf dieses leichte Gefühl zwischen uns gesehen, das damals zu keimen begonnen hatte. Also hatte ich versucht, dieses Gefühl bei den Jungs in der Gang zu finden, aber auch wenn ich zwei oder drei von ihnen nähergekommen war, es war nicht dasselbe gewesen. Und als Hayes schließlich wieder in New York war und anfing, gegen Dorian Mars zu ermitteln, hatte ich mich weitestgehend von ihm ferngehalten. Hatte die wieder aufkeimenden Gefühle nicht zulassen wollen. Aber jetzt, wo wir so dicht nebeneinanderstanden, dass sich unsere Hände beinahe berührten, war es plötzlich wieder da.

Ich drehte mich zu ihm um, ein heißes Brennen an den Wangen. Hayes wirkte gedankenversunken, doch bevor ich es mir doch noch anders überlegen konnte, gab ich mir einen Ruck. »Ich habe danach ständig an dich gedacht. Auch als du schon längst nicht mehr in New York warst.«

Hayes sah mich erneut an. »Ja«, sagte er leise. »Ich habe auch immer wieder an dich gedacht. Als ich New York verlassen habe, als ich zurückkam und auch in der Zeit dazwischen.« Seine Mundwinkel zuckten, und in seinem Blick und seinen Worten lag so viel Zärtlichkeit, dass mein Nacken zu prickeln begann. »Und als ich dich nach meiner Rückkehr das erste Mal gesehen habe, war das alles wieder da. Die ganzen Erinnerungen an dieses eine Gespräch, diesen einen Weg damals. Du bist an unserem Revier vorbeigelaufen, ich stand gerade draußen und habe dich gesehen, und auf einmal war alles wieder da. Das, was du gesagt hast.« Er stockte, nur für eine Sekunde, bevor er hinzufügte: »Das, was ich damals gefühlt habe, als ich neben dir nach Melrose gelaufen bin.«

Mein Herz raste, weil sein Gesicht so nah an meinem war und sein Blick so intensiv. »Was hast du damals gefühlt?«, wollte ich heiser wissen.

»Ich war nervös, aber auf eine … gute Weise. Ich wusste nicht, wie ich überhaupt noch ein Wort rausbringen sollte, aber ich wollte dir gleichzeitig so viel erzählen.« Sein Lächeln verschwand, aber das Funkeln in seinen Augen blieb. Beinahe unbemerkt kamen wir uns immer näher. »Ich wollte dich wiedersehen. Ich wollte diesen Weg jeden Tag mit dir laufen. Und ich habe mir vorgestellt, dass immer, wenn wir an deinem Haus ankommen und uns verabschieden …« Er verharrte nur Zentimeter von meinem Gesicht entfernt und raunte: »Dass ich dich küssen würde.«

Auf einmal legte er eine Hand in meinen Nacken, suchte kurz meinen Blick, als wollte er mich um Erlaubnis fragen, und zog mich dann mit zärtlicher Bestimmtheit an sich, küsste mich endlich. Fast augenblicklich, als seine Lippen meine berührten, explodierte in meinem Magen ein Feuerwerk. All die Hoffnungen, die ich damals in uns gelegt hatte, all die Gefühle, die sich damals aufgebaut hatten, gingen in blitzenden Lichtern auf. Ich lehnte mich an ihn und ließ mich ganz in den Kuss fallen, auf den ich kaum mehr zu hoffen gewagt hatte. Seine andere Hand strich unendlich sanft über meinen unteren Rücken, hielt mich nah an ihm, und es fühlte sich an, als würden wir verschmelzen. Als hätten wir beide jahrelang nur auf diesen Moment gewartet.

Irgendwann lösten sich unsere Lippen, und ich lehnte meine Stirn noch einen Moment an seine, als wären unsere Körper noch nicht ganz bereit, sich wieder voneinander zu trennen.

Er lachte leise, die Hand an meinem Nacken rutschte langsam an mir herab, bis sie wie seine andere auch an meinem unteren Rücken lag. Sanft zog er den Kopf ein Stück zurück, um mich anzusehen, und Himmel, was für ein Anblick. Seine Augen schienen von innen heraus in allen Tönen des Waldes zu leuchten.

»Ja, so in etwa habe ich mir das wohl vorgestellt«, sagte er so leise, dass ein angenehmer Schauer über meinen Rücken lief.

Ich lächelte, und ich konnte gar nicht mehr damit aufhören. Es war physisch unmöglich, meine Mundwinkel nach unten zu ziehen, und ihm schien es ähnlich zu gehen. Ganz kurz zuckte sein Blick in Richtung der Halle.

»Ich nehme an«, raunte er, »du hast noch keine Lust, wieder zurückzugehen?«

»Die können sicher noch einen Moment auf uns verzichten«, gab ich grinsend zurück und schlang die Arme um seinen Hals.

Ich hatte so lange auf diesen Moment gewartet, auch wenn ich nicht permanent daran gedacht hatte. Irgendwo in mir war dieser Wunsch immer da gewesen, das wusste ich. Es fühlte sich beinahe an, als würde ich innerlich jede Sekunde explodieren vor Freude.

Als er vorsichtig sein Gesicht wieder meinem näherte, vergaß ich alles um mich herum, alles, was mich gerade belastete, alles, was in meinem Leben gerade schieflief. Ich war nur noch hier – in seinen Armen, seine Lippen an meinen, und alles andere war unwichtig.

Auch er schien diesen Moment herbeigesehnt zu haben, denn er küsste mich, als würde sein Leben davon abhängen. Sein Körper lehnte an meinem, drängte mich sanft nach hinten, bis ich mit dem Rücken gegen die Wand stieß. Ich ließ mich dagegen sinken, weil ich das Gefühl hatte, dass sonst die Knie unter meinem Körper nachgeben würden. Dass sonst die Welt um mich herum schmelzen würde, weil seine Lippen auf meinen so weich waren, weil seine Küsse auf meinem Mund sich so aufregend und neu, so heiß und vertraut anfühlten.

Es war mir egal, dass in der Halle hinter uns Hunderte Menschen standen, tanzten, sich unterhielten und lachten. Als seine Hand von meinem Hals nach unten wanderte, über meine Hüfte streichelte und über meinen Rücken, vergaß ich die Welt um mich herum endgültig.

Ich zog ihn noch enger an mich, wollte, dass unsere Körper sich noch mehr berührten. Es sollte nicht aufhören. Ich strich über seine Brust, und sein Griff wurde fester. Nicht auf eine unangenehme Art und Weise – es fühlte sich eher an, als würde er mich sicher halten und nicht wieder gehen lassen wollen.

Aber es war nicht nur Wärme und Geborgenheit, die sich in mir ausbreiteten. Es war auch ein Prickeln, eine Sehnsucht, die in meinem Körper hinabwanderte – von meinem Herzen über meinen Magen und noch tiefer. Ich wollte mehr. Ich wollte ihn.

Das Knallen einer Tür riss uns aus diesem wunderschönen, aus diesem kribbelnden Moment. Hayes machte erschrocken einen Schritt zurück und gleichzeitig fuhren wir herum. Doch die Schritte wurden leiser. Wahrscheinlich einer der Angestellten, der – zu unserem Glück – in die andere Richtung gegangen war. Uns hatte also niemand gesehen.

Ich hob den Blick. Hayes sah immer noch den Gang entlang, sein Atem ging schwer, genau wie meiner, und seine Augen glänzten. Als ich, wie automatisch, nach seinem Arm griff, riss er sofort den Kopf zu mir herum.

Eine Sekunde starrten wir uns an, dann begannen wir gleichzeitig zu lachen.

»Alles in Ordnung?« Hayes schmunzelte noch, als sich seine Hand auf meine Wange legte.

Ich nickte lächelnd. Mein Innerstes glühte immer noch, aber

das Verlangen schmolz wieder zu der warmen Geborgenheit herunter, die er in mir auslöste. »Ja. Alles wunderbar.«

»Sollen wir zurückgehen?« Hayes deutete zur Halle.

Obwohl ich diesen Moment unheimlich gern fortgesetzt hätte, wusste ich, dass das nicht der richtige Ort dafür war. Nicht der richtige Zeitpunkt.

»Ja. Sollten wir wohl.« Ich zögerte kurz, bevor ich nach seiner Hand griff und meine Finger mit seinen verschränkte. Seine Haut fühlte sich warm an. Vertraut.

Hayes sah auf unsere Hände hinab, drückte sie sanft und lächelte mich an. »Dann los.«

KAPITEL 22

Meine Finger zitterten, als ich aus dem Wagen mit den getönten Scheiben stieg. Die große Sonnenbrille auf meiner Nase verdeckte die dunklen Augenringe vollständig, das hatte ich im Rückspiegel des Autos mehrfach überprüft. Mir war die Nacht also nicht anzusehen – solange ich sie trug. Also nicht mehr sehr lange.

Isla wartete schon auf dem Bordstein, als ich um den Wagen lief. Sie hatte ebenfalls eine Sonnenbrille auf und heute auch noch eine Mütze über den Haaren, durch die sie fast nicht mehr zu erkennen war. »Geht's dir wirklich gut?«, wollte sie mit leiser Stimme wissen.

Wir hatten im Auto auf dem Weg hierher nicht viel gesprochen, und auch jetzt zuckte ich nur mit den Schultern.

Ryker war inzwischen ebenfalls ausgestiegen und stand nun mit vor der Brust verschränkten Armen und zusammengezogenen Augenbrauen neben der Beifahrertür und blickte an dem Gebäude hoch, zu dem er uns gefahren hatte. »Und was genau wollt ihr jetzt noch mal in einem Altenheim?«

Ich rümpfte die Nase. »Darfst du das überhaupt fragen, oder fällt das unter das Berufsgeheimnis? Ich meine … du bist heute schließlich *nur* der Fahrer.«

Einen Moment lag ein Funkeln in seinen braunen Augen. Dann beantwortete er aber mein neckisches Grinsen mit seinem eigenen. Seltsamer Typ. Ich konnte ihn immer noch nicht wirklich einschätzen, auch wenn ich ihm in letzter Zeit fast ständig begegnete. Aber ich mochte ihn irgendwie, und das machte das Gefühl wieder wett.

»Wir besuchen einen Verwandten«, erklärte Isla versöhnlich und schob die Sonnenbrille auf ihre Nasenspitze runter, damit sie ihren Bodyguard mustern konnte. »Ich weiß, dass du das jetzt nicht gern hörst, aber es wäre besser, wenn du hier unten wartest.«

Sofort spannten sich die Muskeln in seinen Armen an. »Was? Das halte ich für keine gute Idee, Isla …«

Diesmal war sie es, die mit den Schultern zuckte, ein zuckersüßes Lächeln auf den Lippen. »Das habe ich zur Kenntnis genommen, danke, Ryker. Ich rufe dich sofort an, wenn irgendetwas ist, also bleib in der Nähe.«

Er schnaubte ungläubig, lehnte sich dann aber doch an den Wagen. War er etwa beleidigt? Ich warf ihm noch einen Blick zu, als Isla sich bei mir einhakte und mich zum Eingang des Heims zog, aber er sah nur zu Boden, eine steile Falte auf der Stirn.

»Er ist ganz schön frech für einen Angestellten«, sagte ich schmunzelnd, als die Glastüren sich vor uns aufschoben.

Isla grinste. »Ich würde es nicht anders wollen. Wenn er schon den ganzen Tag an mir dranhängt, dann sollte er auch einen Charakter besitzen, sonst wird es doch langweilig. Außerdem ist er mir um einiges lieber als sein Vorgänger.« Sie sah ebenfalls noch einmal zurück, und ihr Gesichtsausdruck wurde wieder ernster. »Er macht sich nur Sorgen um mich.«

Irgendwie verständlich.

Als wir auf den Empfang zugingen, fragte ich mich, ob ich Isla hier in etwas reinzog, das ich selbst noch gar nicht wirklich einschätzen konnte. Ob ich sie in Gefahr brachte, nur weil ich mit dem allen nicht mehr allein sein wollte. Aber als sich ihr Griff an meinem Arm verstärkte und sie mir ein verschmitztes Grinsen zuwarf, war mir klar, dass sie genau wusste, worauf sie sich einließ. Oder sie sich zumindest der Gefahr bewusst war. Sie war erwachsen und hatte diese Entscheidung selbst getroffen. Und ich war verdammt froh darüber, sie an meiner Seite zu haben.

»Hallo, wir möchten meinen Großvater besuchen. Gage Richards«, sagte ich so freundlich wie möglich zu der Dame am Empfang. Es war die gleiche wie letztes Mal, und sie schenkte mir auch den gleichen, niederschmetternden Blick. Als hätte ich ein Verbrechen begangen, weil ich nicht jeden Tag hier war.

»Name?«

Ich biss die Zähne zusammen. »Avery Bishop.« Sie wusste genau, wer ich war, aber ich wollte sie auch nicht unbedingt weiter provozieren.

Ihre Augen wanderten zu meiner Begleitung. »Und Sie?«

»Ist eine Freundin der Familie«, gab ich schnell zurück. Ich wusste nicht, ob es okay war, dass Leute wussten, dass sie hier war.

Die Frau blieb aber gnadenlos. Mit zu Schlitzen verengten Augen brummte sie: »Ich brauche auch Ihren Namen.«

Ich presste genervt die Lippen zusammen, aber Isla blieb vollkommen ruhig. Sie setzte ihr gewinnendstes Lächeln auf und nahm die Sonnenbrille ab. »Isla Kennedy.«

Die Empfangsdame wirkte nicht unbedingt wie jemand, der sich mit der aktuellen Popkultur auseinandersetzte, deswegen bezweifelte ich, dass sie Isla auf Instagram folgte. Der Name Kennedy schien ihr aber definitiv etwas zu sagen, denn ihre Augen weiteten sich.

»Dürfen wir dann?«, wollte ich schmunzelnd wissen.

Die Frau nickte nur noch und wies etwas weniger unwirsch als beim letzten Mal in Richtung des Aufzuges.

Wir bedankten uns höflich und gingen den Gang hinab.

Als wir außer Hörweite waren, grinste Isla breit. »Eine harte Nuss.«

»Eine versteinerte Nuss, würde ich sagen.« Ich lachte etwas nervös, als wir in den Aufzug traten, und lehnte mich an die verspiegelte Wand hinter mir. »Aber ich bin froh, dass sie meinen Großvater so gut bewachen.«

Isla nickte langsam, dann lehnte sie sich vorsichtig neben mich. Die Türen gingen zu, und sie hakte erneut nach: »Du wirkst, als wärst du sehr in Gedanken.«

Das war ich. Ich hatte wahnsinnige Angst, dass mein Großvater uns nicht helfen und wir wieder am Anfang unserer Suche stehen würden, was meine Erinnerungen anging. Aber noch größere Angst hatte ich vor dem, was wir finden könnten. Dass das, was da in meinem Kopf manipuliert war, vielleicht besser so bleiben sollte. Dass ich lieber nicht wissen wollte, was passiert war. Was ich getan hatte.

Ich presste die Lippen zusammen und spürte, wie die Hitze in meinem Körper wieder nach oben wanderte und sich in meine Finger schlich, die sich hinter mir in die Stange an der Wand krallten. Bevor ich den Aufzug in Brand setzte, platzte ich mit etwas heraus, an das ich gerade gar nicht bewusst gedacht hatte: »Ich hab gestern mit Hayes rumgeknutscht.«

Sofort riss Isla den Kopf zu mir herum, und ihr Unterkiefer klappte runter. »*Detective* Hayes?«

Ich konnte nicht anders, als zu grinsen. »Ja, mit dem.«

»Wieso erfahre ich erst jetzt davon?« Isla klang beinahe ein wenig beleidigt, aber das Funkeln in ihren Augen sprach eine andere Sprache. »Und? War es gut?«

Ich atmete tief ein, während ich durch die sich öffnenden Fahrstuhltüren auf den Gang trat. Die ganzen Gefühle von gestern stiegen wieder in mir auf – die Wärme, das Kribbeln, diese Explosion in meinem Inneren, als seine Lippen meine berührt hatten. Wir waren, nachdem die zuknallende Tür den Moment unterbrochen hatte, wieder zurück in die Halle gegangen – aber das Prickeln auf meiner Haut war geblieben. Und es war wieder zurückgekommen, als Hayes sich nach der Heimfahrt vom Fahrersitz aus zu mir gelehnt hatte, mit den Fingern über meine Wange gestrichen hatte und wir noch einen süßen Abschiedskuss geteilt hatten.

»Du musst nicht antworten.« Isla lachte hell auf. »So wie du grinst, braucht es keine Worte mehr.«

Tatsächlich schaffte es das wunderbare Gefühl, meine Angst eine Weile zurückzudrängen und etwas unwichtiger zu machen. »Es war großartig«, sagte ich deshalb leise, als wir das Zimmer meines Großvaters erreicht hatten.

»Und wird es auch weitergehen?«, hakte Isla nach.

»Das hoffe ich doch«, gab ich zurück, auch wenn ich mir da gar nicht so sicher war. Er war Detective, und ich hatte mir in der Vergangenheit einiges zuschulden kommen lassen. Wir wollten zwar zusammenarbeiten, um Dorian Mars zu stürzen, aber da stand uns wahrscheinlich noch einiges bevor. Hayes wusste schließlich nicht, *was* ich alles getan hatte. Aber trotz allem konnte ich nicht anders, als mir mehr zu wünschen. Zumindest noch einmal seine Lippen auf meinen.

Ich schüttelte die Erinnerung ab, dann klopfte ich endlich an die Tür und öffnete sie nach innen. »Hallo, Opa.«

Mein Großvater saß wieder am Schreibtisch. Bereits als er sich mit verhangenem Blick zu mir umdrehte, wusste ich, dass heute kein guter Tag war. Er zog die Augenbrauen ein wenig nach oben, und erst nach einer gefühlten Ewigkeit fragte er mit brüchiger Stimme: »Ist es schon Zeit für meine Medikamente?«

Ich spürte, wie meine Schultern nach unten sanken. »Nein, Opa. Ich bin's, Avery.«

»Avery?« Er sah mich an, als würde der Name etwas in ihm zum Klingeln bringen, aber er konnte sich offensichtlich nicht erinnern.

Ich versuchte, den Schmerz darüber nicht zuzulassen, und setzte mich auf die Kante des Bettes, das direkt neben dem Schreibtisch stand. »Wie geht es dir?«

»Ich habe Kopfschmerzen.«

»Hast du genug getrunken heute?«, fragte ich und füllte sofort das leere Glas auf seinem Schreibtisch mit neuem Wasser.

Er starrte es nur mit leerem Blick an, ehe er sich wieder mir zuwandte. Verwirrt und ein wenig nervös. Es war also einer dieser Tage, von denen mir der Arzt erklärt hatte, dass ich meinen Großvater am besten ein wenig für sich lassen sollte. Wenn er mich nicht erkannte, machte es ihm nur Angst oder ließ ihn schlimmstenfalls sogar aggressiv werden.

Ich presste die Lippen zusammen. *Ich werde dich nicht länger nerven als nötig,* versprach ich in Gedanken und deutete dann auf Isla, die immer noch neben der Tür stand. »Das ist meine Freundin Isla, Opa. Du kennst sie noch nicht, aber ich wollte euch einander unbedingt vorstellen.«

Mein Großvater hob wieder den Blick und starrte Isla wortlos an.

Sie kam ebenfalls zum Bett und setzte sich, um mit ihm auf einer Augenhöhe zu sein. »Es freut mich sehr, Sie kennenzulernen, Mr Richards, Avery hat mir sehr viel von Ihnen erzählt.«

»Avery?« Er runzelte die Stirn, und ich biss fest die Zähne zusammen.

»Das bin ich, Opa.«

Mein Großvater blickte zwischen uns hin und her, als versuchte er, sich einen Reim aus alldem zu machen. Zum Glück hatte Isla noch eine andere Idee: »Ich war bei Ihnen zu Hause, Mr Richards. Ihre Enkeltochter hat mir den wunderschönen Kräutergarten unter Ihrem Dach gezeigt.«

Da erhellten sich seine Augen endlich wieder, und kleine, tiefe Falten wurden um sie herum sichtbar. »Mein Garten«, sagte er mit sanfter Stimme.

Ich konnte nicht anders, als bei seinem Gesichtsausdruck zu lächeln, weil er offensichtlich mit großer Freude daran dachte.

»Ja. Er ist wunderschön. Und so gepflegt.« Isla nickte mir zu, bevor sie sich wieder an meinen Großvater wandte. »Wie haben Sie nur die Zeit aufgebracht, sich so wundervoll um so einen großen Garten zu kümmern?«

Er lachte leise, und als er zu erzählen begann, stand ich vorsichtig vom Bett auf und ging zum Schreibtisch. Ich kam mir schrecklich vor, dass ich das hier tat, aber ich wusste auch, dass er es anders nicht zulassen würde. Egal, welche Schriftstücke ich hier fand, ich würde nichts davon lesen. Ich wollte nur wissen, was damals passiert war. Ich wollte nur die Erinnerung, die mir genommen wurde, zurück – und daran war mein Großvater nicht unschuldig. Ich musste das also tun.

Das kleine Schubfach an seinem Schreibtisch war verschlossen, das wusste ich von meinem letzten Besuch. Während Isla ihn ablenkte, suchte ich vorsichtig das Zimmer nach einem Schlüssel ab. Es war nicht viel in dem kleinen Raum, und ich war schnell alles abgegangen, ohne fündig zu werden. Als ich als Letztes noch in seinen Kleiderschrank spähte, kam mir der Geruch von Staub entgegen, und mit ihm ein paar Erinnerungen. Seine dicken Fleecejacken hingen alle dort, eine nach der anderen, und ich musste unwillkürlich daran denken, wie ich mich immer an sie gekuschelt hatte – als ich noch ein Kind war –, und wieder, als er den Schlaganfall gehabt und im Krankenhaus gelegen hatte. Ich presste die Lippen zusammen, als ich mit den Fingern über den weichen Stoff fuhr, ehe ich in den Taschen suchte. Und tatsächlich – in seiner liebsten Fleecejacke wurde ich fündig. Nur einer der vielen Schlüssel an dem Bund war klein genug für das Schubfach.

Mein Großvater erklärte Isla gerade lächelnd, wie er die Regale für die Pflanzen gebaut hatte, und ich nutzte den Moment, in dem er noch abgelenkt war, um an den Schreibtisch heranzutreten. Sehr langsam und leise schloss ich das oberste Fach auf, und mein Herz raste, als ich darin ein paar alte Tagebücher fand. Alle beschriftet mit Jahreszahlen. Ich hatte gar nicht gewusst, dass mein Großvater so lange Tagebuch geschrieben hatte.

Mit klopfendem Herzen nahm ich das aus dem Jahr, in dem meine Erinnerung manipuliert worden war, an mich, bevor ich das

Schubfach wieder schloss und den Schlüssel zurück in die Fleecejacke steckte. Immer noch mit schlechtem Gewissen ließ ich das Buch unter meinem Pulli verschwinden und setzte mich wieder auf die Bettkante. *Das sind meine Erinnerungen. Ich habe ein Recht auf sie*, sagte ich mir in Gedanken.

Mein Großvater redete immer noch über seinen Garten, aber seine Erzählungen wurden immer wirrer, und irgendwann schwieg er und starrte nur gedankenversunken in die Luft.

»Opa?« Ich berührte ihn vorsichtig am Arm, und sofort blickte er auf und sah mich verständnislos an.

»Ist es schon Zeit für meine Tabletten?«

Ich presste die Lippen zusammen, und Isla berührte sanft meinen Rücken. »Vielleicht sollten wir langsam gehen. Dein Opa wirkt erschöpft.«

Obwohl ich es nicht wollte, obwohl ich ihn nie hatte hier alleinlassen wollen, nickte ich. »Ich komme bald wieder, okay?«, sagte ich leise. Weil er auf meine Berührung nicht gut reagiert hatte, begnügte ich mich mit einem Lächeln und einer zum Abschied erhobenen Hand. Als ich zusammen mit Isla das Zimmer verließ, blickte er uns nicht einmal nach.

»Das war hart«, sagte Isla sofort, als sich die Tür hinter uns geschlossen hatte, und griff nach meiner Hand. »Bist du in Ordnung?«

»Es ist öfter so. Dass er mich nicht erkennt. Ich dachte, ich hätte mich daran gewöhnt, aber …« Ich schüttelte seufzend den Kopf und holte das Tagebuch unter meinem Pulli hervor. »Heute kam noch dazu, dass ich ihn bestohlen habe. Ich bin eine tolle Enkelin.«

»Du hast ihn nicht bestohlen. Du holst dir nur zurück, was

rechtmäßig dir gehört«, sagte Isla ernst. Sie klopfte auf das Tagebuch, und fast sofort weiteten sich ihre Augen. »Und ich glaube, das können wir heute.«

Ein aufgeregtes Kribbeln erfüllte meinen ganzen Körper. Da war sie wieder, die Angst vor dem, was ich sehen könnte. Aber ich durfte ihr jetzt nicht nachgeben. Ich musste sehen, was passiert war. Ich musste mich diesen Erinnerungen stellen.

»Komm.« Isla nickte in Richtung des Treppenhauses, und ich folgte ihr wortlos. Zu meiner Überraschung stieg sie nur ein paar der Stufen nach unten und ließ sich dann auf eine der unteren fallen. Als ich verwirrt zu ihr hinunterblickte, klopfte sie sanft neben sich. »Die Treppen werden wahrscheinlich so gut wie nie benutzt. Hier haben wir auch keinen Ryker, der seine Nase in alles reinstecken will. Und du kannst deinem Großvater sein Tagebuch direkt wieder hinlegen.«

»Und wenn doch eine der Schwestern hier langkommt?«

Sie zuckte mit den Schultern. »Dann denkt sie wahrscheinlich, dass wir beten oder so etwas. Jetzt komm schon.«

Ihr aufmunterndes Lächeln brachte mich schließlich doch dazu, mich neben sie auf die kalten Steinstufen zu setzen. Ich reichte ihr das Tagebuch wie einen wertvollen Schatz, und Isla begann sofort, darin herumzublättern, ohne auch nur ein Wort des Geschriebenen zu lesen.

Ihr Blick war konzentriert, ihre Stirn in Falten gelegt. Schließlich stoppte sie auf einer Seite und holte tief Luft. »Ich denke, ich habe was.« Sie sah mich an. »Bist du bereit?«

»Wahrscheinlich nicht«, gab ich zurück, legte aber sofort eine Hand in ihre.

Und mit dem nächsten Augenaufschlag war ich nicht mehr ich.

»OPA!«

Der Schrei ist so markerschütternd, dass er sofort den Blick von seinem Schreibtisch reißt und über die Schulter zur Tür starrt. Es ist, als wäre ich in seinem Körper, würde durch seine Augen sehen, und dann höre ich wieder die Stimme, die ich als meine erkenne.

»OPA, KOMM SCHNELL!«

Er springt von seinem Stuhl. Reißt ihn beinahe um, als er an ihm vorbei in den Flur hastet, den Schreien meines jüngeren Ichs folgt. Die Tür zu meinem Zimmer steht offen, und ich sehe mich auf dem Boden hocken – tränenüberströmt und mit hochrotem Kopf.

Als ich aufblicke, meinem Großvater entgegen, schreie ich noch einmal: »Ich wollte das nicht! Ich wollte das nicht, Opa! Du musst ihr helfen, bitte!«

Er kommt näher, aber auf der Schwelle bleibt er abrupt stehen. Ihm bietet sich ein grauenvolles Bild: Neben meinem jüngeren Ich liegt ein Mädchen auf den Sitzkissen. Ihr Gesicht zeigt zur Decke, ihre schwarzen Haare sind wie ein Kranz um ihren Kopf verstreut, aber ihre waldgrünen Augen starren ins Leere. Auf ihren Lippen schimmert ein seltsamer silberner Hauch, von dem sich feine Adern über ihre Wangen ziehen, die schon langsam wieder verblassen. Als hätte der Tod persönlich sie geküsst.

Und wie mein Großvater es weiß, als er das Mädchen erblickt, so weiß auch ich es in dem Moment: Sie ist tot.

»Opa.« Das Wort ist nur noch ein Wimmern, ein Schluchzen. »Opa, wir müssen Emily helfen. Bitte, wir müssen ihr helfen.«

Mein Großvater braucht noch einen Moment, um sich zu fangen, dann ruft er mir zu: »Geh runter und hol Oma. Schnell. Und dann bleibst du unten, hast du verstanden? Geh ins Wohnzimmer und bleib da sitzen, bis ich dich hole!«

»Okay.« Mein jüngeres Ich stürzt weinend aus der Tür.

Mein Großvater steht noch eine Sekunde auf der Stelle, bevor er langsam ins Zimmer geht. Natürlich hat er die silbernen Adern auf meinen dünnen Armen gesehen. Hat den silbernen Glanz des Todes auf Emilys Lippen gesehen, und er weiß, was es bedeutet. Er weiß, dass er eine Entscheidung treffen muss. Dem Mädchen, das hier liegt, kann nichts und niemand mehr helfen. Ihr Herz ist stehen geblieben, und nichts auf der Welt kann das mehr ändern.

Aber mir kann er helfen. Als er sich auf den Boden kniet, formt sich die Lüge schon in seinem Kopf, die er allen erzählen würde.

Sanft streicht er die Haare aus Emilys puppengleichen Gesicht. »Es tut mir so leid, Kleine.« Seine Erinnerung verschwimmt mit seinen Tränen. »Es tut mir so leid.«

»Avery.« Isla hielt mich an den Schultern fest, als ich aus der Erinnerung auftauchte, aber noch während ich nach Luft schnappte, schlug ich ihre Arme von mir und sprang von der Stufe.

Erst als ich die Wand des Treppenhauses in meinem Rücken spürte, hörte ich auf, von ihr zurückzuweichen. Sie saß noch da, beide Hände erhoben und einen erschrockenen Ausdruck auf dem Gesicht. Sofort riss ich den Blick von ihr, starrte auf meine Arme, aber da waren keine silbernen Adern zu sehen. Jetzt nicht. Heute nicht. Nur das Feuer, das in mir tobte, aber noch nicht den Weg nach draußen gefunden hatte. Diese brennende, wütende Magie, die in mir schlummerte. Und der nicht nur Devon zum Opfer gefallen war. Er war nicht der Einzige, den ich getötet hatte. Meine Vermutung hatte sich bewahrheitet.

Ich klammerte mich an das Treppengeländer, und auf einmal hatte ich das Gefühl, keine Luft mehr zu kriegen. Meine Lunge wollte sich nicht mehr füllen. Mein Herz wollte nicht mehr in einem regelmäßigen Rhythmus schlagen.

»Beruhige dich«, sagte Isla sanft. »Was hast du gesehen? Bitte, rede mit mir.« Bei ihrem flehenden Blick wurde mein Innerstes plötzlich merkwürdig ruhig. Merkwürdig taub, als hätte mir jemand ein starkes Anästhetikum verabreicht.

Ich sank gegen die Wand hinter mir. »Ich habe Emily Hayes getötet«, sagte ich leise, während in mir alles zusammenstürzte wie ein schlecht gebautes Kartenhaus. »Ich habe mit meiner Magie Hayes' Schwester getötet.«

KAPITEL 23

Das baufällige Haus in Hunts Point, in dem ich einen großen Teil meiner Teenagerzeit verbracht hatte, verschwamm vor meinen Augen. Vielleicht lag es daran, dass ich momentan keinen klaren Gedanken fassen konnte. Vielleicht lag es auch an der halben Flasche Whiskey, die ich bereits intus hatte. Die andere Hälfte hielt ich in meiner rechten Hand fest umklammert, als ich über die sandige Straße zum Gebäude wankte. Himmel, ich hatte mich wirklich abgeschossen auf dem Weg hierher. Normalerweise hob Alkohol immer ein wenig meine Stimmung, aber heute fühlte ich mich einfach nur taub. Worüber ich mich allerdings auch nicht beschweren konnte.

Es waren nicht viele Leute hier. Die meisten hoben nur kurz den Kopf, als ich über den Hof an ihnen vorbeiging, und widmeten sich dann wieder ihren Gesprächen. Ein paar, die ich von früher kannte, grüßten, und ganz wenige drehten sich um und sahen mir nach. Ich spürte ihre Blicke auf meinem Rücken, aber ich hatte keine Kraft, mich auch nur einem von ihnen zuzuwenden.

Im ausgebauten Keller war es schon ein wenig voller. Fast augenblicklich entdeckte ich Hailey und Penn, die auf einem der Sofas saßen, Schulter an Schulter, und mit leerem Blick in die Luft starrten. Ich musste an Orla denken, wie sie tot und voller Brandwunden auf der Metallliege in der Pathologie gelegen hatte. Und plötzlich spürte ich doch wieder etwas in all der Leere in mir – Trauer. Wut. Verzweiflung. Nur einen Moment flackerten die Gefühle in mir auf, bevor sie wieder in das schwarze Loch gesogen wurden. Veda hätte mir wahrscheinlich geraten, einen Therapeuten aufzusuchen. Aber Veda war auch nicht mehr da.

»Avery.« Hailey sah mich zuerst und setzte sich sofort aufrecht hin. »Was zur Hölle machst du hier? Bist du irre? Dorian Mars hat eine Scheißwut auf dich!«

Ich zuckte mit den Schultern, während ich auf die beiden zuging. Es war mir tatsächlich egal. »Ist er hier?«

»Nein«, gab Hailey zögerlich zu, und ihre Muskeln entspannten sich ein wenig. Sie warf Penn einen Blick zu, der mich immer noch anstarrte, als hätte ich eine Bombe umgeschnallt.

Etwas gereizt starrte ich zurück. »Was, soll ich wieder gehen?«

»Ach, Quatsch«, murmelte er und deutete mit dem Kopf auf seine andere Seite, wo noch ein Platz frei war.

Sofort stumpfte die Verärgerung in mir wieder ab. Ich ließ mich auf die abgewetzte Couch fallen, die wirklich alles andere als bequem war, und stieß stöhnend die Luft aus.

Hailey schnaubte, als sie sich ebenfalls wieder anlehnte. »Du siehst scheiße aus, Ave.«

»Danke, gleichfalls.«

Die Worte taten mir sofort leid, als sie das Gesicht verzog. Aber ich war zu ausgelaugt, zu schwach, um noch etwas nachzuschieben. Seit ich Isla im Treppenhaus des Altenheims einfach stehen gelassen hatte, war ich nur gelaufen wie im Wahn. Immer wieder und wieder waren die Bilder aus meiner einst gelöschten Erinnerung vor meinem inneren Auge aufgetaucht, hatten mich mit Horror erfüllt und weiterlaufen lassen. Als könnte ich ihnen so entkommen. Als könnte ich vor dem, was ich getan hatte, davonlaufen. Irgendwann hatte ich begonnen, meine Gedanken und Schuldgefühle in Alkohol zu ertränken. Und für den Moment funktionierte das wenigstens ein bisschen.

Ich ließ den Blick nur kurz über den ausgebauten Raum wandern – über die Leute am Kickertisch, auf den anderen Sofas, in der kleinen Küchenecke, in der gerade jemand eine Instant-Nudelsuppe aß – und sah dann wieder zu den beiden Jugendlichen neben mir. »Wie geht es euch?«

Penn zuckte nur mit den Schultern. Er fixierte wieder einen Punkt in der Luft, und ich spürte seinen Schmerz, wusste genau, wie die beiden sich fühlen mussten. Orla war ihre Freundin gewesen, ihre Partnerin – so wie Veda meine. Nur dass die beiden hier gerade einmal fünfzehn Jahre alt waren. Orla war nicht einmal sechzehn geworden.

Hailey sagte nichts, sie wirkte jedoch, als wollte sie am liebsten wieder weinen, aber sie kämpfte dagegen an. Vor den Leuten hier durfte man keine Schwäche zeigen. Vor den Leuten hier durfte man keine Menschlichkeit zeigen. Und gerade jetzt in diesem Moment, obwohl ich eigentlich gerade nichts fühlte, machte mich das wirklich krank.

Ich presste die Lippen zusammen und setzte die Flasche noch einmal an, bevor ich mich ganz in das Sofa sinken ließ. »Ihr solltet hier verschwinden.«

»Wieso, hast du deinen Detective-Typen auf das Haus angesetzt?«, knurrte Hailey, nun deutlich wütender als traurig.

Das hatte sich also auch schon rumgesprochen. Ich schnaubte. »Natürlich nicht. Außerdem weiß jeder bei der Polizei von diesem Ort. Sie trauen sich nur nicht, das hier alles zu stürmen, weil niemand wirklich was gegen *fucking* Dorian Mars in der Hand hat.«

Penn wurde neben mir direkt etwas unruhig. Er sah sich um, bevor er sich mir wieder zuwandte. »Kannst du ein bisschen leiser reden? Wir wollen nicht auch noch in der Pathologie landen.«

Hailey stöhnte neben ihm auf, während ich den Kopf schüttelte.

»Wirklich, Penn?«, sagte ich. »Denkst du, dass das hier alles einen anderen Ausgang haben könnte? Du sitzt hier im Stützpunkt von Dorian Mars – einem der gefährlichsten Männer der ganzen Stadt. Denkst du, dass du der Einzige sein wirst, den er nicht irgendwann auf eine Selbstmord-Aktion schicken wird?« Wahrscheinlich war es nicht so schlau, das ausgerechnet hier rumzuposaunen. Aber ich war betrunken und verzweifelt, und ich hatte mich bereits in Rage geredet. Trotzdem bemühte ich mich, einen etwas gedämpfteren Ton zu wählen, als ich mich nach vorn lehnte und die beiden wütend ansah. »Und ich meinte auch nicht, dass ihr nur für heute hier abhauen sollt, sondern für immer. Ihr solltet euch aus dem Staub machen, bevor Dorian Mars euch wirklich auf dem Radar hat und ihr nicht mehr nur ersetzbare, namenlose Ratten für ihn seid.«

Die beiden starrten mich verständnislos und eine Spur beleidigt an. So, wie ich damals jemanden angesehen hätte, der so mit mir gesprochen hätte. Aber bei ihnen war es anders. Sie wussten jetzt, was man bei Dorian Mars verlieren konnte. Sie wussten, dass sie einander oder ihr Leben verlieren konnten.

Hailey war es deutlich ins Gesicht geschrieben, der leichte Zweifel in ihren Augen. Trotzdem verschränkte sie die Arme vor der Brust und schnaubte. »Und wo sollen wir deiner Meinung nach hin?«

»Irgendwohin. Alles ist besser als hier.«

»Und was machst du dann hier? Wieso bist du hierhergekommen, wenn jeder andere Ort besser ist als hier?«

Ich starrte Hailey an, erwiderte ihren herausfordernden Blick für ein paar Sekunden. Dann presste ich die Lippen zusammen und ließ mich wieder an die Sofalehne sinken. »Ich gehöre hierher. Für mich gibt es keinen anderen Ort mehr.«

Das hatte ich auch Isla gesagt, als sie mir durch das Treppenhaus des Altenheimes nachgelaufen war. Dass sie mich in Ruhe lassen sollte. Dass ich an den einzigen Ort gehen würde, an den ich wirklich hingehörte. Ich hatte Menschen getötet. Devon. Und auch noch Emily Hayes. Die Schwester des Mannes, den ich noch vor einem Tag geküsst, an den ich mich gelehnt hatte. Der Mann, mit dem ich mir eine Zukunft vorgestellt hatte, wenn auch nur für einen kurzen Moment. Der Mann, der immer noch glaubte, dass seine Schwester in einem Pool ertrunken war – obwohl ich es gewesen war. Ich hatte sie umgebracht.

Das Entsetzen nagte wieder an meinem Inneren. Der Horror der Bilder, die ich in der Erinnerung meines Großvaters gesehen hatte, und ich sank noch tiefer in das abgewetzte Fake-Leder. »Schlechte Menschen gehören an diesen Ort. Aber ihr nicht. Ihr könnt noch gehen.«

Aus dem Augenwinkel sah ich, dass die beiden sich einen Blick zuwarfen. Dann fragte Hailey: »Mann, Ave, du bist ja noch düsterer als sonst. Was ist denn passiert?«

Ich schüttelte nur den Kopf und setzte die Whiskyflasche wieder an. Ich wollte, dass diese Gedanken und Erinnerungen aus meinem Kopf verschwanden. Wie ich schon vorher vermutet hatte, wären sie lieber verschüttet geblieben. So, wie mein Großvater es beabsichtigt hatte. Wieso hatte ich ihm nicht vertraut? Dann würde ich mich jetzt noch in der seligen Ungewissheit befinden, die ich vor diesem verdammten Tag gehabt hatte.

Gott, hätte ich ihm schon vorher vertraut und weiterhin diesen verdammten Tee getrunken, der meine Magie unterdrückte, dann wäre nichts von alledem passiert. Ich hätte weiter dieses unbedeutende Leben führen können, irgendwann in zwanzig Jahren vielleicht die Schulden bei Dorian Mars abbezahlt und wäre dann aus New York verschwunden. Egal, wohin.

Hailey und Penn hatten offenbar beschlossen, keine Fragen mehr zu stellen, also saßen wir einfach in einvernehmliches, unangenehmes Schweigen gehüllt auf der Couch und ließen wahrscheinlich alle unsere Lebensentscheidungen vor unserem inneren Auge vorbeiziehen. Irgendwann griff ich in meine Manteltasche und zog mein Handy hervor. Ich hatte mehrere Anrufe von Isla, die sich offenbar tatsächlich Sorgen machte. Es war unglaublich, dass sie nach dieser Enthüllung immer noch auf meiner Seite war. Oder sie sammelte einfach gern traurige Streuner auf.

Aber ich hatte auch einen verpassten Anruf von Hayes, und den zu sehen, tat wirklich weh. Seinen Namen zu lesen, machte mir erneut bewusst, dass unser letzter Kuss, unsere letzte Berührung bereits in der Vergangenheit lag. Dass es keine Zukunft gab. Selbst wenn er nie erfuhr, was passiert war, würde ich ihm nie wieder in die Augen sehen können. Ich würde ihn nie wieder berühren können, ohne an das zu denken, was ich getan hatte. Und wenn er es erfuhr … dann würde er mich hassen. Er würde mir nie vergeben können.

Ich schaltete das Handy aus und steckte es wieder zurück in meine Tasche. Aus dem Augenwinkel sah ich, dass Hailey und Penn sich schon wieder einen Blick zuwarfen. Wahrscheinlich hielten sie mich für verrückt, aber das war mir gerade auch egal. Eigentlich hatte ich vorgehabt, ihnen zu helfen. Allen hier in Hunts Point. Aber nicht einmal dazu war ich imstande gewesen. Ich hatte Isla nicht einmal von diesem Ort erzählt, weil ich so sehr mit mir selbst beschäftigt gewesen war.

Verdammter Mist.

»Ich schreib ihr einen Brief«, murmelte ich in meinen nichtvorhandenen Bart.

Penn drehte sich zu Hailey, und Hailey erhob sich von der Couch. »Ich glaube, wir brauchen alle etwas zu essen, denkt ihr nicht? Ich geh uns was holen. Ave, Burger? Pizza?«

Ich zuckte mit den Schultern. »Ich habe keinen Hunger«, sagte ich, zu mehr war mein Gehirn nicht mehr in der Lage.

»Du wirst etwas essen«, sagte sie und stemmte streng die Hände in die Hüften. »Du, Penn?«

»Mir egal. Soll ich dich begleiten?«

»Auf keinen Fall, du bleibst bei Avery, bevor sie noch eine Schlägerei mit einem der richtig gefährlichen Typen hier anfängt.«

Ich knurrte. »Wer seid ihr jetzt, meine Eltern?«

Hailey zog nur eine Augenbraue hoch, bevor sie Penn zuwinkte und über die Treppe zum Ausgang des Gebäudes verschwand.

Ich seufzte schwer. Jetzt gab es noch jemanden, der sich um mich kümmerte, obwohl ich es nicht verdient hatte. Aber sie wussten auch nicht, was ich getan hatte. Sie hatten keine Ahnung, mit wem sie es zu tun hatten. Vielleicht half es, das einfach mal auszusprechen. »Ich habe jemanden umgebracht.«

»Scheiße, Avery.« Penn riss die Augen auf. »Du hast was?«

Ich nickte. »Devon. Erinnerst du dich an Devon? Der Schoßhund von Scott. Ekliger Typ. Hat versucht, mich zu überfallen.«

»Und da hast du ihn gekillt?«

»Ich wollte es nicht. Ich wollte mich nur verteidigen.« *Ausreden, Avery,* sagte die gemeine Stimme in meinem Kopf, und ich musste ihr zustimmen. »Aber das ist auch egal. Er ist tot, und ich bin schuld daran.«

Penn sah mich lange von der Seite an, bevor er brummte. »Devon war ein Arschloch. Weißt du, was er ein paar der Mädchen hier angetan hat, wenn Dorian Mars nicht da war? Besonders den jungen Mädchen, die gerade frisch hier gelandet waren? Ich sage nicht, dass er es verdient hatte, zu sterben, aber Gott, du hast wahrscheinlich gut daran getan, dich zu verteidigen. Wer weiß, was er sonst getan hätte.«

Nein. Verteidige mich nicht. Das habe ich nicht verdient. Mit zusammengepressten Lippen schüttelte ich den Kopf, während erneut Wut in mir aufstieg. »Dafür gibt es nie einen guten Grund.«

»Kann sein.«

Und Emily. An ihr war sicher kein böser Knochen gewesen. Ich schaffte es nicht einmal, das auszusprechen. Auch nicht, um Penn zu zeigen, was für ein schrecklicher Mensch ich war. Aber jetzt, wo wieder die Erinnerungen vor meinem inneren Auge auftauchten, spürte ich endlich das Brennen von Tränen.

Penn neben mir holte tief Luft. »Brauchst du … keine Ahnung … eine Umarmung?«

»Bloß nicht«, knurrte ich ihn an, und er seufzte erleichtert.

»Gott sei Dank. Ich bin nicht gut in so was.«

Das brachte mich tatsächlich dazu, amüsiert zu schnauben. Wenn auch nur für einen Moment. Dann versank ich wieder in den düsteren Gedanken.

Wir saßen eine Weile schweigend da, bevor Penn sagte: »Weißt du, ich glaub für Hailey und mich ist es auch zu spät, um aus Hunts Point wegzukommen.«

»Sag das nicht«, gab ich zurück. Meine Zunge fühlte sich schwer an, genau wie mein Kopf. »Es ist nicht zu spät.«

»Doch, Ave. Wir haben auch schon Mist für Dorian Mars gemacht. Auch wenn wir niemanden umgebracht haben.« Er warf mir einen Blick unter hochgezogenen Augenbrauen zu, und als ich verärgert knurrte, lachte er leise. Es klang traurig. »Aber selbst wenn es kein großer Mist war, den wir getan haben, war es Mist. In dieser Welt gibt dir keiner mehr eine Chance, wenn du einmal was auf deiner hübschen weißen Weste hast. Sind wir doch mal ehrlich.«

Ich wollte widersprechen, aber ich konnte es nicht. Nicht mit gutem Gewissen. Ich hatte ewig versucht, aus der ganzen Scheiße hier rauszukommen, hatte aber nie von jemandem eine Chance bekommen. Nur Aushilfsjobs, bei denen niemand nach deiner Weste fragte. Keine wirkliche, langfristige Perspektive. Ich verstand, warum er so dachte. Ich tat es eigentlich auch.

Schließlich lehnte ich mich zu ihm und klopfte brüderlich auf seinen Oberschenkel. »Ich werde Isla Kennedy schreiben. Die hilft euch sicher.«

Penn gab ein belustigtes Schnauben von sich. »Isla Kennedy interessiert sich einen Dreck für uns. Die ist doch auch nur eine Instagram-Blenderin, so wie alle anderen Magier der Oberschicht.«

»Ist sie nicht«, gab ich wütend zurück. »Wenn sie es wüsste – wenn sie wüsste, was hier los ist, würde sie nicht ruhen, bevor sie nicht etwas unternommen hat. Ganz sicher.«

Penn sah mich an, als wäre ich jetzt endgültig verrückt geworden. Ich war sicher, dass er mir widersprechen würde, aber dann wurde er von etwas abgelenkt. Sein Blick wanderte an mir vorbei zur Treppe, und aus dem anfänglichen, erfreuten Funkeln in seinen Augen wurde etwas anderes. Seine Haut wurde blass. Seine Augen weiteten sich. »Was zum … Hailey!«

Ich wollte mich umdrehen, um zu sehen, was ihn so in Aufruhr versetzte, aber ich konnte mich kaum noch rühren. Das war wohl doch ein Schluck zu viel gewesen.

»Sag mal, Hailey, hängst du nicht an deinem Leben?«, brüllte gerade ein Typ neben uns am Tisch und sprang von seinem Sitzplatz auf. Er sah wütend aus. »Bringst einen Cop hier mit runter?«

Penn erhob sich ebenfalls, und ich schaffte es nun doch, mich umzudrehen. Mit verschwommenem Blick zur Treppe zu schauen. Hailey stand auf der unteren Treppenstufe. Sie hatte eine Pappschachtel auf dem Arm, auf dem das Logo von *Papas Pizza* war, und ihr Gesicht war zu einer Fratze verzogen.

»Halt's Maul, Peter«, sagte sie nur. »Willst du ihn vielleicht vor die Tür setzen? Er hat eine Waffe.«

Peter machte einen Schritt, doch bevor er noch mehr tun konnte, erklang eine dunkle Stimme. »Das würde ich an deiner Stelle nicht versuchen.«

Ungläubig hob ich den Kopf, nur ein paar Treppenstufen über Hailey stand Hayes. Er trug sein NYPD-Shirt mit dem Holster über der Brust, seine schwarzen Haare waren verwuschelt, als wäre er gerade erst aufgestanden, aber seine ganze Ausstrahlung war ernst. Gefährlich. Sein Blick zuckte zu mir, nur einen Moment, bevor er sich wieder Peter zuwandte. Mittlerweile waren auch die anderen im Kellerraum aufgesprungen. Es herrschte eine beinahe schon gespenstische Stille, während alle Hayes anstarrten, als wollten sie sich jede Sekunde auf ihn stürzen.

Mein Herz donnerte von innen gegen meine Rippen, und ein wenig der betrunkenen Benommenheit fiel von mir ab. Er war hier. In seiner Dienstkleidung. *War er verdammt noch mal lebensmüde?*

Hayes wirkte auf jeden Fall nicht sehr beunruhigt im Anbetracht der Überzahl an Gangstern, die ihm wütend, manche sogar mit gezogenen Messern, entgegenblickten. Er hob leicht die Hände. »Ich bin nicht hier, um Ärger zu machen. Ich bin hier, um Avery Bishop mitzunehmen.«

Mein betrunkenes Hirn arbeitete sich nur langsam durch die Worte, die er gerade gesagt hatte. Er wollte mich mitnehmen? Als Freundin, weil er sich um mich gesorgt hatte? Oder wollte er mich verhaften? Woher zum Teufel hatte er überhaupt gewusst, dass ich hier war?!

Peter lachte, und ein paar der Umstehenden taten es ihm gleich. »Kommst her, zu uns, und willst eine von uns mitnehmen? Ganz allein? Und denkst, wir lassen das einfach zu?«

Gangsterehre. Die meisten der gerade Anwesenden kannte ich überhaupt nicht, und sie mich sicher auch nicht. Aber wenn ein Cop auftauchte, war er automatisch der Feind, und alle anderen waren automatisch ein Freund. Vor allem, wenn der Cop sich einen von ihnen aussuchte.

Weil ich noch so abgelenkt war, die Situation zu verarbeiten, sah ich den Mann zu spät, der sich von hinten an Hayes heranschlich. Er hatte ein Messer gezückt und seinen Mund zu einem breiten, zahnlückigen Grinsen auseinandergezogen. Ich schnappte nach Luft, als er bereits fast bei dem Detective war. Aber Hayes war natürlich keine Sekunde in Gefahr gewesen.

Er drehte sich in dem Moment halb um, als der Mann hinter ihm gerade zustechen wollte, und griff blitzschnell nach dessen Handgelenk. »Ich sagte, dass ihr das lieber lassen solltet«, sagte er drohend und bog den Arm des Angreifers zurück, der sofort schreiend das Messer fallen ließ. Mit einem geschickten Tritt gegen das Bein ging der Kerl zu Boden.

Hayes war gut. Nicht nur Polizisten- sondern Soldaten-gut. Aber selbst das würde ihm nichts nützen, wenn der ganze Mob hier auf ihn losging. Und genau danach sah es gerade aus, denn Peter und seine Freunde machten ein paar bedrohliche Schritte auf die Treppe zu.

»Schon gut«, brüllte ich, stellte den Whiskey ab und erhob mich schwankend vom Sofa. Die Welt wackelte einen Moment, bevor sie wieder einigermaßen gerade stand, genau wie ich. »Schon gut. Ich gehe mit ihm mit. Macht hier jetzt bloß kein Blutbad aus so einer kleinen Sache.«

Ich musste mich wohl ergeben, wenn ich Hayes nicht weiter in Gefahr bringen wollte. Und das war ich ihm mehr als schuldig. Unwirsch drückte ich mich an Peter vorbei, doch der griff sofort nach meinem Handgelenk und hielt mich fest.

»Du gehst nirgends hin, Kleine. Wir liefern uns nicht einfach so Cops aus.«

Ich blieb stehen, weil ich es musste, doch Hayes spannte sich augenblicklich an. Das Feuer in seinen Augen loderte auf, als wollte es den ganzen Wald niederbrennen. Doch diesmal ließ ich es nicht so weit kommen, dass er mich retten musste.

Peter blickte abschätzig auf mich runter, als ich mich zu ihm umdrehte und mit den Fingern seine Hand berührte. Es brauchte nicht viel. Die Verzweiflung in meinem Inneren, die schon den ganzen Tag dort schwelte, schwoll schnell zu einem Feuerball an, der in meinem Inneren tobte. Er floss durch meine Blutbahnen, und irgendwo unter dem Ärmel meines Mantels verwandelte er meine Haut in fließendes Silber.

Ich zog die Hand weg, als die Hitze in meinem Innern Peters Finger berührte. Nur einen Moment, aber die Verzweiflung schlug sofort auf ihn über. Er schnappte nach Luft, seine Augen weiteten sich, und er stolperte vor mir zurück, als hätte er in meinem Gesicht das Monster gesehen, das ich war. Sein Blick war ungläubig. Verängstigt. Und es fiel mir schwer, die Hitze wieder zurückzudrängen.

Ich drehte mich um und funkelte Hayes an, als ich an ihm vorbei die Treppe hochging. Immer noch ein wenig schwankend, immer noch ein wenig wackelig auf den Beinen. »Ich bringe Sie nach oben, Detective«, knurrte ich, denn ich hatte nicht vor, mit ihm mitzugehen. Wenn er mich verhaften wollte, schön. Aber freiwillig würde ich ihn nicht begleiten. Ich konnte ihm nicht einmal in die Augen sehen. Verzweiflung brannte in meinem Bauch, als ich durch das Erdgeschoss auf den Ausgang zustolperte.

»Avery, warte«, hörte ich Hayes' Stimme hinter mir. Er kam mir nach, griff nach meinem Arm, um mich festzuhalten, aber ich entriss mich ihm sofort.

Das brachte mich erneut ins Stolpern, aber ich hielt mich an der Mauer des Gebäudes fest. »Bist du nicht mehr ganz dicht, dass du hier auftauchst?«, fauchte ich ihn an. »Es gibt sicher angenehmere Arten, zu sterben.«

Er blieb vor mir stehen, die Augenbrauen zusammengezogen. »Ich wusste, dass du hier bist.«

»Woher, verdammt noch mal?«

»Isla hat mich angerufen. Sie hat erzählt, was du ihr gesagt hast, und ich habe eins und eins zusammengezählt.«

Ich presste die Lippen zusammen, schüttelte den Kopf, und deutete dann auf den Platz vor dem Gebäude. »Geh, Hayes. Verschwinde einfach von hier.«

»Ich gehe nicht ohne dich, Avery.« Seine Stimme klang fest, beinahe wütend. »Ich dachte, du hast dem allen hier den Rücken gekehrt? Ich dachte, du willst nicht mehr für Dorian Mars arbeiten, also was zur Hölle machst du hier?«

Ich fletschte die Zähne. »Das geht dich nichts an, Detective.«

Er war sichtlich verwirrt über meine Worte. Über den plötzlichen Wechsel meiner Gefühle für ihn. Beim letzten Mal hatte ich ihn noch geküsst, und jetzt stieß ich ihn von mir. Einfach so, ohne Erklärung.

»Was ist passiert, Avery?«

»Ach, das hat Isla dir nicht erzählt?«, gab ich zurück. Meine Stimme klang wütend, obwohl ich eher verzweifelt war. Obwohl ich mich kaum noch auf den Beinen halten konnte. Ich wollte nur, dass das hier endlich vorbei war und ich mich wieder unten betrinken konnte.

Hayes schüttelte sanft den Kopf. »Nein.« Er deutete zu seinem Wagen am Straßenrand. »Lass uns im Auto darüber reden. Bitte. Wir sollten hier verschwinden.«

»DU solltest hier verschwinden. Ich gehöre hierher.«

»Das tust du nicht.« Er wirkte wütend, aber er kam trotzdem mit einem sehr vorsichtigen Schritt näher. »Komm mit.«

Ich schüttelte den Kopf, spürte Tränen in meinen Augen. »Ich kann nicht.«

»Warum nicht?«

Weil du mich hassen wirst. Weil das, was ich getan habe, alles zwischen uns unmöglich machen wird. Weil es ein Ende unter das setzen wird, was noch nicht einmal richtig begonnen hat.

»Avery.« Er sagte meinen Namen eindringlich. »Warum nicht?«

Ich sah ihm in die Augen, und jetzt wurde die Hitze in mir unerträglich. Die Sanftheit, die Sorge, die er mir aufgrund meiner nun laufenden Tränen entgegenbrachte, hatte ich nicht verdient.

Und er musste das wissen. Er hatte das Recht darauf.

»Weil ich sie umgebracht habe, Hayes.« Ich schrie es ihm ins Gesicht, mit der ganzen Verzweiflung, die ich in mir hatte. »Emily. Das Mädchen, das wahrscheinlich mal meine Freundin war und an das ich mich kaum erinnern kann. Deine Schwester. Ich habe sie umgebracht.«

Durch meinen Tränenschleier konnte ich kaum noch etwas sehen. Wohl aber, dass er erstarrte. Dass er in seinen Bewegungen einfror und seine Augen sich weiteten. Quälend lange sah er mich an, und ich erwiderte seinen Blick. Wartete auf das Donnerwetter, das mir entgegenschlagen würde.

Aber nach einem Moment ließ er die Arme sinken, die er nach mir ausgestreckt hatte, und seine ganze Haltung fiel in sich zusammen. »Ja, Avery«, sagte er leise. Der Schmerz in seinen Augen war kaum auszuhalten. »Ja, Avery. Ich weiß.«

Kapitel 24

Ja, Avery. Ich weiß.

Ich konnte eigentlich kaum noch geradeaus laufen, aber ich folgte Hayes trotzdem. Ich folgte ihm blind und taub über den Platz vor dem Stützpunkt, stolperte über den staubigen Weg, bis hin zu seinem Auto. Irgendwo in meinem Hinterkopf registrierte ich, wie er mir die Tür aufhielt. Wie ich auf den Beifahrersitz plumpste, ohne irgendetwas zu spüren. In mir hallten nur seine Worte wider.

Ja, Avery. Ich weiß.

Die Lichter der Stadt trieben an mir vorüber, viel zu schnell, als dass ich ihnen wirklich hätte folgen können. Das lag nicht an Hayes' Fahrstil, sondern daran, dass der furchtbare, billige Whiskey mein Gehirn komplett vernebelt hatte. Alles in mir drehte sich. Mein Herz schlug schneller, als es wahrscheinlich gesund war. Und ich hielt mich an dem Autositz fest, als würde mein Leben davon abhängen.

Ja, Avery. Ich weiß.

Angestrengt starrte ich aus dem Fenster, versuchte, die Lichter in der Ferne im Blick zu behalten, die Bäume, die in der Dunkelheit an uns vorbeirauschten. Alles, nur damit ich mich nicht zu ihm umdrehen musste. Damit ich ihn nicht ansehen musste. Obwohl ich kaum klar denken konnte, rasten meine Gedanken.

Isla hatte ihm nicht von der Erinnerung erzählt, die ich gesehen hatte. Selbst wenn Hayes es nicht so klar gesagt hätte, Isla hätte es ihm nicht verraten, da war ich mir sicher. So war sie nicht.

Aber er hatte es dennoch gewusst. Der Schmerz in seinen Augen war alt gewesen. Nichts, was frisch in ihm aufgeflammt war. Ich hatte auch Schock gesehen, aber im Nachhinein schien es eher der Schock darüber gewesen zu sein, dass ICH es wusste. Nicht die Tatsache an sich, dass ich seine Schwester getötet hatte.

Mein Magen überschlug sich, und ich schluckte schwer. »Halt an.«

»Wir sind gleich da«, gab Hayes vom Fahrersitz zurück.

Ich wusste nicht, wohin wir fuhren, und auch nicht, wie ich die Härte in seiner Stimme deuten sollte. Doch, eigentlich konnte ich es mir denken. Vielleicht war es gut versteckter Hass. Vielleicht war es jahrelang unterdrückte Wut, die er mir nicht in so einem schwachen Moment entgegenschleudern wollte. Er war eben doch einer von den Guten. Im Gegensatz zu mir.

»Halt an, Hayes.« Stöhnend lehnte ich mich an den Sitz und konzentrierte mich auf meine Atmung. »Bitte. Ich will dir nicht ins Auto kotzen. Ich verspreche auch, dass ich nicht weglaufen werde.«

Nicht dass ich dazu momentan überhaupt in der Lage gewesen wäre.

Hayes machte ein Geräusch, das wie ein ungläubiges Knurren klang. Nach einem Moment, der mir ewig vorkam, seufzte er schließlich. »In Ordnung.«

Er fuhr an den Rand und hielt am Bordstein. Kaum waren wir zum Stehen gekommen, riss ich die Beifahrertür auf und stürzte aus dem Auto. Neben mir konnte ich Mehrfamilienhäuser sehen, die wie graue Kästen in die Luft ragten, und irgendwo in meinem Hinterkopf löste das eine Erinnerung aus. Aber mein Kopf war noch zu beschäftigt damit, nicht vollkommen durchzudrehen.

Ich lehnte mich an eine Mauer, lehnte den Kopf an den kühlen Stein und atmete tief und zitternd ein. Mein Herz klopfte, mein Magen grummelte, und meine Sicht wackelte von einer Seite zur anderen. Aber ganz langsam beruhigte sich zumindest der physische Teil von mir, und die Übelkeit ging etwas zurück.

»Alles in Ordnung?«

Als ich die Augen öffnete, konnte ich Hayes' sauber geputzte Schuhe sehen, die direkt neben mir zum Stehen gekommen waren. Verdammt, selbst in einem solchen Moment wirkte er wie die Ruhe selbst. Obwohl ich noch vor wenigen Minuten diesen unglaublichen Schmerz in seinen Augen gesehen hatte. Schmerz, für den ich verantwortlich war.

Ich musste tief durchatmen, damit mein Magen nicht direkt wieder einen Satz machte. »Alles gut«, presste ich dann gequält hervor.

Hayes reichte mir eine halb volle Wasserflasche, die er wohl im Auto gehabt hatte. Eigentlich sträubte sich in mir gerade alles dagegen, Hilfe von ihm anzunehmen, aber ich wollte ihm auch nicht auf die Schuhe kotzen. Also nahm ich sie, murmelte ein Danke und trank das Wasser in kleinen Schlucken. Es war noch um einiges effektiver als die frische Luft, und ich war froh, dass es mir etwas besser ging. Auch wenn ich immer noch kaum geradeaus gucken konnte.

Langsam richtete ich mich auf und gab Hayes die leere Flasche zurück, ohne ihn dabei anzusehen. Ich traute mich nicht. Ich wollte nicht sehen, was für ein Sturm gerade in seinen Augen gegen sein Pflichtbewusstsein kämpfte.

Er ließ mich kurz an der Mauer allein, um die Flasche zurück ins Auto zu bringen und den Wagen abzuschließen, ehe er wieder zu mir zurückkam, die Hände in die Taschen seiner Jacke geschoben. »Kannst du laufen? Wenn wir quer gehen, sind wir wahrscheinlich schneller als mit dem Auto.«

Ich nickte vorsichtig, bevor ich den Kopf hob und mich umsah. Erst jetzt wurde mir bewusst, wo wir uns befanden: Von hier aus waren es nur wenige Minuten zu mir und Ellis nach Hause. Auch wenn ich über diese Tatsache erleichtert war, verstand ich es nicht. Die ganze Situation und was Hayes vorhatte. Aber offensichtlich wollte er mich nicht aufs Revier bringen.

Als ich einen Schritt von der Mauer wegmachte, geriet ich ein wenig ins Wanken. Hayes streckte mir sofort einen Arm entgegen, um mich festzuhalten, und in meiner plötzlich aufkeimenden Panik wich ich seiner Hand aus.

»Nicht.« Das Wort, das mir über die Lippen kam, klang kläglich. Beinahe wie ein Winseln. Aber ich würde es jetzt nicht ertragen, wenn er mich anfasste. Wenn er freundlich zu mir war, nach allem, was passiert war. »Bitte«, fügte ich leise hinzu, und er zog sofort den Arm zurück.

»Okay.«

Langsam und etwas unbehaglich, mit gebührendem Abstand zwischen uns, machten wir uns auf den Weg über die wild gewachsene Wiese zwischen den Mehrfamilienhäusern. Ich konzentrierte mich auf meine Füße und darauf, nicht zu stolpern. Das Herz schlug mir noch immer bis zum Hals. Ich wollte schreien. Weinen. Ich wollte vor ihm auf die Knie fallen und ihn um Verzeihung anflehen. Ich wollte das zurück, was vor diesem Tag zwischen uns gewesen war. Aber dafür war es zu spät, also schwieg ich und setzte einen Fuß vor den anderen.

Als wir zu Hause ankamen, blickte ich das erste Mal wieder auf. Keins der Fenster war beleuchtet, also war Ellis wahrscheinlich noch im Club. Oder schon. Ich hatte nicht die geringste Ahnung, wie spät es war. Wie viel Zeit ich in Hunts Point verbracht hatte. Ich wusste nur, dass ich erleichtert war, dass mein Bruder mich nicht so sehen musste. Er sollte sich keine Sorgen machen.

Ich brauchte eine ganze Weile, um den Schlüssel ordentlich ins Schloss zu stecken, dann stolperte ich mit einem tiefen Seufzen in den Flur. Endlich zu Hause. Endlich in Sicherheit. Oder?

Nach zwei Schritten ins Innere unserer Wohnung drehte ich mich um.

Hayes war in der Tür stehen geblieben, die Hände immer noch in den Taschen seiner Jacke. Es war das erste Mal an diesem Abend, in dieser Nacht, dass ich ihm wieder ins Gesicht sah. Der Schmerz in seinen Augen war verschwunden, stattdessen wirkte er … verunsichert.

Plötzlich bekam ich die wahnsinnige, irrationale Angst, dass er einfach gehen würde. Ohne dass wir noch einmal über alles reden konnten. Ohne eine Chance, dass wir uns nach der heutigen Nacht wiedersehen würden.

Ich schnappte nach Luft. »Gehst du?«

Er musterte mich einen Moment, und wieder lag die gewohnte

Ruhe in seinem Gesicht – doch da war auch noch etwas anderes. Ein Brennen, das nicht mit seinen vorigen Blicken zu vergleichen war. »Willst du, dass ich gehe?«, fragte er.

Ich hatte den Kopf geschüttelt, bevor ich richtig darüber nachdenken konnte. Dabei wäre es vielleicht besser, diese ganze Sache zu beenden. Jetzt, bevor sie mich und ihn noch weiter verletzen konnte. Trotzdem konnte ich nicht aufhören, den Kopf zu schütteln. »Nein«, sagte ich noch leise, wie um es zu bekräftigen.

»Okay«, sagte Hayes nur, machte einen Schritt über die Schwelle und schloss die Tür hinter sich. »Wo ist euer Bad?«

Mit einer Mischung aus Unsicherheit, Verzweiflung und Erleichterung im Magen deutete ich auf die Tür am Ende des Ganges.

Er nickte, und als er an mir vorbeiging, berührte er kurz meinen Arm. »Komm. Du brauchst ein bisschen kaltes Wasser.«

Ich folgte ihm, weil ich nicht wusste, was ich sonst tun sollte. Im kleinen Bad meiner Familie beugte ich mich über das Waschbecken und spritzte mir kaltes Wasser ins Gesicht, während er in den Schränken nach irgendetwas suchte. Als ich fertig war, mein Kopf ein bisschen abgekühlter und mit einem leichten Zittern in den Knochen, wartete er bereits mit einem frischen Handtuch in der Hand. Ich nahm es ihm dankbar ab, und als ich begann, mir das Gesicht damit abzutrocknen, liefen mir plötzlich Tränen über die Wangen. Ich konnte nichts dagegen tun. Konnte mich nicht dagegen wehren. Ich konnte nur das Gesicht in das Handtuch drücken, während meine Schultern bebten.

Und dann war Hayes da, so dicht vor mir, dass ich den Wald an ihm riechen konnte, den Kaffee und sein Parfüm. Er legte die Arme um meinen zitternden Körper und drückte mich an sich, hielt mich fest, wie er es schon einmal getan hatte.

Das war der Moment, in dem der Damm vollständig brach und ich laut zu schluchzen anfing. »Es tut mir so leid«, sagte ich an seiner Brust, wiederholte es immer wieder und wieder, bis es sich wie ein eigenartiges Mantra anfühlte.

Er flüsterte etwas in mein Ohr, und am Anfang verstand ich es über mein eigenes Schluchzen hinweg nicht. Aber als ich mich langsam wieder beruhigte, das Schütteln des Schmerzes etwas weniger wurde, hörte ich seine leisen Worte: »Ich weiß, Avery. Ich weiß das.«

Ein letztes Mal lehnte ich mich noch gegen seine Brust, genoss seine Nähe, die mir nicht zustand, ehe ich mich von ihm losriss. »Es tut mir leid, Hayes«, sagte ich mit zitternder Stimme. »Was ich getan habe, ist unverzeihlich. Und dass du hier bist und mich tröstest, dass ich das zulasse, beweist nur, was für ein guter Mensch du bist und was für ein schlechter ich bin. Vielleicht solltest du gehen.« Ich schlang die Arme um meinen Oberkörper, weil die fehlende Wärme seines Körpers mich vor Kälte zittern ließ. »Ich komme klar. Wirklich. Das tue ich immer.«

»Avery, hör auf damit.« Seine Stimme war ein gnadenloses Knurren.

Als ich aufsah, funkelten seine Augen beinahe wütend. Ich konnte seinem Blick nicht standhalten und senkte den Kopf. Aber das ließ er nicht zu.

Er überwand den Abstand, den ich zwischen uns gebracht hatte, und legte sanft die Hände an meine Wangen. »Sieh mich an, Avery«, sagte er eindringlich.

Ich konnte nicht anders, als zu tun, was er von mir verlangte.

In seinen waldgrünen Augen brannte ein Feuer. Aber keines, das versuchte, mich zu verbrennen. »Was damals passiert ist, war eine furchtbare Tragödie. Glaub mir, ich habe lange gebraucht, um diesen Schmerz zu überwinden. Manchmal spüre ich ihn immer noch.« Er atmete tief durch, und als er wieder zu sprechen begann, war seine Stimme leiser. »Aber es war ein Unfall. Was passiert ist, war nicht deine Schuld. Du bist nicht schuld an Emilys Tod, verstehst du das?«

Ich schüttelte leicht den Kopf. »Wie kannst du das sagen? Es geht hier um deine Schwester.« Beinahe schon verzweifelt suchte ich sein Gesicht nach einer Spur der Wut ab, die ich erwartet hatte. Nach einer Spur des Hasses. Aber da war nichts von alledem.

Hayes presste für einen Moment die Lippen zusammen. Dann ließ er die Hände langsam von meinem Gesicht gleiten. »Was weißt du noch von damals?«

»So gut wie gar nichts«, gab ich zurück und spürte plötzlich die immense Erschöpfung, die sich in meinem Körper breitmachte. »Mein Großvater hat alle meine Erinnerungen daran löschen lassen. Ich weiß das, was ich dank Isla ihn seinen Erinnerungen gesehen habe. Er ist zu mir ins Zimmer gerannt, als ich geschrien habe, er hat gesehen, wie ich mich über … über Emily gebeugt hatte. Es war meine Magie, die sie getötet hat.«

Seine Augenbrauen zogen sich ein wenig zusammen, und er berührte vorsichtig meinen Arm. »Wir sollten uns setzen.«

Ich nickte und führte ihn müde ins Wohnzimmer. Wir ließen uns auf die Couch und gegen die Rückenlehne sinken, nah genug, dass ich seine Wärme spürte, und starrten beide an die Decke.

Nach einer ganzen Weile begann Hayes wieder zu sprechen, den Blick immer noch nach oben gerichtet. »Ich bin kurz nach dieser Erinnerung hier aufgetaucht.«

Ich schnappte nach Luft und starrte ihn an. »Was?«

Er nickte, ohne mich anzusehen. »Ich wollte Emily abholen – und dabei dich sehen – und bin in diese Sache reingeplatzt. Die Tür stand offen, und ich bin einfach reingegangen. Ich habe dich weinen hören und bin die Treppe hoch, und du bist mir entgegengekommen. Völlig aufgelöst. Du hast so schrecklich geweint und du hast dich bei mir entschuldigt für das, was passiert ist. Und als ich an dir vorbei nach oben gestürzt bin und Emily dort habe liegen sehen … Ich war total im Schock damals.« Er stoppte für einen Moment, bevor er tief seufzte. »Dein Großvater hat versucht mich zu beruhigen. Er hat mir versprochen, dass er meine Eltern anruft, dass er einen Krankenwagen für Emily ruft, aber es kam nur ein Mann. Ein Freund deines Großvaters. Er hat nicht nur deine Erinnerungen löschen lassen.«

»Was?« Erst jetzt fiel mir wieder die erste Erinnerung ein, die Isla mir gezeigt hatte. Das hatte ich bisher völlig vergessen. Mein Großvater hatte doch erwähnt, dass *»der Junge«* alles gesehen hatte, aber ich dachte, das wäre Ellis gewesen. »Aber … woher weißt du dann davon?«

»Es kam mir von Anfang an seltsam vor. Emily war eine großartige Schwimmerin. Dass sie einfach ertrank, war seltsam.« Seine Stirn legte sich in leichte Falten. »Also habe ich nach meinem Schulabschluss nachgeforscht. Irgendwann hat mich ein befreundeter Narrative darauf hingewiesen, dass meine Erinnerungen manipuliert sind.«

Also wie bei mir. Ich schluckte hart. »Und dann?«

»Habe ich die Person gesucht, die sie manipuliert hat.« Er drehte den Kopf ein wenig und sah mich durchdringend an. »Während meiner Zeit in der Army. Ich habe mich ständig versetzen lassen, um den Typen zu finden, der mir meine Erinnerungen gestohlen hat. Habe jeden großen Narrative gesucht, bin jeder Legende eines Manipulators nachgegangen, habe jeden befragt, der schon einmal in New York war, der schon einmal mit den Magiern hier zu tun hatte – auf nette und nicht so nette Art und Weise –, und irgendwann habe ich den Mann gefunden. Ein Veteranen-Freund deines Großvaters. Er lebt mittlerweile in Peru, und durch die Entfernung zur Quelle ist seine Magie auf ein Mindestmaß zusammengeschrumpft. Es war nicht schwer, ihn dazu zu bewegen, mir meine Erinnerungen zurückzugeben. Er wollte eigentlich nur Ruhe von dem Leben, das er zurückgelassen hat.«

Ich erwiderte seinen Blick und traute mich kaum, zu atmen.

Hayes betrachtete mich einen Moment, als würde er seine nächsten Worte genau abwägen. »Zuerst habe ich dich gehasst«, sagte er schließlich. »Für das, was du getan hast. Ich wollte nach meiner Pflichtzeit in der Army zurück nach New York kommen und beweisen, dass du es warst. Dich hinter Gitter bringen. Das ganze Programm. Aber schon als ich noch unterwegs war, habe ich Zweifel daran bekommen. Daran, dass Emily das gewollt hätte. Daran, dass es irgendetwas wiedergutmachen würde, wenn ich dich drankriege. Ich habe immer wieder an dich gedacht, an diesen einen Tag, an dieses Gespräch zwischen uns, das mich so berührt hat. Und als ich schließlich voller Zweifel wieder nach New York kam und beim NYPD angefangen habe … als ich dich nach all der Zeit wiedergesehen habe … da wusste ich, dass ich es nicht konnte. Es nicht wollte. Weil ich schon seit unserem ersten Gespräch wusste, dass du kein schlechter Mensch bist. Die Zeit und unser Wiedersehen haben diesen kleinen, irrationalen Teil in mir verschwinden lassen, der dir die Schuld geben wollte. Der irgendwem die Schuld geben wollte, um sich besser zu fühlen.«

Wieder stiegen mir Tränen in die Augen. »Aber es stimmt doch. Ich bin der Grund, dass du deine Schwester verloren hast.«

»Du konntest deine Magie nicht kontrollieren. Ich habe zwar bis heute nicht verstanden, was es damit auf sich hatte, aber das weiß ich. Du wolltest nie etwas Böses. Vor allem nicht meiner Schwester, da bin ich sicher.«

Eine Träne kullerte aus meinem Augenwinkel, und Hayes hob die Hand, um sie wegzuwischen. Sein Lächeln dabei war so weich, dass mein Herz zu reißen begann.

»Waren wir gut befreundet?«, fragte ich mit erstickter Stimme. Laut meiner falschen Erinnerung kannte ich sie nämlich gar nicht. Sie war sogar auf eine andere Schule gegangen als ich. Alles eine riesige Lüge.

Hayes lächelte noch breiter, als er mir sanft die nächsten Tränen wegwischte. »Nein, aber ich glaube, ihr wart auf dem besten Weg dahin. Emily hatte nicht viele Freunde in der Schule, die meisten haben sie wohl für eine Streberin gehalten, weil sie so gute Noten hatte. Aber sie hat mir erzählt, dass ein nettes Mädchen aus ihrer Klasse sie um Hilfe bei den Hausaufgaben gebeten hat.« Seine Hand blieb auf meiner Wange liegen, während er mit dem Finger weiterhin sanft über meine Haut strich. »Ihr habt euch dreimal getroffen, bevor das Ganze passiert ist. Aber sie kam danach jedes Mal mit einem großen Strahlen nach Hause. Du warst wohl wirklich sehr nett zu ihr, im Gegensatz zu den anderen aus der Klasse.«

Mir rutschte ein ersticktes Lachen über die Lippen, als ich nach seiner Hand griff und sie an meiner Wange festhielt. »Das klingt gar nicht nach mir.«

Er schüttelte den Kopf. »Das stimmt nicht, Avery. Du bist ein guter Mensch.«

»Woher willst du das wissen?«, fragte ich beinahe verzweifelt. Als würde ich regelrecht nach einer Antwort lechzen.

Aber Hayes zuckte nur mit den Schultern. »Ich weiß es einfach.«

Ich seufzte, weil ich nicht wusste, ob ich mich damit zufriedengeben konnte. Aber Hayes wusste jetzt alles. Er wusste, dass ICH Devon umgebracht hatte, da war ich mir sicher, denn er hatte ihn in der Gasse genauso vorgefunden wie damals seine Schwester. Er wusste von meiner Vergangenheit mit Dorian Mars und was wirklich mit seiner Schwester passiert war. Er wusste vielleicht nicht, dass ich eine Toxic war, aber er wusste, dass ich meine Kräfte ohne Medium einsetzen konnte. Und dennoch war er überzeugt, dass ich ein guter Mensch war. Detective Hayes war kein Dummkopf, und er war sicher alles andere als naiv. Vielleicht konnte ein kleiner Teil in mir ihm auch in dieser Sache vertrauen. Nur ein bisschen.

Ich fühlte, wie sich langsam ein riesiges Gewicht von meiner Brust hob. Nicht ganz, da war immer noch viel, was mich belastete und was nicht mit einem Gespräch behoben war. Aber genug, damit ich wieder atmen konnte.

Hayes ließ mein Gesicht los, aber er verschränkte seine Finger mit meinen, und das schickte ein angenehmes Kribbeln durch alle meine Nervenbahnen. »Bist du wirklich wegen der Sache mit Emily zurück nach Hunts Point?«

Ich zögerte kurz, dann nickte ich. »Ich wollte niemanden mehr mit meinen Problemen belasten.«

»Noch ein Punkt, der für dich spricht. Ich glaube, die meisten wirklich schlechten Menschen erkennen nicht, wie schlecht sie sind. Oder es ist ihnen egal, was sie ihrem Umfeld damit antun.«

Etwas ungläubig zog ich die Augenbrauen nach oben. »Versuchst du jetzt ernsthaft, mich davon zu überzeugen, dass ich ein guter Mensch bin?«

»Funktioniert es denn?«

Ich erwiderte seinen Blick, in dem nichts Kaltes lag, nur Wärme und Verständnis und ein bisschen Sorge um mich. Und es flutete mich wie ein heißes Bad, hielt mich wie eine kuschelige Decke in einer Winternacht und trieb meine Mundwinkel nach oben. »Ein bisschen«, gab ich flüsternd zurück.

Sein Blick wurde ernst, wanderte zu meinen Lippen hinab und dann zurück zu meinen Augen. »Gut«, gab er genau so leise zurück. »Den Rest schaff ich auch noch.« Er beugte sich vor, und seine Lippen strichen sanft über meine. »Wenn du mich nicht weiter von dir wegstößt.«

Mein Inneres begann zu brennen, als er mich küsste, und ich erwiderte es sofort. Erst sanft, vorsichtig, abtastend. Dann immer fordernder, sicherer, hungriger. Als ich die Arme um seinen Hals schlang, mit den Fingern über seinen Nacken fuhr, füllte die Hitze mich vollständig aus. Ich war so glücklich, so dankbar. Und auch wenn da immer noch leise Zweifel waren, ob ich das hier wirklich verdient hatte, konnte ich sie für den Moment verdrängen und mich in dem Kuss verlieren. Hayes' Wärme spüren, seine sanften Berührungen genießen, die ich so überdeutlich spürte. Seine Hand an meinem unteren Rücken, die andere, wie sie sich langsam in meine Haare wühlte und eine Gänsehaut über meinen Körper schickte.

Auf einmal hielt er inne. Löste sich halb von mir und lehnte seine Stirn gegen meine. »Bist du noch betrunken, Avery?«, fragte er leise.

Ich sog überrascht die Luft ein. Tatsächlich spürte ich kaum noch etwas von dem Whiskey, den ich getrunken hatte. Die Fahrt, das kalte Wasser, das Gespräch zwischen uns – das alles hatte mich mehr ausgenüchtert, als ich es bisher wahrgenommen hatte. Obwohl ich eine ganze Menge getrunken hatte.

Ich erwiderte seinen Blick. »Ich bin so klar wie lange nicht mehr.«

»Bist du sicher?«, wollte er mit fester Stimme wissen. »Du hast …«

»Sehr sicher«, unterbrach ich ihn mit einem Lächeln. Ich ließ nicht zu, dass er sich vor mir zurückzog, hielt in fest an mich gedrückt, und dann küsste ich ihn.

Damit verschwand auch das letzte Zögern aus seinen Bewegungen, und obwohl ich gerührt war, dass er solche Rücksicht nahm, war ich doch froh, als er weitermachte.

Plötzlich löste Hayes seine Lippen wieder von meinen, und als ich die Augen öffnete, starrte er mich überrascht an. »Avery …«

Ich sah es sofort: die silbernen Adern, die über meine Hand tanzten. Über die, die ich in seinen Nacken gelegt hatte. Sofort zog ich sie zurück, als hätte ich mich an ihm verbrannt. »O Gott, es tut mir leid. Geht es dir gut?«

Seine Wangen hatten eine beinahe schon fiebrige Röte angenommen, und er löste die Hand aus meinen Haaren, um sich über die Brust zu reiben. »Nein, ja, ich meine … Es ist alles in Ordnung. Das war nur etwas überraschend.«

Ich stieß einen frustrierten Seufzer aus. »Diese Toxic-Kräfte – die, die so anders sind als meine normalen Poisoner-Kräfte –, ich habe sie noch nicht immer im Griff.«

Hayes blickte überrascht auf meine schimmernde Hand hinab. Ihm war deutlich anzusehen, dass er versuchte, sich einen

Reim daraus zu machen. Auch, warum meine Magie ihn berühren konnte, obwohl er ein Shield – und damit eigentlich immun gegen Magie – war.

»Was hast du gefühlt?«, wollte ich wissen. Ich war immer noch erschrocken, dass mir das passiert war.

Er lächelte sanft. »Herzklopfen. Beinahe schon ein bisschen schwindelerregend.«

»O Gott, ich habe dir fast einen Herzinfarkt verpasst.«

»Unsinn.« Hayes lachte, und der Klang beruhigte meine angespannten Nerven. »Ich bin ein Shield, deine Kräfte wirken auf mich anders. Ich glaube nur, dass du einen Teil deiner Gefühle auf mich übertragen hast. Ähnlich wie bei den Drinks, die du für deine Gäste mixt. Nur dass du es da bewusst machst.« Er musterte meine Hand, auf der eben noch die silbernen Adern zu sehen gewesen waren. Nachdenklich nahm er sie, ließ nicht zu, dass ich sie zurückzog, und verschränkte seine Finger mit meinen. »So funktioniert es doch, nicht wahr?«

Ja. So wie er es ausdrückte, klang das richtig. Die Angst, die ich bei Devon gefühlt hatte, die Wut in diesem Moment, all das war ihm zum Verhängnis geworden. Diese Gefühle hatten diese unbändige Hitze ausgelöst. Die Magie in meinem Inneren.

»Ich weiß selbst noch kaum etwas darüber. Und das, was ich lerne, verwirrt mich nur noch mehr«, gab ich mit einem unsicheren Lächeln zu. Diese ganze Geschichte mit den Toxics. Mit der Bedeutung meiner Kräfte, ich wusste nicht, welcher Version ich glauben sollte. Ich verstand noch so wenig.

Jetzt gerade hatte ich die Hitze in mir im Griff, aber was, wenn ich sie erneut verlor? Was wenn ich ihm wehtat und er als Shield doch nicht sicher davor war?

Er sah wohl die Zweifel in meinem Gesicht, denn er gab mir einen Kuss auf die Stirn, bevor er mich ansah. »Es ist alles in Ordnung. Vielleicht war das etwas zu … schnell.« Er neigte den Kopf, küsste mich sanft, dann noch einmal.

Mein Körper entspannte sich wieder etwas, und obwohl ich die Hitze nach wie vor in mir spürte, kochte sie nicht mehr über. Ich traute mich wieder, ihn zu berühren, wieder die Hand in seinen Nacken zu legen.

Er ließ es zu, beobachtete mich dabei aber genau. »Alles gut?«

Als ich nickte, küsste er mich wieder. Sanft und fragend. Ich zog ihn an mich und ließ mich fallen. Ließ die Hitze zu, wenn auch nur in mir.

»Bleibst du hier?«, fragte ich atemlos zwischen zwei Küssen. »Heute Nacht?«

»Wenn du willst, dass ich bleibe«, gab er heiser zurück.

Ich lehnte die Stirn gegen seine, bevor ich eine Hand auf seine Brust legte und ihm in die Augen sah. »Will ich.«

Er erwiderte meinen Blick. Lächelte und ließ die Hände über meinen Rücken wandern. »Dann bleibe ich.«

Ich lächelte ebenfalls und genoss das Glücksgefühl, das sich in meinem Inneren ausbreitete. »Gut«, sagte ich, und dann küsste ich ihn wieder, zog ihn eng an mich, genau wie gestern Abend auf Islas Vorhochzeitsfeier. Nur diesmal hatte ich nicht vor, ihn gehen zu lassen.

Sanft schob ich ihn zurück, bis er mit dem Rücken die Couchlehne berührte. Ohne den Blickkontakt zu unterbrechen, setzte ich mich langsam auf seinen Schoß. Hayes' Gesichtsausdruck war eine Mischung aus Bewunderung und Ungläubigkeit, und das ließ meine Mundwinkel wieder nach oben wandern. Ich schlang die Arme um seinen Hals, küsste ihn sanft, und endlich legte er die Hände wieder an meinen unteren Rücken. Hielt mich fest und gab mir Sicherheit.

»Avery«, flüsterte Hayes, als er sich für eine Sekunde von meinen Lippen löste. »Bist du sicher, dass du …?« Er zögerte, und ich blickte ihm tief in die Augen.

Während meiner Zeit in Dorians Gang war ich öfter mal mit jemandem ausgegangen. Hatte das Bett mit ihnen geteilt und mich in ihren Berührungen verloren. Aber das hier … das war anders. Es war mehr.

»Ich will dich, Adam Hayes«, sagte ich leise, und es stimmte. Ich wollte ihn mehr als alles andere. Und meine Worte berührten nicht nur etwas in mir, sondern auch in ihm. Denn in seinen Augen flammte erst Überraschung auf, gefolgt von dem gleichen Verlangen, das ich auch verspürte.

Anstelle einer Antwort zog er mich an sich, hielt mich fest in seinen Armen.

Augenblicklich explodierten die Gefühle in mir, suchten sich einen Weg durch meine Nervenbahnen, während seine Hände über meinen Körper strichen. Unter mein T-Shirt wanderten und brennende Spuren auf meiner Haut hinterließen. Ich fühlte mich so lebendig wie schon lange nicht mehr. Ich fühlte mich frei, als er mir das Shirt über den Kopf zog und danach direkt wieder meine Lippen suchte. Ich fühlte mich unbesiegbar, als meine Finger die Knöpfe seines Hemdes öffneten und es ihm auszogen. Und ich fühlte mich wunderschön, als er auch das letzte Kleidungsstück von meinem Körper löste und mich mit sehnsüchtigem Blick musterte.

Seine Berührungen waren sanft und fordernd zugleich. Sie fanden den Weg über meine Brüste, meinen Bauch und entlockten mir ein Keuchen.

Irgendwann spürte ich den weichen Stoff der Couch unter mir und Hayes' warmen Körper über mir. Hörte nur noch seinen sanften Atem, der etwas schneller war als noch einen Moment zuvor, das Klopfen unserer beschleunigten Herzen, das leise Knistern der Kondompackung. Er küsste mich, und ich verlor mich erneut in seiner Sanftheit. Und dann verschmolzen wir endgültig, Haut an Haut, Lippen an Lippen, meine Hände auf seinem Rücken. Die Geräusche um mich herum wurden still, bis ich nur noch unseren Atem hören konnte, das Brummen seiner Stimme, als er meinen Namen hauchte.

Ich lächelte an seinen Lippen, genoss, wie nah ich ihm war, bis das Kribbeln in mir anschwoll, zu einem Konzert in meinem Kopf und auf meiner Haut wurde. Ein letztes Keuchen entfuhr mir, entfuhr ihm, und dann sank seine Stirn gegen meine, sein Körper auf meinen, und unsere Bewegungen ebbten ab.

Schließlich war da nur noch Wärme. Nur noch Geborgenheit in seinen Armen. Und das Lächeln auf meinen Lippen, das in dieser Nacht nicht mehr verschwand.

Kapitel 25

Hayes näherte sich der Küche, als die Kaffeemaschine gerade das letzte Brummen von sich gab. Ich hörte seine vorsichtigen Schritte, hörte, wie bedacht er sich durch unser Haus bewegte, und sofort richteten sich meine Nackenhärchen auf. Als würde mein Körper automatisch darauf reagieren, dass er mir näher kam. Mein Herz machte einen Sprung, und meine Mundwinkel wanderten nach oben, obwohl ich immer noch mit dem Rücken zu ihm stand.

Ich stellte vorsichtig die Kaffeetassen auf der Theke ab, ehe ich mich umdrehte. Genau in dem Moment, als er auf der Schwelle der Küche auftauchte, eine Hand in den dunklen Locken vergraben und die Augen noch halb zugekniffen. Mein Blick wanderte an ihm nach unten, an dem etwas verrutschtem Shirt und seinen Boxershorts, und ich fragte mich, wie er selbst in diesem Zustand noch eine solche Autorität ausstrahlen konnte. Eine so tiefe Selbstsicherheit, dass sie den ganzen Raum auszufüllen schien. Vielleicht lag es an dem immer durchgedrückten Rücken und dem stechenden Blick, den er trotz der sichtlichen Müdigkeit hatte.

Er blinzelte, und während er mich anblickte, erwachte etwas in seinen Augen. Ein Schmunzeln zuckte in seinen Mundwinkeln und schickte sofort eine Explosion an Endorphinen durch meinen Körper.

Ich konnte nicht fassen, dass er wirklich hier war. Dass das hier die Realität war.

»Es ist … früh«, sagte er, und seine Stimme klang noch ein ganzes Stück rauer als sonst. Seltsamerweise verstärkte das das Prickeln auf meiner Haut nur.

Ich zuckte lächelnd mit den Schultern, als ich ihm den Kaffee reichte. »Der frühe Vogel fängt den Wurm, heißt es doch.«

»Ich hätte nicht gedacht, dass du der Typ bist, auf den dieser Spruch zutrifft.« Er lächelte, nahm die Tasse und trank einen ersten Schluck von dem Kaffee.

Ich tat es ihm gleich und ließ dabei den Blick zum Fenster wandern, damit ich ihn nicht so anstarrte. Der Himmel hinter den Scheiben war eine wunderschöne Mischung aus Orange und Pink, die ich selten so bewusst wahrnahm.

Es stimmte, normalerweise war ich nicht der Typ, der sich schon mit dem Sonnenaufgang aus dem Bett quälte. Aber heute hatten mich bereits die ersten Strahlen geweckt, und ich war so munter wie sonst selten aus den Laken gerutscht. Vielleicht lag es daran, dass ich mein Bett normalerweise nicht mit heißen Detectives teilte. Mit verloren geglaubten Jugendschwärmereien. Mein Blick zuckte wieder zu ihm, und Hayes sah mich ebenfalls an.

In seinen Augen lag eine Mischung aus Belustigung und etwas anderem, etwas Suchendem. »Bist du okay?«, fragte er mit sanfter Stimme.

Ich wusste sofort, dass er auf den gestrigen Tag anspielte, auf meinen kleinen oder nicht so kleinen Zusammenbruch in Hunts Point. Tatsächlich hatte ich am Morgen schon in mich reingespürt, hatte versucht, etwas von der Verzweiflung vom Vortag in mir zu finden. Aber ich war so ruhig wie lange nicht mehr, so zuversichtlich, wie ich mich seit wahrscheinlich Jahren nicht mehr gefühlt hatte. Was vor allem an ihm lag. An den Dingen, die er zu mir gesagt hatte. An der Tatsache, dass er mir verziehen hatte. Und daran, dass er jetzt alles wusste, alles, was ich in meiner Vergangenheit verbrochen hatte – und dass er trotzdem geblieben war. Es machte mir Angst, weil ich spürte, dass ich anfing, mich auf ihn zu verlassen. Ihm zu vertrauen. Etwas, was ich in den letzten Jahren bei Dorian Mars' Gang verlernt hatte. Dieses Gefühl jetzt zurückzuerlangen – für ihn und auch für Isla –, war eigenartig. Schön, aber auch beängstigend.

Meine Mundwinkel bewegten sich trotzdem fast automatisch zu einem Lächeln. »Mir geht es gut, trotz der kurzen Nacht.« Ich biss mir auf die Unterlippe, weil ich unpassenderweise gerade in diesem Moment an seine sanften Küsse und seinen nackten, muskulösen Körper denken musste.

Ihm ging es wohl ähnlich, denn er stieß einmal heftig die Luft aus. »Gut. Das ist gut.«

Ich lachte über sein verlegenes Gesicht, und das führte dazu, dass er auch wieder die Mundwinkel hob. Einen Moment grinsten wir uns an wie verliebte Teenager, doch schließlich beendete er es mit einem Räuspern, mit dem er sich wohl selbst zur Ordnung rufen wollte.

»Ich sollte einen Blick auf mein Diensttelefon werfen. Wenn ich das zu lange ignoriere, bricht in der Regel die Hölle los.«

»Ich glaube, ich habe es auf meinem Nachtschrank liegen sehen«, murmelte ich in meinen Kaffee und versuchte, das dämliche Grinsen aus meinem Gesicht zu bekommen. Warum nur fiel mir das so schwer?

Gedankenversunken sah ich ihm hinterher, wie er die Küche verließ, ehe ich mich an die Theke lehnte und die Tasse mit beiden Händen umfasste. Ich genoss das warme Gefühl, das sich in mir ausbreitete. Die Ereignisse der letzten Tage und Wochen hatten mir gezeigt, dass es damit ganz schnell wieder vorbei sein konnte, und ich wollte jede Sekunde davon auskosten.

Ich hatte gerade den zweiten Schluck aus meinem Kaffee genommen, als ich einen Schlüssel im Schloss unserer Wohnung hörte. Beinahe augenblicklich verschluckte ich mich an dem Getränk.

Verdammt, Ellis!

Ich hatte nicht daran gedacht, dass das die Zeit war, in der er normalerweise vom *Rhapsody* heimkam. Schnell sah ich an mir herab – das übergroße T-Shirt, das ich trug, ging mir glücklicherweise zumindest bis über den Po. Allerdings würde jeder, der mich so in der Küche vorfand und dann mitbekam, dass Hayes hier war, die richtigen Schlüsse ziehen. Vor allem mein großer Bruder. Hoffentlich trieb mir die Scham nicht allzu viel Röte ins Gesicht. Immerhin war ich erwachsen, und mein Bruder hatte sich nicht in mein Liebesleben einzumischen. Ein wenig Verlegenheit blieb aber doch, als Ellis den Flur durchquerte und überrascht stehen blieb.

»Bist du *noch* wach oder *schon*?«

»Schon«, gab ich grinsend zurück. Verdammt, warum konnte ich nicht einmal jetzt aufhören, so dämlich zu grinsen?

Mein Bruder stellte sich wohl die gleiche Frage, denn eine seiner Augenbrauen wanderte ganz langsam nach oben. »Warum?«, wollte er wissen.

Die Antwort wurde ihm prompt geliefert, als die Tür meines Schlafzimmers aufging, und ich presste sofort die Lippen zusammen. Ellis' Kopf fuhr herum, und ich hoffte wirklich inständig, dass Hayes die Zeit genutzt hatte, um sich eine Hose anzuziehen. Ansonsten würde ich vor Peinlichkeit wahrscheinlich sterben, wenn mein Bruder ihn jetzt in Boxershorts sah.

»Oh. Guten Morgen, Ellis.« Zumindest seine Stimme klang um einiges ruhiger, als ich mich gerade fühlte.

Mein Bruder machte große Augen. »Äh. Detective. Ähm. Hayes.«

»Ohne das Detective reicht auch.«

Ellis nickte, offensichtlich um Fassung bemüht. Dann warf er mir einen Blick zu, der irgendwas in Richtung *»Ist das dein verdammter Ernst«* schrie. Als er sich wieder gefasst hatte, war das Lächeln in seinem Gesicht erschreckend gut geschauspielert. »Dann … will ich euch mal allein lassen.« Und damit verschwand er mit gesenktem Kopf in Richtung Bad

Eine Sekunde später tauchte Hayes im Türrahmen auf, und ich atmete erleichtert aus, weil er tatsächlich eine Hose angezogen hatte.

»Okay. Das war … wirklich unangenehm.« Ich stöhnte, aber das Geräusch ging in ein Lachen über.

Hayes schien sich gar nicht an der Szene mit meinem Bruder zu stören. Er zuckte mit den Schultern, bevor er mit drei großen Schritten die Küche durchquerte und nur Zentimeter von mir entfernt stehen blieb.

Mit angehaltenem Atem blickte ich zu ihm auf. Die plötzliche Nähe zu ihm ließ das Herz in meiner Brust hüpfen.

»Ist es dir etwa unangenehm, dass ich aus deinem Schlafzimmer gekommen bin? Dabei dachte ich, dass nichts dich irgendwie peinlich berühren könnte, Avery Bishop«, raunte er mit einem Schmunzeln.

Es fiel mir schwer, mich nicht in seinen Augen zu verlieren. Ich räusperte mich, bevor ich es dann doch noch schaffte, ein einigermaßen selbstbewusstes Lächeln auf meine Lippen zu zaubern. »Das spricht jetzt entweder sehr für mich oder sehr gegen mich.«

Er zog die Augenbrauen nach oben, aber bevor er etwas sagen konnte, krallte ich die Hand in sein Shirt und zog ihn zu mir. Als seine Lippen auf meine trafen, explodierte direkt wieder das Kribbeln in meinem Körper. Hayes reagierte sofort und vergrub die Hand, in der er nicht sein Diensthandy hielt, in meinen Haaren.

Eine seltsame Mischung aus warmer Zuneigung und prickelnder Begierde flutete mich und brachte mein System völlig durcheinander. Ich unterbrach den Kuss schnell, bevor ich ihm tatsächlich noch einen Herzinfarkt verpasste, und sah in seine funkelnden Augen. »Und? Was sagt die Arbeit?«

Hayes brummte, weil er wohl diesen Moment zwischen uns ebenso ungern beenden wollte wie ich. Schließlich kam ein sanftes Seufzen über seine Lippen, und er hielt das Handy hoch. »Nur drei Anrufe in Abwesenheit von Ashley und eine Nachricht auf dem Anrufbeantworter, die ich aber noch nicht abgehört habe. Ich würde fast sagen, dass das eine sehr milde Ausbeute ist.«

»Seit gestern Abend?« Diesmal war ich es, die die Augenbrauen nach oben zog. »Das klingt nicht sehr milde.«

»Seit diese ganzen Morde an den Magiern passieren, steht das Telefon kaum noch still. Mittlerweile untersuche ich beinahe jeden Tag eine Leiche in einer Gasse, und dazu kommen natürlich auch noch die Dinge, die Dorian Mars und seine verdammte Gang anrichten.« Er schüttelte abwehrend den Kopf. »Ich sollte da mal reinhören.«

Ich nickte, spürte jedoch, wie mir schwer ums Herz wurde. So viele Morde waren es in letzter Zeit? Ich musste wieder an Veda denken. An Orla.

Hayes trat einen Schritt zurück und hielt sich das Handy ans Ohr. Da er die andere Hand in die Hosentasche geschoben hatte, wirkte er für seine Verhältnisse fast schon lässig, und ich musste zugeben, dass ihm das sehr gut stand. Am liebsten hätte ich ihn direkt wieder geküsst, aber ich hielt mich zurück, weil sein Gesicht so angespannt wirkte.

Ashs Stimme drang nur gedämpft an mein Ohr, aber sie klang gestresst, und das war wahrscheinlich kein gutes Zeichen. Und dann hörte ich plötzlich ein Wort heraus, nur ein einziges, und spürte, wie sich eine eiskalte Gänsehaut über meinen ganzen Körper ausbreitete.

»Hat sie gerade Kennedy gesagt?«

Hayes sah mich ernst an, während er den Rest der Nachricht abhörte, und presste die Lippen zusammen.

Ich hatte das Gefühl, in ein dunkles Loch zu fallen, während die Sekunden quälend langsam vergingen. War etwas mit Isla? Mit ihrer Familie? Warum zur Hölle hatte ich sie gestern Abend nicht zurückgerufen? Warum hatte ich nicht gefragt, wie es ihr ging? Wenn ihr in der Zwischenzeit etwas passiert war, würde ich mir das nie verzeihen.

Hayes ließ endlich das Handy sinken. »Es gab heute Nacht einen Einbruch im Kennedy-Anwesen. Niemand wurde verletzt.«

Erleichterung durchflutete mich. »Himmel. Was wurde denn gestohlen?«

»Nichts. Aber anscheinend hat jemand versucht, in einen abgesperrten Bereich des Hauses zu gelangen. Wohl ein Inside-Job, zumindest sieht es sehr stark danach aus.« Nachdenklich starrte er das Display an, während ich tief Luft holte.

Die Quelle. Ich war mir sicher, auch wenn ich dazu eigentlich keinen Grund hatte. Wieso zur Hölle sollte jemand in die Quelle einbrechen wollen? Man konnte sie schließlich nicht stehlen und einfach mitnehmen. Und ein kurzer Aufenthalt in diesem dunklen, von unheimlicher Macht erfüllten Raum brachte niemandem etwas. Isla hatte gemeint, die Nähe zur Quelle diene dazu, um über Generationen eine konstante Magie in der Familie zu halten, aber ein kurzer Besuch half niemandem dabei, seine Magie zu vergrößern.

Niemandem außer … einem Toxic.

Mein Magen zog sich zusammen. Existierte etwa ein weiterer Toxic? Hatte jemand versucht, die Quelle zu nutzen, um etwas Böses zu tun? Etwa jemand, der an den Morden schuld war?

Hayes steckte das Handy weg und straffte die Schultern. »Ich sollte los. Es müssen wohl noch ein paar Befragungen durchgeführt werden.«

Ich verdrängte für einen Moment die wilden Verschwörungstheorien, die sich in meinem Kopf sammelten, um ihn anzusehen. »In Ordnung. Meldest du dich, wenn du Näheres weißt?«

»Versprochen.« Er zögerte eine Sekunde, bevor er wieder dicht an mich trat und das Gesicht ein wenig senkte, um mir einen sanften Kuss auf die Lippen zu drücken. Ich spürte das angenehme Kribbeln noch, als er sich schon längst abgewendet hatte. »Bis später.«

Die Tür war hinter ihm kaum ins Schloss gefallen, als ich schon in mein Schlafzimmer stürmte, um mein Handy zu suchen, das immer noch ausgeschaltet in meiner Tasche steckte. Wie ich bereits vermutet hatte, hatte Isla mehrmals angerufen. Das schlechte Gewissen kam sofort wieder hoch. Obwohl es immer noch verdammt früh war, gerade einmal sechs Uhr, wählte ich ihre Nummer und ließ mich auf die Bettkante fallen.

Sie ging bereits nach dem zweiten Klingeln ran. »Avery«, schrie sie laut, »o mein Gott, bist du okay? Ich hab mir solche Sorgen gemacht!«

Ich lächelte. Das sah ihr ähnlich. Bei ihr wurde eingebrochen, aber ich war diejenige, um die sie sich Sorgen machte. »Bei mir ist alles okay, Isla. Tut mir leid, dass ich mich jetzt erst melde, ich hatte … eine harte Nacht. Aber es ist alles wieder gut, okay?«

»Das kann ich dir nur schwer glauben, so wie du dich gestern verabschiedet hast.«

»Es stimmt aber wirklich.« Ich holte tief Luft. »Hayes hat mich gefunden und beruhigt. Danke, dass du ihn für mich angerufen hast.«

»Ich wusste nicht anders weiter.« Sie stöhnte, und es klang erleichtert. »Himmel, du hast mir echt eine Heidenangst eingejagt. Mach das bloß nie wieder, verstanden?« Sie zögerte kurz, dann hakte sie nach: »Willst du darüber reden? Was du gesehen hast?«

Die Erinnerungen nagten unangenehm an mir, und ich schüttelte den Kopf, auch wenn sie es nicht sehen konnte. »Momentan nicht, wenn es okay ist. Ich erkläre es dir noch, aber ich brauche etwas Zeit.«

»Kein Problem. Ich bin hier, wenn du so weit bist.«

Ich ließ ein belustigtes Schnauben hören. »Typisch. Du sorgst dich um mich, obwohl du selbst wahrscheinlich gerade ganz andere Probleme hast.«

Isla schwieg eine ganze Weile, sodass ich schon beinahe dachte, dass die Leitung abgebrochen wäre. Doch schließlich seufzte sie. »Du weißt von dem Einbruch?«

»Nicht viel. Hayes hat mir nur erzählt, dass wohl jemand versucht hat, in einen abgesperrten Bereich reinzukommen.« Ich setzte mich gerade auf. »Ging es … um die Quelle?«

Sie brummte zustimmend. »Ja. Aber da unten ist alles so gut verschlossen, dass niemand einfach reinkommt. Auch kein Insider. Er ist nicht reingekommen. Aber er hat bei dem Versuch ein paar unserer Securitys ziemlich böse ausgeknockt. Einer ist noch im Krankenhaus, zur Beobachtung wegen einer Gehirnerschütterung.«

»Wisst ihr, wer es war?«, fragte ich atemlos.

Isla seufzte. »Ja. Es war Ryker. Wir haben ihn auf den Security-Kameras gesehen.«

Ich riss vollkommen ungläubig die Augen auf. »Wie bitte? Das ist nicht dein Ernst, oder?« Ich konnte nicht behaupten, dass ich Ryker besonders gut kannte, aber das hätte ich ihm im Leben nicht zugetraut. »Wieso? Ich meine … Was hat er davon, in die Quelle einzubrechen?«

»Keine Ahnung. Vielleicht wollte er etwas anderes und wusste nicht, dass die Quelle da unten ist. Oder er gehört zu den Spinnern, die denken, dass sie einfach mal ein bisschen Magie abschöpfen können.« Isla klang frustriert und vollkommen fertig. Sie hatte Ryker vertraut. Ihr Leben hatte in seinen Händen gelegen. Und ich wusste auch, dass sie ihn gemocht hatte. Sehr. Die beiden hatten immerhin viel Zeit miteinander verbracht.

Ich presste die Lippen zusammen. »Vielleicht wollte er wirklich nichts Böses«, überlegte ich sanft, auch wenn die Beweislage nicht unbedingt für ihn sprach.

Isla schnaubte. »Dann wäre er jetzt nicht auf der Flucht vor dem Gesetz, sondern hätte versucht, das Missverständnis aufzuklären, meinst du nicht?«

Da musste ich ihr insgeheim zustimmen. »Kann ich dich irgendwie aufmuntern? Mit deinem Lieblingskaffee vielleicht?«

Ihr Seufzen ging in ein müdes Lachen über. »So gern ich das annehmen würde, aber ich habe heute leider überhaupt keine Zeit. Vielleicht erinnerst du dich – ich heirate morgen.«

»Oh, stimmt, da war ja was.«

Wir lachten beide, und es fühlte sich an, als würde sich ihre Stimmung ein bisschen heben.

»Wir trinken morgen auf der Feier einen Sekt, das könnte helfen«, schlug sie vor.

»Deal. Dann schaffe ich es heute vielleicht noch einmal zu meinem Großvater.«

»Ach, stimmt ja«, sagte Isla. »Bevor ich es vergesse, ich habe dir das Tagebuch in den Briefkasten geworfen. Du bist gestern so schnell weggerannt, und ich dachte, du hättest es gern schnell wieder zurück«

»Danke.« Die Erinnerungen, die mein Großvater in dem Tagebuch verborgen hatte, klopften wieder von innen gegen meine Stirn. Als wollten sie mir vor Augen führen, dass noch ziemlich viel in meinem Leben im Argen lag, um das ich mich kümmern musste. Ich war froh, das Erinnerungsstück zurückzuhaben, und gleichzeitig musste ich an den Verrat denken, der damit verbunden war. Natürlich war mir klar, dass mein Großvater das alles getan hatte, um mich zu schützen. Vor meinen Fähigkeiten. Vor den Erinnerungen an eine Tat, die mich vielleicht zerstört hätte, hätte ich sie nicht vergessen. Doch gleichzeitig hatte er mir eine Wahl genommen. Eine Chance, langsam zu heilen. Jetzt war alles über mir zusammengebrochen, und ich konnte kaum mit ihm darüber sprechen, weil er sich manchmal nicht einmal an mich erinnerte.

»Wenn du ihn besuchst, grüß deinen Großvater von mir«, sagte Isla, und ich hörte ihrer Stimme an, dass sie lächelte.

Es beruhigte meinen Magen ein bisschen und brachte meinen Fokus zurück auf die wichtigen Dinge. Ein schwaches Lächeln lag auf meinen Lippen, als ich mich verabschiedete und das Handy weglegte.

Danach stellte ich mich länger als sonst unter die Dusche und machte mich für den viel zu früh angebrochenen Tag fertig. Ich war bereits vollständig angezogen und hatte mir gerade Frühstück gemacht, als mein Handy wieder den Benachrichtigungston von sich gab. Es war eine Nachricht von Hayes.

Es gibt ziemlich viel zu tun. Bin voraussichtlich den ganzen Tag mit dem Fall beschäftigt.

Ich hab gerade mit Isla telefoniert. Sie meinte, es war Ryker. Wisst ihr schon etwas Neues?

Bis jetzt konnten wir noch kein Motiv finden, warum Ryker Lewis so etwas getan haben könnte. Aber

Die Nachricht brach ab. Doch kurz darauf zeigte die App an, dass er wieder tippte. Er tippte sehr lange, als würde er etwas schreiben, es wieder löschen, neu schreiben. Als wüsste er nicht, wie viel er mir erzählen konnte. Nach ein paar Minuten ploppte eine neue Nachricht auf:

> Uns ist aufgefallen, dass sein Auftauchen in New York vor ein paar Monaten zeitlich ziemlich genau mit dem Beginn der Morde zusammenfällt. Das muss nichts heißen, aber … Wir gehen der Sache nach. Also pass bitte auf dich auf.

Ich schluckte mein Müsli runter, aber es wollte nicht so ganz durch meinen Hals rutschen. Aus irgendeinem Grund musste ich an Rykers schelmisches Grinsen denken, das er mir immer zugeworfen hatte. Seine netten Worte, seine lockere Art, die von Anfang an nicht wirklich zu einem Security-Typen gepasst hatte.

Wer bist du nur, Ryker Lewis?, fragte ich mich, als ich die Schüssel in das Spülbecken stellte. *Und was zur Hölle hast du angestellt?*

KAPITEL 26

Die Sonne stand hoch am Himmel, als ich mich auf die Bank im Park des Altenheims fallen ließ. Über den Gebäuden, die mich umgaben, konnte ich den blauen Himmel sehen, der so gar nicht zu meinem stürmischen Inneren passte. Ich musste immer wieder an Ryker denken, daran, was er mit der Quelle vorgehabt hatte.

Wer war er? Was wollte er hier in New York? War er noch in der Stadt oder hatte er längst das Weite gesucht? Und war er wirklich auch für die Morde verantwortlich? Eigentlich konnte ich mir das nicht vorstellen.

Ich warf einen Blick auf das Handy, doch Hayes hatte nicht mehr geschrieben. Also gab es vermutlich noch keine neuen Informationen. Oder er durfte mir nichts Genaueres sagen. Seufzend steckte ich das Handy wieder weg.

Es fühlte sich nach einer Ewigkeit an, bis endlich die Schwester aus dem Gebäude kam und meinen Großvater in einem Rollstuhl über den sandigen Weg in meine Richtung fuhr. Sofort, als ich ihn erblickte, rutschte mir das Herz ein paar Etagen tiefer.

Er sah nicht gut aus. Sein Gesicht wirkte eingefallen und fahl, und seine Schultern waren ebenfalls eingesunken. Aber als er beinahe bei mir war und den Kopf hob, leuchteten seine Augen auf. »Avery!«

»Hallo, Opa«, gab ich lächelnd zurück und musste mich wirklich zusammenreißen, um nicht zu weinen. Es war so schön, von ihm erkannt zu werden, dass ich für einen Moment alles andere vergaß. »Wie geht's dir?«

Die Schwester schob den Rollstuhl direkt neben die Bank, lächelte mir zu und deutete wieder auf den Eingang, als wollte sie sagen *Ich bin nicht weit weg, wenn ihr mich braucht.*

Ich nickte ihr dankbar zu, bevor sie uns allein ließ, und wandte mich dann wieder an meinen Großvater.

Er lächelte immer noch und griff nach meiner Hand, die ich sofort drückte. »Ach, es geht schon. Ich bin müde. Mein Nachbar hat gestern Nacht die ganze Zeit an die Wand geklopft und nach seiner Mutter gerufen.« Er warf mir einen eindeutigen Blick zu. »Der Mann ist neunzig.«

Wahrscheinlich hätte ich darüber gelacht, wenn ich nicht seine schlechten Phasen im Kopf gehabt hätte. So biss ich mir nur auf die Unterlippe und zwang mich zu einem Lächeln. »Ich werde den Schwestern sagen, dass sie seine Wand mit Schaumstoff eindecken sollen.«

Mein Großvater lachte hustend, bevor er meine Hand drückte. »Und wie gehts dir, meine Kleine?«

Ich holte tief Luft und dachte einen Moment darüber nach, was ich sagen sollte. Wie viel ich ihm erzählen sollte. Ich war nicht wütend, dass er meine Erinnerungen hatte löschen lassen, weil ich verstand, warum er es getan hatte. Er wollte mich beschützen, immer. Vor den Menschen, die mich dafür verurteilt hätten, aber auch vor mir selbst. Vor den Dingen, die mich wahrscheinlich völlig fertiggemacht hätten.

Schließlich seufzte ich. »Es ist gerade viel los. Ich bin auch müde.« Ich griff in meinen Mantel und holte das Tagebuch hervor. Als ich es ihm hinhielt, verklärte sich sein Blick wieder.

Eine ganze Weile starrte er den Einband nur an, eher er den Kopf hob. »Ist das deins?«, wollte er wissen.

Ich stockte. Blickte runter auf das Buch und dann wieder ihn an. »Nein, Opa, das ist deins. Ich habe es … zu Hause gefunden und dachte, dass du es vielleicht hierhaben willst?«

»Wirklich?« Träge griff er danach, hielt es für ein paar Sekunden in der Hand und runzelte die Stirn. Dann gab er es mir zurück. »Ich glaube, du irrst dich, Avery. Das ist nicht meins.«

So, wie er das Buch ansah, glaubte ich ihm sofort, dass er sich nicht daran erinnerte. Wirklich nicht daran erinnerte. Auf einmal hatte ich das dumpfe Gefühl, dass es nicht nur seine Demenz war, nicht nur der Schlaganfall.

Hatte er sich die Erinnerungen etwa nehmen und in diesem Tagebuch festhalten lassen? Aber warum? Was genau hatte er vergessen wollen? Etwa das mit mir?

Ich musterte ihn eine ganze Weile, bevor ich das Buch wieder in meinen Mantel steckte. »Ich habe mich wohl getäuscht. Da ich es in deinem Schrank gefunden habe, dachte ich, es wäre deins. Vielleicht ist es auch von Oma.«

»Dann solltest du es nicht lesen, da stehen wahrscheinlich ein paar Rezepte drin, von denen du lieber nicht wissen willst, wie sie entstanden sind.« Mein Großvater lachte, aber ich merkte, dass er meinem Mantel noch einen verwirrten Blick zuwarf. Was hatte er wohl gespürt, als seine Finger den Einband berührt hatten? Hatte er den Nachhall der Erinnerungen gefühlt, die einmal seine gewesen waren?

Ich presste die Lippen zusammen, als er vorsichtig über meine Hand strich. »Du siehst müde aus«, sagte er sanft. »Trinkst du deinen Tee jeden Abend?« Da war ein Lächeln in seinem Gesicht, aber es erreichte seine Augen nicht. In ihnen konnte ich nur Sorge sehen. Angst.

Also beschloss ich, herauszufinden, was er noch wusste. »Ich habe es wohl in den letzten Tagen nicht ganz so genau genommen damit. Manchmal bin ich von der Arbeit heimgekommen und so müde gewesen, dass ich einfach ins Bett gefallen bin«, sagte ich mit einem Lächeln und beobachtete dabei genau, wie er reagierte.

Mein Großvater runzelte die Stirn, und die Sorge in seinen Augen wuchs. »Du musst das ernster nehmen, Avery. Dieser Tee ist wirklich wichtig für dich.«

»Warum?«, wollte ich wissen, aber bei meinem falschen Lachen lief selbst mir ein Schauer über den Rücken. »Es ist doch nur ein Beruhigungstee, oder nicht?«

Er starrte mich an. Als würde er selbst überlegen, warum er so darauf beharrte. Warum es so wichtig war. Nach einer Weile sagte er: »Damit du schlafen kannst. Es ist wichtig.« Mehr nicht. Ihm war jedoch deutlich anzusehen, wie verwirrt er über sich selbst war.

Ich lehnte mich näher zu ihm. »Warum, Opa? Warum ist es so wichtig?«

Er schüttelte nur den Kopf. Er wusste es nicht. Er wusste es wirklich nicht mehr.

Ich hielt den Atem an, sammelte meine Gedanken. Und fragte dann: »Opa, hast du schon einmal von Toxics gehört?«

»Toxics?« Mein Großvater lehnte sich in seinem Rollstuhl zurück, sein Kiefer machte mahlende Kaubewegungen. »Ja. Nein. Ich weiß nicht. Irgendetwas klingelt da.«

»Angeblich waren das besondere Poisoner«, half ich ihm auf die Sprünge. »Die mit ihrer bloßen Berührung ihre Magie nutzen konnten. Ohne Zwischenstation wie Getränke.« Ich schluckte, fügte dann aber noch hinzu, was mir durch den Kopf geisterte: »Böse Menschen, die versucht haben, die Quellen zu manipulieren.«

Er sah mich wieder an. Noch immer verwirrt. Noch immer unsicher. Aber in seinen Augen war plötzlich noch etwas anderes. Eine Erkenntnis, die ihn selbst anscheinend am meisten überraschte. »Das ist nicht richtig.« Er brummte, bevor er seufzte. »Ich meine … das klingt nicht richtig, oder? Die Bösen. Die Toxics. Das klingt falsch.«

»Was meinst du?« Mein Herz raste bei seinen Worten.

Von den Erinnerungen war offensichtlich tatsächlich nicht mehr viel übrig – aber was noch da war, konnte ganz schön wichtig für mich sein. Ich rutschte noch näher zu ihm heran, aber mein Großvater schüttelte wieder den Kopf.

»Sie sind nicht böse. Sie sind wichtig, oder? Essentiell. Sie sind der Schlüssel.« Er murmelte so leise und schnell vor sich hin, dass ich ihm kaum folgen konnte. Seine Worte ergaben keinen Sinn, nicht bei allem, was ich bisher wusste.

»Wovon redest du?«, wollte ich, schon eine Spur verzweifelt, wissen.

Doch er verbarg nur das Gesicht in seinen faltigen Händen und schüttelte den Kopf. »Ich … ich weiß es nicht.« Wieder ein Stöhnen, dann: »Ich bekomme Kopfschmerzen.«

Mein Herz setzte aus, und ich legte ihm eine Hand aufs Bein. »Schon gut. Es ist nicht so wichtig. Belassen wir es dabei.« Welche Informationen auch immer noch in ihm vorhanden waren, sie waren es nicht wert, dass es ihm schlechter ging. Dass es seinen Zustand verschlimmerte.

Er verzog das Gesicht, als hätte er Schmerzen, und seufzte. »Ja. Vielleicht.« Als er die Hände wieder sinken ließ, sah er mich völlig verwirrt an. »Aber du trinkst immer noch deinen Tee, oder?«

»Das mache ich«, versprach ich sofort eindringlich, und eine Weile spielte ich tatsächlich mit dem Gedanken. Aber vermutlich war es zu spät, jetzt wo meine Magie richtig erwacht war. Jetzt wo ich sie als einen Teil in mir fühlte, der zu mir gehörte. Ich musste lernen, sie zu kontrollieren, vor allem auch in Momenten, in denen es mir besonders schwerfiel. Allerdings würde es die Dinge so einfach machen. Es würde mein Leben so einfach machen, wenn ich alles vergessen und verdrängen könnte.

»Okay.« Seine Schultern fielen wieder ein. »Können wir vielleicht einen Spaziergang machen? Mein Kopf tut so höllisch weh, und ich weiß gar nicht, warum.«

»Natürlich.« Ich sprang sofort von der Bank auf und griff nach dem Rollstuhl, um ihn über den Weg zu schieben.

Ich hatte zwar nicht viel erfahren, aber das musste reichen. Und auch wenn mein Herz raste und alles in mir schrie, dass ich mehr wissen wollte, mehr wissen musste – es musste reichen, für den Moment.

Als ich eine Stunde später das Altenheim wieder verließ, hatte ich endlich eine Nachricht von Hayes.

Nichts Neues, außer dass wir bestätigen konnten, dass der erste Mord am selben Tag passiert ist, an dem Ryker Lewis nach New York gezogen ist.

Ich sog heftig die Luft ein. Konnte es wirklich sein, dass Ryker all diese Leute getötet hatte? War es möglich, dass er auch ein Toxic war? Ich lief am Bordstein entlang, als ich meine Antwort tippte.

Ich habe ihn kennengelernt. Ich kann mir nicht vorstellen, dass er … so etwas tut.

Es ist auch noch nicht sicher, ob er tatsächlich etwas mit den Morden zu tun hat. Wir werden es rausfinden, wenn wir ihn gefasst haben. Und das werden wir. Bis dahin sollten wir aber vorsichtig sein. Wo bist du gerade?

Beim Altenheim.

Wir sind für heute fertig. Soll ich dich abholen?

Einen Moment überlegte ich, das Angebot abzulehnen, weil ich ihn nicht weiter belasten wollte. Dann aber kam mir Veda in den Sinn, ihre verbrannte Leiche, und tatsächlich stieg Angst in mir auf. Die Magie in mir wallte vor Hitze. Ich wusste immer noch nicht, was genau mit Veda passiert war, aber ich wollte es auch nicht am eigenen Leib herausfinden. Also tippte ich zurück: »*Gern*«, und schickte ihm meinen Standort.

Ich hatte mich gerade auf den Stufen niedergelassen, um dort auf ihn zu warten, als ich plötzlich neben mir eine Stimme hörte.

»Na, hast du deinen Opi besucht?«

Überrascht fuhr ich herum. Teagan. Sie saß auf einer der oberen Stufen, ein Grinsen im Gesicht. Ich musste direkt an ihr vorbeigelaufen sein, aber weil ich so auf mein Handy konzentriert gewesen war, hatte ich sie gar nicht bemerkt. Verdammt.

Ich presste die Zähne zusammen und funkelte sie an. »Was zur Hölle machst du hier, Teagan?«

»Ich bin hier, um zu reden«, gab sie lässig zurück.

»Ich habe mit dir nichts zu bereden«, fauchte ich und wandte mich meinem Handy zu. In mir wollte erneut die Hitze aufsteigen, aber ich ließ es nicht zu. Die Magie hörte zum Glück auf mein inneres *Nein* und beruhigte sich wieder.

Hinter mir ertönte ein Seufzen, gefolgt von ihren Schritten auf der Treppe, und plötzlich stand sie vor mir, die Hände hinter dem Rücken verschränkt. Ihr Lächeln hatte etwas Gefährliches. »Doch, ich denke, das hast du. Vielleicht da hinten, wo uns niemand sieht?« Sie deutete mit dem Kopf in Richtung eines dunklen Hofes. »Sonst geh ich vielleicht einfach ins Altenheim und spreche mit deinem Großvater, was meinst du?«

Die Hitze kehrte fast augenblicklich zurück. »Was?!«

Sie zuckte mit den Schultern, statt noch etwas zu sagen. Aber das musste sie auch nicht. Ihre Worte waren mehr als deutlich gewesen, und das gemeine Lächeln in ihrem Gesicht sagte den Rest.

Ich hatte keine Wahl. Mit zitternden Fingern richtete ich mich auf. Teagan war zwar nicht viel größer als ich und stand eine Stufe unter mir, aber selbst die Wut in meinem Blick schien sie nicht einzuschüchtern. Warum auch? Sie hatte alle Karten in der Hand.

Als ich ihr um das Gebäude herum in einen verlassenen Hof folgte, spielte ich zum ersten Mal bewusst mit der Hitze in meinem Arm. Das Silber glitzerte unter meiner Haut, und es fiel mir erstaunlich leicht, die Magie zu kontrollieren.

Ich presste die Lippen zusammen. Ich hatte nicht vor, schon wieder ein Leben zu beenden. So weit würde ich es nicht kommen lassen. Aber wenn Teagan meine Familie bedrohte, dann musste ich ihr zeigen, wozu ich fähig war. Dass ich die Menschen in meinem Leben vor ihr verteidigen würde, und auch vor Dorian Mars. Vielleicht reichte es ja, wenn ich ihr Angst einjagte. *Und wenn sie dabei verletzt wird*, dachte mein wütendes Gehirn, *dann ist es eben so.*

Auf dem gepflasterten Hof drehte Teagan sich zu mir um und baute sich vor mir auf. Wir standen uns gegenüber wie zwei Kämpfer in einem Ring, die jederzeit aufeinander losgehen würden. Jetzt konnte auch das Lächeln auf ihren Lippen nicht mehr über ihren Ärger hinwegtäuschen. »Dorian Mars ist sehr enttäuscht von dir, Avery.«

Ich ließ die Luft so langsam wie möglich aus meiner Lunge entweichen, um mich zu beruhigen, dann erst setzte ich zu einer Antwort an: »Also hat er dich geschickt, um mich noch einmal an meine Schulden zu erinnern? Um mich zu bedrohen? Mir eine Lektion zu erteilen?«

Teagan lachte auf, aber es klang freudlos. Sie tigerte vor mir auf und ab, als würde sie den geeigneten Moment abwarten, um sich auf mich zu stürzen. »Nein, er hat mich nicht geschickt. Ich bin aus eigenem Antrieb hier.« Sie seufzte tief. »Weißt du, er ist der festen Überzeugung, dass du zu uns zurückkommen wirst. Dass du irgendwann einsiehst, dass du mit uns besser dran bist. Aber ich bin mir da ehrlich gesagt nicht so sicher.« Sie hielt an und musterte mich. »Ich habe die Entschlossenheit in deinem Blick gesehen, als du mich aus eurem billigen Club geworfen hast. Ich habe gesehen, dass du Hoffnungen auf ein anderes Leben hast, in dem wir nicht vorkommen.«

Ich beobachtete ihre Bewegungen, das Feuer in ihren Augen, das Zittern ihrer Hände. Meine Augenbraue machte wie von selbst eine Bewegung nach oben. »Und das macht dich … wütend?«

Für einen Moment streifte mich der Gedanke, dass sie das hier vielleicht auch alles nicht wollte. Dass sie wie ich aus allem rauswollte, aber noch viel gefangener war als ich. Noch viel verzweifelter.

Doch dann lachte Teagan, diesmal klang es allerdings ungläubig. »Natürlich bin ich wütend!« Sie schrie nun fast. »Du, Veda, alle anderen, die Dorian den Rücken gekehrt haben – ihr seid so undankbare Miststücke! Ihr seht nicht, was er euch alles gegeben, was er für euch getan hat! Also tretet ihr seine Großzügigkeit mit Füßen. Ihr wendet euch von der Hand ab, die euch füttert!«

»Ist das dein Ernst?«, wollte ich wissen. »Großzügigkeit? Dorian Mars tut das alles doch nur für sich!«

Sie knurrte wie ein tollwütiges Tier. »Dorian Mars hat dich aufgenommen, und er hat dich weiter beschäftigt, obwohl du nichts bist. Ein Nichts, ein ersetzbarer Bauer, der keine Macht in diesem Spiel hat. Ich habe keine Ahnung, warum er denkt, dich zu brauchen. Aber er wird selbst merken, dass er das nicht tut, wenn ich ihm die Wahl abnehme.« Sie griff an ihre Hose, und im nächsten Moment hatte sie ein verdammt langes Messer in der Hand.

Mein Herz machte einen Satz. »Ist das dein Scheißernst, Teagan?«, brüllte ich.

Sie ließ das Messer in ihrer Hand tanzen, und die Wut in ihrem Gesicht wich wieder Belustigung. »Hast du Angst, kleine Gifthexe? Die solltest du haben.«

Sie war vollkommen durchgedreht. Ich schnappte nach Luft und rief vorsichtshalber die Hitze in meinem Körper, um mich im Notfall zu verteidigen. Aber sie hatte noch nicht einmal meine Arme erreicht, als Teagan auch schon auf mich losging. Ich konnte gar nicht so schnell schauen, wie sie mit dem Messer nach mir stieß, und ich schaffte es gerade noch auszuweichen.

»Lass den Scheiß!«, schrie ich, doch Teagan war schon wieder herumgefahren und das Messer sauste knapp an meinem Bauch vorbei. Allerdings erwischte mich die Klinge am Arm, und ich spürte einen fiesen Schmerz und dann das Blut, das über meine Haut ran.

Ärger brandete in mir auf, mischte sich mit Angst, mit Panik, und ich wusste nicht, wie ich meine Magie kontrollieren sollte. Bisher hatte ich immer instinktiv reagiert, aber jetzt, wo ich sie brauchte, um mich zu verteidigen, ohne Teagan dabei zu töten, funktionierte es nicht. Sie wollte mir einfach nicht gehorchen.

»Wenn ich dich abgestochen habe«, sagte Teagan gerade, die mit einem irren Funkeln in den Augen um mich herumtigerte. »Dann knöpf ich mir alle vor, die den Fehler gemacht haben, dir helfen zu wollen. Es wird sicher schwierig, an die kleine Kennedy ranzukommen, aber irgendwie wird das schon.«

Die Wut loderte immer höher. Roh und heiß, aber ich konnte sie nicht kontrollieren.

»Und als Erstes ist dieser Detective dran. Hayes, richtig? Ich werd ihn mir schnappen und ausweiden.«

Bei diesen Worten schossen die dunklen Gefühle eruptionsartig hoch. Im selben Moment, in dem Teagan wieder auf mich zustürzte. Aber statt mich auf die unkontrollierbare Magie zu verlassen, die in meinen Adern blubberte, entschied ich mich zu etwas Praktischerem. Teagans Messer schoss auf meine Kehle zu, und genau wie mein Trainer es mir beigebracht hatte, drehte ich mich weg, trat nach ihrem Schienbein und donnerte ihr dann die Faust ins Gesicht. Ich hörte ein Knacken, einen Aufschrei, und als Teagan von mir wegstolperte, spürte ich das schmerzhafte Pochen in meiner bis eben noch unverletzten Hand.

Scheiße, es tat echt weh, jemandem ins Gesicht zu schlagen.

Ich nutzte die Zeit, in der Teagan abgelenkt war, um meinen Arm zu betrachten. Die Wunde war zum Glück nicht tief, aber sie blutete ganz schön stark. Und auch meine Faust brannte fürchterlich. So würde ich nicht ewig weitermachen können.

Teagan aber zum Glück auch nicht. Sie hatte die Hand auf ihre Nase gepresst und schien mit den Schmerzen zu kämpfen. Nach einer Weile fing sie an, leise zu kichern. Es wurde immer lauter, schwoll an zu einem richtigen Lachen.

Ich starrte sie aus der Entfernung an. Himmel, was war mit dieser Frau los?

Sie ließ die Hand sinken, und ich sah sofort, dass ich ihr die Nase gebrochen hatte. Sie stand etwas schief nach rechts ab, und es bildeten sich bereits dunkle Blutergüsse um ihre Augen. Aber Teagan lachte noch immer. »Jetzt denkst du wahrscheinlich, dass du die Siegerin bist, was?«

»Lass es gut sein, Teagan«, knurrte ich ihr entgegen. »Du verschwindest jetzt, und wir tun so, als wäre das hier nicht passiert. Verpiss dich einfach aus meinem Leben, und alles ist gut.«

Ich wusste nicht, ob ich das wirklich zulassen konnte, nachdem sie Isla, meinen Großvater und sogar Hayes bedroht hatte. Aber ich brauchte Zeit. Hayes würde sicher bald hier sein. Er konnte sie festnehmen, wenn ich noch etwas durchhielt.

Teagan hob die Hand, und ich zuckte zusammen, als ich das Tagebuch meines Großvaters darin erkannte. Ich griff nach meinem Mantel, obwohl mir vorher klar war, dass ich es dort nicht mehr fühlen würde. Sie hatte ihren Angriff genutzt, um es aus meiner Tasche zu ziehen.

»Was haben wir denn hier?« Sie spuckte Blut aus, bevor sie das Buch aufklappte. Ihre Augen funkelten vergnügt, als würde sie den Schmerz ihrer gebrochenen Nase gar nicht fühlen. »Sieh mal an. Ein kleines Buch voller Erinnerungen. Ist das von deinem Opa?«

»Gib das zurück!« Ich machte einen Schritt auf sie zu, aber Teagan hob drohend das Messer in meine Richtung, um mich auf Abstand zu halten. Sie ließ mich nicht aus den Augen, als sie es mit einem Finger durchblätterte, und das Lächeln in ihrem Gesicht hatte etwas Verschlagenes.

Sie wollte mich nur provozieren. Sie wollte, dass ich wütend wurde und einen Fehler machte. Und sosehr ich versuchte, meine Gefühle unter Kontrolle zu behalten – es fiel mir verdammt schwer.

»Ist sein Gehirn schon so von Demenz zerfressen, dass er eine Stütze für seine Erinnerungen braucht?«, wollte sie gackernd wissen. Etwas in ihren Augen leuchtete auf, und ich wusste instinktiv, dass sie ihre Magie nutzte.

Teagan war keine besonders mächtige Narrative. Wäre sie es gewesen, wäre sie wahrscheinlich nicht bei Dorian Mars gelandet – oder vielleicht auch doch, wer konnte das schon sagen. Aber dennoch war ich mir sicher, dass sie durchaus kleine Einblicke in die Erinnerungen meines Großvaters gewinnen konnte, wenn sie sich anstrengte. Und das tat sie.

Ihre Augen weiteten sich amüsiert. »Er hat viel über dich geschrieben. Süß.«

Sie blätterte weiter, und in die Wut in meinem Inneren mischte sich plötzlich wieder Panik. Wenn sie die Erinnerung fand, die ich gesehen hatte, würde sie wissen, wozu ich in der Lage war. Sie würde wissen, was ich getan hatte, und es gegen mich verwenden.

»Hör auf!«, brüllte ich, und zu meiner Überraschung stockte Teagan wirklich. Sie zog die Augenbrauen zusammen und atmete überrascht auf.

Im ersten Moment dachte ich, dass sie etwas über mich gesehen hatte. Dass sie es wusste. Aber dann stöhnte sie auf einmal gequält auf.

»Was …?« Sie griff nach ihrem Bauch, hielt ihn, als hätte sie schlimme Schmerzen.

Mein Herz machte einen Satz, als sie ein wenig in die Knie ging. »Teagan? Was ist los?« Vergessen war die Wut, die immer noch in mir gebrodelt hatte.

Teagan krümmte sich vor Schmerz und atmete so heftig, als würde sie keine Luft mehr bekommen. Als sie wieder aufblickte, lag Panik in ihren Augen. Das Tagebuch rutschte ihr aus den Händen und fiel in den Staub. Und dann passierte etwas mit Teagan. Etwas passierte mit ihrer Haut.

Im ersten Moment verstand ich nicht, was ich da sah. Teagans Haut … warf Blasen. Hitzeblasen, die sich rasend schnell über ihre Hände, ihren Hals, bis über ihr Gesicht ausbreiteten. Dünne Rauchwolken stiegen langsam von ihr auf. Es war, als würde sie von innen verbrennen. Ein unglaublicher Horror breitete sich in mir aus, und ich wich unwillkürlich zurück, als ich das schreckliche Schauspiel vor mir beobachtete.

Teagan riss die Augen auf. Starrte mich entsetzt an, als würde sie um Hilfe flehen wollen, aber ich konnte nur zurückstarren, vollkommen eingefroren in meinen Bewegungen. Ein Schmerzensschrei drang aus ihrem Mund. Ein Stöhnen und Zischen, wie ich es noch nie von einem menschlichen Wesen gehört hatte. Es war ein Geräusch, das mich in meine Albträume verfolgen würde.

»Tea…«, setzte ich an, im selben Moment, in dem sie den Mund aufmachte, um etwas zu sagen oder zu schreien, ich wusste es nicht.

Und das würde ich auch nie.

Denn in dieser Sekunde fraß sich dieses schreckliche Etwas endgültig durch ihre Haut, es gab einen widerlichen, schmatzenden Knall, und Teagans Haut … explodierte. Sie platzte auf, Blut und Hitze schossen mir entgegen, als wäre in ihr eine Bombe hochgegangen.

Ich stolperte zurück und wandte den Kopf ab, als mir Rauch und der Geruch von verbranntem Fleisch den Atem nahmen. Um mich herum wurde es ruhig. Gespenstisch still. Mein ganzer Körper zitterte, schlotterte, und Übelkeit stieg in mir auf.

Nein. Das war gerade nicht passiert. Das war unmöglich.

WAS ZUR HÖLLE?

Ich drehte den Kopf. Langsam. Voller Panik.

Teagan lag vor mir am Boden, in einer Pfütze ihres eigenen Blutes, der Rauch, der von ihrem Körper aufstieg, lichtete sich bereits.

KAPITEL 27

Ich konnte den Blick nicht von Teagans Leiche abwenden. Erst als ich Schritte hinter mir hörte, blickte ich über meine Schulter. Es war Hayes, und ich sah ihn einfach nur an. Unfähig, etwas zu sagen. Unfähig, etwas zu erklären.

Hayes wirkte nur einen Moment geschockt, dann übernahm der Detective in ihm die Kontrolle. Sein Blick wurde kühl. Seine Stimme beruhigend, als er sich neben mich hockte und mich fragte, ob ich in Ordnung war. Was passiert war. Ich konnte es ihm nicht sagen, sah ihm nur in die Augen, suchte dort nach der Sicherheit, die sie mir boten. Um wenigstens kurzzeitig die Realität zu verdrängen.

Er strich sanft über meinen Rücken, während er seine Kollegen rief und wir auf den Streifenwagen warteten. Wie Teagans Körper abtransportiert wurde, bekam ich nicht mehr mit. Ich wollte es auch nicht sehen und war froh, dass Hayes und seine Kollegin mich vorher aufs Revier brachten.

Sie hielten die Befragung kurz und knapp. Ich konnte sowieso nicht viel beitragen – schließlich wusste ich immer noch nicht, was eigentlich passiert war. Ich verstand es nicht, aber die Bilder von Teagans grausamen Tod ließen mich nicht mehr los. Nicht für eine Sekunde.

Als Ellis mich aus dem 42. Police Department abholte, sagte er nichts. Er nahm mich nur für ein paar Sekunden fest in den Arm, bevor er kurz mit Hayes sprach, sich auf den aktuellen Stand bringen ließ, und dann einen Arm um meine Schultern legte, um mich nach Hause zu bringen.

Ich wehrte mich nicht dagegen, auch wenn ich eigentlich nicht von Hayes wegwollte. Aber mein Kopf war taub, und ich war müde. Ich sehnte mich danach, mich einfach nur hinzulegen, die Augen zu schließen und nicht mehr an das denken zu müssen, was Teagan passiert war.

Doch selbst zu Hause kam ich nicht zur Ruhe. Mein ganzer Körper war angespannt, und obwohl ich unter unserer dicksten Wolldecke auf der Couch saß, fror ich. Die Gänsehaut auf meinen Armen wollte sich nicht legen.

Aus dem Flur drang Ellis' gedämpfte Stimme. Er telefonierte schon wieder mit Hayes. Nach einer gefühlten Ewigkeit legte mein Bruder endlich auf und seufzte laut. Es klang, als würde er eine unglaubliche Last auf den Schultern tragen, und mir wurde schwer ums Herz. Als er ins Wohnzimmer kam, sah ich seine verschwommene Spiegelung im Fenster an.

»Was sagt er?« Meine Stimme klang kratzig und fremd, selbst in meinen eigenen Ohren.

Ellis gab ein Brummen von sich. »Teagans Leiche wird immer noch untersucht. Bisher schließen sie aber … Fremdeinwirkung weiterhin aus.«

»Ernsthaft?« Ich fuhr zu ihm herum und spürte, wie die Hitze in mir hochschoss. Ungläubigkeit, die sich mit dem grausamen Bild mischte, das sich mir noch vor ein paar Stunden geboten hatte. »Du willst also sagen, dass Teagan einfach so explodiert ist? In Flammen aufgegangen, wie ein verdammter Vampir im Sonnenlicht?«

Er hob sofort abwehrend die Hände. »Ich behaupte gar nichts. Und bevor wir irgendetwas annehmen, lassen wir vielleicht die Polizei auch erst mal ihre Arbeit machen und warten ab.« Mit einem Kopfschütteln ließ er sich neben mir auf die Couch fallen und verschränkte die Arme vor der Brust. Seine Augenbrauen wirkten, als würden sie hart daran arbeiten, eins zu werden. »Das ist … einfach schrecklich.«

»Ja.« Ich starrte wieder auf meine Hände, die irgendwo unter der Decke zu einem nervösen Knäuel verknotet waren.

Ich war nicht mit Teagan befreundet gewesen, hatte sie noch nicht einmal besonders gemocht. Vor allem nicht nach den Dingen, die sie versucht hatte, die sie zu mir gesagt hatte. Aber ihr grausames Ende hätte ich ihr trotzdem nicht gewünscht. Niemandem, außer vielleicht Dorian Mars. Wobei nein, nicht mal ihm. Mein Magen wollte sich umdrehen, als ich wieder an das viele Blut und den verbrannten Geruch denken musste. Wie bei Veda. Wie damals, in der Gasse, bevor dieser ganze Scheiß hier angefangen hatte.

Wer tat so etwas? Und vor allem *wie*?

Obwohl ich die Szene schon tausendmal in meinem Kopf abgespielt hatte, seit Hayes mich zusammengesunken in diesem Hof gefunden hatte, verstand ich es nicht. Ich hatte bei meiner Vernehmung darüber nachgedacht, war jedes Detail auf der Fahrt nach Hause noch einmal durchgegangen. Und auch die letzten zwei Stunden hatte ich an nichts anderes denken können, hatte Löcher in die Luft gestarrt und gegen das starke Verlangen angekämpft, mich zu übergeben.

Erschöpft drehte ich mich wieder zu Ellis. »Musst du nicht zum Club?«

Er war wohl auch gerade in Gedanken gewesen, aber seine Stirn glättete sich ein wenig, als er mich ansah. »Ich kann dich nach allem doch nicht allein lassen, Avery. Die kommen sicher eine Nacht ohne mich klar.«

Ich rechnete es ihm hoch an, dass er mal wieder den großen Bruder raushängen ließ – aber Ellis hatte nicht die geringste Ahnung, womit ich mich in letzter Zeit herumschlug. Er wusste nicht, was ich alles durchgemacht hatte, und dass Teagans grausamer Tod nur die Spitze des Eisbergs war. Ellis konnte daran nichts ändern. Nicht, wenn er heute Nacht hierblieb, und auch sonst nicht.

Müde lächelnd klopfte ich ihm auf die Schulter. »Das ist lieb von dir, aber ich will nur noch ins Bett gehen und diese Erinnerungen wegschlafen.« *Oh, wie sehr ich mir wünschte, dass das klappen würde.* »Und ich kenne dich, Ellis. Du bist ein Kontrollfreak, und du wärst die ganze Nacht unruhig und schlecht gelaunt, wenn du nicht einmal nach dem Rechten sehen könntest.«

Etwas zweifelnd musterte er mich von der Seite, aber ihm war deutlich anzusehen, dass er wirklich gehen wollte. Dass er schon jetzt auf heißen Kohlen saß. Ich zwang mich zu einem kleinen Lachen und boxte ihn in den Oberarm. »Los, jetzt verschwinde schon. Du bist nur ein paar Straßen weiter.«

»Richtig. Und ich werde mein Handy laut lassen, damit du mich jederzeit erreichen kannst, wenn etwas ist. Dann bin ich sofort wieder da.« Er sagte es mit so einer Inbrunst, dass ich mich nicht mehr zu einem Lachen zwingen musste. Es kam mir ganz leicht über die Lippen. »Und dann boxt du die Albträume weg?«

Etwas peinlich berührt davon, dass ich ihn an diesen peinlichen Satz aus unserer Kindheit erinnerte, winkte er ab.

Doch plötzlich zog etwas in mir. Dieses kleine Mädchen von damals, das immer noch ein bisschen in mir schlummerte. Das, das mit jedem Problem zu seinem Großvater oder seinem großen Bruder gehen konnte, die es für es lösten. Es war so einfach gewesen, damals mit Ellis unter seiner Bettdecke zu hocken, Schulter an Schulter, die Taschenlampe in seiner Hand, um die Albträume zu verjagen. Sogar jetzt hatte ich noch sein entschlossenes Gesicht vor Augen. Sein Versprechen, mich vor den Monstern im Dunklen zu beschützen, in meinen Ohren.

Himmel, wie sehr wünschte ich mir diese Zeiten zurück. Aber sie waren vorbei. Weder Ellis noch mein Großvater konnte mir gerade helfen, und ich fühlte mich in diesem Moment so einsam wie lange nicht.

»In Ordnung.« Ellis erhob sich etwas schwerfällig von der Couch, zögerte ein wenig und wuschelte mir dann mit einem breiten Grinsen durch die Haare. »Dann mach ich mich auf den Weg. Iss noch etwas, bevor du ins Bett gehst, okay?«

Ich nickte, auch wenn sich mir bei dem Gedanken direkt wieder der Magen umdrehte. Während ich meinen Bruder im Spiegel dabei beobachtete, wie er sich anzog, war ihm deutlich anzusehen, dass er mit dem Kopf bereits bei der Arbeit war. Ein letztes Mal drehte er sich noch um, lächelte mich aufmunternd an und verschwand dann aus der Wohnung.

Mit dem Zuknallen der Tür breitete sich eine ohrenbetäubende

Stille im Haus aus, und ich sank direkt noch ein wenig tiefer unter meine Decke. Ich wusste nicht, wie lange ich noch da saß, Löcher in die Luft starrte und vollkommen in Gedanken versunken war. Aber als ich mich schließlich erhob, war es draußen nachtschwarz. Ich machte mir einen Tee und kuschelte mich dann ins Bett. Die Lichterketten um mich herum ließ ich brennen, weil mir plötzlich die Schatten in der Wohnung wieder so unheimlich vorkamen wie damals als Kind. Irgendwann, zwischen dem Geruch der Kräuter und dem Flackern der kleinen Glühbirnen, schlief ich tatsächlich ein.

Bis ich völlig verwirrt aufwachte. Mein Herz schlug wild in meiner Brust, und ich wusste nicht, warum. Ich konnte mich nicht an einen Albtraum erinnern, auch wenn es sicher nicht ungewöhnlich gewesen wäre. Verschlafen wischte ich mir die Haare aus dem Gesicht. Es war immer noch stockfinster draußen, und ein Blick auf mein Handy sagte mir, dass es erst kurz nach drei Uhr nachts war. So lange hatte ich also nicht geschlafen.

Auf dem Display wurden mir mehrere Nachrichten angezeigt. Eine war von Isla, dass sie so aufgeregt wegen der Hochzeit war, dass sie nicht schlafen konnte. Sie war eine Stunde alt, und ich hoffte, dass sie inzwischen doch eingeschlafen war. Zwar hätte ich gerade gern mit ihr gesprochen, so aufgewühlt ich mich aktuell fühlte – aber ich wollte ihr auch nicht die Stimmung vor der Hochzeit verderben. Hayes hatte auch geschrieben, mehrmals sogar. Die Pathologie hatte keine Ursache gefunden für das, was Teagan passiert war. Nur die Verbrennungen, sowohl äußerlich als auch innerlich, als wäre in ihr eine Bombe hochgegangen. Ich schluckte hart beim Lesen seiner Nachricht. *Sie hat versucht, mich zu erstechen. Sie wollte mich umbringen.* Aber selbst diese Tatsache milderte nicht den Horror und das Mitleid ab, das ich ihr gegenüber empfand.

Ich tippte gerade eine Antwort auf Hayes' letzte Nachricht, in der er mich fragte, ob es mir gut gehe, als ich plötzlich ein dumpfes Geräusch hörte.

Sofort fror ich in meiner Bewegung ein und hob den Kopf. Was auch immer das gewesen war – es war von oben gekommen, aus dem Dachgeschoss. Hatte ich etwa die Tür der Dachterrasse aufgelassen? Dem Geräusch nach zu urteilen, hätte es gut das Lebenswerk meines Großvaters sein können, das gerade vom Sturm durch die Räume gejagt wurde.

Erschrocken warf ich das Handy aufs Bett und stürzte aus dem Zimmer. Ich dachte gar nicht nach, als ich die Stufen nach oben sprang, ich spürte einfach nur eine große Erleichterung, als ich oben ankam und noch alles stand. Die Pflanzen wehten leicht in dem Wind, der von draußen hereinkam – die Tür zur Terrasse stand tatsächlich weit offen.

Hastig, weil der Boden unter meinen nackten Füßen kalt war, durchquerte ich den Raum und griff nach der Tür. Doch dann hielt ich inne, und der Nebel in meinem verschlafenen Gehirn lichtete sich ein bisschen bei dem Anblick, der sich mir bot. Die Tür war nicht einfach nur offen gelassen worden. Sie war aufgeknackt worden – das Schloss war völlig kaputt.

Gänsehaut breitete sich über meinem gesamten Körper aus, meine Haut prickelte und mein Atem kam nur noch stoßweise. Wieder einmal wünschte ich, dass ich diese verdammte Hitze in meinem Inneren bündeln und nutzen könnte. Dass ich sie zur Verteidigung einsetzen könnte, statt versehentlich Menschen zu töten oder meinen Freunden halbe Herzinfarkte zu verpassen.

Meine Sinne waren plötzlich geschärft, und ich achtete auf jeden kleinen Mucks, jeden Laut, den ich auf dem Dachboden hören konnte.

Schritte. Leise auf dem staubigen Parkett. Hinter mir.

Ich fuhr herum, bereits in Kampfstellung, und mein Gegenüber hob sofort die Hände und zeigte mir seine leeren Handflächen.

»Ich tu dir nichts, das schwöre ich.«

Mein Herz raste, und meine Muskeln waren angespannt, aber bereits nach einer Sekunde ließ ich die Arme sinken. »Ryker?!«

Er nickte langsam, die Hände immer noch erhoben, als würde ich mit einer Waffe auf ihn zielen. In dem dunklen Hoodie, dessen Kapuze er tief ins Gesicht gezogen hatte, hätte ich ihn fast nicht erkannt. Sein Blick huschte zu meinen nackten Armen, als würde er etwas prüfen, dann erst schien er sich etwas zu entspannen.

Moment, er war angespannt, obwohl er bei MIR eingebrochen war?

Ich fletschte die Zähne. »Bist du irre? Hast du die Tür unserer Dachterrasse kaputt gemacht?!«

»Ja. Tut mir leid. Ich werde die Reparatur bezahlen.«

»Was? Scheiß auf die Reparatur.« Ich wusste gar nicht, woher die ganze Wut in meinem Inneren plötzlich kam, aber ich war stinksauer. »Warum klingelst du nicht einfach?«

Endlich ließ er die Arme sinken. »Vielleicht weil beinahe das ganze NYPD hinter mir her ist und ich nicht Gefahr laufen wollte, dass sie mich aufgreifen?«

Da erst fiel mir wieder ein, warum er nicht mehr in Islas Personenschutzteam war. Warum er sich nachts über Dächer schleichen musste. Ich hielt für einen Moment die Luft an und machte dann einen Schritt von ihm weg.

»Was willst du hier?«, spuckte ich aus, obwohl ich eigentlich andere Fragen hatte. *Was hast du mit der Quelle gemacht? Was hast du mit all dem zu tun? WER ZUR HÖLLE BIST DU?*

Ryker bemerkte die Veränderung in meiner Haltung, denn auf seinem Gesicht erschien ein etwas leidender Ausdruck. »Ich bin keine Gefahr für dich, das schwöre ich dir, Avery. Ich bin nur hier, um dich zu warnen. Und um dir zu helfen, wenn du das willst.«

»Wobei helfen?«, fragte ich misstrauisch. Warum, verdammt noch mal, hatte ich mein Handy nur unten gelassen? Musste ich mir wirklich keine Sorgen machen, dass er mich angriff? Eigentlich erweckte er nicht dein Eindruck, als wollte er mir etwas Böses. Er sah angespannt aus, genau wie ich. Als würde eine unglaubliche Last auf ihm liegen.

Er atmete tief durch und zog sich dann endlich die Kapuze vom Kopf. Im Schein des Mondes, der durch die Dachfenster kam, wirkten seine bernsteinfarbenen Augen unendlich müde. »Es ist okay, wenn du mir misstraust, du hast allen Grund dazu. Mehr noch, als du im Moment denkst. Hör mir also nur zu.« Er deutete zur Tür in meinem Rücken. »Ich werde von hier verschwinden, direkt nach unserem Gespräch. New York ist zu dem wahrscheinlich gefährlichsten Ort der Welt für alle Magier geworden, aber vor allem für dich. Deshalb rate ich dir, das Gleiche zu tun wie ich, deine Sachen zu packen und von hier abzuhauen. Geh so weit weg, wie du kannst.«

»Was?« Bei seinen Worten hätte ich fast schon wieder aufgehört zu atmen. Vollkommen verwirrt starrte ich ihn an. »Und das soll jetzt keine Drohung sein, oder was?«

»Nein, denn die Gefahr geht nicht von mir aus.«

»Sondern?«

Er seufzte tief. »Von der Quelle, Avery. Und von denen, die angeben, sie beschützen zu wollen.«

Ich hatte mit vielem gerechnet – dass er die Polizei beschuldigte, die hinter ihm her war, Hayes, Dorian Mars' Gang. Aber die Quelle selbst? Die Kennedys?

Meine Augenbrauen zogen sich zusammen. »Ist das dein Ernst? Du hast versucht, in die Quelle einzubrechen, um … keine Ahnung, Magie von der Quelle abzuschöpfen, und weil das nicht geklappt hast, beschuldigst du jetzt die Familie, die dich bei sich aufgenommen hat? Die dir vertraut und dich, nebenbei bemerkt, verdammt gut bezahlt hat? Was stimmt eigentlich nicht mit dir?«

Ryker schüttelte ungeduldig den Kopf. »Ich wollte keine Macht von der Quelle abschöpfen. Mal abgesehen davon, dass das auch nicht möglich ist, nicht wenn *ich* es versuche. Du hingegen …« Er winkte ab. »Avery, ich wollte die Quelle nur überprüfen. Ihren Zustand einschätzen. Deshalb bin ich hier. Und was ich gesehen habe, ist schlimmer als alles, was ich mir hätte vorstellen können.« Sein Blick wirkte beinahe schon verzweifelt, flehend. »Du hast es auch gespürt, oder? Ich habe es gesehen, als du mit Isla aus dem Aufzug gestiegen bist, du warst kreidebleich und erschrocken. Ihr wart in der Quelle, oder? Und du weißt, dass sie außer Kontrolle ist.«

Bei seinen Worten fühlte ich mich sofort wieder zurückversetzt in die Höhle unter dem Anwesen der Kennedys. Ich erinnerte mich noch zu gut an dieses erdrückende, heiße Gefühl, diese absolute Überforderung, die mich dort überfallen hatte. Mir blieb schon beim Gedanken daran beinahe die Luft weg. »I … ich dachte …« Ich schluckte, weil mein Mund trocken war. »Ich dachte, dass das normal ist. Verdammt, das ist die Quelle der Magie, muss die sich nicht so anfühlen?«

»Nicht, wenn sie ausgeglichen ist. Nicht, wenn sich jemand wirklich um sie kümmert.« Ryker sprach schnell. Wahrscheinlich, weil er spürte, dass er endlich meine Aufmerksamkeit hatte. »Avery, diese Quelle ist kurz vorm Bersten. Ich wurde nach New York geschickt, um nach dem Rechten zu sehen, aber so etwas habe ich noch nie erlebt. Die Quelle ist absolut außer Kontrolle. Und wenn du mich fragst, ist sie nicht mehr zu retten.«

In meinem Kopf schwirrten so viele Fragen herum, dass ich gar nicht wusste, welche ich zuerst stellen sollte. Seltsamerweise kam eine an die Oberfläche, an die ich gar nicht vorrangig gedacht hatte: »Wer bist du? Und wer zur Hölle hat dich nach New York geschickt?«

Ryker starrte mich sekundenlang an. Dann machte er den Mund auf, aber bevor Wörter über seine Lippen kamen, ging ein Ruck durch seinen Körper. Beinahe, als hätte ihn ein elektrischer Schlag getroffen. Der Muskel in seinem Kiefer zuckte, und er schüttelte den Kopf.

»Ich kann nicht darüber reden. Du musst mir einfach vertrauen.« Er sah wohl die Zweifel in meinem Gesicht, denn er hob angespannt und sichtlich frustriert die Schultern. »Oder nicht, das bleibt dir überlassen. Aber wenn du hierbleibst, blüht dir irgendwann dasselbe Schicksal wie deiner Freundin – oder ein ähnlich Schlimmes, wenn die Kennedys dich für ihre Zwecke nutzen.«

»Die Kennedys?« Ich dachte an Isla, an alles, was sie in letzter Zeit für mich getan hatte, und wurde wieder wütend. »Ich habe keine Ahnung, was du mit deiner Rede bezweckst, aber Isla ist ein guter Mensch. Sie ist …«

»Die nächste Principle, nicht wahr?« Ryker stieß ein freudloses Lachen aus, bevor sich sein Kiefer wieder anspannte. »Was denkst du, machen die Narratives mit der Quelle? Warum sind ausgerechnet sie ihre Beschützer? Was genau ist ihre Aufgabe?«

»Was weiß ich denn?«, brüllte ich ihm entgegen. Mein Kopf dröhnte, und ich wollte ihm nicht mehr zuhören. Nichts von dem, was er sagte, ergab einen Sinn. Aber noch viel schlimmer war, dass ich wirklich anfing, Zweifel zu bekommen. Daran, dass Isla ehrlich zu mir gewesen war. Daran, dass wir wirklich Freundinnen geworden waren. Ich konnte nichts dagegen tun, dass mein von Misstrauen durchlöchertes Herz unsichere Risse bekam.

Ryker wusste, dass ich keine Ahnung hatte. Er hatte es mir schon davor angesehen, bevor ich überhaupt geantwortet hatte, und seine Haltung wurde bedrohlicher. »Ich sage es dir: gar nichts. Die Kennedys sitzen auf der Quelle wie eine brütende Henne, aber eigentlich ist es nicht ihr Ei.« Er machte einen Schritt auf mich zu, die Hände zu Fäusten geballt. »Du weißt, dass sie die Macht haben wollen, Avery. Dass sie direkt über der Quelle leben, und das seit Generationen schon, gibt ihnen eine konstante Magie. Die Quelle nutzt *ihnen*, aber *sie* nützen der Quelle nichts.«

Ich schüttelte den Kopf, weil ich immer noch nicht verstand. »Was willst du damit sagen, Ryker? Dass sie Betrüger sind?«

Er sah mich einfach nur an, und ich konnte die Antwort in seinen Augen lesen. Sie brachte mich zum Lachen.

»Isla ist keine Betrügerin«, sagte ich mit fester Stimme.

»Vielleicht *noch* nicht. Aber mit ihrer Hochzeit in ein paar Stunden und mit ihrer Ernennung zur Principle wird sie eine werden. Weil sie nicht die Principle, die Beschützerin einer Quelle, sein kann. Kein Narrative kann das. Es ist die Aufgabe eines Poisoners.« Er sah mich fest an, suchte die letzten Zweifel in meinem Gesicht, bevor er hinzufügte: »Die Aufgabe eines Toxics.«

Die Gedanken explodierten in meinem Kopf.

Er wusste es. Er wusste, dass ich eine Toxic war. Er wusste, WAS ein Toxic war.

Ich starrte ihn ungläubig an, während die Unruhe in mir wuchs. Woher wusste er es? Von Isla? Hatte er eins unserer Gespräche belauscht? Gelegenheit hatte er dazu sicher gehabt. Ich gab ein Schnauben von mir, aber Ryker machte den Mund als Erster wieder auf.

Er redete so schnell, dass ich gar nicht die Chance hatte, ihn zu unterbrechen: »Hör zu, du hast keinen Grund, mir zu glauben. Und ich habe keinen Grund, überhaupt hier zu sein. Also meine Erklärung im Schnelldurchlauf: Die Magiequelle ist eine gewaltige Macht, die nicht leicht zu kontrollieren ist. Sie wächst, über die Jahre immer wieder ein kleines bisschen, bis aus dem plätschernden Bach aus Magie irgendwann ein reißender Fluss wird. Ein Fluss, der leicht über die Böschung treten kann.«

Wie er die Quelle beschrieb … Es war genau das, was ich gefühlt hatte. Sie war mir vorgekommen wie ein Fluss, der durch die Atmosphäre trieb. Nicht langsam und murmelnd, sondern wie ein tosendes, brausendes Ungetüm. Ein Fluss, der vom Regen angeschwollen war und nun auszubrechen drohte.

»Wenn sich niemand um ihn kümmert, wenn ihn niemand pflegt, wird er irgendwann überlaufen und die Welt ins Chaos stürzen.« Ryker schüttelte unwirsch den Kopf. »Und diese Quelle hier in New York ist bereits dabei. Immer wieder läuft sie ein bisschen über, und jeder Unglückliche, der zu dieser Zeit in ihrer Nähe ist und seine Macht nutzt, ertrinkt darin.«

Alles in meinem Inneren kam zum Stehen. Ich dachte an Veda. An Teagan. Und fragte mit leiser Stimme: »Sie … ertrinken?«

Er nickte. »Jeder, der seine Magie anwendet, zieht sie aus seinem eigenen Magiekreislauf. Der Magiekreislauf in uns zieht die Magie aus der Atmosphäre. Und je mehr Magie in der Atmosphäre ist, desto mehr ziehen wir daraus. Wir können das nicht beeinflussen, es ist ein automatisierter Ablauf. Aber unser Körper ist nicht dafür geschaffen, so viel Magie aufzunehmen, wie gerade in New York pulsiert. Und wenn wir versuchen, sie zu nutzen, übersteuert unser System.«

»Und wir explodieren.« Mein Herz überschlug sich, und vor meinem inneren Auge sah ich wieder Teagan in ihrer eigenen Blutlache liegen. Ich verzog vor Horror das Gesicht. »Es war also wirklich keine Fremdeinwirkung.«

Ryker brummte. »Normalerweise kümmern sich die Principles um die Quelle, damit sie nicht überläuft. Sie schöpfen sie regelmäßig ab, fungieren wie ein Filter. Aber Narratives können das nicht. Dazu sind nur Toxics in der Lage, sie werden allein zu diesem Zweck geboren. Aber statt ihnen ihren rechtmäßigen Platz zu geben und sie ihre Aufgabe erfüllen zu lassen, entschließen die Kennedys sich eher zu einer grausamen Tat. Sie sind zu gierig, um echte Principles sein zu können. Doch damit stürzen sie die Magier in New York in ihr Verderben.«

»Aber … wie könnte ich …?« Ich war immer noch so unendlich verwirrt, so unendlich erschrocken von den Dingen, die Ryker mir erzählte. »Toxics sind die Monster«, fügte ich leise hinzu. »Sie nehmen die Macht der Quelle an sich und nutzen sie für ihre eigenen Zwecke. SIE sind die Bösen.«

»Nicht alle Toxics.« Er schüttelte sanft den Kopf. »Eigentlich nur die wenigsten nutzen ihre Position wirklich aus. Ja, Toxics können Magie von der Quelle abschöpfen und sie in sich aufnehmen. Aber nur, um die Quelle zu entlasten, nur wenn die Quelle ›voll‹ ist. Ihr Körper kann diese Macht nicht lange halten. Sie können sie also langfristig nicht für böse Zwecke nutzen, und wie gesagt, die wenigsten tun das.«

Ich starrte ihn an und spürte in mir das heftige Verlangen, ihm zu glauben. Ich wollte, dass das, was er sagte, wahr war. Gleichzeitig wusste ich aber, was das bedeuten würde. Für mich und alle Magier hier in New York. »Wenn das stimmt, was du sagst …«

»Das tut es.«

»… dann wird die Quelle früher oder später überlaufen und alle Magier im Umkreis in den Tod reißen.« Mich. Isla. Ellis. Hayes. Und alle anderen, die ich kannte.

Ryker presste die Lippen zusammen. Dann nickte er, kurz und hart.

Ein Zittern ging durch meinen Körper. »Und ich kann das verhindern?«

Er erstarrte. »Avery …«

»Was denn? Du hast gesagt, dass ein Toxic das verhindern kann. Und ich BIN eine Toxic. Du musst mir erklären, wie ich das mache!« Ich schrie die Worte fast, so viel Unruhe erfasste mich in diesem Moment. Allein der Gedanke, wieder da runter in die Quelle zu gehen, ließ Übelkeit in meinem Magen aufsteigen. Aber wenn es das Einzige war, was half … wenn ich damit die Magier hier retten konnte … dann war ich bereit, es zu tun.

Aber Ryker blieb ganz ruhig, und plötzlich sah ich etwas in seinen Augen, was mir noch viel mehr Angst machte. »Es ist zu spät, Avery«, sagte er. »Die Quelle ist zu mächtig geworden.«

»Dann muss ich die anderen warnen. Wenn ich mit Isla rede …«

»Das darfst du nicht!« Ryker machte noch einen Schritt auf

mich zu, und die Heftigkeit in seiner Stimme ließ mich zusammenzucken. »Was glaubst du, wie die Kennedys es so lange geschafft haben, dass die Quelle nicht übergelaufen ist? Dass sie an der Macht bleiben konnten?« Zorn flammte in seinen Augen auf. »Die Quelle jetzt zu bereinigen, die überschüssige Magie in dich aufzunehmen, wäre zu viel für dich. Du würdest sterben, genau wie die anderen Magier vor dir. Und genau das ist es, worauf die Kennedys bauen. Sie opfern Toxics, um die Quelle zu beruhigen. Wenn du zu ihnen gehst, werden sie das Gleiche mit dir tun.«

Ich schüttelte den Kopf. Versuchte zu verstehen, was er mir sagte.

»Ich biete dir an, mit mir zu kommen«, sagte Ryker mit eindringlicher Stimme. »Ich kann nicht mir dir darüber reden, wohin wir gehen oder warum ich das alles weiß, aber du hast hier keinen Platz mehr. New York wird dein Tod sein.«

Ich starrte ihn ungläubig an. »Ich soll also zulassen, dass noch mehr Menschen sterben? Was passiert, wenn es so weitergeht? Werden alle New Yorker Magier sterben oder werden … wird man einen anderen Toxic finden und opfern?« Dass die Kennedys so etwas machten, konnte ich mir immer noch nicht vorstellen. Gut, ihre Eltern vielleicht, aber Isla würde bei so etwas niemals mitmachen, da war ich mir sicher. »Ich muss mit ihnen reden«, sagte ich deshalb fest. »Es muss einen anderen Weg gehen.«

Rykers Schultern sanken nach unten, und seine Gesichtszüge wurden wieder hart. Es war, als würde der letzte Rest Hoffnung aus seinem Körper weichen. »Ich kann dich nicht zu deinem Überleben zwingen.« Er schob sich an mir vorbei, auf die aufgebrochene Terrassentür zu, aber ich hielt ihn am Ärmel zurück.

»Warte. Du musst mit mir kommen und diese Geschichte erzählen. Mir wird doch keiner glauben!«

»Du verstehst es nicht, Avery.« Er riss sich los, und seine Augen funkelten wütend. »Die Kennedys werden weder dir noch mir zuhören. Sie KENNEN die Geschichte, und es ist ihnen egal, was mit der Quelle passiert, solange sie ihre Macht behalten können. Wenn wir zu ihnen gehen, lande ich im Gefängnis und du in der Quelle. Und darauf kann ich verzichten.« Er wandte sich in einer harten Bewegung von mir ab, hielt vor der Dachterrassentür aber noch einmal inne und sah über seine Schulter zurück. In seinem Blick lag Bedauern. Verärgerung, aber auch ein tiefer Schmerz. »Es tut mir leid, Avery. Wirklich. Viel Glück.«

Und damit verschwand er in der Nacht und ließ mich voller Zweifel und Angst allein zurück.

KAPITEL 28

Mein Nervositätslevel war selbst ein paar Stunden später noch unheimlich hoch. Nicht nur wegen Islas Hochzeit, wegen der Promis und der wachsamen Augen, die hier überall sein würden, sondern auch wegen dem, was Ryker mir in der Nacht erzählt hatte. Obwohl ich ihm nicht glauben wollte, musste ich zugeben, dass manche Dinge logisch geklungen hatten. Ich hatte selbst gespürt, dass die Quelle sich so übermächtig angefühlt hatte. Ich hatte selbst gesehen, auf welche grausame Art Teagan gestorben war, und ich wusste, dass es den anderen genauso ergangen sein musste. Selbst wenn nicht alles wahr war, was Ryker mir erzählt hatte – eine leise Stimme in mir warnte mich eindringlich davor, ihn als Spinner abzutun.

Nur mit Mühe schaffte ich es, all diese Gedanken aus meinem Kopf zu verbannen und mich auf das Hier und Jetzt zu konzentrieren. Der Festsaal, in dem die Hochzeitsfeier von Isla und Nicholas stattfand, lag direkt in der Park Avenue an der Upper East Side. Obwohl ich gedacht hatte, dass die Vorfeier schon alles an

Dekadenz überstiegen hatte, was menschenmöglich war, wurde ich jetzt eines Besseren belehrt. Als ich aus dem Taxi stieg und an dem Gebäude hochblickte, das beinahe komplett aus Glas und Marmor zu bestehen schien, blieb mir ernsthaft die Luft weg. Ich umklammerte meine Handtasche ein wenig fester und war froh, dass ich das neue Kleid von Isla doch angenommen hatte. So fühlte ich mich wenigstens nicht ganz so fehl am Platz.

Ich war extra eine Stunde früher gekommen, weil ich gehofft hatte, noch vor dem offiziellen Beginn der Feier mit Isla sprechen zu können. Telefonisch hatte ich sie nicht erreicht, aber das war auch eigentlich nicht verwunderlich – immerhin war das heute der Tag ihrer Hochzeit. Sie hatte den Morgen wahrscheinlich beim Schminken und Anziehen verbracht, und danach war sie direkt mit ihrer Familie in die Kirche gefahren. Ich konnte also nur hoffen, dass sie nicht erst kurz vor der offiziellen Feier hier ankam.

Seufzend ging ich auf das Gebäude zu, vor dem nur wenige Leute standen. Auch wenn das hier noch pompöser wirkte als das Anwesen der Kennedys, war ich froh, dass die Feier nicht dort stattfand, in unmittelbarer Nähe der Quelle, denn wahrscheinlich hätte mich das heute einem Nervenzusammenbruch nahe gebracht. Das Gefühl der Macht, dieses überfordernde Gefühl, saß mir immer noch in den Knochen.

Es standen nur wenige Leute vor dem Gebäude. Die Dame im Anzug am Eingang sah mich etwas pikiert an, als ich mein Kleid raffte und auf sie zuging. Ich wusste nicht, ob es daran lag, dass ich so früh war, oder daran, dass sie bereits auf die Entfernung sah, dass ich eigentlich nicht in diese Kreise gehörte. Was auch immer es war, sie kommentierte es nicht. Sie zwang sich zu einem breiten Lächeln mit perfekten Zähnen, kontrollierte meine Einladung und deutete mir dann den Weg nach drinnen.

Hinter den Eingangstüren folgte ein breiter Gang, auf den jemand einen roten Teppich mit goldenem Brokatrand ausgelegt hatte. Ich bewunderte den glänzenden Stoff unter meinen Füßen und dann die in Gold gerahmten Gemälde wichtiger Personen, die an den marmornen Wänden hingen, und die Blumengestecke in sicher sehr teuren Vasen. Mit einer Hand hielt ich mein etwas zu langes Kleid hoch und warf erneut einen Blick auf mein Handy, scrollte zu Islas Kontakt und überlegte, ob ich es noch einmal versuchen sollte. Im selben Moment stellte sich mir jemand in den Weg.

»Ist es nicht verrückt, dass die Kennedys eine Kunstgalerie aus dem 18. Jahrhundert als Hochzeitslocation mieten können?«

Ich riss den Kopf hoch, und die Schmetterlinge in meinem Bauch führten einen irren Tanz auf, als ich in ein Paar waldgrüne Augen sah. Hayes lächelte nicht, aber sein Blick funkelte vergnügt.

»Das kannst du laut sagen.« Ich steckte das Handy in die Handtasche und deutete auf eine Vase, die neben uns auf einem Beistelltischchen stand. »Wenn ich die oder irgendetwas anderes in dieser Halle aus Versehen umwerfe, muss ich wahrscheinlich mein Leben lang die Schulden abbezahlen.«

Er nickte bedächtig, und ich ließ den Blick über die Detective-Marke auf seiner Brust wandern. Er war heute dienstlich hier, weil die Kennedys nach dem Einbruch in ihr Anwesen auf Polizeischutz bestanden hatten. Anscheinend hatten sie jetzt doch kein sehr großes Vertrauen mehr in ihr Personenschutzteam. Ryker sei Dank.

Als ich an ihn dachte, an seinen nächtlichen Besuch, presste ich sofort die Lippen zusammen und atmete tief durch. *Ruhig bleiben, Avery. Du weißt nicht, ob an seiner Geschichte wirklich etwas dran ist. Vielleicht ist er doch nur ein Spinner, der die Quelle verehrt oder so etwas.*

Hayes schien die Veränderung in meinem Gesicht sofort zu bemerken, ganz Detective, der er war. Seine Augenbraue zuckte. »Alles in Ordnung?«

Einen Moment dachte ich daran, ihm alles zu erzählen. Aber Ryker hatte nicht nur behauptet, dass die Magiequelle kurz vorm Überlaufen war – er hatte auch gegen die Kennedys schwere Vorwürfe erhoben. Gegen Islas Familie. Vorwürfe, die, wenn sie wahr waren, weitreichende Folgen haben könnten. Und die für immer das Vertrauen in unsere Principles zerstören könnten. Ich durfte ihren Namen nicht mit einem Gerücht in Gefahr bringen, bei dem ich nicht einmal wusste, ob es überhaupt der Wahrheit entsprach. Außerdem wollte ich nicht, dass Hayes sich Sorgen machte, weil Ryker mich aufgesucht hatte. Immerhin war er gerade ein gesuchter Verbrecher.

Also zuckte ich nur mit den Schultern. »Nein, nicht wirklich. Aber ich kann momentan noch nicht mit dir darüber reden.« Ich hob meine Handtasche, in der das Handy lag. »Ich muss erst mit Isla sprechen.«

Eine seiner Augenbrauen wanderte sorgenvoll nach oben. Kurz dachte ich, er würde auf eine Erklärung bestehen, aber er nickte nur. »Du wirst schon wissen, was du tust. Aber wenn du in Schwierigkeiten steckst …«

… dann stecken auch du und die restliche Magiergesellschaft in Schwierigkeiten. Ich schüttelte den Kopf, versuchte, Rykers Worte nicht zu nah an mich ranzulassen. »Mach dir keine Gedanken, ich

werde dir so bald wie möglich alles erklären. So schnell wirst du mich jetzt nicht mehr los.« Ich grinste, und er beantwortete es mit einem Schmunzeln.

»Das hoffe ich doch«, raunte er leise, und ich spürte Gänsehaut auf meinem Nacken, die die finsteren Gedanken für einen Moment vertreiben konnte. War es okay, mitten auf dem Gang einer feinen Veranstaltung wild mit einem Detective im Dienst rumzuknutschen?

Er nahm mir die Entscheidung ab, als er sanft meine Schulter berührte und in Richtung Festsaal zeigte. »Ich bin die ganze Zeit hier, falls etwas ist, okay?«

Ich nickte, legte etwas länger als nötig meine Finger auf seine und ging dann an ihm vorbei in die Halle. Sie war noch pompöser als die beim letzten Mal, aber inzwischen war ich nicht mal mehr überrascht. Im hinteren Bereich wurde gerade ein Büfett mit kleinen Häppchen und einem Schwan aufgebaut, der entweder aus Eis oder Glas war. Der Rest des Essens würde natürlich à la carte sein, wie es sich für eine solche Veranstaltung gebührte. Ich setzte mich an den Platz an einem runden Tisch, an dem mein Namenskärtchen stand, und sofort steuerte einer der Kellner mich an.

»Möchten Sie etwas trinken?«, fragte er. »Einen Sekt vielleicht? Oder unseren exklusiven Aperitif?«

»Nur ein Wasser, bitte«, gab ich lächelnd zurück. Obwohl ich eigentlich Lust hatte, meine Nervosität in Alkohol zu ertränken, wusste ich, dass es nicht klug war. Ich brauchte einen klaren Kopf.

Nachdem der Kellner mir ein Glas mit Sprudelwasser gebracht hatte, das nach mindestens zehn Dollar die Flasche schmeckte, versuchte ich, mich ein wenig zu entspannen, während ich mich umsah. Nach und nach kamen nun auch die anderen Gäste, und es dauerte etwa eine halbe Stunde, in der ich allein saß, bis endlich jemand an meinen Tisch trat. Ich hob den Kopf gerade, als eine Frau sich direkt neben mich setzte und mir ein geheimnisvolles Lächeln zuwarf.

»Einen schönen Tag«, wünschte sie mir. Ihr Augenaufschlag wirkte etwas träge, was vielleicht an dem schweren Make-up lag und an den künstlichen Wimpern, die sie sich aufgeklebt hatte. Sie konnte nicht viel älter sein als ich, vielleicht Anfang oder Mitte zwanzig, und trug ein für eine Hochzeit irgendwie ungewöhnliches, kurzes Kleid in einem dunklen Blauton. Ihre Haare hatten die gleiche Farbe und waren ordentlich kinnlang geschnitten.

»Guten Tag«, gab ich etwas steif zurück. Und weil die Frau mich weiterhin abwartend anlächelte, fügte ich noch hinzu: »Avery Bishop.«

»Loria Burke.« Sie bestellte sich ein Glas Sekt bei dem Kellner, bevor sie sich wieder an mich wandte: »Braut oder Bräutigam?«

»Äh, ich bin eine Freundin von Isla.«

»Also Braut.« Die Lachfältchen um ihre Augen wurden etwas tiefer. »Ich bin eine Freundin der Familie Leary und eine Begleiterin von Nicholas.«

Leary. Ich erinnerte mich daran, Nicholas' Nachnamen schon einmal auf Instagram gelesen zu haben, hatte ihn bis eben aber vollkommen vergessen. Ich wusste nicht einmal, ob Isla ihn annehmen oder ob er ein Kennedy werden würde.

Ich nippte an meinem Wasser, ließ Loria Burke jedoch nicht aus den Augen. Sie hatte die ganze Zeit dieses seltsame Lächeln auf den Lippen, während sie still die anderen Gäste beobachtete, und aus irgendeinem Grund jagte es mir einen Schauer über den Rücken. Ein weiteres Gespräch führten wir nicht mehr, und ich war mir nicht sicher, ob ich das noch merkwürdiger fand oder froh darüber war.

Erst zwanzig Minuten nach offiziellem Start, als bereits alle Gäste an ihrem Platz saßen, öffneten sich endlich wieder die Pforten, und das Brautpaar kam unter tosendem Applaus Hand in Hand in den Saal. Ich erhob mich ein wenig von meinem Stuhl, um sie besser sehen zu können, und konnte trotz der Situation nicht anders, als zu lächeln. Isla sah wunderschön aus, was nicht nur an dem perfekten Make-up und dem wunderschönen Designerkleid lag. Sie strahlte über das ganze Gesicht und sah unheimlich glücklich aus. Nicholas lächelte auch, zwar etwas verhaltener als seine Braut, aber seine Augen strahlten ebenfalls.

Ich beobachtete, wie sie – zusammen mit ihren Eltern – nach vorn, auf die kleine Bühne vor den Gästen, gingen. Islas Mutter machte den Anfang und hielt eine kurze Lobrede auf die wunderschöne Trauung, bevor sie uns darüber informierte, dass vor den eigentlichen Feierlichkeiten noch ein Programmpunkt nur für das Brautpaar stattfinden würde. Eine alte Familientradition, die Isla in ihr Amt als Principle einführen würde – die Überreichung des Familienmedaillons. Ich wusste nicht, worum genau es da ging, und versuchte nur die ganze Zeit, Islas Blick abzufangen. Irgendwann sah sie endlich zu mir, und ich gestikulierte so unauffällig wie möglich mit meinen Händen. *Ich muss mit dir sprechen. Dringend.*

Das Strahlen verschwand ein wenig aus ihrem Gesicht. Sie sah zu ihrer Mutter, dann wieder zu mir und zuckte entschuldigend mit den Schultern. *Nach dem Ritual.*

Damit musste ich mich wohl abfinden. Ich lehnte mich wieder zurück und nippte an meinem Wasserglas.

Loria, die mich nach unserer kurzen Begrüßung weitestgehend ignoriert hatte, beugte sich mit ihrem seltsamen Lächeln zu mir. »Alles in Ordnung, Miss Bishop?«

»Alles super«, gab ich zurück und versuchte, mir meine Enttäuschung nicht anmerken zu lassen. Die paar Minuten konnte es jetzt wahrscheinlich auch noch warten. Hoffentlich.

Als Isla und Nicholas die Bühne wieder verließen, wandte Isla sich kurz an einen Angestellten und deutete auf mich, bevor sie mit ihren Eltern und ihrem frisch angetrauten Mann aus dem Saal verschwand.

Die nächsten Minuten saß ich wie auf heißen Kohlen. Ich blickte immer wieder zur Tür, sah die Reihe an Angestellten hinab und wartete darauf, dass etwas passierte. Plötzlich hatte ich Angst vor Islas Antworten. Angst vor dem, was es für unsere Freundschaft bedeuten würde, wenn es stimmte, was Ryker erzählt hatte. Ich glaubte zwar immer noch nicht daran, dass meine Freundin dazu in der Lage war, eine so krasse Familiengeschichte zu verheimlichen und nicht vor schlechtem Gewissen zu zerfließen. So war sie eigentlich nicht.

Aber konnte ich wirklich behaupten, dass ich Isla kannte? Wir waren noch nicht lange befreundet, ich hatte sie gerade vor Kurzem das erste Mal getroffen. Sie wusste, was ich war, als eine der Einzigen. Mein Großvater hatte meine Magie unterdrückt, um mich zu schützen – aber vor was? Vor wem? Sollte Rykers Geschichte stimmen, dann hatte ich mich völlig allein und schutzlos in die Höhle der Löwen begeben. Dann hatte ich hiermit vielleicht mein eigenes Todesurteil unterschrieben.

Das konnte nicht sein, oder? Isla war nicht so ein Mensch. Auf keinen Fall.

Als mir jemand auf die Schulter tippte, zuckte ich so schrecklich zusammen, dass ich beinahe mein halb volles Wasserglas umgestoßen hätte. Die Leute am Tisch sahen mich alle merkwürdig und ein wenig pikiert an, Loria neben mir erneut mit ihrem seltsamen Lächeln.

Ich versuchte, die Blicke zu ignorieren, und drehte mich zu der Kellnerin um, die hinter mir stand. Wie die anderen trug sie eine weiße Bluse und eine kleine Fliege.

Sie lächelte freundlich, als sich unsere Blicke trafen. »Miss Kennedy hat mich gebeten, Sie in den Salon zu führen. Sie wünscht eine Unterredung mit Ihnen.«

Meine Nackenhaare stellten sich auf, während die anderen am Tisch die Köpfe zusammensteckten und redeten. Ich nickte nur, schob das Glas von mir und stand auf, um der Kellnerin zu folgen.

Wir ließen das laute Stimmengewirr und die Musik der Halle hinter uns und gingen einen breiten Gang hinunter. Der Salon, von dem sie gesprochen hatte, hatte hohe, stuckbesetzte Wände, eine Sitzecke mit einer Sitzbank, Sesseln und Stühlen und einem Kamin, in dem sogar ein Feuer brannte. Erst als die Kellnerin die Tür hinter sich schloss, entdeckte ich Isla, die auf einem der unbequemen Sofas saß. Mein Herz machte einen Satz, als ich ihr bleiches Gesicht und die weit aufgerissenen, dunklen Augen sah, ihr Körper war in sich zusammengesunken. Sie wirkte, als hätte sie einen Geist gesehen.

»Was ist los, Isla?«, wollte ich alarmiert wissen. Ich machte einen Schritt auf sie zu, und sie riss sofort den Kopf hoch und starrte mich an.

In ihren Augen schimmerten Tränen, aber jetzt wurde ihr Blick plötzlich klar. Eine Hand griff wie automatisch nach dem Medaillon, das um ihren Hals lag. Sie öffnete die Lippen, aber es dauerte ein paar Sekunden, bevor sie etwas herausbrachte: »Avery.« Sie erzitterte. Zuckte zusammen. Und dann sprang sie plötzlich auf, überbrückte die wenigen Meter zwischen uns und griff nach meinen Armen. Ihre Finger waren eiskalt und ihr Gesicht verzweifelt. »Avery, du musst hier verschwinden. Sofort.«

»Was?« Gänsehaut überzog meinen ganzen Körper. »Warum?«

»Es war alles eine Lüge!« Sie flüsterte, aber ihre Stimme hatte trotzdem eine solche Intensität, dass ich mich versteifte. »Alles, was sie mir seit meiner Kindheit erzählt haben, es war alles gelogen. O Gott, Avery.« Reflexartig griff sie wieder an ihren Hals, nach dem Medaillon, und umschloss es mit ihren Fingern.

Ich richtete meinen Blick darauf, und in dieser Sekunde drehte sie es um. Die Rückwand des tropfenförmigen Anhängers war aus Papier. Einem uralt aussehenden, verblichenen Pergament. Es dauerte einen Moment, bis mir klar wurde, was das bedeutete.

Das Ritual zur Ernennung der Principle. Isla hatte mir davon erzählt, dass es die feierliche Überreichung des Familienmedaillons war. Dabei ging es nicht um das Medaillon selbst, sondern um das Papier. Auf diesem uralten Stück Pergament mussten Erinnerungen über Erinnerungen gespeichert sein. Die wahre Geschichte der Kennedys. Alles, was in den letzten Generationen geschehen war.

Die Wahrheit.

Ich öffnete leicht den Mund, um etwas zu sagen, und er fühlte sich auf einmal unheimlich trocken an.

»Du musst hier weg«, flüsterte Isla noch einmal. Jetzt liefen ihr die Tränen über die Wangen, ihre Finger bohrten sich in meine Haut. »Bitte, du musst hier weg.«

Ich sah sie an, sah die Verzweiflung in ihren Augen, die Enttäuschung, den Horror. »Es ist also wahr, was Ryker erzählt hat?«

Sie stockte, ihre Augen wurden größer. »Ryker?«, flüsterte sie erstickt.

»Er war bei mir. Er hat mir erzählt, dass die Narratives nicht die wahren Beschützer der Quellen sind – sondern die Toxics«, flüsterte ich, und mein Blick huschte immer wieder zur Tür hinter Isla. Wusste der Rest ihrer Familie, was ich war? Würden sie jeden Moment hier reinkommen, um mich festzunehmen? Der Quelle zu opfern? »Und dass deine Familie das seit Generationen geheim hält, um die Macht über die Quelle und die Magiergesellschaft nicht zu verlieren.«

Isla ließ einen Schluchzer hören. Sie sah aus, als würde sie jeden Moment in meinen Armen zusammenbrechen. Und obwohl ich plötzlich die Wucht der Wahrheit spürte, fühlte ich auch Erleichterung. Sie hatte es nicht gewusst. Isla hatte von nichts gewusst.

»Avery, du musst gehen«, flehte Isla.

»Wissen sie, dass ich eine Toxic bin?«

»Nein!« Sie schüttelte so heftig den Kopf, dass ihre Haare flogen. »Ich habe ihnen nichts erzählt. Aber wenn sie es herausfinden, bist du in Gefahr. Avery, ich habe Dinge gesehen. Grausame Erinnerungen, und die Taten meiner Vorfahren … Wenn meine Eltern es herausfinden …« Sie stockte und rang nach Luft. Sie sah aus, als würde sie sich jeden Moment übergeben. »Ich bin nach dem Gespräch aus dem Raum gestürmt. Sie wollten, dass ich mich beruhige, aber sie werden nach mir suchen! Sie dürfen dich nicht finden!«

Ich hielt ihre Arme noch etwas fester. »Ich gehe nicht ohne dich hier weg. Wenn das wirklich alles stimmt, dann sind wir alle in

Gefahr. Nicht nur du und ich, sondern alle Magier hier in New York und in der Umgebung. Wenn die Quelle überläuft, dann werden alle sterben!«

Isla sah mich mit verweinten Augen verzweifelt an. »Aber sie werden dich …«

»Wir können das verhindern. Irgendwie. Ich weiß nicht wie, aber das können wir. Du bist jetzt die Principle. Wir können zusammen etwas ändern. Ich lasse dich bestimmt nicht allein mit dem allem!«, sagte ich mit fester Stimme.

Zweifel traten in ihre Augen, aber bevor sie etwas sagen konnte, ging die Tür hinter ihr auf. Ganz leise, es war kein Klicken zu hören. Und als sie langsam aufschwang und ich Nicholas dort stehen sah, einen entsetzten Ausdruck im Gesicht, wusste ich, dass sie bereits offen gewesen war. Er hatte alles gehört, worüber wir uns unterhalten hatten.

»Ist das wahr?«, wollte er wissen. Seine wütende Stimme passte nicht zu dem sanften Gesicht, das ich von ihm kannte. Er ging mit großen Schritten durch den Salon. »Ist es wahr, dass deine Familie nicht die wahren Beschützer der Quelle sind?«

Isla blickte sich erschrocken zu ihm um und ließ fast augenblicklich meine Arme los. »Nic, es ist nicht so, wie du denkst … Ich habe das nicht gewusst!« Sie klang so verzweifelt, dass ich sie am liebsten wieder an mich gezogen hätte.

Die Tatsache, dass Nicolas jetzt wusste, dass ich eine Toxic war, hätte mir wahrscheinlich Angst machen sollen, aber er beachtete mich gar nicht. Seine gesamte Wut richtete sich auf seine frisch angetraute Frau.

»Das kann nicht wahr sein! Was, verdammt noch mal, hast du gesehen, Isla? Welche Erinnerungen haben dich dazu gebracht, deine Mutter so anzuschreien und aus dem Raum zu stürmen? Sag mir sofort, was passiert ist!«

»Nic, ich erkläre dir das alles später, das verspreche ich!«, gab Isla zurück. »Aber wir müssen jetzt …«

Er packte sie grob am Arm, und mein Körper spannte sich sofort an. »Nein«, grollte er laut. »Es war alles eine Lüge? Alles, was ich über dich und deine Familie wusste, war eine Lüge? Ihr habt gar nicht die Macht über die Quelle? Ihr seid nur Schmarotzer, die über der Magie hausen?«

Isla zuckte zusammen und sah ihn ungläubig an.

Ich machte einen Schritt auf die beiden zu und sagte wütend: »Wenn die Geschichte stimmt, dann ist auch deine Familie nur eine Familie von Schmarotzern!« Ich legte eine Hand auf den Arm, mit dem er Isla festhielt. »Und jetzt lass sie los, verstanden?«

So schnell, wie Nicholas zu mir herumfuhr, konnte ich gar nicht reagieren. Sein Blick durchbohrte mich, und dann gab er mir einen so heftigen Stoß, dass ich ins Straucheln kam und mit einem schmerzverzerrten Zischen zu Boden ging.

»Nic!«, rief Isla. Sie wollte zu mir kommen, aber ihr Mann hielt sie fest und zwang sie, ihn anzusehen. Die Wut in seinem Gesicht war mehr als unverhältnismäßig, und plötzlich konnte ich eine seltsame Hitze in der Luft spüren.

»Du hast mich angelogen«, spuckte er hasserfüllt aus. »Du hast mich die ganze Zeit angelogen!«

»Nein, Nic, ich habe es nicht gewusst!« Isla versuchte, sich aus seinem Griff zu befreien, und ich zog mich an dem Sessel hoch, um ihr zu helfen.

Da passierte plötzlich alles wahnsinnig schnell. Mein Blick lag nur eine Sekunde auf Islas verzweifeltem Gesicht, als ich im Augenwinkel ein verräterisches silbernes Glitzern wahrnahm. Ich fuhr herum. Feine, magieleuchtende Adern zogen sich über Nicholas' Arm. Sie wanderten so schnell über seine Haut, wie ich es selbst bei mir noch nie gesehen hatte. Bis in seine Fingerspitzen. Bis zu Islas Hand. Selbst in seinen Augen blitzte es auf. Die silberne Magie, die seine Iris einfärbte, bis alles an ihm vor Macht und Wut zu leuchten schien.

Isla schrie, und ich tat es ihr gleich, als ich sah, wie sie zusammenzuckte.

»Lass sie los!«, schrie ich und sprang auf die beiden zu.

Doch da sackte Isla schon in sich zusammen, und Nicholas ließ sie los. Reflexartig fing ich sie auf, ihre Lippen waren silbern verfärbt und winzige Adern lagen um ihren Mund. Sie starrte mich für eine Sekunde an, voller Angst, voller Verwunderung, und dann kippte ihr Kopf zur Seite.

»ISLA!« Ich packte sie fester, schüttelte sie, aber sie bewegte sich nicht mehr.

NEIN! Nein, nein, nein, bitte nicht!

Ich riss den Kopf hoch. »Hol einen Arzt! Schnell, mach schon!«, schrie ich Nicholas an, aber der stand nur da und betrachtete fasziniert seine Hand, dehnte die Finger. Die silbernen Adern zogen sich bereits zurück, genau wie das Glitzern in seinen Augen. Er machte keinerlei Anstalten, zu helfen, also drehte ich den Kopf und schrie über meine Schulter: »HILFE! JEMAND MUSS UNS HELFEN!«

»Was hast du getan?«, erklang eine Stimme über mir.

Erschrocken wirbelte ich herum und starrte Nicholas an. »Was?«

Er musterte immer noch seine Hand, aber seine Mundwinkel hatten sich zu einem leichten Lächeln gehoben. Sein Blick huschte zu mir. »Was hast du getan, Avery? Was hast du mit meiner Frau gemacht?«

Ich starrte ihn nur an, verstand nicht, was er sagen wollte. Isla fühlte sich in meinen Armen kalt an, viel zu kalt, und in meinem Herzen war so viel Angst wie noch nie.

Nicholas holte Luft, und dann brüllte er: »WIR SIND IM SALON! SIE HAT MEINE FRAU ERMORDET!«

Beinahe augenblicklich wurden die Türen gestürmt, und Menschen drängten sich herein. Personenschützer, Gäste, Familie. Ein paar schrien, manche nach einem Arzt, andere vor Entsetzen.

Ich saß immer noch da, die leblose Isla im Arm, und starrte ungläubig zu Nicholas, während um mich herum der Tumult losbrach. Nur langsam begann ich zu verstehen. Er hängte mir an, was er Isla angetan hatte. Er schob die Schuld auf mich.

Und ich saß da, Isla in den Armen, und dachte nicht einmal daran, mich zu verteidigen. Denn bereits in der ersten Sekunde wurde mir klar, dass mir niemand glauben würde, was Nicholas getan hatte. Niemand hier kannte mich, niemand hier würde auf meiner Seite sein.

Aber machte es überhaupt einen Unterschied? Machte überhaupt noch etwas Sinn gerade?

Mein Blick wanderte zu Islas vollkommen ruhigem Gesicht, zu den geschlossenen Augen und den feinen silbernen Äderchen um den gleichfarbigen Lippen. In meinem Inneren wurde alles taub, und meine Augen füllten sich mit Tränen.

»Was ist hier passiert?« Die dunkle Stimme über mir klang scharf.

Ich sah auf und begegnete Hayes' Blick, der sich durch die Menschen in den Salon gequetscht hatte und nun entsetzt auf Isla starrte. Auf die silbernen Äderchen, die ihre Lippen umgaben. Die er schon einmal gesehen hatte, an seiner eigenen Schwester.

Langsam sah er zu mir. In seinen Augen lag die stumme Frage nach meiner Schuld, die die Verzweiflung in meinem Inneren in einen tiefen Strudel verwandelte.

»Ich bin hier reingekommen, und die beiden haben sich gestritten!«, behauptete Nicholas über mir. »Und dann hat sie Isla berührt und irgendetwas mit ihrer Magie gemacht! Sie hat meine Frau getötet, verhaften Sie sie sofort!«

Hayes und ich starrten uns an. Ich wusste, dass er es nicht wollte, aber dass er es tun musste. Ich wusste, dass da in seinen Augen Zweifel waren, weil er meine Magie kannte. Die Frage, ob ich es wirklich getan hatte. Die Sorge, dass ich tatsächlich die Kontrolle verloren und meine beste Freundin getötet hatte.

Die Tränen liefen über, und ich ließ den Kopf sinken.

Sollten sie mich doch verhaften. Sollten sie mich doch in die Quelle werfen.

Für mich gab es endgültig keinen Weg mehr.

Auf einmal ging das Licht aus und tauchte den fensterlosen Salon in eine tiefe Schwärze. Ein paar der Umstehenden schrien erschrocken auf. Jemand brüllte Befehle, irgendjemand stieß einen Schmerzensschrei aus.

All das nahm ich nur am Rande meines Bewusstseins wahr, weil ich immer noch Islas kühle Haut spürte, ihren leblosen Körper in meinen Armen.

Isla war tot. Und für mich war jetzt auch alles vorbei.

KAPITEL 29

Jemand griff nach meinem Arm und riss mich hoch. Islas Körper rutschte aus meinen Armen, und ich schrie aus Protest auf, aber die Hände hielten mich unbarmherzig fest, zogen mich mit sich.

»Lauf«, sagte jemand, und ich zuckte bei dem Klang zusammen. *Ryker.*

Ohne Widerstand – dafür war ich viel zu geschockt – ließ ich mich von ihm zielsicher durch die Dunkelheit ziehen. Ich stolperte zwischen den panischen Menschen hindurch, wahrscheinlich auf den Gang hinaus und dann weiter. Bis es irgendwann wieder heller wurde, bis irgendwann eine Tür vor uns aufging und wir auf die Straße stürzten.

Ryker hielt mich immer noch fest. Er hatte sich eine Kapuze tief in die Stirn gezogen. »Los«, knurrte er, und seine Augen funkelten gefährlich, als er mich auf sein Auto zuschob, das schräg am Bordstein geparkt war. Er beförderte mich auf den Beifahrersitz und knallte die Tür hinter mir zu, ehe er um das Auto herumrannte.

Benommen nahm ich wahr, wie er sich hinter das Steuer fallen ließ, wie hinter uns Menschen aus dem Gebäude stürzten und wie der Motor aufheulte. Der Wagen machte einen Satz, und wir stoben davon, auf die Straße und in einer wahnsinnigen Geschwindigkeit um die Kurven, über rote Ampeln, an hupenden Autos vorbei, raus aus New York.

Ryker, mit gefletschten Zähnen und verkrampften Händen.

Und ich, auf dem Beifahrersitz, vollkommen geschockt von allem, was gerade passiert war. Voller Angst. Voller Verzweiflung. Voller Fragen.

EPILOG

Es war das erste Mal seit drei Stunden, dass Arianna von den Akten auf ihrem Schreibtisch aufblickte. Ihre Schultern fühlten sich verspannt an, ihr ganzer Körper war steif. Einen Moment nur hatte sie sich von den Sorgen ablenken wollen, die sie seit Tagen nicht mehr losließen. Die Angst um ihren Bruder, die sie begleitete, seit er nach New York aufgebrochen war. Doch es fiel ihr schwer, an etwas anderes zu denken. An etwas anderes als an die Gefahr, die ihnen von dort aus drohte.

Arianna schob die Akten von sich und stand auf. Das lange, luftige Kleid wehte um ihre schlanken Beine, als sie zum Fenster trat und die Vorhänge beiseiteschob. Die Sonne war mittlerweile vollständig aufgegangen und tauchte die Stadt in ein goldenes Licht. Während sie die leuchtenden Dächer betrachtete, das sanfte Prickeln in der Luft genoss, das sie immer umgab, hatte Arianna plötzlich wieder die Stimme ihrer Lehrerin Sila im Kopf. »Du musst nicht hierbleiben. Die Pflicht bindet dich nicht an diesen Ort, du darfst trotzdem mit Neugier die ganze Welt erkunden.«

Aber es war nicht nur die Pflicht, die Arianna hierbleiben ließ. Es war auch dieses wunderbare Gefühl von Heimat und Geborgenheit. Dieses aufregende Gefühl von Magie, das sie hier wie eine warme Decke umgab. Nirgends sonst fühlte sie sich so aufgehoben und vollständig wie hier.

Sanft legte Arianna einen Finger auf das Amulett, das auf ihrem Brustbein lag, und spürte in die Quelle hinein, die sich tief unter ihren Füßen befand. Das sanfte Pochen, der beruhigende Strom erfüllte sie für einen Moment und ließ ihren unruhigen Geist zur Ruhe kommen.

»Principle Arianna?«

Sie fuhr erschrocken herum, weil sie überhaupt nicht mitbekommen hatte, dass jemand ihr Büro betreten hatte. Es war Ruby, die den Kopf zur Tür reinsteckte und die nun ein entschuldigendes Lächeln auf den Lippen trug. »Tut mir leid. Ich hatte geklopft, aber Sie haben nicht geantwortet.«

»Schon gut.« Arianna atmete tief durch und nahm wieder die erhabene Haltung an, über die sich ihr Bruder so gern lustig machte. Sie strich eine dunkle Locke ihrer kurzen Haare nach hinten, die sich immer wieder verirrte. »Was gibt es?«

»Sie wollten, dass ich Ihnen Bescheid gebe, wenn es etwas Neues aus New York gibt.«

»Hat mein Bruder sich gemeldet?«

Ruby hielt ihr ein Handy entgegen, und Ariannas Lächeln wurde weich. Sofort ging ein Ruck durch ihren Körper. So schnell, wie sie durch den Raum geeilt war, konnte sie gar nicht elegant dabei ausgesehen haben. Aber in diesem Moment war es ihr vollkommen egal.

Sie drückte sich das Handy ans Ohr. »Ryker?!«

»Du hörst dich gestresst an, Schwesterherz. Hast du schlecht geschlafen?«

Die Erleichterung, seine Stimme zu hören, wandelte sich sofort in Ärgernis um. »Vielleicht ist es die Tatsache, dass ich seit Tagen nichts von dir gehört habe? Wo zur Hölle hast du gesteckt? Ich habe mir Sorgen gemacht!«

Sie gab Ruby ein Zeichen, und diese nickte kurz. Dann verließ sie das Arbeitszimmer und schloss die Tür fest hinter sich.

»Ich musste eine Weile untertauchen.« Ryker klang amüsiert, aber Arianna konnte die Anspannung in seiner Stimme trotzdem hören.

Sie kannte ihren älteren Bruder schon ihr ganzes Leben, und lange Zeit waren es nur sie beide gewesen. Waisen, unbeachtet von der Gesellschaft, bis jemand ihr Talent entdeckt hatte und sie in dieses prunkvolle Gebäude gezogen waren. Doch auch danach war er immer an ihrer Seite gewesen, sie kannte ihn wie keinen anderen. Deshalb wusste sie auch, wenn er log. Oder etwas verbarg.

»Was heißt das?«, wollte sie wissen, als sie sich an ihren Schreibtisch fallen ließ. Die Kopfschmerzen, die sie schon seit Tagen begleiteten, waren wieder zurück. »Wieso musstest du untertauchen?«

»Ich habe nur gemacht, was du von mir verlangt hast«, gab er unschuldig zurück.

Das bezweifelte Arianna stark. Denn hätte Ryker sich an ihren Plan gehalten, wäre er schon längst wieder zu Hause.

Das sah er wohl ähnlich, denn nach kurzem Zögern gab er zu: »Es sind ein paar Dinge schiefgegangen, aber ich bin jetzt auf dem Weg.« Nach einer kurzen Pause fügte er noch hinzu: »Ich bin nicht allein.«

Arianna unterdrückte ein Stöhnen, und ihr Blick fiel auf die offene Akte von Avery Bishop – und auf das Wort »Toxic« über ihrem Foto. »Bitte sag mir nicht …«

»Sie weiß von nichts.«

»Wie sollte sie auch?« Arianna zerknüllte eins der unwichtigen Papiere auf ihrem Schreibtisch. Aber wütend zu sein, brachte sie jetzt auch nicht weiter. Hätte sie sich jemanden gewünscht, der nur nüchtern die Lage begutachtete und tat, was man ihm sagte, hätte sie wahrscheinlich von Anfang an nicht auf ihren emotionalen Bruder setzen dürfen. Sollte er jedoch das getan haben, was sie gerade vermutete, dann war die Gefahr noch weitaus schlimmer, als sie es sich bereits ausgemalt hatte.

Aber so war es jetzt nun mal. Sie hatte keine andere Wahl, als es zu akzeptieren. Ryker war ein Dickkopf, und egal, was sie sagte, er würde sowieso machen, was er wollte.

»Wann bist du hier?«

»In zwei Tagen, wenn alles gut läuft.«

»Wieso bist du nicht geflogen?«

»Lange Geschichte«, sagte er ausweichend.

Nun gut. Arianna straffte die Schultern. »Hauptsache, du kommst erst einmal zurück, ohne ein weiteres Risiko einzugehen.« Sie atmete tief durch, bevor sie mit kühler Stimme hinzufügte: »Wir können nicht auf unseren Second verzichten.«

Ryker lachte am anderen Ende der Leitung leise. Natürlich wusste er ganz genau, dass sie sich Sorgen um ihn machte. In solchen Momenten waren die Pflichten einer Principle vergessen. »Bis bald, Ari.«

»Pass auf dich auf.« Sie legte auf und stützte das Gesicht stöhnend in ihre Hände.

Stille breitete sich aus, und der Kopfschmerz hinter ihrer Stirn wurde stechend.

Denn Arianna wusste, dass ihnen das Schlimmste noch bevorstand.

ENDE BAND 1

GLOSSAR

QUELLE Magischer Fluss, der die Urmagie produziert und in die Atmosphäre abgibt. In den USA gibt es zwei große Quellen, eine in New York und eine in Denver. Die Quellen werden seit Jahrhunderten von den zwei mächtigsten Narrative-Familien beschützt.

NARRATIVES Haben die Macht über Erinnerungen. Sie können mithilfe der Tinte und des Papiers in Büchern Erinnerungen erkennen, speichern, hervorrufen; sehr starke Narratives (Manipulatoren) können Erinnerungen auch verändern/löschen.

Narratives riechen nach Büchern, Papier und Geheimnissen.

ARTISTS Haben die Macht über den Körper ihrer Mitmenschen. Sie können mithilfe von Ton oder anderen Kunstgegenständen das Aussehen von Menschen verändern und Verletzungen heilen.

Artists riechen nach Farbe, Öl und Freiheit.

POISONER Haben die Macht über die Gefühle ihrer Mitmenschen. Sie können durch Speisen oder Getränke, die sie selbst herstellen, Gefühle verstärken oder kurzzeitig hervorrufen.

Poisoner riechen nach mit Blut vermischtem süßen Wein.

TOXICS Eine sehr seltene Unterart der Poisoner. Sie können ihre Magie durch Körperkontakt einsetzen und mit einer einzigen Berührung ihre Mitmenschen vergiften – von leicht bis tödlich.

SHIELDS Mit ihnen endet die Magie ihrer Familie. Sie besitzen keine magischen Fähigkeiten, sind jedoch immun gegen die Magie anderer. Deswegen arbeiten viele Shields auch als Bodyguards für wichtige Magier oder für die Polizei.

Shields riechen nach Kupfer.

Danksagung

Dass ich irgendwann in die Buchhandlung gehen und mein eigenes Fantasy-Buch dort finden würde – das war mein Traum, seit ich in die Grundschule gegangen bin. Und es hat lange gedauert, bis dieser Traum wahr werden konnte, aber jetzt hältst du ihn tatsächlich in deinen Händen! Wie aufregend!

Ohne meine großartige Familie und meine Freunde, ihren Zuspruch und ihre motivierenden Worte, hätte ich wahrscheinlich schon tausendmal aufgegeben. Meine Co-Working-Buddies haben mir oft in den Hintern getreten, deshalb: Danke, dass ihr mich bei der Fertigstellung dieses Buches so unterstützt habt! Dass ich mich bei meinen wunderbaren DbD-Freunden (ganz besonders Marie, Laura und Alex!) beinahe jeden Abend über Probleme beschweren und meine Erfolge feiern durfte, war absolut unerlässlich. Danke, dass ihr immer für mich da seid.

Und dann sind da noch diese wunderwunderbaren Menschen vom Ravensburger Verlag (allen voran Kathrin, die ich immer mit endlosen Fragen löchern darf) – Danke, dass ihr mich so unterstützt, bei euch fühle ich mich so wahnsinnig wertgeschätzt! Und meiner ehemaligen Agentin Rosi danke ich, weil ich ohne sie nie diesen traumerfüllenden Vertrag hätte unterschreiben können.

Meinen großartigen Followern auf Instagram, jeden einzelnen von ihnen, danke ich für die Motivation, die sie mir (oft wahrscheinlich unbewusst) geben. Für die vielen wunderbaren Bilder meiner Bücher und die liebevollen Rezensionen. Danke.

Zuletzt – DU, liebe/r Leser/in.

Danke, dass du ein so wichtiger Teil meines Traumes geworden bist.

BAND 2 ERSCHEINT IM HERBST 2023!

Anne Lück

Silver & Poison

Band 2: Die Essenz der Erinnerung

ISBN: 978-3-473-58648-6

LESEPROBE

2 Seelen
Das erste Buch der Unsterblichkeit
von Rose Snow
ISBN 978-3-473-40211-3

Eins

»Er ist tot, Kela.«

»Ich weiß, dass er tot ist«, sage ich. »Ich war auf seiner Beerdigung.«

»Eben. Großvater ist endlich unter der Erde. Er geistert hier nicht mehr herum.« Brandon lehnt mit dem Rücken an der Küchentheke, verschränkt die Arme vor der Brust und wirft mir einen skeptischen Blick zu, bevor er die Besteckschublade öffnet, nach einer Dessertgabel greift und die Schublade schwungvoll zuwirft. Sie schließt nicht ganz, bleibt fingerbreit offen. Es ist kaum ein Zentimeter, doch mir klafft aus diesem Spalt ein ganzer Abgrund entgegen.

Mein Bruder schnappt sich den Teller mit dem letzten Rest Apfeltorte, den uns die alte Nachbarin aus Mitleid vorbeigebracht hat. Ich starre auf das schmächtige Stück mit der dicken Zuckerglasur und spüre gleichzeitig die immense Unruhe, die mich befällt. Ich möchte nicht an die offene Schublade denken. Zu meinem Unglück ist es jedoch ein Ding der Unmöglichkeit, bewusst an etwas *nicht* zu denken. Meine Finger beginnen zu kribbeln, mein ganzer Körper spannt sich an. Der innere Druck steigt, schlingt sich wie ein Lasso um meine Gedanken und zurrt sie zusammen auf den einen, den ich nicht in meinem Kopf haben will. Kurz kämpfe ich dagegen an, doch die Erfahrung flüstert, dass es zwecklos ist. Zwei schnelle Schritte und eine Handbewegung, mehr ist nicht nötig, um die Anspannung zu lösen.

Als die Schublade einrastet, schwappt eine beschämende Welle der Erleichterung über mich hinweg.

Mein Bruder zieht die linke Augenbraue hoch. Mir fällt auf, wie müde er aussieht. Sein Gesicht könnte eine Rasur vertragen, sein kariertes Hemd einen Waschgang. Die Nachtschichten in der *Chocs Factory* strengen Brandon an, auch wenn er das niemals zugeben würde.

»Besser?«, fragt er.

Nickend schenke ich mir ein Glas Wasser ein und nehme einen großen Schluck, während ich wehmütig die hellbeigen Küchenfronten betrachte, die einen Anstrich bitter nötig hätten. Mom wollte sie immer streichen, in einem kitschigen Roséton, doch der Krebs hat uns davor bewahrt.

»Du musst dich beruhigen, Kela.«

»Ich bin ruhig.«

»Du hast mir gerade erzählt, dass du unseren toten Großvater gesehen hast.«

Ich stelle das Glas auf der Arbeitsplatte ab, etwas heftiger als beabsichtigt. »Glaubst du, ich weiß nicht, wie durchgeknallt sich das anhört? Aber ich habe das nicht geträumt, er stand definitiv vor meinem Bett. Mit seinem grimmigen Gesichtsausdruck und der grauen Schirmmütze.«

»Ah. Mit der grauen Schirmmütze. Na, dann muss es ja wahr sein. Der Alte hatte das Teil doch ständig auf dem Kopf, um die verdammten Teufelshörner zu verstecken.« Brandon grinst, zieht einen der Holzstühle zurück, der geräuschvoll über den alten Dielenboden schrappt, und lässt sich dann an unserem fleckigen Küchentisch nieder. Das Kuchenstück hat er bereits aufgegessen, der Teller mit dem verblichenen Blumenmuster steht neben meinem Wasserglas – wie ein altes Ehepaar, das nicht mehr zueinanderfindet.

»Nimm mich ernst«, verlange ich in vollem Bewusstsein, wie schwer das gerade ist. Um die restliche Anspannung abzubauen, beginne ich, den Geschirrspüler einzuräumen. Äußere Ordnung ist gerade das Einzige, was hilft, mein inneres Chaos zu besänftigen.

»Hey«, lenkt Brandon ein, dessen Augen einen sorgenvollen Schimmer annehmen. »Es war viel in letzter Zeit. Viel für uns beide. Veränderungen sind nicht dein Ding, Kela, und auch mir macht das Ganze zu schaffen. Nach Moms Tod vor zwei Jahren hatten wir endlich ein bisschen Ruhe, und dann stirbt uns der alte Mistkerl einfach weg.« Er reibt sich über die Stirn. »Ich meine, du warst schon immer kreativer als ich. Deine Gedichte sind wunderschön, und ich mag es, dass du in Wolken, Bäumen und Lichtspiegelungen die verrücktesten Dinge sehen kannst. Aber die Vorstellung, dass Grandpa hier noch immer herumspukt und mit seiner abartig schlechten Laune die Luft verpestet, will wirklich nicht in meinen Kopf.«

»Du bist unfair.«

»Mag sein. Aber ich werde nicht gut über ihn sprechen, nur weil er tot ist. Wir haben jetzt ganz andere Probleme. Mit Großvaters

Tod wurde auch seine Rente beerdigt – das Einzige, worum wir wirklich trauern sollten. Denn wenn wir bis zum Monatsende keine Untermieter finden, müssen wir hier raus.« Er seufzt schwer und seine Schultern sacken nach unten. »Hoffentlich sagen die beiden Mädels zu.«

Ich schalte den Geschirrspüler an und setze mich zu meinem Bruder an den Tisch. »Haben wir wirklich keine andere Wahl?«, frage ich und klammere mich an den letzten Strohhalm, der mir noch einfällt. »Morgen ist doch mein Vorstellungsgespräch.«

»Selbst wenn sie dich einstellen, was willst du denn nach dem Sommer machen? Du musst zurück an die Uni. Mom würde es mir niemals verzeihen, wenn du dein Studium abbrichst. Und ich …« Er holt Luft, nimmt innerlich Anlauf, doch ich lege ihm eine Hand auf den Unterarm und blicke ihn liebevoll an.

»Du machst schon genug, Brandon. Deine Augenringe berühren bald den Boden, du kannst nicht ewig Nachtschichten in der Fabrik schieben, auch wenn sie besser bezahlt sind.«

Brandon ist dreiundzwanzig und damit gerade mal siebzehn Monate, zwölf Tage, elf Stunden und ein paar zerquetschte Minuten älter als ich, was genügt, dass er sich für mich verantwortlich fühlt. Hat er schon immer. Bevor wir mit Grandpa zusammengezogen sind, war mein Bruder der einzige Mann im Haus. Eine Rolle, die er nicht abgelegt hat, selbst wenn sie nie im Drehbuch stand.

»Vielleicht könnte ich neben der Uni weiter im Büro arbeiten, auch an den Wochenenden. Und wenn ich mit dem Babysitten noch etwas Geld verdiene …«, füge ich hinzu, komme aber nicht weit.

»Kela.« Mein Name fällt wie ein Stoppschild. Ein knapper Moment vergeht, bevor Brandon weiterspricht. »Du musst Zeit zum Lernen haben. Und wir brauchen zusätzlich Kohle, um die Heizung zu reparieren, das Dach muss geflickt werden …« Er beginnt aufzuzählen, was noch alles erneuert werden muss. Es ist eine Menge. Doch wir beide lieben dieses Haus, jedes wilde Detail davon – ein wunderbares Sammelsurium aus zusammengewürfeltem Mobiliar, Böden und Tapeten, die einander so fremd sind, dass man hinter der Zusammenstellung beinahe Absicht vermuten könnte. Außerdem haftet an jeder Ecke die Erinnerung an Mom, die es nicht lassen konnte, sämtliche Abstellflächen mit kleinen Kitschfiguren zu bevölkern. Auf den Kommoden tummeln sich dämlich grinsende Engel zwischen verliebten Giraffen und tanzenden Zwergen aus Glas, Keramik und Plüsch, die Herzen in den Augen, auf den Händen oder ihrer Kleidung tragen. Über allem hängt der unerträgliche Ausdruck inniger Liebe, und auch wenn ich die Figuren bizarr finde, sind sie doch ein Teil von Mom.

Ich erinnere mich noch genau, wie sie mit uns in dem alten Van durch die Gegend gefahren ist, auf der Suche nach einem neuen Zuhause. Brandon war zehn, ich stand kurz vor meinem neunten Geburtstag. Davor hatten wir in einer kleinen Wohnung gehaust, in die Grandpa mit seiner Demenz nicht hineinpasste. Vermutlich passte er auch nicht zu uns in das große Haus, aber das war eine Entscheidung, die Mom schon längst getroffen hatte. Sie war einfach zu gut für diese Welt.

Das Haus war meine erste große Liebe.

Ich sah es und war überzeugt, dass ich darin wohnen musste, am liebsten sofort und für immer. Schon damals war es in einem desolaten Zustand, mit der weiß getünchten Veranda, den schiefen Dachgauben und dem Garten, den sich die Natur längst zurückerobert hatte. Dichte Efeuranken besetzten die Vorderfront des zweistöckigen Kolonialhauses und schlängelten sich wie ein dunkles Wesen weiter, um das Unkraut zu überwuchern, das früher einmal eine Wiese mit hübschen Beeten gewesen sein musste. Sofort sprang meine Fantasie an. Dieser Garten war wie das Öl, das meinen Motor speiste, denn er lud zum Träumen und Sich-darin-Verlieren ein. Brandon rümpfte bei diesem Anblick die Nase, aber meine Mutter sah mich an und erkannte das Leuchten in meinen Augen, dem sie ebenso wenig widerstehen konnte wie der dicken Eiche, die aus zwei Baumstämmen zusammengewachsen war.

Ich kann die Vorstellung nicht ertragen, hier auszuziehen, aber dass zwei fremde Frauen Großvaters Räume im ersten Stock besetzen, ist auch kein sehr angenehmer Gedanke.

»Vergiss den Van nicht. Bald macht er es auch nicht mehr, und dann brauchen wir eine neue Karre«, holt mich Brandon in unsere Küche zurück. Mit der Fingerspitze fahre ich die Einkerbungen des alten Küchentisches nach, auf den fahle Streifen Sonnenlicht fallen.

»Kela, hörst du mir überhaupt zu?«

Ich zeichne Kreise ins Holz und nicke. »Ja, natürlich. Wir brauchen das Geld.«

»Wir können von Glück reden, wenn Melissa und Wendy sich für uns entscheiden. Gib den beiden eine Chance.«

Ich lege den Kopf schief. »Melissa und Wendy klingen, als würden sie direkt aus einem Pferderoman zu uns ziehen. Bringen sie ihr Pony mit?«, frage ich.